STEPHANIE ARCHER

Atrás da Rede

SÉRIE VANCOUVER STORM

Tradução
GUILHERME MIRANDA

paralela

Copyright © 2023 by Stephanie Archer
Publicado em acordo com a Bookcase Literary Agency.

A Editora Paralela é uma divisão da Editora Schwarcz S.A.

Grafia atualizada segundo o Acordo Ortográfico da Língua Portuguesa de 1990,
que entrou em vigor no Brasil em 2009.

TÍTULO ORIGINAL Behind the Net
CAPA Echo Grayce, Wildheart Graphics
ILUSTRAÇÃO DE CAPA Chloe Friedlein
PREPARAÇÃO Antonio Castro
REVISÃO Luiz Felipe Fonseca e Juliana Cury

Dados Internacionais de Catalogação na Publicação (CIP)
(Câmara Brasileira do Livro, SP, Brasil)

Archer, Stephanie
   Atrás da rede/ Stephanie Archer ; tradução Guilherme Miranda. — 1ª ed. — São Paulo : Paralela, 2024.

   Título original: Behind the Net.
   ISBN 978-85-8439-411-1

   1. Ficção canadense I. Título.

24-208809   CDD-C813

Índice para catálogo sistemático:
1. Ficção : Literatura canadense   C813

Cibele Maria Dias – Bibliotecária – CRB-8/9427

Todos os direitos desta edição reservados à
EDITORA SCHWARCZ S.A.
Rua Bandeira Paulista, 702, cj. 32
04532-002 — São Paulo — SP
Telefone: (11) 3707-3500
editoraparalela.com.br
atendimentoaoleitor@editoraparalela.com.br
facebook.com/editoraparalela
instagram.com/editoraparalela
x.com/editoraparalela

Para Bryan, Alanna, Sarah e Anthea,
aqueles que mais aplaudem quando venço

Alerta de conteúdo

Alguns detalhes do universo do hóquei profissional foram ajustados para tornar sua leitura mais prazerosa.

1

JAMIE

O ala esquerda patina na direção da baliza e dispara o disco contra mim. Sinto um *paf* do disco em minha luva, e meu sangue ferve com competitividade e satisfação.

— Muralha Streicher — meu novo colega de equipe grita ao passar, e jogo o disco no gelo com um aceno rápido. Os torcedores de Nova York entoavam isso durante os jogos. Quando ganhei o Troféu Vezina no ano passado, concedido ao melhor goleiro da NHL, comentaram sobre esse apelido no discurso sobre meu desempenho.

Perto do banco, os treinadores assistem, tomam notas e discutem o desempenho da equipe. Deixo passar um disco por mim e sinto um embrulho no estômago. O técnico me encara, com uma expressão indiscernível.

Duas semanas atrás, assinei um contrato como agente livre abaixo do meu valor para poder jogar pelo Vancouver Storm. Depois do ataque de pânico que causou seu acidente de carro, minha mãe insistiu que estava bem, mas sei que, se ela os continuava escondendo de mim, devia estar piorando. Agora que o time me contratou por um valor pequeno, eu me tornei um ativo. Podem me trocar por mais dinheiro, e eu não teria o direito de opinar. Sou como uma casa que eles conseguiram por um preço bom e, se decidirem comprar algo melhor, vão me vender.

A preocupação me percorre. Minha mãe luta contra a depressão e a ansiedade há anos, desde que meu pai morreu num acidente de carro que ele próprio causou embriagado, quando eu ainda era bebê, e piorou muito enquanto eu não prestava atenção.

Sair de Vancouver não é uma opção, e não vou desistir do esporte que amo, então esta temporada precisa correr bem. Preciso dar o me-

9

lhor de mim e me manter no topo para eles não me trocarem. Este ano, preciso de foco.

Os jogadores fazem exercícios enquanto o treino continua, e relembro o que sei sobre eles de jogos anteriores. Joguei contra o Vancouver Storm no passado e reconheço os rostos, mas não conheço esses caras como conhecia meu antigo time. Joguei por Nova York por sete anos, desde os dezenove. Não conheço esses treinadores, e essa cidade não é meu lar desde que saí para o campeonato júnior, mas Vancouver é onde preciso estar agora.

Sinto um aperto no peito. É apenas o primeiro dia de concentração, mas nunca senti tanta pressão para jogar o meu melhor.

O apito soa, e patino na direção do banco com os outros jogadores.

— Estão jogando bem, garotos — o treinador diz quando nos reunimos ao redor do banco.

No fim da última temporada, uma das piores na história do Storm, Tate Ward foi parar nas manchetes ao ser anunciado como novo técnico. Ele tem trinta e tantos anos, não muito mais velho do que alguns dos jogadores do Vancouver, e tinha uma carreira promissora como atacante antes de uma lesão no joelho pôr um fim nela. Ele treinava hóquei universitário até o ano passado e, pelo que li no noticiário esportivo, os torcedores estão céticos. Técnicos costumam ser mais velhos, com mais experiência como treinadores no nível profissional.

Ward me olha de canto de olho e, sob minha máscara de goleiro, meu maxilar se cerra.

— Temos muito trabalho a fazer nas próximas temporadas — ele diz, observando o grupo de jogadores. — Terminamos o ano passado no final da tabela.

O clima está pesado enquanto os jogadores se equilibram nos patins, preparando-se. Essa é a parte em que muitos treinadores apontariam as falhas e fraquezas dos jogadores. As cagadas do time no ano passado. É aqui que ele vai nos dizer que perder não é uma opção.

E eu sei muito bem disso.

— Agora é daqui para cima — Ward diz em vez disso, abrindo um sorriso largo para nós. — Vão pra ducha e descansem. Até amanhã.

Os jogadores saem do gelo, e tiro minha máscara com a testa franzida.

Tenho certeza de que essa fachada simpática e compreensiva de Ward vai acabar assim que a temporada começar e a pressão se tornar real.

— Streicher — Ward me chama enquanto sigo o corredor para o vestiário. Ele vem até mim e espera os jogadores seguirem pelo corredor, cumprimentando-os com a cabeça. — Está se adaptando bem?

— Sim — assinto. Meu apartamento está cheio de caixas que não tenho tempo para desfazer. — Obrigado, hm, por mobiliar o apartamento. E pela equipe de mudança.

Sinto meus ombros ficarem tensos e passo a mão no cabelo. Odeio aceitar ajuda dos outros.

Ward faz que não é nada.

— É função nossa ajudar os jogadores a se instalarem. Muitos jogadores pedem assistentes, inclusive. Elas podem te ajudar a desfazer as caixas, a preparar as refeições, levar seu carro ao mecânico, passear com seu cachorro, o que for.

— Não tenho cachorro.

Ele ri baixo.

— Você entende o que quero dizer. Estamos aqui para dar a você o que precisar para que possa se concentrar no gelo. Precisando de qualquer coisa, me diga.

Não preciso de ajuda para me concentrar no gelo. Restringi minha vida às duas coisas que importam: hóquei e minha mãe.

— Pode apostar — digo, sabendo muito bem que não vou pedir nada. Sempre fui o cara que se vira sozinho. Não é agora que isso vai mudar. Ward baixa a voz.

— Se sua mãe precisar de alguma ajuda, podemos oferecer também.

Quando pedi uma troca para o Vancouver, ele foi o único que me ligou para perguntar o porquê.

Contei tudo para ele. É o único que sabe sobre minha mãe.

A ansiedade cresce em mim, e é por isso que eu não deveria ter aberto a porra da boca. Agora as pessoas querem se meter. Todos os instintos em meu corpo se revoltam, e meus ombros se erguem.

Minha agenda este ano vai ser exaustiva. Oitenta e dois jogos, metade em Vancouver e metade fora, com treinos em equipe, treinos com o treinador de goleiro e meus próprios treinos pessoais. Além disso, vou ter sessões com meu fisioterapeuta, meu massoterapeuta, meu psicólogo esportivo e meu personal trainer.

Algo se acende em meu peito, um misto de competitividade e ansiedade. Faz cinco anos que jogo hóquei profissional, e me dou bem com desafios. A pressão me move. Anos de treinamento me transformaram numa pessoa que ama forçar os limites e vencer.

Este ano? Considerando como minha mãe é teimosa e como minha agenda vai ser intensa? Vai ser um desafio do caralho.

Mas nada de que eu não dê conta, desde que permaneça focado.

— Estamos bem. — Minhas palavras são cortantes. — Obrigado.

Sempre fomos apenas eu e minha mãe. Eu dou conta. Sempre dei.

Depois de tomar banho e me trocar, almoço e tiro um cochilo em casa antes de ir para a academia. Estou passando por um beco que vai da arena para a rua quando um barulho perto das lixeiras me faz parar.

A bunda peluda de uma cachorra marrom está saindo de uma caixa. Quando passo por ela, a cachorra ergue a cabeça da caixa e olha para mim. Ela está com o focinho cheio de macarrão com queijo.

Ela abana o rabo para mim, e retribuo o olhar. Seus olhos são castanho-escuros e brilham de entusiasmo. Sua raça é difícil de definir. Ela tem uns vinte quilos, talvez seja uma mistura de labrador com spaniel. Uma de suas orelhas é mais curta que a outra.

A cachorra dá um passo para a frente, e eu dou um passo para trás.

— De jeito nenhum — digo para ela.

A cachorra se joga no chão, rola de barriga para cima e espera, o rabo abanando de um lado para o outro da calçada enquanto pede carinho na barriga.

Cadê o tutor dela? Olho de um lado para o outro do beco, mas estamos sozinhos. Meu nariz se franze enquanto a observo. Sem coleira e cheia de macarrão, seu focinho está sujo e encardido. Seu pelo está comprido demais, caindo nos olhos e, embora ela precise de uma tosa, dá para ver como está magra.

Sinto um aperto no peito de que não gosto nem um pouco.

— Não come isso — digo para ela, franzindo a testa enquanto aponto para o lixo. — Você vai passar mal.

Sua língua rosa vai para fora da boca.

— Vai para casa.

Minhas palavras saem duras, mas ela continua esperando carinho na barriga.

Meu coração se aperta, mas empurro os sentimentos para longe. *Não.* Isso não é problema meu. Não posso ter distrações. Porra, nem namorar eu namoro, porque sei por experiência própria que as pessoas querem mais do que posso oferecer.

Mas não posso deixá-la aqui. Ela pode ser atropelada por um carro ou ferida por um coiote.

Pode comer alguma coisa que a faça passar mal.

O abrigo para animais vai levá-la. Tiro o celular do bolso e, depois de umas pesquisas no Google, ligo para o lugar mais próximo.

— Tem uma cachorra atrás da arena no centro — digo quando a mulher atende. Só existe uma arena no centro de Vancouver, então ela vai entender a referência. Tem cachorros latindo ao fundo do lado dela da linha. — Podem vir buscá-la?

A mulher ri.

— Querido, estamos com pouquíssimos funcionários. Você vai ter que deixá-la em um de nossos centros.

Ela lista os lugares que estão aceitando cachorros antes de desligar. Os mais próximos estão todos lotados, então vou ter que dirigir por algumas horas fora da cidade para deixá-la. Fico olhando para o celular, com a testa franzida, antes de olhar para a cachorra.

Ela se levanta de um salto, ainda olhando fixamente para mim, abanando o rabo. É como se achasse que vou dar um biscoito para ela ou coisa assim. Sinto um aperto incômodo no peito.

— Que foi? — pergunto à cachorra, e seu rabo abana ainda mais. Algo se aquece em meu peito, e engulo o nó na garganta.

Não posso simplesmente deixá-la aqui.

No fundo da minha mente, a parte rigorosa e disciplinada de mim bufa. E minha agenda insana? Não posso cuidar de uma cachorra, porra. Mal dou conta de ter uma namorada sem estragar tudo. Tenho certeza de que não consigo cuidar de uma cachorra. Vou passar metade da temporada viajando.

Mas não posso simplesmente deixá-la aqui.

Seu rabo está abanando de novo, e ela ergue os olhos castanhos para mim. Vou levá-la para um abrigo, mas me recuso a ficar com ela.

No fim da tarde, estou sentado no carro na frente do abrigo, observando o prédio pequeno, mas bem cuidado. Consigo ouvir os latidos lá dentro. Há um campo cercado ao lado do prédio com brinquedos de cachorro e alguns equipamentos de plástico, como um playground.

No banco de passageiro, a cachorra olha pela janela, curiosa. Abro o vidro e deixo que ela fareje.

Depois de pesquisar anúncios de cachorros perdidos na internet, encontrei uma fazenda bem avaliada que acolhe vira-latas e os une com tutores novos. Eles examinam os tutores com cuidado, e os cachorros são bem tratados.

Esse é o melhor abrigo que consegui encontrar. Dirigi três horas até aqui.

Meu olhar percorre o lugar, e engulo em seco. Eu me imagino deixando-a aqui, e um peso se forma em minhas entranhas.

A cachorra olha para mim e arfa, a língua para fora.

— Não posso ficar com você — digo para ela.

Ela se levanta e tenta subir no meu colo, e suspiro. Ela ficou tentando fazer isso enquanto eu dirigia. Ela sobe em meu colo e apoia a cabeça no encosto.

Merda. Se eu soubesse que seria tão difícil assim, nem a teria trazido.

É mentira. Nunca conseguiria deixá-la em um beco sujo.

Repasso os motivos por que não posso ficar com ela. Nunca tive um cachorro. Não faço ideia de como é cuidar de um. Minha mãe está lidando com problemas graves de saúde mental e precisa de mim, admita ela ou não. Preciso me concentrar no hóquei. Desde que eu e minha ex, Erin, terminamos quando tínhamos dezenove anos, não assumo compromissos. Essa cachorra é um grande compromisso, e eu precisaria moldar minha agenda lotada em torno dela.

Mesmo assim, fico cada vez mais hesitante. Observo o prédio, procurando defeitos. Tem algumas ervas daninhas no jardim. O revestimento do lado de fora precisa de uma pintura nova. No campo, tem mais alguns buracos que os cachorros devem ter escavado. Não posso cuidar de uma cachorra, mas não posso deixá-la aqui também.

Esse lugar não é bom o bastante para ela.

Coço o nariz, sabendo que minha decisão já está tomada. Merda.

— Ei.

A cabeça dela se levanta, e ela ergue os olhos brilhantes para mim. Meu coração se aperta.

— Quer morar aqui? — pergunto, e ela continua me encarando com aquela cara fofa. — Ah. Você quer biscoito.

Ela se levanta e pula do meu colo para o banco de passageiro, esperando. Estendo a mão para o banco de trás e abro o saco de biscoitos que comprei, oferecendo alguns e observando enquanto ela os mastiga.

Minha decisão está tomada, e ignoro a vozinha no fundo de minha cabeça me dizendo que essa não é uma boa ideia. Observo a cachorra se deitar toda enroladinha no banco de passageiro e pegar no sono. Tenho dinheiro para contratar uma assistente este ano, e a cachorra vai ser bem cuidada.

No meu celular, navego pelos contatos até encontrar o que estou procurando.

— Streicher — Ward atende.

— Oi. — Coço o queixo enquanto aquele mau pressentimento serpenteia de novo em minhas entranhas. — Mudei de ideia. Vou precisar de uma assistente.

2

PIPPA

Meu coração bate forte quando paro na frente do prédio de Jamie Streicher.

Na última vez que o vi pessoalmente, eu tinha acabado de derramar uma raspadinha azul na minha camiseta branca no refeitório da escola de ensino médio. Seu olhar frio de desinteresse ressurge em minha cabeça, os olhos verdes passando por mim antes de ele voltar à conversa com o resto dos atletas bonitos e populares.

Agora vou ser a assistente dele.

Ele sempre foi um babaca, mas, nossa, já era um gato desde aquela época. O cabelo escuro farto, o tempo todo meio bagunçado por causa do hóquei. A linha fina do maxilar, o nariz forte. Os ombros largos e robustos, e alto. *Tão alto*. Os cílios tão escuros que chegava a ser injusto. Ele nunca passou por aquela fase de adolescente esquisito que pareceu durar até meus dezenove. Seu jeito silencioso, intimidador e mal-humorado me deixava nervosa e fascinada ao mesmo tempo, assim como fazia com todas as outras garotas e metade dos garotos da escola.

Ai, Deus. Inspiro fundo e digito o número no teclado à porta. Ele libera minha entrada sem atender. No elevador, meu estômago se revira enquanto subo até a cobertura.

Não sou mais aquela garota esquisita da banda da escola. Sou uma mulher adulta. Aquilo foi há oito anos. Não tenho mais um crush adolescente nele.

Preciso desse emprego. Estou dura e dormindo no sofá da minha irmã. Larguei meu trabalho terrível na Barry's Hot Dog Hut sem aviso-prévio depois de uma semana. Mesmo se quisesse voltar — o que não quero, só peguei aquele trabalho como uma forma emergencial de pagar as contas e ajudar Hazel com o aluguel —, eles nunca me contratariam de novo.

Além disso, é impossível que ele se lembre de mim. Nossa escola era imensa. Eu era a garota esquisita da música, sempre andando com o pessoal da banda, e ele era um jogador de hóquei gato. Sou dois anos mais nova, então nem tínhamos aulas juntos ou amigos em comum. Ele é um dos melhores goleiros da NHL, com a aparência de um deus. O fato de ser conhecido por não ter relacionamentos parece deixar as pessoas ainda mais atiradas. No ano passado, alguém jogou uma calcinha no gelo para ele — foi parar em todas as manchetes esportivas.

Ele não vai se lembrar de mim.

Observo o número subir cada vez mais enquanto me aproximo do andar dele. Ele vai estar ocupado com as práticas e os treinos. Nem vamos nos encontrar.

E preciso muito, muito mesmo, desse emprego. Cansei da indústria musical e de seus babacas famosos. Fiz faculdade de marketing, e está na hora de seguir essa carreira. As únicas vagas abertas de marketing em Vancouver exigem experiência de pelo menos cinco anos, o que me tira do jogo. Segundo minha irmã, Hazel, que trabalha como fisioterapeuta para o Vancouver Storm, uma vaga de marketing está prestes a abrir no time. Eles dão preferência a contratações internas, segundo ela.

Essa vaga de assistente é minha maneira de entrar. É temporário. Se eu provar meu valor nesse emprego, esse é meu pé na porta para a vaga de marketing no time.

A porta do elevador se abre, e vou até a porta dele, respirando de maneira profunda e relaxante. Não funciona, e meu coração bate forte.

Preciso desse emprego, lembro a mim mesma.

Bato, a porta se abre, e meu pulso vacila como se eu estivesse bêbada de cidra barata.

Ele ficou muito mais gato adulto. E pessoalmente? Chega a ser injusto.

Seu corpo preenche o batente. Ele é uns trinta centímetros mais alto do que eu e, mesmo por baixo da camiseta de treino, seu corpo é a mais pura perfeição. O tecido fino se estica sobre seus ombros largos. Escuto vagamente um cachorro latindo e correndo pelo apartamento atrás dele, mas meu olhar segue o movimento dele enquanto ele apoia uma das mãos no batente. Suas mangas estão arregaçadas, e meus olhos encontram seu antebraço.

Os antebraços de Jamie Streicher poderiam engravidar uma mulher.

Estou encarando. Volto o olhar para seu rosto.

Argh. Sinto um frio na barriga. Aquele crush adolescente que eu tinha dez anos atrás retorna voando à minha vida como um cometa, me deixando arrepiada. Seus olhos ainda são de um verde-escuro intenso, como os tons de uma floresta antiga. Meu estômago se revira.

— Oi — murmuro antes de limpar a garganta. Meu rosto arde. — Oi. — Minha voz é mais forte dessa vez, e finjo um sorriso radiante. — Sou Pippa, sua nova assistente. — Passo a mão no rabo de cavalo.

Por um segundo seus traços ficam inexpressivos, então os olhos se estreitam e a cara se fecha.

Meus pensamentos se espalham no ar feito confetes. Palavras? Não conheço nenhuma. Não saberia dizer uma sequer. Seu cabelo é farto, curto e um pouco ondulado. Úmido, como se tivesse acabado de sair do banho, e quero passar os dedos nele.

Seu olhar paira sobre mim, ficando mais hostil a cada segundo que passa, antes de ele suspirar como se eu o estivesse incomodando. Era assim que ele parecia no ensino médio — mal-humorado, irritado, rabugento. Não que tenhamos interagido alguma vez.

— Ótimo. — Ele pronuncia a palavra como se fosse um palavrão, como se eu fosse a última pessoa que ele quer ver. Ele se vira e entra no apartamento.

Sabia que não se lembraria de mim.

Seguro uma risada sem graça de constrangimento e incredulidade. Não sei por que fico surpresa com a atitude dele. Se aprendi alguma coisa com meu ex, Zach, e sua turma, é que pessoas lindas e famosas se dão o direito de serem totalmente babacas. O mundo não as cobra por isso.

Jamie Streicher não é diferente.

Tomo a porta aberta como um sinal para segui-lo. A cachorra corre na direção dos meus pés e pula em cima de mim. Ela está usando uma coleira rosa, e me apaixono por ela imediatamente.

— Senta — ele comanda com uma voz rígida que faz minha nuca

se arrepiar. A cachorra o ignora, pulando em minhas pernas e abanando o rabo com força.

— Oi, cachorrinha. — Eu me agacho e rio enquanto ela tenta me dar beijos.

Ela é cheia de uma energia frenética e brincalhona, sapateando no chão enquanto o rabo abana com tanta força que parece prestes a cair. Sua bunda balança de um jeito fofo quando coço o ponto acima de seu rabo.

Estou apaixonada.

Jamie limpa a garganta com reprovação. Um constrangimento se acende em meu peito, mas ignoro a sensação. Estou aqui para ajudá-lo com a cachorra; qual é o problema dele? Quando me levanto, meu rosto está ardendo.

Além disso, seu apartamento? É um dos lugares mais bonitos em que já estive na vida. É um dos lugares mais bonitos que já *vi* na vida. Janelas do chão ao teto se estendem por dois andares com vista para a água e as montanhas North Shore, enchendo de luz a sala em plano aberto. A cozinha é reluzente e espaçosa e, embora a sala de estar esteja cheia de caixas de mudança e brinquedos de cachorro, o imenso sofá em L parece muito confortável e acolhedor. Há escadas, que devem levar aos quartos. Pelas janelas, consigo ver North Vancouver e as montanhas. Mesmo com uma tempestade, no dia mais escuro e chuvoso de Vancouver, a vista seria espetacular.

Aposto que esse lugar tem uma banheira imensa.

— Como ela se chama? — pergunto a Jamie enquanto faço carinho na cachorra. Ela está toda entregue, claramente adorando a atenção.

O maxilar dele se cerra e a maneira como ele me encara me dá um frio na barriga. Seus olhos verdes são muito penetrantes e aguçados, e me pergunto se ele já sorriu alguma vez na vida.

— Não sei.

No chão perto do sofá, há uma cama de cachorro macia gigantesca, e uns cem brinquedos coloridos estão espalhados pela sala. Um pote de água e um pote de ração vazio estão no chão da cozinha e, no balcão, há um saco enorme de biscoitos pela metade. A cachorra corre até um dos brinquedos antes de trazê-lo para Jamie e erguer os olhos para ele, abanando o rabo.

— Tenho que ir para a arena, então vamos logo com isso — Jamie diz, como se eu estivesse desperdiçando seu tempo. Ele passa por mim e, ao fazer isso, seu perfume entra em meu nariz.

Meus olhos praticamente se cruzam. O cheiro dele é incrível. É aquele aroma inidentificável de desodorante masculino — forte, picante, intenso, fresco e limpo, tudo ao mesmo tempo. Deve se chamar Avalanche ou Furacão ou algo potente e imbatível. Quero enfiar a cara na camiseta dele e fungar. Eu provavelmente desmaiaria.

Enquanto ele se move pela cozinha, mostrando onde fica a ração da cachorra, fico impressionada pela maneira como ele se movimenta com força e elegância. Seus músculos das costas se ondulam sob a camiseta. Seus ombros são tão largos. Ele é tão, mas tão alto.

Eu me dou conta de que ele ainda não se apresentou. É algo que pessoas famosas faziam na turnê de Zach quando vinham para os bastidores, como se esperassem que você soubesse quem eles eram.

— Toda nossa comunicação vai ser por e-mail ou mensagem — Jamie diz. — Passeie com a cachorra, dê ração para ela, não deixe que ela se meta em confusão. Já a levei para o veterinário e para a tosa. — Ele olha de soslaio para ela de novo.

Abro um sorriso tranquilizador.

— Dou conta disso tudo.

— Ótimo. — Seu tom é cortante.

Uau. Uma personalidade e tanto. Engulo em seco. Ele é tão mandão. Um calafrio desce por meu corpo, e minha pele formiga. Aposto que é mandão na cama também.

— Porque é esse seu trabalho — ele acrescenta.

Uma náusea sobe por minha garganta, mas a contenho. Não tenho mais dezesseis anos. Sei como as coisas funcionam e conheço esse tipo de gente. Depois de Zach, sei que é bom não se apaixonar por homens como ele — homens famosos. Homens cheios de ego. Homens que acham que podem fazer o que quiserem sem consequências.

Homens que só vão se cansar de mim e me descartar.

— Nos dias de jogo, tiro um cochilo depois do almoço — ele diz por cima do ombro enquanto o sigo para o andar de cima. — Preciso de silêncio absoluto.

É necessária toda minha força de vontade para não bater continência e dizer *sim, senhor!* Algo me diz que ele não daria risada.

— Vou levá-la para um passeio demorado durante esse tempo.

Ele resmunga. Deve ser o jeito dele de chorar de alegria.

No corredor do andar de cima, ele para diante de uma porta aberta. O quarto está vazio exceto por meia dúzia de caixas grandes e um colchão embalado em plástico.

— Esse vai ser meu quarto? — pergunto.

Ele franze a testa, e meu estômago se contorce.

— Quero dizer, esse vai ser o quarto em que vou dormir quando você estiver fora? — esclareço para ele não pensar que estou tentando me mudar em tempo integral ou coisa assim. — Quando eu estiver cuidando da cachorra.

Ele cruza os braços.

— Sim.

A maneira como ele me encara faz minhas entranhas ressoarem como as patas da cachorra no chão. Minha reação nervosa é sorrir de novo, e as rugas de sua testa se aprofundam.

— Ótimo. — Minha voz é praticamente um gorjeio.

Ele aponta o queixo para o banheiro seguindo o corredor.

— Pode usar o banheiro. Tenho um na suíte.

Seus olhos se demoram em mim, e tento não me remexer sob seu olhar. Esse cara definitivamente *não* gosta de mim, mas vou mudar isso quando ele perceber como vou deixar a vida dele mais fácil. Além disso, ele nunca vai me ver.

Perder esse emprego não é uma opção.

3

JAMIE

Pippa Hartley está na minha sala, brincando com a cachorra, e não consigo respirar. Quando abri a porta, pensei que estava alucinando.

Seu cabelo está mais comprido. O mesmo sorriso tímido, os mesmos olhos cinza-azuis que me fazem esquecer meu próprio nome. A mesma voz doce e musical que eu me esforçava para ouvir na escola quando ela estava falando e rindo com os outros alunos da banda.

Mas adulta ela ficou gata pra caralho. Um corpaço. O nariz e os maxilares têm sardas, e seu cabelo caramelo, que não é nem castanho nem loiro, está cheio de fios dourados, tudo por causa do sol de verão. Embora seu aparelho fosse fofo na escola, seu sorriso hoje quase fez meu coração parar.

Sou Pippa, ela disse à porta, como se não se lembrasse de mim. Não sei por que isso me deixou tão desapontado.

— Quer ajuda para desfazer as caixas? — ela pergunta, brincando de cabo de guerra com a cachorra. — Também posso comprar ou preparar uma comida para você.

Observo o formato de sua boca enquanto ela fala. Seus lábios parecem macios, o tom perfeito de rosa. Sempre foram.

Merda.

— Não. — A palavra sai mais dura do que eu pretendia, mas estou nervoso.

Não consigo pensar perto de Pippa Hartley. Sempre foi assim.

Em um instante, minha mente está de volta àquele corredor na frente da sala de música da escola, ouvindo enquanto ela cantava. Ela tinha a voz mais linda, cativante e hipnotizante que eu já tinha ouvido — doce, mas, quando atingia certas notas, rouca. Forte, mas, em certas partes, delicada. Sempre controlada. Pippa sabia exatamente como usar a voz. Mas nunca cantava em público. Era sempre aquele maldito Zach cantando, e ela acompanhava no violão.

Me pergunto se ela ainda canta.

Me pergunto se eles ainda estão juntos, e minhas narinas se alargam. No verão, vi o rosto idiota dele num outdoor e senti tanta vontade de meter um soco na cara dele que quase perdi o controle do carro. *Aquele* cara é o show de abertura de uma turnê? Ele mal sabia tocar violão. A voz dele era mediana.

Ao contrário de Pippa. *Ela*, sim, é talentosa.

Oito anos depois, ainda penso o tempo todo naquele momento no corredor. Não sei por que — não importa.

A cachorra sacode o brinquedo enquanto Pippa segura firme, e ela ri. Preciso sair.

— Tenho que ir treinar. — Pego as chaves da bancada e coloco a mochila no ombro.

— Tchau — ela se despede enquanto passo pela porta.

Depois do treino da tarde, estou prestes a abrir a porta da frente quando um barulho em meu apartamento me faz parar com a mão na maçaneta.

Cantoria. Fleetwood Mac toca dentro do apartamento. Por cima da melodia, a voz dela ecoa, clara, luminosa e melódica. Ela atinge todas as notas, mas há algo de especial na maneira como canta. Algo único a Pippa.

Não posso me mexer. Se eu entrar, ela vai parar de cantar.

Inquietação atravessa meu corpo, porque isso é exatamente o que eu não deveria estar fazendo. Era para ela ir embora antes de eu chegar em casa.

Não posso ter Pippa por perto este ano. Faz só algumas horas, e ela já está mexendo comigo.

Quando abro a porta, minha nova assistente está desfazendo as caixas da cozinha, erguendo o braço para colocar um copo na prateleira, inclinando-se para a frente na bancada, e fico com uma visão clara de sua bunda incrível.

Certa irritação aperta meu peito. Essa é a última coisa de que preciso.

Meu olhar percorre o apartamento. A maioria das caixas está desfeita. Ela arrumou a sala, e a foto em que estou com minha mãe está na prateleira. Ela dispôs os móveis da sala de maneira diferente do meu apartamento em Nova York. A poltrona Eames está de frente para a janela, com vista para as luzes da cidade de North Vancouver, do outro lado do rio. A cachorra está dormindo no sofá, toda enroladinha.

Cruzo os braços diante do peito, sentindo um misto de alívio e confusão. O apartamento está bonito. Faz eu me sentir em casa. Eu estava com pavor de desfazer as caixas, mas agora está quase tudo terminado.

Nem me importo que a cachorra esteja em cima dos móveis. A cantoria para, e Pippa olha por cima do ombro.

— Ah, oi. — Ela se assusta e olha para o celular em cima da bancada antes de voltar os olhos para os meus. — Desculpa. Perdi a hora. — Ela sacode as mãos e caminha até a porta. — Como foi o treino? — ela pergunta enquanto calça os tênis.

O tom doce e curioso de sua pergunta me dá uma sensação esquisita no peito. Quente e líquida. Não gosto disso. Sinto o impulso estranho de responder que estou nervoso com esta temporada.

— Bem — digo em vez disso, e seus olhos se arregalam. Merda. Viu? É por isso que não vai rolar. Eu me importo demais com o que ela pensa.

— Eu e Daisy demos um passeio de duas horas no Stanley Park e depois passei quase a tarde toda ensinando uns truques para ela.

Minhas sobrancelhas se franzem.

— Daisy?

Ela encolhe os ombros, sorrindo para a cachorra no sofá.

— Ela precisa de um nome. — Pippa pega a bolsa. — Eu saí com ela uma hora atrás para você não precisar fazer isso.

Tento dizer algo como *obrigado*, mas tudo que sai é um ruído gutural de agradecimento.

Ela ajeita o rabo de cavalo com a mão delicada, pisca duas vezes e me abre aquele sorriso radiante de antes, aquele em que pensei durante o treino todo.

Suas bochechas estão corando, e ela parece envergonhada.

— Não vou mais te incomodar. — Ela pendura a bolsa no ombro e me dá mais um sorriso rápido e tímido. — Vou estar aqui amanhã de manhã depois que você sair para o treino. Boa noite, Jamie.

Meu olhar desce para seus lábios lindos, e fico sem palavras. Ela deve achar que fui atingido vezes de mais por um disco na cabeça.

Ela sai e fico parado, olhando fixamente para a porta.

Talvez eu não precise...

Esmago esse pensamento, como se fosse um pernilongo no braço. Pippa não pode estar aqui. Sei por causa de minha mãe e do único relacionamento que tentei ter durante meu primeiro ano na NHL que, se houver bolas de mais no ar, vou derrubar alguma. Sempre derrubo.

No segundo que ela sai, pego o celular e ligo para Ward.

— Streicher — ele responde.

— Treinador. — Passo a mão no cabelo. — Preciso de uma nova assistente.

4

PIPPA

— Vocês estão me demitindo? — repito no celular na manhã seguinte, piscando para o nada. Estou na porta da frente de Hazel, calçando os sapatos para sair para o apartamento de Jamie. Minha cabeça vai a mil, e minha testa se franze de confusão. — Não faz sentido.

A mulher no escritório do time suspira.

— Não leve para o lado pessoal. Esses caras às vezes são difíceis de agradar.

Sinto um frio na barriga. Demitida depois de um dia. Isso não vai pegar bem quando eu me candidatar para a vaga de marketing do time.

Achei de verdade que eu tinha mandado bem ontem. Desfiz a maioria das caixas, e Daisy estava boazinha e cansada quando ele voltou. Foi bem divertido passear com ela e tocar música no apartamento enquanto ela me seguia de um lado para o outro.

Pânico começa a se infiltrar em meus pensamentos. Merda. Preciso de dinheiro *agora*. Preciso sair da quitinete minúscula da Hazel. Não posso voltar para a Hot Dog Hug — eu me engasgo só de lembrar do jeito nojento como o dono olhava para mim. Sem falar do cheiro com que eu ficava depois do turno.

Demitida. Meus pais vão surtar. Depois de perder dois anos da minha vida seguindo Zach na turnê, eles querem desesperadamente que eu tenha uma carreira em marketing. Eles estão superansiosos para me ver em um trabalho estável e regular. Um trabalho de escritório. Algo com benefícios. Algo que *não* seja na indústria musical. Eles se esforçaram muito para pagar meus estudos. Meus pais não são ricos, e sacrificaram muita coisa para que eu e Hazel tivéssemos o que eles não tiveram.

Quero que sintam orgulho de mim.

Agradeço a mulher, desligo e fico olhando para o chão. A ficha cai, e meus ombros se afundam. Droga.

Ao meu lado, a porta se abre e me atinje. Saio do caminho, mas tropeço em uma das minhas caixas de mudança, caindo de bunda no chão.

— Desculpa! — Os olhos de Hazel estão arregalados enquanto me ajuda a levantar. — Você está bem?

Massageio o braço, estremecendo.

— Estou sim. Não deveria ter ficado parada atrás da porta.

O apartamento da minha irmã é uma quitinete minúscula porque Vancouver é cara pra caramba. É por isso que preciso desse emprego para poder me mudar daqui.

— Como foi ontem? — Ela vai até o canto da cozinha e separa os ingredientes da vitamina.

Quando cheguei em casa ontem à noite, ela estava dando uma aula de ioga. Apesar de trabalhar como fisioterapeuta do time, ensinar ioga é a verdadeira paixão de Hazel. Ela teve uma aula hoje cedo, antes do trabalho.

Dou para ela a notícia frustrante que acabei de receber, e seu queixo cai.

— E nem deram um motivo?

— Não. — Sinto uma pontada de raiva em minhas costelas, e minha barriga fica tensa. — Mas ele foi bem cuzão. Mal disse duas palavras para mim o tempo todo. Só ficava me olhando com a cara fechada. — Estreito os olhos e resmungo.

Hazel ergue uma sobrancelha escura. O cabelo dela é mais escuro que o meu, um castanho-chocolate enquanto o meu é loiro pálido.

— Acha que ele se lembra de você?

— Não. De jeito nenhum. — Descalço os sapatos e os coloco na frente do armário do corredor. — Ele nem se apresentou.

Ela faz uma careta na cozinha.

— Grosso.

— Né? — Abano a cabeça enquanto me afundo no sofá. — Muito grosso. Tipo, eu sei que ele é uma celebridade rica e famosa, mas também sou gente, sabe?

— Total. — Hazel concorda com veemência, o rabo de cavalo balançando. — Você é gente. Merece respeito.

— Respeito? — balbucio. — Ele não conhece essa palavra. Me tratou como uma pulga que devia estar no lixo.

Hazel mostra os dentes.

— Odeio esse cara. Jogadores de hóquei. — Seus olhos se estreitam. — Eles são péssimos.

Hazel namorou um jogador de hóquei na universidade, mas ele a traiu. Foi toda uma história. Não toco no assunto.

— Péssimos — repito, cruzando os braços. Meus pés batem em um ritmo de staccato no chão, e um nó se forma em minha garganta. Fui ótima ontem e sou perfeita para esse trabalho.

Depois de Zach, minha autoconfiança sofreu um baque, mas agora isso? Isso, sim, é chutar cachorro morto.

Minha mente volta a um mês atrás, no aeroporto, esperando meu voo para casa. A gerente da turnê tinha chamado meu Uber, que pensei que me deixaria no ponto de encontro do ônibus que nos levaria ao próximo local. Em vez disso, fui levada para o aeroporto e, quando comecei a ligar para as pessoas, confusa, ninguém atendeu.

Finalmente, Zach me ligou de volta.

— Ai, caralho — ele disse. — Ela já te mandou para o aeroporto? Eu queria conversar com você antes.

Ele terminou comigo pelo celular. Disse que éramos pessoas diferentes, que não éramos mais adolescentes, e que ele queria descobrir quem era separado de mim. Namoramos por oito anos, desde meados do ensino médio, e ele mandou sua funcionária me mandar embora.

Quando ofereceram a turnê para ele no nosso último ano de universidade, ele arranjou um emprego para mim como assistente do coordenador de turnê, para não termos que namorar à distância. Quando ele emperrava com uma música, trabalhávamos juntos, eu no violão, ajudando-o com a letra. Deixei toda minha vida de lado para segui-lo enquanto ele realizava seus sonhos.

Meu rosto arde, pensando no quanto chorei no banheiro do aeroporto, me sentindo tão perdida e sozinha. Tão indesejada, como um saco de lixo à beira da estrada.

Homens como Zach e Jamie? Pensam que o mundo gira em torno deles. Pensam que podem descartar pessoas depois que perdem interesse. Sinto a vergonha crescer por dentro, seguida imediatamente por fúria.

Estou tão cansada de ser essa garota que é descartada. Eu me levanto de repente, enfurecida.

— Vou confrontá-lo.

— Hm. — Os olhos de Hazel se arregalam, as mãos pousadas no liquidificador. — Não acho que seja uma boa ideia.

Meu coração se acelera com a ideia de repreender Jamie Streicher. Estou cansada de ser pisada por homens.

— Você vive dizendo que preciso dizer o que quero para o Universo — digo a Hazel.

— Sim, para o *Universo*. Não para ele. Streicher provavelmente vai ligar para a polícia.

— Ele não vai ligar para a polícia. — Eu o imagino me tirando fisicamente de sua casa, me jogando por cima dos ombros. Um formigamento estranho desperta entre minhas pernas. Ah. Gosto dessa ideia.

Enfim. Não importa. Ele é o rei dos babacas, mas preciso desse emprego. Hazel solta uma gargalhada.

— É assim que você vai parar na primeira página do jornal. *Astro do hóquei assediado por stalker maluca.*

— Não vou ser stalker. Vou conseguir meu emprego de volta.

Talvez ela esteja certa e chegar lá em posição de ataque não seja a melhor estratégia. Ela volta para a bancada para fazer sua vitamina e, quando abre o armário, vejo a forma de muffin que usei na semana passada.

Uma ideia me ocorre. Hazel tem razão: se eu aparecer e exigir meu emprego de volta, ele vai achar que sou maluca.

Agora, se eu aparecer com *cupcakes*, só vou estar reforçando que eu seria uma ótima assistente.

Ninguém chama a polícia para alguém que traz cupcakes.

Quando conto do meu plano, ela ri.

— Vou deixar o celular ligado porque vai que preciso pagar sua fiança.

Duas horas depois, os cupcakes estão resfriados e decorados. Por fora, estão com uma cobertura perfeita, enfeitados com granulado divertido e colorido. Mas eles estão recheados com minha raiva. Bati a massa com ódio enquanto os fazia, descontando neles toda minha frustração por Zach e Jamie e pelas merdas na minha vida.

Pela agenda que Jamie me deu, sei que ele vai chegar em casa em dez minutos, então guardo os cupcakes num pote e me arrumo para sair.

Hazel sorri para mim enquanto calço os sapatos.

— Acaba com ele, gata.

No caminho para o apartamento de Jamie, começa a chover. Esqueci que o clima de Vancouver pode mudar de uma hora para a outra, então não estou usando meu casaco com capuz. Paro num farol, mordo o lábio, me perguntando se devo dar meia-volta e pegar minha outra jaqueta.

Não. Já consigo sentir a hesitação tremulando em meu estômago. Se eu voltar, não vou terminar o que comecei.

Eu *preciso* desse emprego. Preciso do dinheiro. Preciso dar espaço para Hazel no apartamento, e preciso entrar no time de alguma forma para conseguir a vaga de marketing e seguir em frente com minha vida. Isso vai rolar.

Vou conseguir meu emprego de volta.

5

JAMIE

Estou tentando cochilar, mas não consigo parar de pensar na minha linda assistente.

Ex-assistente.

Merda. Fico olhando pelas janelas do quarto, onde cai uma chuva torrencial para combinar com meu humor. Estou pensando nela o dia todo. Por que me importo? Ela vai ser recrutada por outra pessoa num piscar de olhos.

Um sentimento estranho desperta em meu peito. Odeio a ideia de ela montar o apartamento de outro cara, sorrindo para ele enquanto canta na cozinha.

Há uma batida à porta, e franzo a testa. Não estou esperando ninguém. Quando desço, Daisy já está lá, farejando embaixo da porta e abanando o rabo.

Abro e congelo.

Rímel escorre pelo rosto de Pippa. Ela estava chorando? Meu peito se aperta, mas percebo que os olhos dela não estão vermelhos e o cabelo está ensopado, a franja colada à testa, e meus músculos relaxam. Ao me ver, ela enrijece a postura, as narinas se alargando. No fundo da mente, noto como isso é fofo.

— Oi — ela diz, e seu longo pescoço se mexe. Ela pisca.

Ela está nervosa. Está segurando um pote de plástico. Tem cupcakes dentro.

Franzo a testa de novo.

— Como você subiu? — Ela precisa de uma chave ou ter a entrada liberada. Ela faz que não é nada.

— Os caras de ontem se lembraram de mim, e dei cupcakes para eles.

É claro que a deixaram subir. Essa mulher conseguiria convencer um policial a entregar a arma. Tudo que ela precisa fazer é sorrir e balançar o rabo de cavalo, e ele diria: *quer as balas também?* Há uma pressão estranha em meu peito e, pela primeira vez em muito tempo, sinto o impulso de sorrir.

Ela me entrega o pote.

— São para você.

Ergo as sobrancelhas, olhando para os doces através da tampa de plástico transparente.

— Faz mais de uma década que não como um cupcake. — Seus olhos se arregalam.

— Como assim? Que triste. — Ela vê o próprio reflexo no espelho atrás de mim, que ela deve ter pendurado ontem. — Ai, meu Deus. — Ela passa um dedo embaixo do olho para limpar a maquiagem. — Olha minha cara! Jesus.

Ela *sabe* que eu a demiti, certo?

Ela se volta para mim e respira fundo.

— Fiz um bom trabalho ontem.

Hesito. Ela não está errada.

— Não. — Suas bochechas coram. — Um ótimo trabalho. Consigo resolver qualquer coisa que apareça, sem problema. E você nem se apresentou. — Ela aperta os lábios. — Quem você pensa que é, o Ryan Gosling? Você pode simplesmente me demitir feito um babaca?

Conheço Ryan Gosling. Fomos apresentados em uma festa da NHL a que o time foi obrigado a ir no ano passado. Ele é um cara bacana. Bem mais bacana que eu.

É esse o tipo dela? Meu maxilar fica tenso. Não gosto dessa ideia.

— Babaca — repito.

— Desculpa. — Ela se crispa. — Sou uma pessoa, sabe. Mereço ser tratada com respeito.

Suas sobrancelhas se franzem, e ela pisca rapidamente, parecendo uma cachorrinha chutada. Ai, merda. Meu coração se aperta. Odeio essa sensação. Odeio que ela se sinta dessa forma, e odeio mais ainda saber que fui eu que causei isso.

Ela tem razão. Fui um escroto ontem. Mas não foi por querer. Não sei agir de maneira normal perto dela. Ela apareceu com uma cara de princesa da Disney, e mal consegui pronunciar duas palavras.

Pippa aponta para Daisy, que está esperando aos pés dela, erguendo os olhos com adoração.

— Eu me dou superbem com a Daisy. Desculpa por ainda estar aqui ontem à noite. Perdi a noção da hora, e não vai acontecer de novo. Juro que você nunca vai ter que me ver. — Sua voz vacila. — Eu faria qualquer coisa para ter meu emprego de volta.

O ar fica cheio de tensão, e ficamos nos encarando. Ela está...? Na minha cabeça, aparecem imagens de nós dois enroscados na cama. Ela embaixo de mim, a cabeça erguida para trás, os olhos fechados, com uma expressão de prazer no rosto enquanto a penetro até o fundo.

Vou pensar nisso depois com o pau na mão, e me odeio por isso.

— Não foi isso que eu quis dizer — ela diz rapidamente, as bochechas corando em um tom mais escuro de rosa. — Me expressei mal. Só quero dizer que preciso muito desse emprego, então seja lá o que eu tenha feito pra te fazer achar que eu não sou uma boa candidata, por favor me fala.

Não posso de jeito nenhum contar para ela a verdade — que ela é a garota por quem passei dois anos do ensino médio obcecado. E tudo que ela disse? Ela tem razão. Gostei do jeito como ela arrumou meu apartamento. Ela cansou Daisy melhor do que eu poderia ter feito. Já dá para ver que essa cachorra precisa de muito estímulo mental, além de exercício físico. No fundo, confio que Pippa vai cuidar bem dela.

Eu deveria deixar o time me arranjar outra assistente. Os problemas de Pippa não são problemas meus. Já tenho coisas de mais com que me preocupar.

Assim como no abrigo com Daisy, ignoro a hesitação. A maneira como Pippa está olhando para mim agora, com um misto de determinação e receio, com a cabeça erguida dessa forma? Me atinge bem no meio do peito.

Fico olhando para ela, estudando seu rosto. Embora ela esteja parecendo um cachorro molhado, seus olhos ainda brilham. Suas bochechas estão coradas, tão cheias de vida e energia, e uma sensação estranha me atinge, como se eu estivesse com azia.

Ergo uma sobrancelha para ela.

— Você me chama de babaca e depois pede seu emprego de volta? — Ela passa o peso de um pé a outro, encolhendo-se.

— Sim, chamei. — Ela aperta os lábios, olhando para mim com uma expressão culpada, e a determinação em seus olhos tensiona um músculo em meu peito. — Desculpa.

Eu gosto dessa garota. Ela é guerreira. É preciso muita coragem para aparecer aqui e me chamar de babaca. Ninguém fala assim comigo.

Não posso fazer essa sacanagem com ela. Vou encontrar uma forma de manter o foco este ano.

Sempre encontro. Faz anos que mantenho a disciplina. Este ano, só vou precisar manter mais.

Não posso demiti-la, mas posso mantê-la a uma certa distância.

Cruzo os braços diante do peito, apoiando o corpo no batente. Sinto minha nuca esquentar.

— Está bem.

Ela fica radiante e, por um momento, fico apavorado que jogue os braços ao redor do meu pescoço.

— Sério?

Apavorado ou excitado. Não sei.

— Não deixe nada aqui — acrescento rapidamente.

Ela bate palmas, e isso deixa Daisy agitada. A cachorra começa a correr pelo apartamento. Pippa sorri para mim, o sorriso se alargando de orelha a orelha, e sinto que estou prestes a passar mal.

— Obrigada. — Ela aperta as mãos. — Juro que vou ser ótima.

Essa não é a questão.

— Vou treinar — digo para ela. É só daqui a uma hora, mas eu é que não vou ficar parado no apartamento, olhando para a cara dela.

Ela já está tirando a jaqueta.

— Sem problema. Estou com tudo sob controle aqui. Precisa que faça compras?

Calço os sapatos e hesito. Preciso fazer compras, sim.

Qualquer que seja minha expressão, ela assente.

— Posso fazer. O que você gosta de comer?

— Hm. — O nutricionista do time fez planos alimentares detalhados para cada jogador, mas não quero depender de Pippa mais do que preciso. — Não sei. Coisas.

Ela acena, sorrindo.

— Ótimo. Super posso comprar coisas.

Abro a porta. Preciso dar o fora daqui.

— Espera — ela diz, estendendo os cupcakes para mim. — Leve isso. Você pode dar para o time ou sei lá.

Olho estranho para ela. Se eu aparecer com cupcakes, vou ser zoado para sempre. Mesmo assim, eu os pego. Não posso ver aquela decepção no rosto dela de novo.

Ao sair para a rua, abro o pote e coloco um na boca. Reviro os olhos quando o açúcar atinge minha língua e quase gemo de êxtase.

É a melhor coisa que já comi na vida.

6

PIPPA

— Não acredito que os cupcakes funcionaram — Hazel diz enquanto andamos pela trilha na montanha.

Faz duas semanas que confrontei Jamie, mas, comigo cuidando de Daisy e com o trabalho como fisioterapeuta e as aulas de ioga da minha irmã, mal nos vimos. Hoje é nossa primeira chance de colocar o papo em dia.

Daisy fareja alguma coisa nos arbustos antes de sair saltitando à nossa frente. Passamos a manhã ensinando-a a vir quando era chamada até nos sentirmos confiantes para soltá-la da coleira numa trilha em North Vancouver em que cachorros podem andar sem guia. Enquanto subíamos a trilha para a montanha, a temperatura foi caindo mesmo com o sol a pino, então estamos com jaquetas quentinhas. A floresta está serena e tranquila, e Daisy está se divertindo como nunca.

Penso no confronto com Jamie. Ele estava com cara de quem me botaria para fora ou, pior, ligaria para o time e estragaria minhas chances de um futuro emprego.

Mas não foi isso que ele fez. Quando eu disse *mereço ser tratada com respeito*, ele pareceu quase... arrependido.

— Não acho que tenham sido os cupcakes — reflito.

Não o vi mais depois daquele dia porque ele andou ocupado com o treinamento e está viajando desde que a temporada começou, alguns dias atrás. Seu apartamento parece algo saído de uma revista de arquitetura e, às vezes, quando olho para as montanhas pelas janelas, sinto como se estivesse hospedada numa casa de férias, totalmente distante da vida real. O apartamento vive sempre cheio de luz, então nesta semana comprei algumas plantas para dar um ar mais pessoal.

O espaço é maravilhoso, mas meio solitário, só eu e Daisy. Nunca morei sozinha. Na universidade, sempre tive pelo menos quatro colegas de apartamento e, depois, nas turnês de Zach, sempre havia gente em volta. Sempre havia alguém com quem conversar e dar risada.

Preciso de mais amigos porque cansei da música.

Algo que eu disse a Jamie ficou martelando na minha cabeça desde aquela conversa com ele. *Eu faria qualquer coisa.*

Eu me encolho.

— Sem querer dei a entender que dormiria com ele para continuar com o emprego. — Hazel solta uma risada rouca. — Argh. Esclareci na hora. Mas mesmo assim. Foi constrangedor.

— Ele já se deu conta de que vocês estudavam na mesma escola? — Hazel é um ano mais velha do que eu, um ano mais nova do que ele.

— Não mesmo. Você já trabalhou com ele?

— Não. — Ela lança um olhar para mim. — Você vai comentar?

— Eu não. Seria muito constrangedor. Ele vai querer saber por que não falei nada na primeira vez que o encontrei.

— Bom, logo mais não vai fazer diferença. Emma marcou a data da licença-maternidade, então estão preparando a papelada para o anúncio interno de vaga.

Certo, a vaga de marketing. Sinto um frio na barriga de nervosismo e aceno, ansiosa. Parece um pouco forçado.

— Ótimo.

— Eles devem começar a fazer entrevistas em dezembro ou no ano que vem.

— Que bom. Isso me dá tempo suficiente com o time para provar meu valor.

— Pois é. — Hazel ergue a sobrancelha. — E aí podemos trabalhar em empregos estáveis e responsáveis pelo resto da vida, para todo o sempre. — Sua voz assume um tom leve e sarcástico.

Lanço um olhar duro para ela. O sonho de Hazel é abrir o próprio estúdio de ioga e fisioterapia, um lugar onde pessoas de todos os tipos e tamanhos corporais se sintam à vontade, mas nossos pais morreriam engasgados se ouvissem isso.

Arriscado, eles diriam.

Baixo os olhos enquanto andamos.

— Quer dizer, eles não estão errados. Ter um emprego estável deixa a vida mais fácil. — Ela suspira algo como *porra*.

— Sim, mas eles são, tipo, *obcecados* com isso.

— Eles querem o melhor para nós.

Nossos pais não cresceram *pobres*, mas os dois vêm de famílias de baixa renda. Nosso pai era mecânico, e nossa mãe, uma bailarina até não conseguir entrar em uma companhia de balé. Então abriu o próprio estúdio de dança. Ela deu aulas de balé até eles se aposentarem em uma cidadezinha no interior da Colúmbia Britânica alguns anos atrás. Embora sempre tenha sido uma professora incrível, acho que isso serviu como um lembrete do que ela não conseguiu realizar. Na infância, quando eu comentava sobre me dedicar à música, ela usava a si mesma como exemplo para me desincentivar.

O fracasso é muito difícil, ela sempre dizia. *É melhor você criar as bases para o sucesso.*

Eles querem que levemos vidas felizes e confortáveis e, para meu pai, isso significa ter um trabalho com um pagamento quinzenal e benefícios. Para minha mãe, significa algo que não cause uma grande desilusão caso não dê certo. Como o trabalho de Hazel como fisioterapeuta. Como esse emprego de marketing.

E *não* algo na indústria musical. É por isso que estudei marketing na universidade com algumas optativas em música. Eu queria me formar em música, mas eles me dissuadiram.

Eles estavam certos, no fim das contas. A indústria musical é brutal. Eu me lembro de tocar uma música que compus para Zach; ele e seu empresário riram depois. Zach disse que era *bonitinha*.

Sinto um nó no peito. Penso naquele momento, e minha cabeça dói. Não sou forte o bastante para suportar isso.

Hazel se volta para mim.

— O papai fica enchendo seu saco sobre Streicher?

Não bastasse o desejo de nossos pais por empregos sólidos, nosso pai *ama* hóquei e é fã desde sempre do Vancouver Storm. Ele está animado que nós dois duas trabalhamos para o time.

Quando descobriu que um cara da nossa escola tinha sido trocado para o Vancouver, ele foi às nuvens.

— Argh — respondo. — Sim.

Damos risada, e Daisy corre à frente para cumprimentar um labrador amarelo que está descendo a trilha.

— Ela é uma cachorra tão boazinha — Hazel diz, cruzando o braço no meu. Sorrio para Daisy.

— Sim, é. Amo essa parte do trabalho.

Caminhamos, observando os cachorros, dando oi para os tutores enquanto passamos por eles e aproveitando o tempo na floresta. Um rio passa por entre as árvores, correndo sobre as pedras. Há clareiras ao longo da trilha com orlas, e Daisy corre para dentro e para fora da água antes de voltar para a trilha.

— Você não tocou no violão desde que voltou para casa.

Minha garganta se aperta, e engulo em seco com dificuldade.

— Ando ocupada.

É mentira, e ela sabe disso. Minha vida toda, músicas flutuavam dentro da minha cabeça. Eu e Zach nos juntávamos, e eu brincava com a guitarra e, quando chegava a determinado combo de acordes, a música surgia na minha mente. Era como abrir uma porta. Como um: ah, você está aí.

Desde que Zach terminou comigo, nada. Completo silêncio.

Nossas botas pisam ao longo da trilha e penso em meu violão sozinho no apartamento de Hazel, esperando por mim. Uma culpa estranha me atravessa, como se eu o estivesse negligenciando. Comprei aquele violão no ensino médio. Não é o mais bonito nem o mais caro — longe disso —, mas o amo mesmo assim.

E agora o estou evitando.

Toda vez que penso em tocar meu violão, penso em Zach armando para me mandar para o aeroporto. Penso em todas as vezes em que toquei violão enquanto eu e ele trabalhávamos na letra. Penso nele rindo da música que compus.

A boca de Hazel se contorce para o lado, uma ruga se formando entre suas sobrancelhas.

— Tem alguma coisa a ver com o Herpes?

Eu me engasgo com uma gargalhada. É assim que ela se refere a Zach.

— Não podemos chamá-lo assim.

— Conto para todo mundo que ele tem. — Meu peito treme de tanto rir.

— Herpes é para sempre.

Ela estreita os olhos e bate o dedo no lábio.

— Certo, e Zach é coisa do passado. Vamos chamá-lo de Clamídia então. — Sua expressão fica mais séria. — Então, tem alguma coisa a ver com ele?

Eu me abaixo para fazer carinho em Daisy, que caminha ao meu lado.

— Provavelmente.

Hazel fica em silêncio, deve haver uma centena de coisas que quer dizer. Ela nunca gostou de Zach, desde o ensino médio.

— Queria que você soubesse como você é foda — ela diz baixinho, seu maxilar se cerrando. — Queria que você soubesse como você é talentosa. Você seria imbatível.

Quando ela usa essa voz baixa e séria, sinto vontade de chorar e não sei porquê. Andamos em silêncio apenas com o som do rio correndo ao lado da trilha.

— Bom — ela encolhe os ombros —, você vai ter que meditar até ele sair da cabeça.

— Herpes — digo com uma voz de comercial, como se estivesse vendendo pacotes de spa. — Medite para passar!

— Clamídia — ela corrige, e damos risada. — Sério. Medite até tirar aquele bosta da cabeça.

Sua estratégia escrachada e direta de bem-estar me faz sorrir. Ela ri baixo.

— E, se meditação não der certo, você precisa transar.

Meu rosto arde.

— Essa é a melhor maneira de superar alguém. Especialmente — ela coloca mais ênfase na palavra, voltando-se para mim e me encarando com firmeza — se você só dormiu com um cara a vida toda.

Eu me encolho, enfiando as mãos nos bolsos da jaqueta. Pois é. É verdade. Perdi a virgindade com Zach e não fiquei com mais ninguém.

Outra faísca de vergonha queima em meu estômago. Deve ser parte do motivo por que ele queria seguir em frente, porque não consigo...

Não consigo, hm, chegar lá. Não consigo ter um orgasmo com um cara. Admiti uma vez para Hazel que toda vez que eu e Zach dormíamos juntos, eu fingia. Fiz isso uma vez, e ele ficou tão feliz e aliviado. Achei que ele achava que era culpa dele que eu não conseguia chegar lá. Então continuei fingindo. Eu dizia a mim mesma: *essa vai ser a última vez*, porque é mentir. Mas, no fim, eu não estava fazendo mal a ninguém, então continuei. Se eu não conseguia gozar, ele ficava estressado, o que me deixava estressada. Era mais fácil fingir.

A ideia de dormir com alguém novo é assustadora. Nunca tive um encontro formal, e nunca entrei num aplicativo de relacionamento. Eu e Zach éramos amigos desde as aulas de música do nono ano e fomos ficando cada vez mais próximos. Até que um dia, perto da metade do ensino médio, ele pegou a minha mão e eu deixei. Depois ele começou a me chamar de namorada. Todos ao nosso redor agiram como se não fosse nenhuma surpresa, então não dei muita importância.

Ao longo dos anos, acho que acabei sendo arrastada por sua correnteza. Franzo a testa, sem saber ao certo como me sentir em relação a isso. Não consigo me imaginar sendo tão íntima de alguém como era de Zach.

Ainda mais com meu *probleminha*. Vou ter que fingir tudo de novo para uma pessoa nova.

Hazel olha para mim com expectativa, como se minhas preocupações estivessem todas estampadas na cara.

— Que foi?

— Não consigo... — Aceno a mão no ar. — Sabe.

Ela bufa e imita meu gesto, com exagero. Dou uma risada nervosa.

— Ter um orgasmo? — ela pergunta.

Solto um barulho estrangulado.

— Sim. É coisa do meu corpo. E agora tenho que contar isso para uma pessoa totalmente nova?

Ela suspira, erguendo a cabeça para trás.

— Não é coisa do seu corpo. Sua periquita sabia que o Zach era um otário.

— Para de falar da minha periquita.

— Sua periquita quer ação! — ela grita para a floresta, e engasgo com uma gargalhada, tentando cobrir a boca. — Dê à sua periquita o que ela quer!

Um casal passa por nós e sorrimos para eles. Meu rosto está vermelho vivo. Quando eles passam, voltamos a nos dissolver em risos.

Hazel lança um graveto para Daisy, que sai correndo atrás dele. Durante o resto do passeio, minha irmã me conta sobre seus colegas esnobes do estúdio de ioga e, quando voltamos para o carro dela, meu rosto dói de tanto rir. Daisy está coberta por uma camada de lama de tanto correr por poças, mas está com aquela carinha exausta de cachorro feliz.

— Vem — digo para ela, apontando para o banco coberto pela toalha. — Sobe.

Ela me encara antes de começar a chacoalhar o corpo todo, atirando lama e água suja em cima de mim. Ergo as mãos, mas é tarde demais.

Do outro lado do carro, Hazel está se acabando de rir. Ela tira uma foto da cena e sorri com o resultado.

Abro um sorriso tenso.

— Tem lama no meu cabelo, não tem?

— Tem. — Ela sorri.

Uma hora depois, Daisy está limpa e deitadinha no sofá da sala enquanto estou no banho, tirando terra do cabelo. Jamie só vai voltar no fim da tarde, então estou cantando uma música do Coldplay. Canto do jeito como eu a teria gravado, suave em algumas partes e inflamada em outras.

A acústica do banheiro é incrível, e há algo na água quente escorrendo por minha pele e no cheiro do meu condicionador que me faz sentir que esse é meu mundinho, feito só para mim, onde ninguém pode me tocar.

Termino a música, desligo a água e seco o cabelo com a toalha antes de enrolá-la ao redor do corpo e sair do banheiro para ver como Daisy está.

Jamie Streicher está na sala, olhando fixamente para mim de toalha.

7

JAMIE

Meu cérebro não está funcionando.

Só isso explica por que estou parado aqui, olhando para Pippa seminua numa toalha minúscula. Seu cabelo molhado cai sobre os ombros, e ela aperta a toalha junto aos seios, onde meu olhar se fixa. Sardas pontilham sua escápula, assim como em seu rosto.

Ela estava cantando no chuveiro, e era o som mais doce que eu já tinha ouvido na vida. Eu não conseguia sair do lugar.

Algo corre em meu sangue: excitação. Atração. Faíscas descem por minha espinha enquanto admiro suas pernas. Sua pele é tão macia.

Querendo ou não, ainda me atraio muito por essa garota.

Seu rosto está ficando vermelho-vivo. As unhas dos pés estão pintadas de verde-menta. Por que ela é tão fofa, caralho? Fico olhando para o lábio inferior dela. Sempre foi tão farto assim? Sangue corre para o meu pau, e me viro.

— O que você está fazendo? — questiono. A frase sai mais áspera do que eu pretendia.

— Daisy me sujou de lama, e eu não sabia que você chegaria tão cedo...

— Tudo bem. — Não era para ela estar aqui quando eu chegasse. Isso só pode funcionar se eu nunca a vir.

Quem estou enganando, porra? Isso não está funcionando. Faz duas semanas que fico pensando nela, querendo saber o que ela e Daisy estão fazendo. Ela me manda e-mails diários com atualizações e, embora eu nunca responda, fico ansioso por eles. Fico à espera, atualizando meu e-mail quando estou sentado num avião ou entre sessões de treinamento.

Pensei que, se não a visse, ela não teria como me distrair. Eu estava muito enganado. Solto um ruído gutural de frustração e me dirijo à porta.

— Posso sair daqui agora — ela grita atrás de mim.

— Volto às dezesseis. — É a hora que eu pretendia estar em casa, mas um dos meus treinadores teve que remarcar. Calços as botas e não olho para trás.

No elevador, fecho os olhos e expiro longamente, numa tentativa patética de me centrar. Meu celular vibra no bolso e, quando o tiro, vejo uma foto de mim com minha mãe aparecendo na tela com uma ligação.

É o lembrete de que preciso. Mal dou conta do hóquei e de cuidar da minha mãe, que dirá de perder a cabeça por uma garota. Não vale a pena.

— Oi, mãe — atendo.

8

PIPPA

Jamie sai e fico olhando para a porta, em choque.

Que *babaca*. Foi ele quem chegou em casa mais cedo. Eu só estava seguindo o horário que ele me passou.

Sigo para o quarto em que fico quando ele está fora para poder me trocar e sair daqui. Nem me dou ao trabalho de secar o cabelo. Só coloco uma roupa, desço para dar um beijo de despedida na cabeça de Daisy e tranco a porta.

Hazel está dando uma aula de ioga on-line em casa até o fim da tarde, e estou tentando dar espaço para ela, então sigo para a cafeteria no andar debaixo para escrever minha atualização diária. Jamie nunca pediu por elas, mas estou tentando fazer um bom trabalho.

Tem uma mensagem enviada por Hazel no começo da tarde. Não vi enquanto estava no banho.

Que porra é essa?, ela pergunta, e abro o link que ela enviou.

Meu peito se aperta quando o vídeo começa. Conecto os fones às pressas enquanto Zach toca em um show recente, sorrindo para uma mulher ao lado do palco. Ela parece ter a mesma idade que eu e Zach, com o cabelo platinado longo e ondulado. Suas roupas são estilosas e boêmias, e ela está sorrindo ao lado de Zach, que sorri em resposta.

Ela parece ter nascido para o palco. Está tão à vontade lá em cima, tão impecável e carismática.

Meus fones conectam, e meu queixo cai. Eles estão cantando uma música que eu e Zach compusemos juntos. Quer dizer, eu não recebi créditos de composição porque só estávamos brincando com a melodia em um de nossos dias de folga, mas mesmo assim.

Não apenas levei um fora: fui substituída. Por um modelo mais jovem e moderno. Meus olhos ardem e pisco para conter as lágrimas.

Você não tem o que é necessário, Zach me disse uma vez quando dei a ideia de tentar compor meu próprio álbum. É o que sempre desejei. *Estar sob os holofotes é muito difícil*, ele me disse, como se estivesse me protegendo.

Ele nem sempre foi assim. Ou talvez fosse, e isso só tivesse emergido mais nos últimos meses. Quando as coisas estavam bem, quando Zach acendia seu carisma e voltava sua luz para mim? Eu me sentia tão especial e acolhida. Quando estávamos sozinhos, ríamos tanto. Ele me conhecia melhor do que ninguém. Seu sorriso fazia eu me sentir fantástica.

No vídeo, ele sorri para ela do mesmo jeito como sorria para mim, e meu peito se aperta. Meus olhos se enchem de lágrimas de novo, uma escorre, e a seco rapidamente.

Ele nunca me chamou para subir ao palco com ele. Nenhuma vez.

Que merda.

Estou sentada em uma cafeteria com uns cento e vinte e três dólares na conta bancária, vivendo no sofá de Hazel quando Jamie está na cidade, e meu ex está seguindo em frente.

Através do vidro, meu olhar se fixa no de Jamie. Sério? É como se o Universo ficasse encontrando o pior momento possível para eu cruzar com ele.

Baixo a cabeça, torcendo para o reflexo no vidro me esconder. Se eu simplesmente fingir que não o vi, talvez ele vá embora...

Não. Volto a olhar na direção dele. Ele está à porta da cafeteria. Ele a está abrindo. Merda.

Talvez ele só vá pegar um café.

Não. Ele está vindo na minha direção.

9

JAMIE

Ela está sentada a uma mesa ao lado da janela, secando os olhos, tentando esconder as lágrimas. Um alarme dispara por meu corpo, e meu instinto protetor se inflama. Em um piscar de olhos, estou do lado de dentro, na frente dela.

Eu a encaro.

— Isso é porque eu te vi de toalha?

Ela seca as lágrimas freneticamente, piscando rápido.

— Não. — Ela ri consigo mesma, mas é um riso fraco. — Aquilo nem entrou para minha lista de experiências constrangedoras. — Ela limpa a garganta e finge um sorriso. — Estou bem.

Meu peito se aperta ao vê-la dessa forma. Odeio isso.

— Me diz por que está chorando. — Cruzo os braços.

— Estou *bem* — ela diz de novo, sem me encarar. Ela pega o celular e a bolsa como se estivesse prestes a se levantar.

Eu me inclino diante dela, colocando as mãos na mesa. Estou sendo um babaca intimidador, mas preciso saber por que ela está chorando para poder dar um jeito nisso.

— Me fala. — Minha voz é lenta, e ela prende a respiração.

Ela desliza o celular sobre a mesa antes de apertar play. Na tela, aquele filho da puta do Zach Hanson que ela namorava no ensino médio está cantando em cima do palco ao lado de uma mulher.

Ergo uma sobrancelha para Pippa.

Os olhos dela faíscam de raiva.

— Ele me *largou* no mês passado e agora está no palco com outra pessoa. — Uma nova onda de lágrimas transborda. Quero matar aquele cara por fazê-la se sentir assim.

Volto a olhar para o vídeo, para a cara idiota daquele desgraçado. Então eles estavam juntos até pouco tempo atrás. Ele era magrelo no ensino médio e, agora, não consigo ver seu corpo sob a jaqueta, mas ainda parece pequeno. Aposto que sou mais forte.

— Para de chorar — mando.

— Estou tentando. — Ela faz uma respiração trêmula. — Está tudo uma merda agora. Ele tem essa musa novinha em folha, e eu sou uma fracassada que mora no sofá da irmã e implora para ter o emprego de volta. — Mais uma lágrima escorre pelo seu rosto.

Ergo a mão e me contenho bem a tempo. Mas que porra? Eu estava prestes a secar a lágrima dela? Meu joelho se agita enquanto tento entender o que fazer em relação isso.

Odeio aquele cara. Odeio pra caralho. Ele tem um rosto tão molenga e fraco e fácil de socar. Goleiros quase nunca se metem em brigas, mas, se ele estivesse no gelo no meu jogo de amanhã, eu não hesitaria.

Meus pensamentos se voltam para o que ela disse sobre dormir no sofá da irmã.

— Então arrume um lugar para você — digo.

Quando ela olha para mim, está irritada. Que bom. Pelo menos estou ajudando com o choro. Raiva é melhor do que tristeza. Não consigo lidar com uma Pippa triste.

— Vancouver é cara. Quero encontrar um lugar perto da sua casa pra poder chegar rápido se você precisar de mim.

No fundo da mente, gosto da maneira como ela diz *se você precisar de mim*. Sinto um arrepio estranho na pele e franzo mais a testa.

— Você deveria ir para casa.

— *Não posso.* — Ela faz cara de choro, e entro em pânico. Sua irmã está dando aulas de ioga on-line, ela explica. — Por que estou conversando com você sobre isso? Estou bem. Só preciso chorar um pouco.

Odeio tudo nisso. Todos os instintos protetores em meu corpo despertam com a necessidade de resolver as coisas para ela.

— Mora comigo.

Ficamos nos encarando. Não sei de onde saiu essa merda. Eu não deveria estar passando *mais* tempo com ela; deveria estar evitando-a.

Morar com ela não é o mesmo que mantê-la a certa distância.

Mas ela parou de chorar. Já é alguma coisa. Agora está me encarando com um olhar confuso.

A ideia de ela morar no meu apartamento alivia algo em meu peito.

— Vai ser mais fácil para a Daisy. — Estou todo embaralhado.

Eu me lembro dela cantando quando cheguei em casa, e meu coração bate mais forte. Se ela morar comigo, talvez eu a escute cantar de novo.

Do outro lado da mesa, ela está mordendo o lábio com uma expressão insegura.

— Sei não.

Meu pulso está acelerando. Eu a imagino no apartamento, deitada no sofá, lendo um livro com Daisy a seus pés. Tocando violão como tocava com os amigos dela no ensino médio. Meu peito se aquece. Gosto dessa imagem.

Não ligo se for uma má ideia. Não consigo deixar isso de lado. Além disso, estou ocupado com o hóquei e visitando minha mãe em North Vancouver. Mal vou vê-la.

E não vou ficar me preocupando com ela, o que já é alguma coisa.

— Você não pode ficar chorando em público — digo para ela. De novo, minha voz sai incisiva e dura. *Babaca.* — Não é profissional. Você vai se mudar amanhã.

Fico olhando para ela para ver se demonstra algum sinal de que não quer isso, algum medo ou repulsa. Mas, em vez disso, ela solta um longo suspiro e seu rosto relaxa como se estivesse aliviada.

Meu coração fica mais leve.

O canto da boca dela se ergue, e seus olhos ficam mais suaves.

— Certo. — Ela acena. — Obrigada, Jamie.

Uma faísca desce por minha espinha. Gosto da maneira como ela diz meu nome, com tanta doçura. Gosto da maneira como está olhando para mim agora, como se gostasse de mim.

Aceno para ela e me levanto.

— Amanhã — repito.

Ela acena, limpando o rímel borrado.

— Amanhã.

Quando subo, meu coração acelera como se eu estivesse no meio de uma partida. Acabei de sabotar a máquina perfeitamente ajustada que é minha vida. Pippa é tão linda que me deixa inebriado e, perto dela, minha cabeça trava, mas sinto uma pontada de ansiedade e entusiasmo que não me invadia há muito tempo.

10

JAMIE

À tardinha, antes do pôr do sol, estaciono na garagem da casa de um bairro residencial em North Vancouver, com um saco de comida grega no banco de passageiro. Há um jantar informal para os jogadores hoje, uma confraternização para os recém-chegados conhecerem o pessoal, mas ignorei o convite. Do banco de trás, Daisy abana o rabo, curiosa e animada. Inspiro fundo.

Não consigo acreditar que falei para Pippa se mudar para minha casa. Com ela cuidando da cachorra, porém, vou ter muito tempo para ficar de olho na minha mãe.

Do banco de trás, Daisy apoia a cabeça no meu ombro e me fareja. Lanço um olhar de canto de olho para ela. Um sentimento estranho cresce em meu peito.

Será que estou... começando a gostar dessa cachorra? Franzo a testa para ela, que arfa e abana o rabo. Bufo.

— Vem. — Saio do carro, espero Daisy sair e vou até a pequena casa.

É uma casa simples — bem classe média. Tentei comprar algo maior quando virei profissional, mas minha mãe recusou. Ela disse que não queria sair do bairro em que morava havia anos. Que gostava dos vizinhos e não queria fazer novos amigos.

Quando chego perto da entrada, um movimento no telhado chama minha atenção e meu coração para.

Minha mãe está no telhado, usando luvas grossas de jardinagem. Ela acena com um grande sorriso.

— Oi, amor.

Meu coração acelera. Ela não pode subir lá. Minha mente vai a mil com a possibilidade de ela ter um ataque de pânico no telhado, escorregando e caindo, rachando a cabeça na calçada.

— O que você está fazendo aí em cima? — pergunto. Daisy late para minha mãe, abanando o rabo.

Minha mãe abre um sorriso largo para mim.

— Limpando as calhas.

— Desce. Agora. — Estou usando minha voz mais firme. — Está escurecendo.

— Consigo enxergar bem. Já estou terminando, mesmo. — Ela ri baixo e joga um punhado de folhas em cima de mim. Elas caem aos meus pés, e Daisy pula e tenta morder uma.

— Jamie, amor? De quem é esse cachorro?

Ergo uma sobrancelha para Daisy, que está sentada com o rabo abanando na calçada. O canto da minha boca se contorce quando os olhos dela se arregalam. Ela acha que vai ganhar um biscoito.

Talvez uma parte de mim esteja mesmo começando a gostar dessa cachorra.

— Minha — respondo a minha mãe. — Adotei uma cachorra.

Minha mãe fica radiante, batendo palma.

— Sério? Ah, Jamie, que demais. É exatamente do que você precisa.

— Pode descer, por favor? — Estou nervoso com ela no telhado tão alto. — Vou contratar alguém para fazer isso.

— Para de me tratar feito criança. Não sou incapaz de viver minha vida.

Uma irritação cresce em minhas entranhas. Irritação e algo mais, algo mais furioso. Odeio que ela finja que está bem quando não está. Sempre foi assim. Nós nunca, nunca falamos sobre sua depressão ou ansiedade quando eu era pequeno. Ainda não conversamos sobre o acidente de carro no ano passado. Meu olhar se volta para a garagem aberta. O carro está consertado, e me pergunto se ela tem dirigido. Ela não pode fazer isso até buscar ajuda.

Ela estava voltando do bar com as amigas quando teve um ataque de pânico e bateu na traseira de outro carro. Meu pai tinha problemas com alcoolismo, então ela sempre foi a motorista da rodada. Imagino que uma das amigas dela estivesse com cheiro de bebida e, somado a dirigir à noite, quando aconteceu o acidente do meu pai, isso serviu de gatilho.

Não me lembro dele — eu era só um bebê quando ele dirigiu bêbado e bateu o carro num poste —, mas guardo rancor por deixar minha mãe com toda essa bagagem. Se não fosse por ele, ela talvez não tivesse depressão quando eu era pequeno. Talvez não tivesse ataques de pânico.

— Você não está nem com cinto de segurança. — Sinto um nó no peito. — Pode escorregar e cair.

Ela revira os olhos, dirigindo-se à escada.

— Um meteoro pode cair na minha cabeça e me matar. — Ela desce a escada, e minha frequência cardíaca desacelera. — Você se preocupa demais.

Por dentro, relaxo. Às vezes, queria ser como ela, mas então quem manteria nossa família em pé? Quem correria para atender às ligações da minha mãe quando ela está tendo uma crise?

Daisy a adora de imediato, claro. Entramos, e minha mãe zanza pela cozinha, servindo a comida grega que eu trouxe enquanto pego os pratos. Daisy fareja cada quadradinho da casa.

— Está se adaptando bem à casa nova? — ela pergunta.

Sinto o impulso estranho de contar para ela sobre Pippa. O que eu diria? Minha assistente é uma cantora linda de morrer de quem sou a fim desde o ensino médio. Que é incrível com minha cachorra. Que estocou a geladeira com todas as comidas de que gosto embora eu tenha escrito apenas "comidas" para ela como lista de compras. E que agora ela está indo morar comigo, dormindo do outro lado da parede.

Talvez fazendo outras coisas do outro lado da parede. O pensamento corre direto para meu pau.

— Bem — respondo. — Tudo bem.

Ela traz os pratos à mesa.

— Quero ir a um jogo.

— Não acho que seja uma boa ideia.

Ela me encara como se eu tivesse dado um tapa nela, e me arrependo imediatamente das minhas palavras. Eu poderia ter falado isso de outra maneira. Mas não é *mesmo* uma boa ideia. O cheiro de álcool é um gatilho para ela e, num jogo de hóquei, está todo mundo bebendo. Se acontecer alguma coisa, ela vai tomar toda minha atenção, e não posso perder a concentração no gelo.

— Jamie. — Ela me lança um olhar indulgente, mas há irritação por trás dele. — Eu tive um ataquezinho de pânico.

Um que ela tenha admitido.

Seus olhos estão na lasanha que ela serve.

— Você está me tratando que nem criança.

É porque você é frágil e não tem o melhor histórico em lidar com isso, penso. E, em minha cabeça, tenho dez anos e estou fazendo minha própria lancheira durante um de seus piores momentos de depressão.

— Precisa de ajuda com a mudança? — Ela vai para a cozinha, e fico aliviado que tenha desistido da ideia de ir a um jogo.

— Não. Já tirei tudo das caixas.

Ela me olha estranho. Ela sabe como minha agenda é apertada.

— Que rápido.

Limpo a garganta.

— Contratei alguém para ajudar com Daisy e outras coisas.

Minha mãe me encara. Um sorriso se abre em seu rosto.

— Você? Você contratou alguém para te ajudar?

— Não é nada de mais. — Lanço um olhar duro para ela, que ergue o canto da boca.

Ela ri.

— Se você diz. — Ao passar, ela cutuca meu cotovelo. — Isso é ótimo, filho.

Um calor se espalha em meu peito. Baixo a cabeça, envergonhado.

— É, então. — Encolho os ombros. — Ela faz muitas coisas para mim que economizam tempo para eu poder me concentrar no hóquei.

— Ela? — Ela inclina a cabeça, e seus olhos brilham.

Sinto um frio na barriga, e meu olhar se volta para minha mãe. Encolho os ombros de novo.

— Sim.

Minha nuca arde.

— Como ela se chama? — Os olhos da minha mãe são como lasers, e há aquela pequena contração no canto da boca.

Mantenho o rosto neutro, sem querer revelar nada, embora meu pulso acelere quando penso em minha linda assistente.

— Pippa.

Por favor, não pergunte de onde ela é, imploro em silêncio. Vou deixar escapar que estudamos na mesma escola e então vou acabar revelando tudo.

Ela solta um *hm* satisfeito.

— Nome bonito. Quanto anos ela tem?

Ela sente cheiro de sangue na água.

Tenho vinte e seis, o que significa que Pippa tem uns vinte e quatro.

— Não sei.

— Chuta.

Minha pele formiga. Ela sabe. Merda, ela sabe.

— Um pouco mais nova do que eu.

— Hmmm. — Ela sorri, acenando enquanto me observa. — Interessante.

Fico em silêncio.

— Ela é bonita?

— Não sei.

— Você tem *olhos*, não tem? — ela pergunta com o ar inocente de quem não sabe a resposta.

Solto uma longa expiração, frustrado com minha mãe mas também comigo mesmo porque não deveria ter esse crush inconveniente.

E, porra, eu definitivamente não deveria ter dito para ela morar comigo.

— É, beleza? — solto. — Ela é muito bonita e canta bem e Daisy a adora.

Minha mãe suga os lábios para esconder um sorriso, mas seus olhos estão brilhando.

— Quê? — questiono.

Ela desata a rir.

Resmungo. Ela tem um talento para conseguir tirar coisas de mim.

Ela me lança um sorriso enquanto se senta à minha frente na mesa, inclinando a cabeça.

— Erin foi há muito tempo — ela diz baixo, e me falta ar. — Eu a vi numa série nova da tv. Ela é a protagonista.

Meu maxilar fica tão tenso que meus dentes podem rachar, e penso em sete anos atrás, durante meu ano de estreia. Erin Davis, a supermodelo a caminho do topo que chocou a indústria da moda quando deixou de modelar abruptamente. Nos últimos anos, ela começou a atuar. Pesquiso o nome dela de vez em quando para ver se ainda está trabalhando.

Minha mãe acha que eu e Erin terminamos porque eu não conseguia aliar hóquei *e* um relacionamento, o que é tecnicamente verdade. Ela não sabe que, quando Erin me disse que sua menstruação estava uma semana atrasada, entrei em pânico. Erin estava tão empolgada, e eu estava com pavor estampado no rosto. Tínhamos dezenove anos, pelo amor de Deus. Era meu ano de estreia, e eu estava me desdobrando mais do que nunca no hóquei. Sempre que podia, pegava um avião para casa para visitar minha mãe. Meu melhor amigo de infância, Rory Miller, não tinha mais interesse em ser meu amigo agora que jogávamos em times rivais. Tudo havia mudado, e eu mal estava dando conta das coisas. Somar mais um compromisso à minha vida era aterrorizante. Mas eu teria topado, por mais difícil que fosse.

A menstruação dela desceu no dia seguinte, mas o estrago estava feito. Nós dois sabíamos que o relacionamento estava acabado e, uma semana depois, vi a notícia de que ela tinha deixado de modelar. Ela sumiu da face da Terra por quase cinco anos.

A culpa aperta meus pulmões. É por isso que parei de me relacionar. Porque Erin queria muito mais do que eu podia oferecer. Porque era casual para mim, e fodi com o coração dela e destruí sua vida. Ela ficou tão traumatizada que abandonou uma carreira promissora.

Eu causei aquilo.

Eu podia não ser apaixonado por ela, mas ela era uma boa pessoa e merecia muito mais do que a atenção meia-boca que eu conseguia oferecer. Se houvéssemos tido um bebê, essa criança mereceria muito mais do que o tempo limitado que eu poderia lhe dar.

Nunca mais vou magoar alguém como magoei Erin.

Quando eu me aposentar do hóquei, vou ter tempo para essas coisas — um relacionamento, talvez me casar, talvez ter filhos. Se eu continuar em forma e manter a cabeça no jogo, consigo jogar até uns trinta e cinco mais ou menos. Até lá, essas outras coisas não fazem parte do plano.

— Jamie?

Volto a cabeça para minha mãe. Ela está olhando para mim com uma expressão doce e curiosa.

— A vida não se resume a hóquei, sabia?

Assinto e concordo, mas ela não entende. Depois de ver Pippa chorar no outro dia, isso não vai rolar. Sei que não tenho tempo para ela e não posso destruí-la como o ex dela fez, como eu fiz com Erin.

— E ainda quero ir para um jogo. — Ela arregala os olhos com um ar afetuoso de *estou falando sério*. — Nem que seja na última fileira.

11

PIPPA

Uma semana depois, ponho um porta-retrato com uma foto em que estou com Hazel na estante do quarto. Eu não via mal em me mudar para um quarto que estava basicamente vazio exceto pela cama e pela cômoda, mas, ao longo da última semana, não pararam de chegar móveis. Eu nem estava aqui quando chegou essa estante — ela simplesmente apareceu, montada, hoje de manhã depois que voltei do passeio com Daisy.

Sinto um frio na barriga. Sei que ele a montou.

Ele quase nunca está em casa. Às vezes, escuto a porta da frente se abrir quando ele chega tarde. Daisy dorme no meu quarto toda noite, mas gosta de recebê-lo quando ele volta para casa, então entreabro a porta e deixo que ela saia correndo, mas não digo oi porque quero dar espaço para ele.

No meu quarto, tiro o estojo do violão debaixo da cama para abrir espaço para uma caixa. Estou prestes a empurrá-lo de volta quando hesito. Minhas mãos se demoram no estojo antes de eu abri-lo.

Meu violão cintila para mim, e meu coração se aperta. Amo esse instrumento, e agora o estou guardando para juntar poeira. Estendo a mão e toco uma corda.

A última vez que toquei foi na frente de Zach e seu empresário na turnê. Eu nem queria o empresário dele lá, mas Zach o puxou para dentro, e eles escutaram enquanto eu tocava o esqueleto de uma música em que estava trabalhando. Desde o ensino médio, eu adorava compor.

No fundo, eu sonhava em ter uma carreira como a de Zach.

Quando sorriram para mim depois, cheios de condescendência, até ri baixo com eles para esconder meu constrangimento. A pior parte foi que, até aquele momento, eu achava que tinha o necessário para ter uma carreira musical. Sei cantar, sei tocar violão e sei compor. Sempre quis compor um álbum, mesmo que fosse só para ver se era capaz.

O trabalho de marketing vai ser muito mais fácil no fim das contas. Ninguém tem o coração partido por um trabalho de escritório.

Ouço um barulho à porta do quarto e inspiro fundo. Jamie está parado ali, franzindo a testa para mim.

— Credo! — Fecho o estojo do violão e o empurro para debaixo da cama. — Você me assustou. Não ouvi você chegar em casa.

Ele franze ainda mais a testa.

— Desculpa.

— Tudo bem.

Seu olhar desce para a ponta do estojo de violão que aparece embaixo da cama, e ele está com uma cara de quem quer pedir alguma coisa, mas, antes que possa abrir a boca, eu me levanto.

— Eu estava indo levar a Daisy pra passear. Vou ficar um tempo fora para te dar um pouco de espaço. — Passo por ele, e meu coração ainda está disparado.

Queria não ter essa reação a ele. Para ele, não devo passar de uma mosca — minúscula, desprezível e ligeiramente irritante. A maneira como ele franze a testa toda vez que estou por perto me diz tudo que preciso saber.

Desço a escada para preparar Daisy para sair, e quando prendo a coleira em seu peitoral, Jamie entra na sala, cruzando os braços, observando. Sua presença no apartamento é intensa — ele é imponente e largo, e seus olhos verdes fazem minha pele formigar de tão penetrantes. Nossos olhos se encontram, e abro um sorriso nervoso, tentando invocar aquela versão de mim que exigiu o emprego de volta e o chamou de babaca.

— Tenho levado Daisy para passear no parque pra cachorros aqui perto — digo. Se eu agir como se não fosse afetada por ele, talvez meu corpo entenda o recado. — Tem um cara que tem um cachorro muito parecido com a Daisy. Eles gostam de brincar juntos. Acho que o nome dele é Andrew.

Estou falando sem parar enquanto calço os sapatos. Não consigo controlar meu nervosismo perto dele.

— Andrew — ele diz como se a palavra tivesse um gosto ruim.

Encaro seu olhar penetrante, piscando, confusa.

— Sim. Ele é jovem. Deve ter minha idade. É personal trainer.

O olhar de Jamie fica frio antes de ele se dirigir à porta.

— Vou com você.

Entreabro os lábios, surpresa, enquanto ele calça os sapatos.

— Não precisa. Você deve estar cansado. — Ele normalmente tira um cochilo nesse horário, exausto do treino.

— Não estou cansado. — Ele tira a jaqueta do armário e a veste antes de pegar a coleira da minha mão. — Estou dolorido e preciso me mexer. Vamos.

Antes que eu possa falar qualquer coisa, ele abre a porta e faz sinal para eu entrar no corredor.

12

PIPPA

A caminhada até o parque para cachorros é silenciosa e tensa. Quando chegamos, Jamie examina a área até seus ombros relaxarem e sua testa deixar de se franzir. Aceno e sorrio para algumas pessoas antes de soltar Daisy da coleira para cumprimentar outros cachorros.

Será que ele não confia em mim para ficar com Daisy? Mordo o lábio enquanto repasso possíveis razões para ele ter vindo com a gente. Faz uma semana que ele me evita.

— Esse parque é bem seguro — digo. Ele está recostado na cerca, os braços cruzados, a cara fechada. — Eu nunca traria a Daisy para um lugar que não fosse seguro.

Seu rosto relaxa.

— Eu sei. Confio em você. — O canto de sua boca se contrai e, pelo brilho em seus olhos, ele quase parece... achar graça? — Não teria pedido pra você se mudar se não confiasse.

Faço uma cara dúbia.

— Você não pediu.

Ele tosse e desvia o olhar. Isso foi uma risada? É tão difícil saber com ele.

— A gente deveria se conhecer melhor. — Seus olhos se voltam para mim, e é difícil não encarar. São da cor de pinheiros de Natal. Do musgo verde-terroso do Stanley Park. De um rocha verde-escura no fundo de um riacho.

— Hm. — Pisco estupidamente de surpresa, tímida. — Tá. Qual é sua comida favorita?

Sua sobrancelha se ergue.

— Essa é sua pergunta?

— Ninguém me avisou que você queria conversar hoje, senão eu teria preparado uma lista de perguntas. — Meu sorriso fica irônico.

O canto da boca dele se contrai de novo, e seus olhos quase parecem suaves. Gosto dessa cara dele.

Ele me observa por um longo momento. Aquela garota que exigiu seu emprego de volta ressurge, e o encaro.

— Ceia de Natal — ele diz, ainda me observando com aquele ar desconcertante que me dá um frio na barriga. — Peru, purê de batata, molho de carne, caçarola de brócolis.

— Molho de cranberry?

— Sim — ele responde. — Caseiro, não enlatado.

— Óbvio. — Sorrio. — Você é fã do Natal?

— Não muito, mas minha mãe ama. — Ele olha para Daisy, que está com um graveto na boca e tenta provocar outro cachorro a persegui-la. — Passamos a maior parte do tempo cozinhando juntos e assistindo a filmes natalinos.

A maneira como ele fala isso me faz pensar que ele só gosta de vê-la feliz.

Ele volta os olhos para mim, observando meu rosto.

— Também gostei daquelas enchiladas que você fez.

Meu peito se enche de orgulho por um trabalho bem-feito.

— Ótimo. Vou fazer mais.

Daisy passa correndo por nós, perseguida por um golden retriever, se divertindo para valer, e sorrio para Jamie. Sua boca se contrai enquanto nossos olhares se cruzam.

Toda vez que sorrio, a boca dele se contrai. Essa constatação aquece e derrete algo dentro de mim, e meu sorriso fica ainda maior.

Talvez ele não seja tão babaca assim, afinal.

— Próxima pergunta. — Minhas mãos estão ficando geladas, então as coloco nos bolsos da jaqueta. — Por que hóquei?

Observando o parque, seus olhos se estreitam enquanto ele forma a resposta.

— Nem sei por onde começar.

— Começa pelo começo.

Ele suspira.

— Ganhei meu primeiro taco aos dois anos de idade.

— Uau. — Minhas sobrancelhas se erguem. — Seu pai é muito fã de hóquei?

Sua expressão muda, de maneira quase imperceptível, e ele franze a testa.

— Era. Ele morreu.

— Ah. — Sinto um aperto no peito e, agora, me lembro de ter lido isso. Merda. Eu não deveria ter esquecido. — Sinto muito.

Ele abana a cabeça.

— Tudo bem. Não me lembro dele. Aconteceu quando eu era muito pequeno. Ele era um bêbado e bateu o carro num poste.

— Que merda — murmuro. Isso é tão trágico. Observo Jamie, mas isso não parece afetá-lo.

— Sério. — Ele me encara. — Não me lembro dele. Sempre fomos eu e minha mãe. Isso basta para mim. — Ele desvia os olhos, coçando o maxilar afilado. — O hóquei é dinâmico, mais do que qualquer outro esporte, e a sensação de estar focado no jogo, deixar tudo para fora, é... — O canto da boca dele se contrai de novo, e seu olhar se volta para o meu. — No gelo, é como se nada mais existisse.

Sinto um nó no peito. É como me sinto quando estou compondo. Ou quando compunha. Como se todo o resto deixasse de existir.

— Gosto de ser parte de um time — ele me diz, arqueando uma sobrancelha. — Mas também gosto de ser o único cara no gol. — Ele encolhe os ombros largos. — Gosto da pressão.

— Você gosta do seu time novo?

— Joguei contra eles antes, mas não sou amigo de nenhum deles.

— E aqueles cupcakes?

Ele me encara, confuso.

— O pote estava vazio. Você deu para os seus colegas de time, certo? — Ele paralisa, uma expressão culpada atravessando seu rosto bonito, e meu queixo cai. — Ai, meu Deus. Você jogou fora.

Ele se ajeita, olhando ao redor do parque. A expressão culpada dele se intensifica.

— Jamie. — Estou lançando um olhar chocado para ele e, quando digo seu nome, ele vira e me dedica toda a sua atenção.

É inebriante.

— Você jogou aqueles cupcakes no lixo? — Cruzo os braços, mas consigo sentir o sorriso se formando em minha boca. — Estavam tão horríveis assim?

Nossos olhos estão fixos um no outro, e ele está com um leve sorriso. Meu Deus, como seus olhos são lindos. A maneira como ele está olhando para mim, sorridente e intensa, está dando um frio maluco na minha barriga.

Estamos *flertando* agora? Não consigo desviar dos olhos dele.

— Estavam incríveis. — Seu olhar desce para minha boca, e meus olhos se arregalam um pouco.

Estamos *super* flertando agora. Como assim?

Pisco umas doze vezes, memorizando este momento para poder analisá-lo mais tarde com Hazel.

— Então você não jogou fora.

Ele faz que não, ainda me dando aquele pequeno sorriso irônico.

— Comi até o último pedaço.

Estou derretendo. Essa é a única explicação para o que está acontecendo com minhas entranhas agora.

— Ah.

— Pois é. — Ele fechou o sorriso, mas seus olhos ainda estão brilhando, divertidos, quase felizes, até.

— Se eu fizer mais, você vai levar para o time?

— Provavelmente não.

Rio, e o canto da boca dele se contrai.

Nossa, quero tanto ver um sorriso inteiro. Aposto que tiraria meu equilíbrio, faria meus pelos se arrepiarem de tanta força.

— Você trouxe seu violão — ele diz, mudando de assunto.

Sinto um frio na barriga. Não posso contar a verdade para ele.

— Não é nada. — Finjo um sorriso e abano a cabeça. Então reviro os olhos. Exagerado demais, digo a mim mesma. Falso demais. — É meu antigo violão, e Hazel não tem espaço para ele. Foi um presente que me dei depois da formatura. — Um alarme soa em minha cabeça quando chego perto demais do assunto ensino médio. Reviro os olhos de novo, tentando transmitir uma energia de *nada de mais* que nunca consegui dominar. — Parei de tocar.

Ele está me encarando daquele jeito que me faz sentir como se eu estivesse sem roupa.

— Por quê?

— Hm.

Tudo em que consigo pensar é Zach no palco com aquela moça nova e em como fui substituída facilmente. Por um modelo melhor também. Novo e aprimorado.

— Não sei. — Franzo a testa de cabeça baixa. — Aprendi quando tinha doze anos, depois conheci meu ex... — Olho de canto para ele. — Meu ex.

Ele solta um barulho descontente de reconhecimento.

— Sempre mexíamos juntos com música e tal. Eu tocava uma melodia, e a gente cantava junto ou coisa assim. — Fico mexendo na barra da jaqueta. — Mesmo quando estávamos em turnê, às vezes eu tocava se estávamos só nós dois de boa. — Uma vergonha se instala em minhas entranhas, e mordo o lábio inferior.

Odeio ser a garota que levou um fora. Odeio que Zach tenha deixado uma marca tão forte em mim. O término é como um peso que me bota para baixo.

Encontro os olhos de Jamie, e há algo em sua expressão enquanto ele me escuta falar. Algo doce e cortante que me faz querer passar o dia inteiro conversando nesse parque para cachorros.

— Enfim — digo, estampando um sorriso para afugentar os sentimentos estranhos sobre Zach. — Coisa do passado.

Seus olhos se voltam para o meu rosto.

— Você tem uma voz bonita.

Minha cara se fecha, e sou tomada por constrangimento.

— Você me ouviu cantar?

Ele engole em seco enquanto faz que sim.

— Naquele dia em que...

Ah, sim. O dia em que ele quase me viu pelada. Que vergonha. Minha cara arde.

— Todo mundo canta bem no chuveiro.

— Não. — Ele me lança um olhar firme. — Nem todo mundo.

Nossa, como ele é intenso. Um pequeno calafrio desce por minhas costas com seu tom firme. Ele é firme desse jeito na cama? Tento não morder o lábio com a excitação que me atravessa. A ideia de Jamie Streicher em cima de mim, pelado, suado, com uma cara de êxtase profundo, é tão, tão sexy.

— Você tem uma voz linda — ele me diz de novo. — Você sabe que tem.

Quando minha professora de música do ensino médio me disse isso, Zach fez parecer que a professora estava sendo boazinha. Como se ela sentisse pena de mim.

— Não vou fazer nada com ela.

Ele me olha feio.

— Não nasci para me apresentar — digo, ecoando as palavras que Zach me disse anos atrás.

Você não tem o que é necessário, ele tinha dito. Aff. Ainda é constrangedor que eu tenha tentado. Ainda mais quando minha mente se volta para sua nova musa.

— Está tudo certo — digo a Jamie.

— Seu ex é um puta de um otário por perder você — ele diz entre dentes.

Prendo a respiração. Seus olhos ardem de fúria, e inclino a cabeça, observando-o. Ele franze ainda mais a testa. Está prestes a falar mais alguma coisa, mas o interrompo.

— Vamos embora. — Meu tom é leve. Não quero ser a garota fracassada, magoada e triste agora. Só quero esquecer.

Seu olhar paira em mim por um momento antes de ele concordar com a cabeça e deixar o assunto para lá. Enquanto voltamos para casa, pergunto sobre o que vem por aí em sua agenda e tento encontrar outras formas de ajudar no apartamento. Mas ele é resistente e, além de cuidar de Daisy e encomendar comida, não pede muita coisa.

Mas tomo uma nota mental de comprar mais ingredientes de cupcake.

Estamos a um quarteirão do apartamento quando algo na vitrine de uma loja chama minha atenção, e paro.

Ai, meu Deus.

O violão dos meus sonhos está na vitrine. As fotos da revista de violão que folheei alguns meses atrás não faziam jus a ele. Ao vivo, consigo ver o trabalho requintado, os detalhes na textura da madeira, o formato que consigo praticamente *sentir* pousado em minha perna enquanto toco. É mais do que lindo. Meu olhar traça cada linha, cada corda, cada traste, memorizando tudo.

É feito de uma mistura de nogueira, mogno e abeto. No vídeo a que assisti, o violão tinha um som caloroso, intenso e potente. A empresa fabricou apenas uns mil, e tem um bem na minha frente.

Aposto que a parte de dentro do violão tem um cheiro incrível. Acho que é isso que chamam de *amor à primeira vista*.

Eu quero. Quero tanto. Mas não tenho como pagar. Se conseguir o trabalho de marketing e me comportar muito, mas muito com dinheiro, talvez consiga bancar o instrumento daqui a um ou dois anos.

Eu me seguro. Por que estou sofrendo de amores por meu violão dos sonhos sendo que não consigo nem tocar o que tenho? Há uma pontada aguda em meu peito.

Percebo que Jamie está me observando contemplar o violão, com uma expressão curiosa.

— Desculpa — digo com a voz cantarolada, dando as costas para o instrumento. — Vamos.

Ele até se despede quando sai para o jogo à noite.

— Quebra tudo — digo para ele, sentada no chão da sala, ensinando Daisy o comando "solta".

Suas sobrancelhas se erguem, assustado.

— *Boa sorte* já está bom.

Penso na brutalidade do hóquei e que quebrar alguém não é tão fora da realidade assim.

— Desculpa. Boa sorte.

Ele acena antes de sair.

À noite, fico deitada na cama, pensando na conversa que tivemos no parque. Relembro as expressões faciais de Jamie, a faísca divertida em seus olhos enquanto me ouvia falar, o brilho intenso enquanto falava sobre hóquei e por que ele ama esse esporte.

Queria poder vê-lo sorrir. Imagino seu sorriso, e sinto um frio na barriga.

E lá está — um trinado de notas na minha cabeça. Sento no quarto escuro. São só algumas notas, mas é a mesma sensação de antes, quando eu me sentava com Zach em um sofá com meu violão e ficávamos brincando. É uma pressão cintilante em meu peito, como bolhas efervescentes. Coloco a mão sobre o esterno, sorrindo para a janela, e fico tão aliviada que poderia chorar.

Zach não me quebrou. Aquela garota que eu era ainda está dentro de mim. Só tenho que encontrar uma forma de trazê-la à tona.

Penso em Jamie de novo, e me pergunto se isso tem algo a ver com ele.

13

JAMIE

— Streicher — Ward chama enquanto me dirijo ao vestiário depois do treino. — Me encontra na minha sala quando terminar.

Sinto um calafrio quando respondo com um aceno rápido e vou para o chuveiro. Ser chamado para a sala do treinador é como ir parar na diretoria. No banho, repasso meus jogos e treinos recentes. Se Ward vai abordar minhas fraquezas, preciso estar preparado.

A porta da sala está aberta quando chego, e ele tira os olhos do computador para me encarar.

— E aí. — Ele se levanta. — Vamos almoçar. — Ele aponta com a cabeça para a rua. — Conheço um lugar.

Sinto meu estômago embrulhar. Se fosse algo tranquilo, conversaríamos na sala dele. Almoço significa uma conversa maior e, o que quer que seja, não estou louco para escutar.

Ward puxa papo enquanto saímos do estádio e atravessamos as ruas até o centro Vancouver.

— Por aqui — ele diz, entrando em uma viela.

Ergo a sobrancelha e olho para a via estreita, mas ele está andando com propósito e direção, então o sigo até uma porta verde, sobre a qual há uma placa que diz *O Flamingo Imundo*. Ele a abre, e rock clássico transborda em um volume baixo.

— Depois de você, Streicher.

Entro. É um bar, com painéis de madeira aconchegantes, posters vintage de shows emoldurados, polaroides atrás do balcão entre garrafas de bebida alcoólica, e cordas de luzes penduradas no teto. As pessoas estão sentadas à mesa, almoçando.

— Você me trouxe para um boteco? — pergunto a Ward quando a porta se fecha atrás de nós.

— Ei — uma mulher grita, segurando uma bandeja de bebidas atrás do balcão. Ela tem quase trinta anos, com o cabelo escuro comprido em um rabo de cavalo. Está usando uma camiseta de banda que parece velha e está com a cara fechada. — Aqui não é um boteco.

— Aqui não é um boteco, Streicher — Ward diz alto o bastante para ela escutar.

A bartender o encara antes de levar as bebidas para uma mesa.

Ward cochicha:

— É um boteco, mas não falamos isso na frente de Jordan. Esse lugar é a menina dos olhos dela.

Nós nos sentamos ao balcão enquanto observo o espaço. Há opções de almoço escritas na lousa à nossa frente, e tenho a impressão de que essas são minhas únicas opções.

Até que gosto do lugar. É estranho. Quando vinha a Vancouver nos últimos anos, eu ficava ou em North Vancouver com minha mãe ou num quarto de hotel. Este bar simples parece uma pequena conexão com a cidade que, se tudo der certo, vai voltar a ser meu lar por um tempo.

Eu me pergunto se Pippa já veio aqui.

— Jordan odeia hóquei. — A voz de Ward é baixa. — Ninguém vai nos incomodar aqui. — Ele abre um sorriso para mim, e seus olhos seguem a bartender nervosinha com interesse. — Ainda está se instalando bem? Houve aquele contratempo com sua assistente. Já está resolvido?

— Sim — digo rápido. — Tudo ótimo. Ela é uma mão na roda.

Ward sorri, com uma surpresa agradável.

— Bom saber.

Jordan anota nossos pedidos e, quando sai, Ward me lança um olhar curioso.

— Você não foi ao jantar na outra noite.

Ele está falando do jantar informal a que faltei.

— Precisei visitar minha mãe.

Ele acena com o ar compreensivo, observando as polaroides atrás do balcão. Uma pausa.

— Você não passa muito tempo com os caras depois dos jogos.

Eu me ajeito, desconfortável, em cima do banquinho. Alguns jogadores da NHL fazem amizade com seus colegas de equipe, outros não. Meu treinador de Nova York não via problema em eu me manter focado e longe de encrenca. A última coisa que uma equipe precisa é seus jogadores na mídia por farrear. Não fui o melhor goleiro da liga no ano passado por sair para beber com meus colegas de equipe.

Meus pensamentos hesitam, e me lembro de Rory Miller e eu jogando hóquei na adolescência. Seu pai, Rick Miller, da Galeria da Fama da NHL, conseguia tempo extra no gelo para nós no estádio local, e passávamos horas treinando pênaltis, rindo e zoando um com o outro.

Aquele cara era meu melhor amigo. Meu maxilar fica tenso, e cruzo os braços diante do peito. Não faço mais esse tipo de coisa.

— Eu me foco no hóquei — digo a ele, encolhendo os ombros. — Isso não foi um problema até agora.

Ele dá um leve sorriso.

— Streicher, seu foco é incomparável. — Ele hesita um segundo. — Mas quero que você passe mais tempo com os jogadores fora do gelo. Espírito de equipe é tão importante quanto o treino no gelo.

Minhas sobrancelhas se franzem.

— Não tenho tempo.

— Arranje tempo. — Seu sorriso é tranquilo, mas a determinação em seus olhos não deixa espaço para dúvida.

Meu joelho balança para cima e para baixo de frustração. Manter o treinador feliz é fundamental para continuar na equipe. Vi treinadores com egos grandes trocarem jogadores por motivos mesquinhos. Irritá-lo põe tudo em perigo.

Encontro o olhar de Ward. Ele não parece ter um ego desses, mas não quero correr riscos.

— Pode deixar — digo a ele.

14

PIPPA

O estádio está vazio, exceto pelos jogadores no gelo. Metade veste camisa branca sobre a ombreira, e metade usa camisa azul, e eles fazem exercícios enquanto Jamie e o goleiro reserva protegem cada gol. A comissão técnica fica ao lado do gelo com pranchetas, dando feedback aos jogadores.

Eu me sento na arquibancada atrás do banco, segurando as chaves que Jamie esqueceu em cima da bancada mais cedo.

Ele está no gol, bloqueando discos que os jogadores atiram nele. É rápido como um raio. Mal vejo o disco e ele já o pegou. Entre um exercício e outro, ele fica de joelhos e faz aqueles movimentos de empurrar o quadril para se alongar. Na minha cabeça, escuto música de pornô dos anos setenta e escondo o sorriso atrás da mão.

O apito soa, e os jogadores patinam para fora do gelo antes de formarem fila no corredor para o vestiário, tirando capacetes e conversando. Alguns me lançam olhares curiosos.

Um loiro grande com um sorrisão charmoso e jovial se apoia na grade que nos separa. Seu cabelo úmido está cortado rente, e ele tem olhos muito azuis.

— Está perdida? — ele pergunta.

— Não. — Minhas bochechas ficam rosa. — Sou Pippa, a assistente do Jamie.

Seu sorriso se alarga.

— Streicher não falou nada sobre ter uma assistente bonita.

Uma risada me escapa. Alguns homens não conseguiriam ter esse estilo, mas ele consegue. Apesar do tamanho, parece um grande golden retriever, bobo e divertido.

— Cara — brinco, piscando para ele. — É essa a sua cantada?

Ele ri baixo, nem um pouco constrangido.

— Por que nunca vi você em nenhum dos jogos?

— Não curto muito hóquei. — Faço uma careta e dou de ombros. — Foi mal.

— Pippa.

Ao ouvir a voz de Jamie, sinto um friozinho na barriga. Ele vem na nossa direção com a cara fechada como um céu de tempestade. Seu cabelo também está molhado de suor, o que era para ser nojento, mas o deixa estranhamente sexy. Ele para entre mim e o cara loiro como se estivesse tentando me proteger.

Meu rosto arde ainda mais. Espero que ele não pense que estou aqui para paquerar os jogadores ou coisa assim.

— Você esqueceu as chaves — digo, estendendo-as. — Não queria que ficasse trancado para fora enquanto passeio com a Daisy.

— Valeu. — Ele as pega antes de olhar feio para o cara loiro. Uma mecha escura cai nos olhos de Jamie, mas ele nem nota.

O cara loiro sorri ainda mais para mim. Para um jogador de hóquei, ele tem dentes surpreendentemente bonitos.

— Sou Hayden Owens.

— Pippa.

— Oi, Pippa. — Hayden olha para Jamie. — Por que você não a convida para os jogos?

Jamie franze a testa e olha para mim de esguelha.

— Costumo estar cuidando da cachorra à noite — digo rápido, sem querer deixar Jamie numa posição delicada.

Hayden se apoia na grade, e o maxilar de Jamie fica tenso.

— Pippa, me faz um favor? — Ele aponta a cabeça para Jamie. — Faz esse cara sair com a gente depois de um jogo. Metade do time tem medo dele porque ele não abre a boca.

Deixo uma risada escapar, e Jamie volta seu olhar duro para mim.

— Eu entendo — digo. — Você vive com a cara fechada.

Hayden ri baixo.

O canto da boca de Jamie se contrai, e sinto aquele friozinho na barriga de novo. Meu sorriso se alarga; não consigo evitar. Estou me acostumando a ficar perto dele, e aquela sensação de deslumbre que eu tinha está se dissolvendo aos poucos.

E daí que eu tinha um crush nele no ensino médio? Isso foi anos atrás. Aprendi muito desde então — principalmente a nunca, jamais, ficar com homens superfamosos que têm tudo ao seu alcance. Nada *jamais* vai acontecer entre mim e Jamie Streicher. Saber disso me deixa mais confiante.

Hayden anda para trás em direção ao vestiário, apontando para mim.

— Pippa, adorei te conhecer. — Ele aponta para Jamie. — Lembra o que eu falei.

Hayden sai, e me levanto, colocando as mãos nos bolsos da jaqueta.

— Certo, vou indo.

— Espera um segundo. — Jamie coça a nuca, e fico curiosa. Ele engole em seco.

É como se eu estivesse vendo uma camada oculta, uma na qual ele está nervoso.

— Estava me perguntando — ele diz, e espero. — Minha mãe. Ela está me enchendo para vir a um jogo.

— Ah, que legal. — Um sorriso se abre em meu rosto, e me pergunto como é sua mãe. — Quer que eu peça os ingressos no escritório?

— Hm, não. Posso fazer isso. — Seus olhos encontram os meus. — Queria saber se você pode vir com ela.

Minha expressão é incerta.

— Você sabe que não entendo nada de hóquei, né?

Seu rosto relaxa, e ele solta um barulho que é *quase* uma risada. Quase. Está mais para um *hm* divertido.

— Tudo bem. Ela não liga. É só para fazer companhia para ela.

— Posso fazer isso. Ela é rabugenta como você? — digo sem pensar.

Quanto mais eu e Jamie convivemos, mais fácil fica tirar sarro dele assim. Isso é muito melhor do que silêncios tensos e constrangedores.

Ele arqueia uma sobrancelha, e algo borbulha dentro de mim. Algo como encanto.

— Não.

Embora ele não esteja sorrindo, seus olhos brilham, o que me dá coragem. Faço uma expressão exagerada de alívio.

— Que bom. Seria uma noite longa.

Ele me encara, e aperto a boca para não rir. Ele parece querer sorrir, e meu coração está batendo forte no peito como uma bola de pingue-pongue. Se eu tivesse visto *essa* versão de Jamie na escola, aí sim teria virado uma stalker.

— Muito engraçadinha — ele diz.

Reviro os olhos.

— Eu sei, sou hilária. Certo, vou para casa.

— Obrigada por deixar as chaves.

— Sem problema. — Dou dois passos antes de parar e me virar para ele, que ainda está ali, me observando. — Jamie?

Ele espera, me encarando com intensidade.

— Você deveria sair com o time. Aposto que seria divertido.

Seu olhar atravessa meu rosto, e tenho a impressão de que quer falar alguma coisa, mas ele só acena uma vez.

— Vou pensar.

15

PIPPA

Um jogador do San Jose empurra Hayden contra a mureta à nossa frente e, ao nosso redor, os torcedores estão gritando, batendo as mãos no vidro, chacoalhando-o. Vaias se erguem do nosso lado do estádio.

— É pênalti, porra! — um cara atrás de nós grita para o juiz.

A mãe de Jamie, Donna, volta os olhos brilhantes para mim, têm o mesmo verde-escuro dos de Jamie.

— Isso é muito emocionante — ela diz, sorrindo. — É mais fácil dizer isso quando não é meu filho que está sendo empurrado contra a mureta.

Ela mexe no cordão de contas ao redor do punho esquerdo, girando-as. Está fazendo isso desde que chegamos ao estádio.

Sorrio para ela, e meus olhos encontram Jamie no gol do nosso lado. Ver Jamie Streicher jogar uma partida é uma experiência completamente diferente de assistir a um treino. Quando ele bloqueia o disco, a torcida ao nosso redor comemora, embora ele nem pareça perceber ou se importar. Assim como no treino, ele é mais rápido do que consigo acompanhar, mas, agora, há cinco caras tentando enfiar o disco enquanto outros cinco lutam contra eles. O corpo de Jamie se curva e se contorce no gol em movimentos abruptos, mas ele faz parecer fácil. É rápido, brutal e carregado de energia.

Eu amo.

Pensei que hóquei fosse sem graça, mas talvez eu não tivesse prestado atenção até agora. Meu pai vai ficar satisfeito, óbvio.

Meu olhar desce para os dedos de Donna, que giram as continhas.

— Quer que busque alguma coisa pra você? Posso pegar outra bebida ou algo pra comer. O que você quiser.

Ela abana a cabeça com um sorriso.

— Não, obrigada, querida. Estou bem. — Ela inclina a cabeça, me observando. — Você é de Vancouver?

— North Vancouver — digo sem pensar.

— É onde eu moro. — Ela sorri, e congelo. — Que bairro?

Não posso mentir para Donna, ela é gentil demais, e, quanto mais tento pensar em algo, mais os pensamentos me escapam, então digo a verdade de uma vez.

— Berkley Creek.

— *Não acredito*. É onde o Jamie cresceu.

— Não acredito. — Forço um sorriso enquanto meu pulso acelera. Sua sobrancelha se franze com curiosidade.

— Em que escola você estudou? — Tem algumas na região, e não é incomum os alunos estudarem em escolas fora da área para programas especiais.

— Hm. — Lá vamos nós, acho.

Alguém cutuca nosso ombro antes de apontar para o telão. O jogo foi interrompido por um momento, e a mãe de Jamie está na tela.

— Deem as boas-vindas à mulher por trás do *Muralha Streicher* — o locutor anuncia. — Donna Streicher!

O estádio aplaude, e Donna ri e acena para a câmera, erguendo os olhos para nós na tela. Ela aponta para Jamie e manda beijos para ele. Um coro de *Awwwnnn* se ergue no estádio.

Abro um sorriso largo. A mãe de Jamie é tão simpática e fofa, e é tão orgulhosa dele.

E, puta que pariu, graças a *Deus* por essa interrupção.

— Jamie comentou que você canta bem — Donna diz alguns minutos depois enquanto os jogadores se reúnem para recomeçar o jogo.

Ele disse isso?

— Você é música também?

Meu peito se aperta.

— Não mais.

Sua boca forma um sorriso contrariado.

— Ah, pena. Eu adoraria ouvir uma música algum dia. Se o *Jamie* disse que você é boa, você deve ser. — Ela dá um tapinha no meu joelho. — Sem problema, querida.

Nós duas paramos quando o San Jose patina na direção do gol do Vancouver. A energia ao nosso redor cresce quando o atacante dispara o disco na direção de Jamie. Acerta o fundo da rede, e a torcida solta um suspiro coletivo.

— Ele vai ficar tão irritado por esse. — Donna ainda está mexendo nas continhas. — Ele é tão duro consigo mesmo, mas é por isso que chegou aqui. — Ela aponta para o gelo. — Desde pequeno, ele assume toda a responsabilidade. Fico preocupada. — Um sorriso se abre em sua boca, e ela olha para mim. — Fico muito feliz que ele tenha você pra ajudar. Ele assume coisas de mais.

— Pois é — concordo —, eu notei. Mas ele deu uma volta comigo um dia desses.

Ela arqueia uma sobrancelha, e seus olhos brilham.

— Ah, é?

— Ele disse que ajuda com a dor muscular, andar assim depois do treino.

Seus olhos pairam em meu rosto, interessada e sorridente como se soubesse um segredo.

— Ah. Sim. Faz sentido. Como você virou assistente dele?

Conto para ela da minha graduação, da turnê de Zach — deixando de fora os detalhes de como saí — e de como quero arranjar um emprego no departamento de marketing do time.

Ela sorri com afeto.

— Que ótimo, Pippa. Tenho certeza de que, independentemente do que você queira na vida, vai dar certo.

Abro um sorriso fraco para ela. Marketing não é meu sonho, mas é minha melhor opção. Consigo ouvir as vozes de meus pais na minha cabeça. *Não há nada de errado em um emprego estável, Pippa!* A culpa me perpassa. Eles pagaram minha faculdade enquanto tantas pessoas têm que lidar com empréstimos universitários ou nem podem fazer um curso superior. E daí se não é meu sonho?

Já aprendi minha lição sobre seguir meu sonho. Meu olhar se volta para Jamie enquanto ele observa o disco do outro lado do gelo.

Algumas pessoas foram feitas para seguir seus sonhos, mas não sou uma delas.

* * *

Enquanto os jogadores se trocam e conversam com a imprensa depois do jogo, nós nos dirigimos ao camarote reservado a amigos e familiares. O camarote está cheio de gente — jogadores, treinadores, cônjuges, filhos e amigos. Reconheço alguns treinadores e jogadores, incluindo Hayden, que me dá um aceno simpático.

Mostro a Donna fotos de Daisy enquanto esperamos por Jamie.

— Ai, minha nossa. — A mão de Donna cobre a boca quando ela sorri para uma foto de Daisy correndo. — Essa é fofa demais.

Atrás de Donna, uma garçonete passa com uma bandeja de bebidas.

— Adoro as com a linguinha de fora. — Passo as imagens, sorrindo. — Tiro uma dezena de fotos por dia.

Pelo canto do olho, vejo um jogador trombar sem querer na garçonete. Os olhos dela se arregalam, e ela se atrapalha para endireitar a bandeja, mas é tarde demais. As bebidas viram e se derramam, molhando a manga de Donna. Os copos caem no chão, e todos no camarote se viram para olhar.

— *Mil* desculpas — a garçonete diz, assustada.

Ao nosso redor, as pessoas recolhem os cacos de vidro, passam guardanapos para nós e limpam o líquido derramado no chão.

— Vou buscar mais guardanapos — a garçonete nos diz. — Não saiam daí.

— Eita. — Passo uma toalha de mão para Donna com o logo do Vancouver Storm estampado.

Donna seca a manga, sem falar nada.

— Você está bem? — pergunto.

Ela limpa a garganta antes de seus olhos percorrerem a sala. Ela ficou muito pálida e parece não ter me escutado. Ela pisca e olha na direção da porta que leva para o corredor.

— Donna?

— Hmm? — Ela se vira para olhar para mim. Seu peito sobe e desce rapidamente.

Tem alguma coisa errada. Consigo sentir. Ela está agindo diferente.

— Você está bem? — pergunto de novo com delicadeza, colocando a mão no braço dela. — Quer que busque alguma coisa?

Quando toco a mão nela, ela se vira para mim com uma expressão perplexa, como se tivesse esquecido que eu estava aqui.

— Preciso de ar. Preciso sair. — O tom da voz dela mudou completamente.

A mulher engraçada e simpática de momentos atrás desapareceu, e agora sua voz é petrificada. Ela força um sorriso, e sei que é forçado porque faço isso o tempo todo.

— Banheiro — ela diz, sem ar. Já está se afastando. — Volto já.

Estou com um mau pressentimento enquanto a observo se dirigir à porta. Já ouvi dizer que pessoas que estão engasgando costumam correr para o banheiro para evitar causar um escândalo, sendo que é o pior lugar para estar porque ninguém tem como ajudá-las.

Donna não está engasgando, mas definitivamente não está bem.

Corro atrás dela. Quando abro a porta do banheiro, ela está na frente da pia, jogando água na manga. Ela está ofegante, a respiração rasa e rápida. Os olhos muito arregalados.

Minha mente fica a mil — não sei o que fazer. Não sei o que está acontecendo. Os olhos dela estão rodeando o espaço pequeno enquanto tenta inspirar.

— O que está acontecendo? — pergunto, correndo para o lado dela.

— Estou bem. — Sua voz treme enquanto ela fecha a água, e ela está arfando mais do que nunca, apertando a beira da pia para se apoiar. Ela se apoia na parede, e um alarme ressoa na minha cabeça.

Ela não consegue respirar. Ela está tendo um ataque de pânico.

16

PIPPA

— Donna. — Minha voz é forte e firme quando entro na frente dela. — Olha para mim.

Seu olhar se ergue, apavorado, enquanto ela tenta tomar ar.

Aponto para meus olhos.

— Bem aqui.

Ela acena freneticamente.

— Vamos respirar juntas. — Eu me esforço para lembrar o que Hazel faz nas aulas de ioga. — Inspira, dois, três, quatro — digo, devagar e firme, mantendo contato visual com ela. — Expira, dois, três, quatro, cinco, seis. Ótimo. Inspira, dois, três, quatro.

Ela está tremendo, tentando respirar no meu ritmo lento. Está se apoiando mais na parede, e estou com medo de que escorregue, então a ajudo a se sentar no chão e me sento ao lado dela.

— Você está indo muito bem. — Começo mais uma respiração contada.

— Isso nunca acontece — ela diz, abanando a cabeça.

Aceno com compreensão.

— Sem problema. Só vamos respirar pra passar.

Seus olhos se fixam nos meus, cheios de medo.

— É o cheiro de bourbon. Me faz perder a cabeça.

— Está tudo bem. — Minha voz é calma, e conto mais uma respiração com ela.

A porta se abre, e uma mulher dá uma olhada em nós sentadas no chão e volta a sair. Guio Donna por mais exercícios de respiração. Não sei o que estou fazendo, mas parece estar ajudando. Depois de cinco minutos, ela parece estar bem. Trêmula, mas respirando sozinha. Suas respirações são profundas e fortes.

— Estou bem — ela diz, com os olhos fechados. — Desculpa.

Meus olhos se arregalam.

— Donna, não peça desculpa. Por favor. É só... — Encolho os ombros. — Coisas da vida.

O canto da boca dela se ergue enquanto me abre um sorriso grato.

— Você é demais, sabia?

Abano a cabeça, rindo.

— Não sei o que estou fazendo.

Ela ri.

— Eu também não.

Ficamos em silêncio por um momento. Consigo ouvir pessoas conversando no corredor, voltando para casa. Minha mente se volta à frequência com que Jamie visita a mãe. Ela disse *isso nunca acontece*, mas correu tão rápido para o banheiro que me dá a impressão contrária.

— Jamie sabe que você tem ataques de pânico?

Ela suspira.

— Sabe. — Ela ergue os olhos suplicantes para mim. — Por favor, não conte para ele. O hóquei já é preocupção o suficente para ele.

Faço uma careta sem jeito. Ele é meu chefe. Não posso guardar segredos dele. Então, penso em Zach armando para me mandarem para o aeroporto. Sei como é sentir vergonha por algo que não é culpa sua.

— Está bem. — Minha boca se contorce. — Mas acho que você deveria contar.

Ela bufa.

— Ele vai tentar se mudar para minha casa de novo.

Há uma comoção no corredor. Vozes erguidas.

— Cadê ela? — A voz de Jamie ressoa.

Meu pulso dispara, e me levanto de um salto, trocando um olhar com Donna antes de abrir a porta. Jamie está do lado de fora da porta para o camarote, os braços cruzados e o maxilar cerrado, enquanto a mulher que entrou no banheiro aponta para o outro lado do corredor. O rosto de Jamie está corado de esforço e seus olhos estão brilhantes, e há um movimento em seu peito. Nossa, ele é tão lindo, mesmo quando está furioso. Jamie encontra meu olhar, e a raiva incandescente em seus olhos diminui. Seus ombros relaxam um pouco.

— Oi — digo, sorridente. — A gente só teve que usar o banheiro — minto.

Ele se aproxima a passos largos, olhando fixamente para Donna, que aparece atrás de mim no corredor à frente do banheiro.

— Disseram que tinha uma mulher no banheiro tendo um ataque de pânico.

Donna bufa e revira os olhos para mim.

— Não adiantou.

— Mãe. — Seu tom é incisivo, há preocupação estampada no rosto. Ela faz que não é nada.

— Eu me exaltei um pouquinho.

— O que aconteceu? — Jamie questiona. Quando sua mãe solta apenas outro suspiro frustrado, ele se vira para mim. — O. Quê. Aconteceu?

— A garçonete derramou bebida em mim sem querer — Donna admite. — Pippa me ajudou a me recompor e, agora, estou pronta para ir para casa e ler meu livro. Vou pedir um Uber.

Ele já está abanando a cabeça.

— Vou levar você.

O celular dela está na mão, e ela está clicando no aplicativo.

— Não.

Entendi de quem ele herdou a teimosia.

— Sim.

Ela ergue os olhos fixos para ele, dando um sorrisinho.

— *Não*. Estou muito bem agora, graças à Pippa. — Ela me abre um sorriso caloroso e, desta vez, seus olhos brilham.

Não sei o que dizer. Não acredito que os exercícios de respiração ajudaram.

— Não foi nada.

Ela balança a cabeça.

— Foi tudo. — Ela pisca para mim.

Depois de Donna prometer que vai mandar mensagem para ele no segundo que chegar em casa, Jamie cede, e todos descemos para esperar o carro dela. Quando ele chega, ela me envolve em um abraço caloroso.

— Vejo você em breve — ela me diz, como se fôssemos velhas amigas. Quando abraça Jamie, ela vira a cabeça na minha direção. — Vê se não perde essa garota, hein.

Meu rosto arde. Sei que ela se refere à assistente dele, porque torno a vida dele mais fácil, mas não consigo evitar escutar isso em outro sentido. O sentido romântico.

Não, digo a mim mesma. Não vamos entrar nisso. A última coisa em que Jamie Streicher está pensando é em ficar com sua assistente, e eu é que não vou *inventar* de ficar com mais um cara famoso.

— Me manda mensagem quando chegar em casa — ele a lembra quando Donna entra no carro, acenando para nós.

Observamos o veículo se afastar antes de seus olhos pousarem em meu rosto. Seu olhar não é tão duro quanto costuma ser.

— Obrigado. Não sei o que teria acontecido se você não estivesse lá. Na última vez, ela estava dirigindo, e... — As sobrancelhas dele descem. — Ela bateu o carro.

— Que merda. — Minha boca se abre.

— Ela ficou bem — ele acrescenta rápido, cruzando os braços. Seu maxilar se cerra, e sinto uma dor profunda por ele. Ele parece tão preocupado.

— Ela está bem — digo a ele com o que espero ser um sorriso tranquilizador.

— Sim. — Ele percorre meu rosto e meu cabelo, que está solto ao redor dos ombros hoje.

A maneira como ele está olhando para mim está fazendo um peso quente afundar em meu estômago.

Ele aponta para o edifício-garagem.

— Vamos.

— Ah. Eu estava pensando em ir a pé.

Sua sobrancelha se arqueia.

— Por quê? Vamos para o mesmo lugar. Sem falar que — ele diz, olhando ao nosso redor — não é seguro para você andar sozinha.

Bufo, achando graça.

— Jamie, comparada com alguns lugares em que já estive com a turnê, Vancouver é *muito* segura.

Ele me encara com o maxilar cerrado.

— Não, Pippa.

A maneira como ele diz meu nome, tão firme e rigoroso assim, faz um calafrio percorre minha espinha.

Antes que eu possa responder, ele põe a mão na minha lombar. Uma pulsação de algo quente e líquido me atinge no fundo do ventre, e fico sem ar.

Quando chegamos ao carro — um crossover de luxo preto que deve valer mais do que a casa dos meus pais —, ele abre a porta antes de entrar no banco de motorista.

Seu aroma limpo e masculino atinge meu nariz, e meus olhos quase se reviram. Seu cheiro é incrível, e ficar em um espaço fechado com ele foi um grande erro. Meu olhar desliza para suas mãos no volante enquanto saímos do estacionamento.

Ele tem mãos grandes.

Meu Deus, Pippa. Desvio o olhar e me viro para a janela enquanto ele dirige.

— É por isso que me mudei de volta — ele diz baixo.

Suas sobrancelhas se franzem, e tenho a impressão de que ele ainda está preocupado com a mãe. Penso no que Donna disse durante o jogo, que Jamie assume os problemas de todos.

Nada disso é justo. Não é justo que Donna sofra ataques de pânico, e não é justo que Jamie sinta a necessidade de resolver isso para ela. Entendo que é assim que famílias funcionam — você cuida de seus entes queridos. Mesmo assim, queria que Jamie deixasse mais espaço para si. Quem cuida dele?

Ele está quieto, observando a estrada. Percebo que é um bom motorista — confiante, mas cuidadoso. Como se não tivesse nada para provar.

Seu olhar encontra o meu antes de voltar à estrada.

— Obrigada por vir ao jogo.

— Eu me diverti. — Relembro a maneira como Jamie se movia no gelo. — Você é bem rápido lá. Nasceu para ser um jogador de hóquei.

Há algo estranho em seu olhar, e tenho a impressão de que ele quer dizer algo. O carro é pequeno demais e, de repente, há um aperto em meu peito.

— Obrigado, Pippa — ele diz, com a voz baixa.

Quando chegamos em casa, Daisy corre em nossa direção, abanando o rabo. Digo oi para ela e pego a coleira para levá-la para passear uma última vez antes da cama, mas os dedos de Jamie roçam nos meus enquanto ele toma a coleira de mim.

— Eu faço isso.

— Não tem problema — digo a ele.

— Demoro um tempo pra relaxar depois de um jogo. Vou ficar acordado por horas.

Uma imagem passa em minha cabeça — ele relaxando de uma maneira diferente. Embaixo do chuveiro, tarde da noite, uma das mãos nos azulejos do banheiro enquanto água escorre por seu peitoral e seu tanquinho perfeitamente esculpidos, e a outra se masturbando. Aposto que seus lábios se entreabririam e ele ficaria com a testa franzida ao gozar.

— Está bem. — Meu rosto está ficando vermelho enquanto expulso a imagem da cabeça.

Não posso ficar pensando essas coisas.

— Boa noite. — Seu olhar desce para minha boca, e meu pulso vacila quando ele franze a testa.

Fico paralisada, sem conseguir sair do lugar, enquanto ele olha fixamente para minha boca como se ela o ofendesse. Daisy está esperando a nossos pés, mas ele nem parece notar. Seus olhos ardem, e tenho mais noção do que nunca de como ele é grande.

Embaixo do meu abdome, a excitação brota.

— Boa noite. — Minha voz é um rangido enquanto saio às pressas para meu quarto.

Mais tarde, quando me deito na cama, estou perdida em pensamentos, refletindo sobre como Jamie cuida de todos. Mas quem cuida dele?

Um pensamento obsceno se infiltra em minha cabeça. Estamos eu e Jamie, enrolados nos lençóis, ele em cima de mim, seus braços grossos ao redor do meu corpo. Ele está me penetrando. Sua boca se abre e seus olhos ficam deliciosamente turvos. Há uma vibração quente de pressão entre minhas pernas, e meu pulso se acelera.

É *assim* que eu cuidaria de Jamie.

Ele é muita areia para o meu caminhãozinho, e já fui machucada por homens do nível dele antes. Eu não deveria querer Jamie, mas quero muito, muito.

17

JAMIE

Na manhã de domingo, estou deitado na cama, olhando para as montanhas do outro lado da água pela janela. Ainda é outubro, mas, depois de uma frente fria recente, há neve no topo delas, uma camada branca sobre as árvores.

Também estou pensando em Pippa e na curva doce de sua boca. A semana toda tem sido assim. Não consigo tirar um pensamento em particular da minha cabeça.

Quero muito, muito mesmo, minha linda assistente.

Deixo um resmungo de frustração escapar e fecho os olhos. Preciso ter consciência. Tudo em Pippa é perigoso — seus lábios fartos, seu sorriso, sua doçura. Na época da escola, ela era apenas a garota por quem eu era fascinado, mas quanto mais a conheço, mais isso cresce. Dá para sentir.

Mas não vou fazer nada em relação a isso. Transar com a mulher que trabalha como minha assistente é uma maneira fantástica de foder a minha vida e a dela. Depois que Pippa ajudou minha mãe durante o ataque de pânico, confio nela. Peguei carinho por Daisy, e fico ansioso para chegar em casa e ver seu rabo abanando, animada por me ver. Sem Pippa, eu precisaria arranjar um novo assistente ou encontrar outro lar para Daisy.

Não quero nenhuma dessas coisas.

E depois do que aconteceu com Erin? Aprendi a lição. Envolvimento não faz parte do plano. Minha mente se volta à minha ex e a sua cara devastada ao entender que eu não estava pronto para algo mais. Eu a magoei tanto que ela abandonou toda a sua carreira. Ela merecia muito mais do que eu podia oferecer.

Pippa também merece.

Ela e minha mãe têm planos de levar Daisy para uma trilha em North Vancouver no próximo fim de semana. Gosto muito dela morando aqui. Ouvi-la andar na cozinha para fazer seu café da manhã é a melhor forma de acordar.

Imagino a boca de Pippa ao redor do meu pau, seus olhos azul-cinza erguidos para mim, avaliando minha reação. Sangue corre para meu pau, que fica duro.

É *quase* a melhor forma de acordar.

Imagino seus lábios macios de novo, seu cabelo sedoso que eu adoraria envolver na mão enquanto enfio o pau na boceta apertada dela. A excitação pulsa em minha virilha, e meu pau arde. Eu o boto para fora da boxer e me toco. Já estou melado, e inspiro fundo, soltando um gemido.

Eu não deveria estar fazendo isso.

Estou apenas pensando nela, argumenta outra parte de mim. Melhor do que tomar a iniciativa.

Enquanto bato uma, imagens de Pippa passam por minha cabeça. Seu cabelo esparramado em meu travesseiro, suas costas arqueadas enquanto lambo entre as pernas dela. A maneira como os músculos de seu abdome ficariam tensos quando ela gozasse, as pálpebras tremendo. Aposto que ela morderia o lábio enquanto a masturbo.

Minhas bolas ficam tensas. Deus do céu. Minha mão se move rápido, e aperto os lençóis com a outra mão. Penso em como a boca dela seria quente e macia, como ela ficaria incrível pra caralho com meu pau entre seus lábios fartos. O brilho provocante em seus olhos ao diminuir a velocidade, me deixando à beira do clímax.

A pressão e o calor na base da minha espinha transbordam, e gozo, molhando meu abdome e meu peitoral com um gemido baixo.

Merda. Estou com a respiração ofegante, olhando para o teto, desejando ter gozado em Pippa, e não em mim mesmo.

Depois de uma ducha, saio para o resto do apartamento — dando de cara com a bunda de Pippa usando uma legging.

Meu pau se contrai enquanto olho fixamente para ela curvada, limpando o pó de café do chão. Ela se vira e se endireita com um sorriso.

— Bom dia. — Seus olhos pairam em meu cabelo úmido antes de ela apontar para uma caneca em cima da bancada. — Tem café pra você aqui.

Minhas sobrancelhas se franzem. Pippa faz essas coisas — como café — e não sei como me sentir em relação a isso. Não estou acostumado a outras pessoas fazendo coisas por mim.

Um calor estranho se espalha por minha barriga, e agradeço com um aceno rápido de cabeça.

— Obrigado.

Quando passo por ela, seu aroma me cerca. Baunilha, talvez coco? Algo leve e doce, como ela. Minhas bolas ficam tensas.

Como estou com tesão de novo? *Acabei* de bater uma.

Pippa inclina a cabeça para mim com um olhar paciente.

— Uau. Você deve precisar mesmo desse café.

Percebo que a estou encarando. Limpo a garganta e vou na direção da porta, tomando um gole da caneca.

Caralho. Que delícia.

— Daisy — chamo. — Vamos passear.

Ela está deitada no sofá da sala, dormindo. Ela entreabre os olhos antes de voltar a dormir.

— Já passeei com ela — Pippa diz, terminando seu café.

Franzo a testa.

— É sua folga.

Ela dá de ombros, sorrindo para Daisy.

— Gosto de passear com ela logo cedo. As ruas estão tranquilas, e damos a volta pelo parque. É gostoso, e não me incomodo. — Ela coloca a caneca na lava-louças e se dirige à porta. — Certo, preciso ir. Volto lá pelo meio-dia.

Meus olhos estão na curva de suas coxas na legging, pensando em como seria a sensação delas ao redor da minha cabeça.

— Aonde você vai?

— Hazel vai dar aula de hot ioga hoje. — Ela calça os tênis. — As outras professoras do estúdio são meio maldosas, então gosto de ir para dar apoio.

Há uma sensação estranha em meu peito, como se eu não quisesse me despedir. Sem pensar, ponho a caneca de café em cima da mesa e aceno para ela.

— Certo. Vamos.

Ela me encara, confusa.

Calço os tênis, ignorando a sensação de alerta nos arredores da minha consciência. É só ioga, digo a mim mesmo. Já estou com roupas de treino porque pretendia levar Daisy para uma corrida leve hoje cedo. Vou fazer isso no lugar.

— Estou dolorido hoje. Ioga ajuda com a flexibilidade.

Ela morde o lábio, e meu olhar traça a curva de sua boca.

— Tem certeza?

— Sim. — Abro a porta. — Depois de você.

Quando ela me abre um sorriso tímido no elevador, a sensação de alerta se silencia. Talvez ela também queira passar mais tempo comigo.

18

PIPPA

— Vamos respirar — Hazel lembra a turma, andando devagar ao nosso redor para fazer ajustes em nossas posturas. Ela apoia a palma da mão na minha lombar, e me alongo mais na postura do cachorro olhando para baixo.

Suor pinga do meu nariz em cima do tapete. Sei que essa aula se chama *hot ioga*, mas eu tinha esquecido de como era *hot* mesmo. Virei duas garrafas d'água em quarenta minutos. Suor se acumula em meu top esportivo e, quando me viro na postura, estendendo a mão direita para o céu, meu suor transborda. Minha calcinha está molhada, e não no bom sentido.

Olho para Jamie de canto de olho, e nossos olhares se encontram. Suas bochechas estão coradas pelo calor. Ele tirou a camiseta alguns minutos depois do começo da aula, e não consigo me concentrar nas posturas nem na voz de Hazel. Há apenas outras três pessoas na aula, mas mal presto atenção nelas.

O corpo de Jamie Streicher é perfeito. Gotas de suor descem por seu tanquinho. Um punhado de pelos escuros bem aparados se estende por seu peito largo. Braços grossos e musculosos o apoiam em cada postura. Seu peitoral e suas panturrilhas? Esculpidos em pedra. Descendo pela barriga, um caminho da perdição de pelos segue até dentro do short, e minha atenção se volta a essa área o tempo todo.

A cada movimento, seus músculos ondulam. Combinados com seus olhos brilhantes e sua força intimidante, ele é o retrato perfeito da vitalidade e da potência.

Excitação vibra em meu ventre, e o imagino me pegando e me jogando por cima do ombro.

Talvez eu tenha falado cedo demais sobre minha calcinha.

Ele também é incrivelmente flexível. Pela profundidade e pelo equilíbrio de suas posturas, já praticou ioga antes.

— *Postura da criança* — Hazel diz ao meu lado em um tom enfático, como se essa não fosse a primeira vez que ela diz isso. Minha irmã arregala os olhos para mim, uma pergunta silenciosa de *cara, o que você está fazendo?* em seus olhos, e passo correndo para a postura.

Deixar que Jamie viesse comigo foi uma péssima ideia. Não consigo parar de olhar para ele. Ele é um olimpiano impecável — meu pai disse que ele competiu nas últimas Olimpíadas de Inverno pelo Canadá —, enquanto eu estou parecendo uma rata de esgoto agora.

Ficamos na postura da criança por um tempo, e Hazel volta a encher nossas garrafas d'água. Quando olho de soslaio para Jamie, os músculos das suas costas não parecem tão tensos quanto antes.

Ele tem muitos músculos nas costas. Fecho bem os olhos e baixo a cabeça, aprofundando a postura. Não posso pensar esse tipo de coisa, e nada de bom pode vir de ficar cobiçando Jamie.

Lembro-me do gemido baixo que escutei vindo do quarto dele hoje cedo. Fico repetindo para mim mesma que ele estava apenas se espreguiçando ao acordar. Ele disse que estava dolorido. Devia ser isso.

Mas isso não me impede de imaginar o que mais pode ter sido aquele gemido.

Hazel cutuca minhas costelas. O resto da turma está na postura da cadeira, e eu ainda estou na da criança.

— Foco — ela murmura ao passar.

Estou focada, tá. Focada no jogador de hóquei sem camisa que é areia de mais para o meu caminhãozinho.

Depois que a aula acaba e tomo uma ducha rápida no vestiário, volto ao saguão. Os alunos da turma estão tirando foto com Jamie. As duas professoras de ioga que estavam na recepção quando chegamos estão esperando sem tirar os olhos dele. Quando chega a vez delas, as duas o rodeiam em um segundo, passando os braços pela cintura dele. Algo aperta entre minhas costelas.

Ele não está sorrindo, mas também não está com a cara fechada. Uma das mulheres se aninha junto a ele, e Jamie olha para mim.

Meu abdome se contrai e meus ombros ficam tensos. Não tenho motivo para ficar irritada. Tenho zero poder sobre ele. Ele é meu chefe e divido o apartamento com ele, e só. Eu só... não curto muito que toquem nele assim e olhem para ele com brilhinho nos olhos.

— Que porra foi essa? — Hazel sussurra ao meu lado. — Você o trouxe aqui?

Não tivemos a chance de conversar a sós antes da aula.

— Ele não me deu escolha.

Observamos as outras professoras tirarem uma série de fotos.

— Ele é muito flexível. — Ela lança um olhar sonso na minha direção.

— Para. — Escondo uma risada.

A expressão dela é pura inocência.

Jamie termina de tirar as fotos e se aproxima de nós.

— Aula boa — ele diz a Hazel com um aceno de cabeça. — Obrigado. — Ele estende a mão. — Sou Jamie.

Ela olha para ele com desconfiança.

— Hazel.

— Você trabalha no time.

Uma surpresa atravessa os traços dela.

— Sim. — Ela menciona os fisioterapeutas mais antigos com quem trabalha, e Jamie acena.

— Algo assim poderia fazer bem para os outros jogadores.

Hazel só encolhe os ombros, mas consigo ver que está tentando não sorrir. Ela é reservada, ainda mais com homens, mas, no fundo, quer que as pessoas saiam das aulas se sentindo bem, mesmo se forem jogadores de hóquei profissional.

— Almoça com a gente — ele convida.

Ioga, e agora almoço. Sinto um frio na barriga e tento me controlar. Ele deve estar faminto e não sabe como se livrar de mim, ou não quer ser mal-educado. Fico olhando para Hazel, que me encara em resposta. Pelo olhar, estamos tendo toda uma conversa.

— Ela adoraria — digo, sorrindo para Jamie.

* * *

Jamie nos leva a um estranho bar pé sujo em Gastown.

— *O Flamingo Imundo* — leio na placa em cima da porta.

— Não diga que é um boteco — ele diz ao abrir a porta.

Eu e Hazel paramos à porta, deixando nossos olhos se ajustarem. Está tocando "Tangerine", minha música favorita do Led Zeppelin. O interior do bar é aconchegante e acolhedor, e amo o lugar de cara — os posters de shows antigos, as fotos nas paredes, os pisca-piscas estendidos no teto.

Atrás do balcão, uma mulher prepara drinques. Ela é linda, por sinal, com um look grunge dos anos noventa que amo de cara.

Ela olha para Jamie.

— Você de novo.

Sua garganta faz um barulho que soa como uma risada contida. A bartender dá um alô com a cabeça para mim e Hazel.

— Sentem onde quiserem.

Meu olhar pousa em um poster do álbum *Quadrophenia* do The Who.

— Hazel! — Aponto para o poster. — Olha.

Hazel sorri.

— Que demais.

— Vocês gostam de *Quadrophenia*? — a bartender pergunta.

Nós nos sentamos nos banquinhos do bar.

— É o álbum favorito do nosso pai — explico. — Crescemos com esse disco.

Ela nos abre um sorriso pequeno e satisfeito.

— Bom gosto. — Um segundo depois, ela diz: — Sou Jordan.

— Pippa. — Gosto dela de cara. — Essa é Hazel. E Jamie.

Ela aponta para Hazel e, quando se vira para Jamie, arqueia uma sobrancelha.

— Nada de falar de hóquei aqui.

Ele solta outro barulho que talvez seja uma risada. Pedimos almoço, e, enquanto comemos, Jamie puxa conversa com Hazel sobre ioga.

— Eu adoraria dar uma aula para atletas lesionados — Hazel diz. — Algo que fosse em um ritmo mais lento.

— Hazel quer abrir o próprio estúdio um dia — explico para Jamie. — Um espaço onde pessoas de todos os tipos físicos se sintam à vontade, em vez de apenas gente magra.

As sobrancelhas dele se erguem, e ele observa Hazel com algo que parece respeito.

— É uma ótima ideia. O mundo precisa de mais pessoas como você.

Ela o encara.

— Pensei que você fosse um babaca.

Jamie olha para mim, e algo cintila em seus olhos.

— Você disse isso para ela?

— Hm. — Pisco. — Não? — Muito convincente, Pippa. Eu me crispo, mas estou sorrindo. — Quer dizer, você me demitiu.

Nossos olhares se fixam um no outro, e meu estômago se revira, lenta e calorosamente. Ele dá um leve sorriso. Sinto o impulso de estender a mão e tocar o dedo em sua boca. Hazel está alternando o olhar entre nós com uma expressão engraçada no rosto. Nossos olhares se encontram, e ela sobe e desce as sobrancelhas uma vez.

Ela está realmente tentando não gostar dele, mas, com as perguntas atenciosas de Jamie, o interesse dele pela profissão dela, e como ele não é autocentrado, ela não tem a mínima chance.

Não sei se tenho, também. Quem é essa versão dele? Ele não é nada parecido com o babaca rabugento que pensei que fosse.

Jamie termina o sanduíche e se recosta na cadeira.

— Você dá aulas particulares?

Hazel parece preocupada.

— Sim?

Ele acena uma vez.

— Meu treinador vai entrar em contato com você.

Mais tarde, quando Jamie vai ao banheiro, sorrio para Hazel.

— Tem razão. Todos os jogadores de hóquei são mesmo do mal.

Ela revira os olhos, mas está sorrindo.

— Ah, vá. — Seus olhos se estreitam para mim. — Ele gosta de você.

Coro com sensações alegres e vibrantes.

— Ele mal me suporta.

Ela se engasga.

— Está de brincadeira?

— Hazel, ele me *demitiu*. Ele só me recontratou porque ficou com pena de mim. Depois me viu chorando, e isso só piorou as coisas. — Abaixo a voz. — Ele tem pena de mim. Sou só a moça que passeia com a cachorra dele, basicamente. Ele não gosta de mim.

Ela encara meu olhar com uma expressão compreensiva.

— Ele gosta de você.

Odeio o friozinho que as palavras dela provocam na minha barriga. Na bancada, o celular de Hazel começa a vibrar.

— Estou cheia de notificações — ela murmura, franzindo a testa para a tela. — Eita — ela diz um momento depois em um tom inexpressivo, navegando pelos comentários.

Ela foi tagueada em uma das fotos com Jamie que os outros alunos postaram. Está viralizando nas redes sociais porque ele quase nunca tira fotos com pessoas. Um e-mail aparece no celular dela, e ela o lê.

— Minha aula semana que vem está lotada — ela diz, com a voz confusa.

Meu queixo cai.

— Que incrível.

Ela abana a cabeça, continuando a ler.

— O mês todo. Minhas aulas de hot ioga de sábado do mês todo estão cheias. O estúdio quer abrir uma segunda aula à tarde.

Estou radiante. Ela se vira para mim com um sorriso encantado de surpresa, e uma gratidão por Jamie aperta meu peito. Amo ver Hazel tão feliz e orgulhosa assim.

Ao voltar, Jamie insiste em pagar pelo almoço para agradecer a Hazel pela aula e, depois que nos despedimos dela, voltamos ao nosso prédio residencial.

Algo passa pela minha cabeça, e me viro para ele com os olhos estreitados.

— Você sabia que ir à aula de Hazel a ajudaria.

Ele dá de ombros, mas o canto da boca dele se ergue. Meu coração se enche.

— Aaaaah. — Aceno, sorrindo para ele. — Certo. Agora entendi.

— O quê? — Sua expressão é preocupada.

Apenas continuo sorrindo para ele.

— Você é *do bem*.

Ele olha para mim como se eu tivesse ficado maluca.

— Sim — continuo. — Você é. Você cuida da sua mãe, adotou uma vira-lata que precisava de um lar e fez eu me mudar para sua casa. — Aponto o polegar por cima do ombro na direção de onde viemos. — Você pagou o almoço. Jamie, você é do bem.

Ele passa a chave na entrada do prédio e abre a porta para mim, sem me encarar.

— Não é nada de mais.

— Comentei com você que as colegas de Hazel eram maldosas, então você foi comigo para ajudar.

Seus olhos pousam em mim enquanto esperamos o elevador, e há algo caloroso ali.

— Talvez eu só quisesse passar tempo com você.

Rio baixo.

— Hmm. Sei. Você deve ter supermodelos na discagem rápida do celular, então faz todo sentido passar seu dia de folga *comigo*.

Entramos no elevador. Certa ironia contrai seus lábios.

— Discagem rápida?

— Tenho certeza. — Meu peito treme de tanto rir. Algo na maneira como ele está fixando o olhar em mim e em como isso está me divertindo faz meu estômago dar cambalhotas animadas.

Nossos olhares se encontram, e sinto um frio na barriga que vou atribuir à subida do elevador. Seus olhos brilham, e consigo sentir seu cheiro fresco e forte.

Ah, nossa.

Ele não está sorrindo, mas seu olhar é caloroso. Satisfação cintila em meu peito, e resisto ao impulso de massagear o esterno. Essa sensação é nova.

— Te devo uma por hoje. — Minha voz mal passa de um sussurro, e tenho noção de como este elevador é pequeno e do quanto espaço Jamie ocupa.

Ele engole em seco, ainda encarando meu olhar.

— Quer me recompensar?

Meus lábios se entreabrem, e um calafrio desce por minha espinha. Há um calor em seus olhos, e pisco para ele, atordoada.

Suas palavras são sugestivas. Um músculo íntimo se repuxa entre minhas pernas. Ai, Deus. Não posso ficar excitada em um elevador. Não sou esse tipo de mulher.

O canto da boca dele se ergue em um sorriso malicioso, e meu coração bate mais rápido.

Sou, *sim*, esse tipo de garota que fica excitada em um elevador. É tarde demais. Isso está acontecendo. Estamos aqui. Estou com tesão no meu chefe jogador de hóquei em um elevador.

Não posso fazer isso. Jamie está totalmente fora de cogitação. Ele é gato demais, gentil demais e cheiroso demais. Deixar meu crush se transformar em algo além só vai acabar em coração partido para mim.

— Sim — digo, ainda encarando seu olhar elétrico.

— Toca uma música para mim.

Eu me encolho. Um peso extingue meu tesão enquanto meus pensamentos congelam.

— Qualquer música — ele diz, e minha pele formiga com o tom baixo de sua voz. A porta do elevador se abre. — Uma das suas favoritas, tanto faz.

Abro a boca para dizer que não consigo, mas ele baixa a cabeça para me encarar de modo que ficamos na mesma altura. Seu braço está segurando a porta do elevador.

— Sim, você consegue — ele diz com um tom firme e rigoroso. Ele dá um sorrisinho, e me pergunto se eu ganharia um sorriso completo caso me sentasse para tocar uma música.

É tentador.

Fico paralisada, mas sua mão desce para minha lombar, e me guia gentilmente para fora do elevador. Seu calor permeia minhas camadas de roupa, e quero me entregar à sua mão.

Dentro do apartamento, Daisy pula e corre para nos cumprimentar, e ele pega a coleira da mesinha. Eu ainda não disse uma palavra.

— Combinado, então. — Ele prende o peitoral dela antes de se endireitar. — Obrigado por uma manhã divertida, Pippa — ele murmura.

Combinado?

Qualquer que seja minha expressão, ele responde com aquele sorrisinho sexy de novo.

— Tchau — ele diz, saindo pela porta.

Fico parada por um longo momento, relembrando seu sorrisinho lento, a pressão de sua mão em minha lombar.

Ele quer uma música, mas toda vez que penso em pegar o violão, meu estômago se revira de angústia e dúvida.

Sim, você consegue, ele disse, e sua voz era tão segura. Talvez ele esteja certo. Talvez eu consiga, sim. Eu me apoio na porta, soltando um longo suspiro.

19

JAMIE

Alguns dias depois, estou de cueca na cozinha, olhando pela janela. É meia-
-noite, e a cozinha está escura, iluminada apenas pelas luzes da cidade.

Não consigo dormir.

Mal a vi a semana inteira. Quando chego em casa, ela vai para o
quarto ou sai para encontrar Hazel. Sirvo um copo d'água e tomo metade, pensando na descarga elétrica entre nós no domingo à tarde. Queria
tanto ter dado um beijo nela.

Ainda quero.

— Merda — murmuro antes de virar o copo.

O medo nos olhos dela quando pedi para tocar uma música para
mim me deixou mal. O ex fodeu com a cabeça dela e, agora, ela não
consegue fazer o que ama.

Quero mais para ela. Não quero que viva com esse medo. Quero que
acabe com ele e se sinta orgulhosa. Pippa é forte — vi isso quando ela
ajudou minha mãe com seu ataque de pânico.

Massageio a parte de cima do nariz. Quero *mais* para ela? Não sou
ninguém para ela. Ela trabalha para mim. Ela não se lembra da minha
existência. Sinto uma pontada de culpa. Talvez pedir uma música foi
passar dos limites.

Há um barulho atrás de mim, e Pippa está na cozinha escura, tão
surpresa quanto eu.

Ela está de pijama, um short verde-menta sedoso. O short é curto,
e suas pernas são compridas e lisas. Seu cabelo está bagunçado, como se
ela tivesse se revirado na cama, e não sei por que gosto tanto dessa ideia.
Quando meu olhar sobe para sua blusa, o tesão dispara em meu sangue.

Seus mamilos estão duros. Puta que pariu. Meus dentes rangem, e preciso de toda minha força de vontade para erguer os olhos.

— Estou com insônia — ela diz com um sorriso nervoso.

Aceno.

— Eu também.

Ela passa por mim e liga a chaleira antes de tirar seu chá favorito do armário. Chai de baunilha descafeinado. As embalagens estão sempre na lixeira; ela deve tomar muitos.

— Você está me evitando essa semana — digo, e suas mãos vacilam enquanto ela abre o saco.

— Hm? — Ela pisca voltada para a bancada. — Não, não estou.

Olho para ela e, finalmente, seu olhar encontra o meu. Ela ri um pouco, um sorriso perpassando o rosto.

— Certo. — Ela suspira com a cara fechada de culpa. — Estou.

— Hm. — Eu me apoio no balcão, e seu olhar pousa em meu abdome. É aconselhável eu estar na frente dela de cueca? Provavelmente não. Eu me importo? Observo enquanto ela suga o lábio entre os dentes, traçando meu abdome com o olhar.

Não. Não ligo. Meu sangue vibra com satisfação enquanto seus olhos percorrem meu corpo.

— Não imaginava que você fosse o tipo de pessoa que não paga suas dívidas — digo a ela.

Ela solta uma risada.

— Eu não chamaria de *dívida*.

— "Eu te devo uma." Foi o que você disse.

— Jamie. — Ela revira os olhos para mim, sorrindo. Adoro a maneira como ela diz meu nome com esse ar provocante.

Cruzo os braços diante do peito, e seu olhar pousa em meu bíceps.

— Qual é o empecilho?

Ela se vira, ocupando-se com o chá.

— Você teve jogos e tal.

Não mais do que o normal.

Minha mente divaga para algumas noites atrás, depois que cheguei em casa de um jogo. Quando liguei a tv, já estava no canal esportivo. Ela estava assistindo à partida?

O orgulho enche meu peito com esse pensamento.

— Você está enrolando.

Seus olhos estão no chá, e o cheiro que sobe é o mesmo dos produtos de cabelo dela — doce, amadeirado e quente. Reconfortante, mas sexy e intrigante. Tenho o impulso de aconchegar o rosto no pescoço dela e fungar.

Ela ergue o olhar para encontrar o meu, e seus olhos são cheios de vulnerabilidade.

— Na última vez que toquei para alguém, riram de mim. — Sua voz é baixa.

Raiva disparada por minhas veias. Vou matar essas pessoas.

— Quem? — questiono em uma voz baixa e letal. — Me fala. Nomes. Agora.

Ela revira os olhos.

— Jamie.

— *Agora*.

— Foi o Zach. — O rosto dela está ficando vermelho, uma mancha rosa em cada bochecha, e meus punhos se cerram cruzados diante do peito. — E o empresário dele. — Ela pisca como se estivesse revivendo esse momento antes de piscar de novo e voltar à cozinha comigo.

Quando penso que aquele cara não pode piorar, ele vai e consegue.

Aceno uma vez.

— É essa música que quero ouvir.

Sou um puta de um cuzão.

Seus olhos se arregalam.

— Quê? Não.

— Sim. — Minha voz é firme e exigente. Sou um cuzão insistente e arrogante, mas não me importo.

As mãos dela se contorcem, e ela tenta esconder o nervosismo com um sorriso falso. Ela está assustada, e isso faz meu peito apertar.

— Ei. — Eu me abaixo para ficar com os olhos na altura dos dela, e toco seus braços. Lá vem aquele cheiro incrível de chai de novo. — Quando eu tinha nove anos, fui atingido pelo disco.

Seus olhos se arregalam.

— Sério?

Faço que sim.

— Bem aqui. O disco quicou da trave, e eu tinha esquecido minhas luvas, então estava usando reservas que eram grandes demais, e elas ficavam saindo. Doeu pra caralho.

Sua expressão fica solidária.

— Imagino.

Minhas mãos voltam a seu braço. Consigo sentir seu calor através do tecido sedoso. Meu polegar desliza de um lado para o outro do tecido, e seus lábios se entreabrem.

— Eu não queria voltar para o gelo. Estava com medo de ser atingido de novo.

Suas sobrancelhas se franzem, e a maneira como ela olha para mim me faz querer abraçá-la e não soltar nunca mais. A maneira como ela olha para mim me faz querer protegê-la do mundo e de babacas como o ex dela.

Sua boca se abre em um sorriso triste.

— Não quero voltar para o gelo — ela sussurra, seu nariz se franzindo. Mesmo sob a luz fraca, suas sardas são muito lindas. — Estou com medo de ser atingida de novo.

Nesse momento, na minha cozinha, parece que somos as únicas pessoas no planeta. No fundo da minha mente, toca um sinal de alerta, mas ignoro. Depois eu lido com isso. Agora, Pippa precisa de mim.

Dou um aperto nela.

— Você consegue. Voltei para o gelo e fiquei bem. Lembra quando minha mãe teve um ataque de pânico? Você mandou bem, passarinha. Você fez tudo certinho. No fundo, você é dura na queda, tenho certeza disso.

Sua sobrancelha se ergue.

— Passarinha?

Não era minha intenção chamá-la assim; escapou. Mas é perfeito.

— Hm.

Ela morde o lábio inferior. Ela quer aceitar. Sei que quer.

— Quer saber? — Aperto os braços dela mais uma vez enquanto estudo o azul de seus olhos. — Meia música. Só isso.

A longa linha da garganta dela se move quando ela engole em seco, o olhar fixo no meu como se eu fosse um bote salva-vidas. É o que quero ser para ela.

Eu a solto e me endireito.

— Vamos. — Meu tom ficou autoritário. — Vamos lá.

— Agora? — Suas sobrancelhas se erguem ao máximo. — Tipo, agora?

— Sim. — Vou até o sofá e me sento, estendendo um braço pelo dorso dele. — Agora.

Seu olhar paira sobre mim no sofá, no meu abdome, no meu peitoral, nos meus braços e, por um breve momento, em minha virilha. Meu pau se contrai com interesse, e há uma pulsação de algo ardente no fundo das minhas entranhas.

Ela pode olhar o quanto quiser.

— Para de enrolar.

— Você é tão mandão — ela diz, balançando a cabeça enquanto desaparece escada acima para buscar o violão. Ela diz isso com um tom resignado, mas há algo mais em sua voz. Algo que se diverte por eu ser mandão.

Eu me recosto e entrelaço as mãos atrás da cabeça e, quando volta trazendo o violão, ela hesita ao me ver.

— Pois não? — pergunto.

— Você pode colocar uma camisa?

Seu olhar se fixa em minha barriga, e sinto a vontade de sorrir de novo. Tenho consciência do meu porte.

— Por quê?

Sei o porquê, mas não me importo. Ver minha linda assistente ficar sem jeito é divertido.

Ela me lança um olhar inexpressivo e aponta para meu tronco e meus braços.

— Tudo isso aí.

Há uma pressão em meu peito, calorosa e crepitante, como uma risada. Minha boca se ergue em um sorrisinho malicioso.

— Não.

— Teimoso também — ela murmura, e sorrio.

Pippa congela, observando meu rosto com uma expressão estranha. Como fascínio ou algo assim.

— Que foi?

— Você está sorrindo. — Seus lindos lábios formam um sorriso também. Seu olhar percorre meu rosto, e minha pele formiga de acanhamento.

De repente, eu a quero muito mais perto. Em meu colo. Montada em mim, talvez. Suas mãos em meu cabelo, e as minhas no dela.

Ela baixa o queixo, as bochechas ficando rosa de novo.

— Certo, Jamie Streicher. Seu sorriso me dá vontade de tocar. — Ela respira fundo e dedilha. As notas de abertura ressoam.

Ela começa a cantar, e algo se encaixa em meu peito.

20

PIPPA

O sorriso de Jamie Streicher me cativa. Mesmo depois que sua boca volta à linha cruel de sempre, o brilho quente continua em seus olhos.

Dedilho os acordes, toco as cordas e canto aquela música que compus meses atrás sobre envelhecer e mudar. Aquela que fez Zach rir.

Minha voz está áspera de sono. Não me aqueci, e há uma rouquidão nas notas, mas gosto do som. Continuo ouvindo a risada deles, vendo a cara de Zach, tão perplexo e constrangido, mas entretido, porém expulso esses pensamentos.

No fundo, você é dura na queda, tenho certeza disso. Foi o que Jamie disse. Ele também me chamou de passarinha.

Seus olhos continuam em mim o tempo todo, calorosos e firmes, e ele me traz de volta ao presente. A este momento, sentada em sua sala no meio da noite enquanto toco meu violão pela primeira vez em meses. Não é tão difícil quanto pensei — na verdade, parece natural, como se não tivesse se passado tempo algum. Pelas janelas, as luzes da cidade cintilam do outro lado da água, e a lua brilha no céu noturno.

Meus ombros relaxam enquanto volto ao refrão, e algo se abre dentro de mim. Essa música é divertida. Lembra Fleetwood Mac com um toque moderno de Taylor Swift, e então mais um elemento que é todo meu. Tem um ritmo rápido e uma melodia cativante. É por isso que eu não conseguia tirar as notas da cabeça depois que elas surgiram. Eu tinha que fazer alguma coisa com elas, tinha que transformá-las numa música.

Paro depois da segunda estrofe, estreitando os olhos para Jamie enquanto tento me lembrar da próxima parte. Ele ergue uma sobrancelha para mim, intrigado.

A próxima estrofe volta com tudo, e começo a tocar. O canto da boca de Jamie se ergue num sorriso preguiçoso.

Nossa, ele é um puta gato. Meus olhos descem para seu tronco, uma distração tão grande com suas ondas e linhas fundas de músculo. A maneira como está com as pernas abertas assim, de boxer preta?

Ergo o olhar, e seus olhos brilham de interesse. Ai, Deus. Ele me viu olhando para a virilha dele.

A música é sobre se tornar uma pessoa nova, e minha mente volta a Zach enquanto canto o último terço, focando na música. Pensei que eu e Zach ficaríamos juntos para sempre. No aeroporto, esperei por meu voo no terminal me sentindo destroçada. A pessoa em que eu mais confiava me mandou embora, para longe da vista, e eu tinha a impressão de que nunca mais sentiria a intimidade que tinha com Zach com mais ninguém.

Agora me questiono se realmente chegamos a ter essa intimidade ou se era tudo coisa da minha cabeça.

Jamie ainda está assistindo e escutando. Algo reluz em meu peito, apenas uma partícula fina, mas cintilante. Zach não era a pessoa certa para mim, mas a maneira como Jamie está me fazendo me sentir agora, tão segura e especial e apoiada... Talvez eu volte a encontrar essa sensação.

Não com Jamie, claro. Mesmo se ele fosse de se envolver, ele é muita areia para o meu caminhãozinho. Sempre estivemos em dois níveis diferentes, mesmo na época do colégio. Não sou ingênua. Tenho noção da realidade.

Mas isso não quer dizer que eu não vá encontrar isso com alguém. Talvez. Um dia.

Termino a música, e o orgulho atravessa meu peito. Minha boca se contorce enquanto escondo um sorriso. É vergonhoso ter orgulho de mim mesma por uma coisa tão besta. Algo está correndo em meu sangue, uma rajada de empolgação por tocar algo que amo. Paixão e desafio e orgulho misturados. É inebriante. Ou talvez seja estar tão perto de Jamie enquanto ele está praticamente pelado.

Jamie se inclina para a frente, os olhos em mim.

— Você compôs isso?

Faço que sim. Meu coração bate forte no peito.

Ele me observa antes de grunhir e abanar a cabeça, quase para si mesmo.

— Aquele cara nunca foi bom o suficiente pra você. Nem na escola, nem agora. Espero que você enxergue isso.

Suas palavras se dissolvem dentro de mim. Se o que Zach fez foi partir meu coração, as palavras de Jamie passam algo fresco sobre a ferida para cicatrizá-la. Como aloe vera numa queimadura. Significa muito o que ele disse.

— Espera. — Minhas sobrancelhas se franzem, e inclino a cabeça, repetindo as palavras dele em minha mente. — Não te contei que eu e o Zach estudamos na mesma escola.

Os olhos de Jamie se arregalam um pouco, e meus lábios se entreabrem de surpresa. Será possível que ele se lembre de mim do ensino médio? Não. Não pode ser.

Uma expressão culpada perpassa seu rosto, e meu queixo cai.

— Jamie. — Meu tom é acusador, e abro um sorriso curioso.

— Merda — ele murmura consigo mesmo, coçando a nuca. Sua expressão é acanhada, e é uma graça. — Você não deve se lembrar, mas estudamos na mesma escola.

Deixo uma risada escapar. *Não* me lembrar dele? Como alguém poderia *não* lembrar?

— Sou alguns anos mais velho, perdi boa parte das aulas por causa do hóquei — ele continua, e sua expressão envergonhada me faz cair na real imediatamente.

Ah. Ele está falando sério. Ele acha mesmo que não me lembro dele.

— Desculpa por não ter comentado antes — ele continua, e seu joelho balança para cima e para baixo de uma forma que me distrai. — Você me pegou de surpresa quando te vi pela primeira vez e, então, simplesmente... — Ele perde a voz, e seus olhos encontram os meus. — Não queria deixar as coisas estranhas.

Eu poderia continuar fingindo, mas por quê? É exaustivo. E o fato de que ele se lembra de mim está fazendo meu coração dar pulinhos animados como os de Daisy.

— Eu me lembro de você — admito. — É claro que me lembro de você.

Sua expressão congela.

— Lembra?

Não consigo evitar revirar os olhos.

— Jamie. Caramba. Você estava a caminho da NHL. Você era um dos alunos populares. Todas as meninas eram loucas por você. Você era gato, já naquela época...

Suas sobrancelhas se erguem, e lá vem aquele olhar de novo. Provocante, focado e determinado.

— Você me acha gato?

Faíscas sobem por minha garganta, e engulo em seco. Estou corando.

— Hm — digo que nem uma idiota.

O canto de sua boca se contrai.

— Você disse *já naquela época*. Quer dizer que você me achava gato naquela época e me acha gato agora.

Minha testa treme, e não consigo desviar os olhos. Seu olhar me imobiliza como uma borboleta embaixo de um vidro. Meus lábios se abrem e se fecham enquanto busco o que dizer.

No flagra. Fui *super* pega no flagra e, agora que ele sabe que tenho um crush imenso nele desde sempre, vai ser estranho.

Ele se inclina para a frente com um sorrisinho confiante e malicioso que faz meu coração bater mais forte.

— Também te achava gata — ele murmura, olhando para mim de uma forma que me faz perder o fôlego. — Já naquela época.

Não pode ser verdade. Estudo seus olhos, procurando a mentira, mas não encontro. Ninguém nunca me chamou de gata exceto minha mãe, o que é diferente.

Algo estranho está acontecendo dentro da minha cabeça; estou reconsiderando rapidamente tudo que pensei ser verdade.

— Ah. — A palavra escapa dos meus lábios, e o canto da boca dele se ergue. — Tá. — Estou atordoada.

Nossos olhares se encontram, e há um zumbido de tensão entre nós. Meu estômago se revira e, por um momento, quero que Jamie seja esse cara, o que me faz esquecer que Zach já existiu.

Seu olhar desce para meus lábios, e um desejo concentrado se inflama em seus olhos. Meus mamilos se acendem porque nunca fui olhada dessa maneira, muito menos por alguém tão gato quanto Jamie.

O foco predatório cresce em seus olhos, e entre minhas pernas, e eu pisco.

Tenho a impressão de que estamos prestes a nos beijar.

Uma pequena parte de mim está surtando, balançando os braços e estalando os dedos para chamar minha atenção. Isso é loucura e não é real. A energia no ar é quente, tensa e perigosa, e não quero ter nada a ver com isso. Não quero nem *imaginar* que Jamie goste de mim.

Ele vai acabar comigo. Depois de Zach, estou toda quebrada. Não posso criar sentimentos por Jamie porque, se acabar como acabou com Zach — o que vai acontecer —, vou me destroçar.

Eu me levanto de um salto, segurando o violão como um escudo.

— É melhor a gente dormir.

Ele me observa com aquele olhar que faz minhas entranhas se contorcerem.

— Boa noite, Pippa.

Deixando-o na sala de estar, esparramado no sofá daquele jeito, subo a escada correndo, de volta ao meu quarto, onde guardo o violão no estojo e me deito de volta na cama.

Meu coração acelera enquanto olho o céu escuro pela janela, pensando em como Jamie me observou tocar.

21

JAMIE

— A primeira linha de defesa deles está fraca desde que o Hammond saiu com uma lesão — Ward diz para os nossos zagueiros algumas noites depois no vestiário. Hayden Owens e Alexei Volkov, um zagueiro mais velho, acenam.

Ward continua a nos explicar a estratégia de jogo. A energia no vestiário é alta, crepitando de intensidade. Mesmo daqui debaixo, conseguimos ouvir os torcedores animados nas arquibancadas.

O Calgary Cougars é nosso maior rival, e hoje é o primeiro jogo contra eles nesta temporada.

Ward repassa as jogadas que treinamos durante a semana, mas minha cabeça está longe.

Minha cabeça está em minha linda assistente, sentada de blusinha e shortinho de pijama sobre as pernas lisas enquanto tocava violão no meio da noite, parecendo um anjo enviado do paraíso.

Ou talvez tenha sido pelo diabo, porque Pippa é tentadora pra caramba.

Gato, já naquela época.

Algo agradável inunda meu peito. Ela se lembra de mim e me acha gato.

Não paro de pensar nela desde que acordei hoje cedo. Durante o treino, minha cabeça estava nela cantando. No chuveiro, eu a imaginei comigo, pelada e molhada e sorrindo para mim com seus olhos brilhantes. Quando busquei almoço no Flamingo Imundo, me lembrei de como os olhos dela dançaram, contemplando os piscas-piscas no teto.

Depois que ela tocou violão para mim, senti uma vontade fodida de dar um beijo nela. A maneira como seus mamilos estavam acesos embaixo da blusinha me atormenta há dias. Não lembro a última vez em que me atraí tanto por uma mulher.

Estou muito fodido.

Eu me corrijo — não estou fodido. Estou bem. Treinei com os melhores psicólogos esportivos do mundo e sei bloquear distrações. Pippa não é uma opção. Ela não faz parte do plano, e não há espaço para deslizes porque, se eu e Pippa começarmos a nos pegar, tenho um forte pressentimento de que não vamos conseguir parar.

Uma das psicólogas esportivas de Nova York gostava de apelar à minha natureza competitiva. *Desafie-se*, ela dizia. Manter distância de Pippa — minha paixão do ensino médio, a garota a quem pelo visto não consigo dizer não — está se revelando um desafio. Mas nada que eu não consiga enfrentar.

Eu me lembro de como o sorriso em seu rosto cresceu à medida que ela tocava e cantava, como estava orgulhosa e surpresa. Meu coração se aperta e massageio o esterno sobre o peitoral de hóquei. Puta que pariu, como ela estava linda e, sabendo que ela tinha medo de tocar, aquilo me deixou muito orgulhoso.

Espero que ela saiba que não está quebrada. Espero que saiba do que é capaz.

Ela está aqui de novo com minha mãe. Faíscas se acendem em meu peito com a ideia de Pippa assistindo ao meu jogo. Talvez mordendo o lábio farto em momentos tensos.

— Streicher.

Ergo a cabeça. Ward e todos os outros no vestiário estão me encarando.

— Você está bem? — Ward aponta o pescoço para onde estou massageando o esterno.

Baixo a mão.

— Sim — respondo. — Ótimo.

No caminho para o gelo, ele me puxa de lado.

— Hoje vai ser um problema? — ele pergunta enquanto os outros jogadores passam. Música toca no estádio enquanto os jogadores entram no gelo para se aquecer.

Merda. Minha distração com Pippa está estampada na cara. *Recomponha-se, Streicher*. Abano a cabeça.

— Não.

Ward estuda meu rosto.

— Não deixe o Miller entrar na sua cabeça. — Ele olha ao redor, esperando até o gerente de equipamento sair do corredor. — Sei que vocês têm uma história.

Meus pensamentos hesitam de repente. Rory Miller foi trocado para o Calgary faz pouco tempo. Eu sabia disso e esqueci completamente.

De *tão* ruim que está esse lance com Pippa. Esqueci que o cara com quem cresci, que era meu melhor amigo até se tornar um verdadeiro cuzão arrombado do caralho, está prestes a entrar no gelo hoje.

Franzo a testa para Ward.

— Como você sabe disso?

— É meu trabalho.

Com sete anos de carreira, Miller tem uma reputação de farras, mulheres e de ser um escroto no gelo. À medida que ele se transformava em um ala direita incrível, seu ego foi crescendo. Treinadores o mantém porque ele marca gols, mas Miller está longe de ser um dos favoritos da torcida.

Odeio jogar contra ele. O Calgary é uma das equipes mais próximas de Vancouver geograficamente, então vamos jogar contra eles seis vezes nesta temporada.

Ele tem uma das melhores médias de gols da liga e vai atirar discos contra mim a noite inteira. Era nesse tipo de coisa que eu deveria estar pensando a semana toda, me preparando e revendo a fita de jogo.

— Você já jogou com ele — Ward diz. — Conhece os pontos fracos do cara?

Miller é estrelinha. Sempre foi, desde que éramos crianças. Ele é a pessoa mais competitiva que já conheci na vida. Nunca teríamos ficado amigos se eu não fosse um goleiro.

Penso em jogos antigos. Ele não gosta de ouvir as jogadas do treinador. A formação inicial vai achar que estão fazendo certa jogada, e Miller vai sair dos trilhos pela chance de marcar. E, como costuma marcar, ele não leve bronca.

Sei ficar de olho nele, mesmo que seus colegas de equipe estejam armando uma formação diferente. Sei que não devo confiar nele.

— Sim — respondo. — Conheço.

— Ótimo. — Ele me dá um tapinha no ombro. — Vai lá e arrebenta.

Entro no gelo, e minha nuca se arrepia. Do outro lado do rinque, nossos oponentes se aquecem, patinando e disparando discos contra o goleiro. O estádio já está cheio, transbordando de energia.

Rory Miller está parado, com um sorriso presunçoso e arrogante que me faz querer dar um soco na cara dele. Ele inclina a cabeça, vira e patina na direção do gol, cravando o disco antes de dar meia-volta. Seu sorriso se estende de orelha a orelha, e minhas entranhas se apertam de irritação.

Ele está tentando me abalar. É isso que ele faz.

Sigo para minha rede, mantendo a concentração. Na frente das traves do gol, eu me aqueço, e meu olhar encontra o de Pippa. Ela está sentada atrás do gol com minha mãe e a amiga da minha mãe.

Pippa está usando um boné do Vancouver Storm. Pisco, admirando-a com ele, e aquelas faíscas se acendem de novo em meu peito.

Ela sorri, erguendo a mão em um aceno rápido e tímido que faz o canto da minha boca se erguer. Aceno em resposta, e a frustração que senti momentos atrás se dissolve. Ela aponta para o boné, e balanço a cabeça, me permitindo sorrir para ela. Gosto de vê-la com o acessório do meu time.

Ao lado dela minha mãe está falando sem parar, sorrindo. Ela diz algo para Pippa, que gesticula e ri. Minha mãe gosta de Pippa e pergunta dela toda vez que ligo, e gosto disso também.

Gosto que, depois do jogo, Pippa e Daisy vão estar em casa.

O apito toca, e o terceiro tempo começa. Meu sangue corre forte enquanto o Calgary pega o disco.

O olhar de Pippa pousa em meus ombros como uma coberta, me mantendo calmo e focado. Bloqueei todos os lançamentos, e os torcedores estão entoando *Muralha Streicher*.

O ala esquerdo deles passa para Miller, que dá a volta por Owens. Ele está em disparada com o disco, patinando rápido, os olhos em mim. Aquele sorrisinho arrogante de merda no rosto. Seu time entra na posição, mas os ignoro.

Ele está frustrado. Seu sorriso presunçoso é forçado. Eu o deixei abalado. Ele veio aqui hoje para marcar contra mim, para provar algo para mim, talvez que não precise mais de mim ou que sou apenas mais um jogador para ele.

Seu olhar se volta para algo atrás de mim, e seus olhos se arregalam de surpresa.

Pippa. Meu coração para. Ele sabia que eu tinha algo por ela no ensino médio. Nunca contei para ele, mas ele sabia.

Quando me dou conta, os torcedores estão resmungando de decepção e o disco está na rede.

Miller patina na minha frente com um sorriso felino. Os torcedores o vaiam, e ele volta o sorriso para eles, deixando-os mais irritados. Sinto um frio na barriga, meus dentes rangem, mas expulso os pensamentos enquanto o jogo recomeça.

Eu estava focado nas fraquezas dele enquanto a minha está sentada logo atrás de mim.

Vencemos e, depois que o treinador revisa o jogo no vestiário, tomo uma ducha e subo para o camarote.

Meu coração para quando vejo o filho da puta do Rory Miller sorrindo para Pippa, o olhar predador fixado nela. Ele diz algo, ela ri, e o sorriso dele se alarga, se aproximando mais dela.

Um instinto primitivo de proteção cresce dentro de mim. Não é incomum jogadores do outro time visitarem o camarote, especialmente se tiverem amigos ou familiares no time oposto. Mas não curto nem um pouco que ele esteja aqui, falando com ela. Meus dentes se cerram, e surjo na frente dele, me colocando entre os dois, olhando para ele de cima a baixo.

Seu cabelo loiro-escuro ainda está molhado, e ele está de terno. O arrombado está tentando impressioná-la ou coisa assim?

Ele me observa com um sorriso petulante.

— Aí está ele.

— Que porra você está fazendo aqui? — pergunto com a voz ácida, fuzilando-o com o olhar.

Seu sorriso se alarga ainda mais, e quero matar esse desgraçado.

— Só botando o papo em dia com a querida Pippa — ele diz antes de apontar por cima do ombro, onde minha mãe, sua amiga e Ward estão conversando. — E queria dizer oi para a Donna.

— Eu estava contando para o Rory que trabalho como sua assistente agora. — Pippa abre um sorriso tímido para ele, e meu olhar só fica ainda mais fulminante.

Não gosto que ela sorria para ele.

— E que vocês moram juntos — Rory acrescenta, estreitando os olhos para nós.

Minha pele se arrepia. Ele está entendendo a porra toda.

— Não fala com ela — retruco, e as pessoas ao redor olham de esguelha diante do meu tom.

O filho da puta tem a audácia de rir.

— Amigão.

Ao lado do corpo, meus punhos se cerram. Meu coração acelera. No gelo, isso é tudo parte do jogo, mas aqui em cima? Com minha...

Com minha assistente, lembro a mim mesmo, inspirando fundo.

— Preciso ir — ele diz a Pippa, sorrindo para ela como se tivesse encontrado um tesouro enterrado. — Voo cedo amanhã. Um prazer te rever, Pippa. Talvez, na próxima, você possa me mostrar Vancouver.

Ela ri.

— Você é daqui.

Os olhos dele faíscam.

— Tenho certeza de que a cidade mudou em uma década. E eu adoraria retomar o papo. — Seu olhar se volta para o meu, e os subtextos sugestivos fazem meu sangue correr.

Nem fodendo.

Ele dá um sorriso para mim.

— Talvez você consiga ser a *Muralha Streicher* na próxima, hein? — Miller sai andando antes que eu possa responder, acenando para algumas pessoas até desaparecer pela porta.

Antes que eu possa dizer mais alguma coisa, Owens surge à nossa frente, dando um tapinha em meu ombro. Tento não me retrair.

— Jogou bem pra caralho, parceiro.

— Obrigado. — Meu tom é tenso.

Só quero ir para casa, dar o fora daqui. Talvez Pippa toque mais uma música para mim hoje.

Pippa abre um sorriso solidário para Owens. Ele levou um disco no tornozelo no segundo tempo.

— Como está o tornozelo, Hayden?

Por algum motivo, quando ela sorri para ele, não me machuca tanto. Talvez porque meus instintos me digam que ele é uma boa pessoa e é simpático assim com todo mundo.

Ele se abaixa para erguer a calça, mostrando o vergão vermelho e o hematoma crescente na perna.

— Bem feio, mas vou sobreviver. — Ele infla o peito de maneira exagerada. — Sou durão, Pippa.

Ela ri.

— Boa.

Alguns dos jogadores estão à porta. Um deles acena para Owens, e ele faz um gesto de *um momento*.

— Vamos sair — ele diz para nós e, ao contrário de Miller, não está falando apenas com Pippa. Ele aponta para mim. — O treinador disse que você tem que sair com a gente.

Reviro os olhos e bufo, mas não posso discutir. Em todo treino, Ward menciona trabalho em equipe e união, e me chamou a atenção especificamente algumas vezes. Embora meu sangue esteja correndo depois do jogo e eu vá demorar horas para dormir, não quero ir.

Tudo que quero é ficar com Pippa. Talvez possamos assistir a um filme em casa.

O sorriso de Pippa é esperançoso, e seus olhos são brilhantes.

— O que me diz? Quer relaxar um pouco?

Minha sobrancelha se arqueia.

— Quer mesmo ir? — Aponto com o queixo para os jogadores reunidos perto da porta. — Com eles?

Ela encolhe os ombros, e seu sorriso é muito fofo.

— Sim, quero.

Owens não é um babaca como Miller, mas mesmo assim não quero um bando de jogadores de hóquei solteiros rondando Pippa feito tubarões.

— Vamos. — Owens me dá um soquinho de leve na barriga, e o empurro com um bufo. Esse cara é como Daisy em forma humana, eufórico e cheio de energia.

Em um instante, minha visão muda. Quero ver essa garota fora das paredes do meu apartamento. Quero vê-la rindo e se divertindo.

Aceno uma vez.

— Ok.

Pippa sorri, radiante, e não consigo desviar os olhos.

— Ótimo.

22

PIPPA

Ao sair do estádio, Donna promete que vai mandar mensagem para Jamie assim que chegar em casa enquanto ela e sua amiga entram no Uber, e seguimos o time na direção do Flamingo Imundo.

Jordan nos lança um olhar duro enquanto entramos.

— Está de brincadeira comigo, porra? — ela pergunta a Hayden.

— Oi, querida — ele diz, rindo, enlaçando-a em um grande abraço. — Vencemos hoje.

Ela dá uma cotovelada na barriga dele, e ele finge que doeu.

— Não ligo. — Ela me vê e dá um pequeno sorriso e me cumprimenta. — Oi.

— Oi. — Aponto para os jogadores de hóquei que estão ocupando a parte dos fundos do bar estreito. — Tem algum problema?

Ela bufa.

— Não, tudo bem. Estou acostumada com esses babacas.

Cadeiras e mesas raspam o chão enquanto os rapazes as rearranjam para sentarmos juntos. No fundo do bar, um homem está atrás do microfone, afinando o violão. Ele ergue os olhos e pisca para Jordan.

— Você contratou música ao vivo? — Abro um sorriso largo para ela.

Ela revira os olhos.

— Não, esse é só o Chris.

Chris acena para nós.

— Sou o namorado dela.

— Ele não é meu namorado — ela diz alto o bastante para Chris e todo mundo entre os dois escutarem. — A gente só transa.

Um riso me escapa.

— Legal.

Talvez eu consiga chegar ao ponto em que possa ter sexo casual com um cara com quem não me importo.

A mão de Jamie pousa em minha lombar, e ele me guia a um banco em uma das mesas antes de se sentar ao meu lado. Seu braço sobe à parte de cima do banco, sua coxa pressiona a minha, e seu cheiro me cerca. Ele se posiciona de maneira possessiva, como se eu fosse dele.

Penso na outra noite, de que ele se lembra de mim do ensino médio. Que disse que eu era gata. Sinto um nó na garganta. Não consigo parar de pensar na maneira intensa como ele me olhava ao dizer isso.

Bem no fundo, uma parte minha se pergunta se Jamie sente atração por mim. Tenho sido a garota quieta e invisível dos bastidores há tanto tempo que parece inimaginável.

Hayden se senta do outro lado da mesa com Alexei, um zagueiro bronco na casa dos trinta que não fala muito. Seu nariz é torto como se já tivesse sido quebrado antes, mas, assim como todos os outros caras, ele é bonito, ainda que de um jeito mais bruto.

— Miller fez a gente suar a camisa hoje, hein? — Hayden pergunta, e Alexei concorda com um resmungo.

Para minha surpresa, Rory também se lembrava de mim do ensino médio. Ele me fez mostrar fotos de Daisy para ele, então escolhi uma de mim, Daisy e Hazel do dia em que fizemos trilha em North Vancouver, e ele a examinou com interesse. Ele só começou a agir como um babaca quando Jamie apareceu.

Jordan serve nossas bebidas, e observo Jamie, que me observa em resposta por cima da cerveja.

Sei que Rory não está interessado em mim *nesse sentido*. Não senti nada além de uma energia platônica em nossa conversa, mas ele estava tentando irritar Jamie.

A imagem de Jamie no camarote superior, o maxilar cerrado com firmeza e ciúme brilhando nos olhos, me faz sorrir para ele. Quero ver onde essa rixa entre Rory e Jamie vai parar. Se eles vão voltar a ser amigos.

— Alguma coisa engraçada, passarinha? — Sua voz é um murmúrio grave, e um calafrio desce por minhas costas.

Meu sorriso se alarga.

— Não.

Seus olhos dançam e, embora sua boca esteja fechada em uma linha firme, seu olhar é caloroso e divertido.

— Que bom. Continue assim.

Rio baixo. No bolso do casaco, meu celular vibra. Eu o tiro e leio a mensagem de minha amiga Alissa, com quem trabalhei na turnê.

Amiga. Vamos pra Vancouver semana que vem. Última parada da turnê antes das férias!

Sinto um frio na barriga. O rosto de todos da turnê passa por minha cabeça, e a vergonha me atinge. Em um grupo próximo de pessoas que trabalham em horários insanos, lado a lado, não existem segredos. Ninguém da turnê me escreveu depois que desapareci misteriosamente na parada seguinte, e não tenho dúvida de que todos sabem exatamente o que aconteceu.

Franzo a testa para o celular. Odeio ser lembrada de minha antiga vida. Meu celular vibra de novo.

Vai rolar uma festa de encerramento na terça à noite, e seu nome está na lista! Jenna disse que ainda não recebeu sua confirmação.

Fico encarando a mensagem, incrédula. Nem *fodendo* que vou a uma festa de encerramento com todos. Seria vergonhoso pra caralho. Não posso. Não vou.

Leio a mensagem de novo, franzindo a testa. Não cheguei a receber o convite. Abro o e-mail e deslizo pelas mensagens não lidas.

Lá está. Ai, Deus. O e-mail foi para todos da turnê, e Jenna sempre esquece de mandar em cópia oculta, então todos conseguem ver que meu nome está na lista. Todos sabem que fui convidada.

Jamie toca meu braço.

— O que foi?

— Nada. — Pisco, guardando o celular.

Ele me encara daquele jeito que faz minha barriga vibrar.

— Me fala.

— Mandão.

— Hm. — O canto da sua boca se curva, e consigo sentir meu próprio sorriso se abrindo.

No pequeno palco no fundo do bar, o cara começa a tocar violão e

122

cantar. Quase todos os jogadores o ignoram, mas ele não parece ligar. Dou um longo gole da minha bebida e solto um *hm* de apreciação porque Jordan faz bons uísque sour. Lambo a espuma do meu lábio superior, e o olhar de Jamie desce para minha boca. Suas sobrancelhas se franzem em uma expressão concentrada.

— Vai me dizer por que você está com cara de quem viu um fantasma? — ele pergunta com a voz baixa. Ao nosso redor, os jogadores estão conversando, rindo e fazendo palhaçada, mas Jamie nem parece notar.

Mordo o lábio, admirando seu rosto bonito. Suas maçãs do rosto ainda estão coradas do jogo, e ele me observa com paciência e curiosidade. Algo em seus olhos verde-escuros me faz querer contar coisas para ele.

— Vai rolar uma festa de encerramento da turnê na semana que vem.

Seu olhar me imobiliza, seu maxilar se tensionando.

— A turnê da qual você foi demitida?

Rio sem alegria.

— Quando você fala nesses termos, pareço uma verdadeira estrela.

— Pippa.

— Eu sei, eu sei. — Suspiro, dou outro gole na bebida, e lá estão seus olhos em minha boca de novo. Um calor se acumula no fundo do meu ventre. Sua mão roça em meu braço mais uma vez, causando calafrios na minha pele.

Queria não ter essa reação perto dele. Está ficando mais difícil esconder.

— Todos viram que fui convidada — digo, soltando um suspiro demorado. — Se eu não for, vai parecer...

— Derrota.

Meu olhar se ergue para o dele.

— Exatamente. Como se eu estivesse me escondendo deles. — Sinto um nó na garganta, e balanço a cabeça. — Parte de mim quer se esconder e esquecer tudo. Mas existe outra parte que sente que... — Engulo em seco. Minha pulsação está mais forte. — Que *foda-se ele*, sabe? Foda-se ele por me demitir e pegar outra mulher. — Meu estômago se embrulha, e reviro os olhos para mim mesma. — Desculpa.

— Não. — Seu tom é ácido. — Não peça desculpa. — Ele dá um gole em sua bebida. — Você deveria ir.

Bufo, lançando um olhar duro para ele.

— Tenho certeza de que vai ser ótimo. Se eu aparecer supergata, vão achar que estou tentando reconquistá-lo, mas, se aparecer toda acabada, vai parecer que estou definhando sem ele. Além disso, ele deve passar a noite toda se pegando com a nova musa.

Viro o resto da bebida. Não quero mais pensar nisso.

No palco, o cantor termina sua terceira música antes de colocar o violão no chão.

— Vou fazer uma pausa rápida, pessoal.

O polegar de Jamie cutuca meu braço, e ele aponta o queixo para o palco.

— Sua vez.

Meu sorriso é indulgente.

— Ah, tá. Engraçadinho.

— Estou falando sério. — Seu olhar se crava no meu, cheio de determinação. — O que falei sobre voltar para o gelo?

A autoridade em sua voz grossa faz meu rosto arder.

— Jamie. — Minha boca está se curvando em um sorriso triste. — Não é a mesma coisa que voltar para o gelo. Não me apresento no palco desde o ensino médio.

— Eu lembro.

A vergonha me atravessa, junto com... algo se acendendo em meu estômago. Queria poder ver dentro da cabeça dele.

Ele fixa o olhar em mim.

— Sei que você consegue.

A maneira como ele me encara, a certeza em sua voz, me deixa toda quentinha por dentro.

Hayden se volta para nós depois de sua conversa com a mesa atrás dele.

— Pippa, você é cantora?

Reviro os olhos.

— Não exatamente.

— É, sim — Jamie intervém. — Ela canta e toca violão, e é boa.

Hayden apoia o queixo no punho, olhando para mim como se fosse véspera de Natal e eu fosse o Papai Noel.

— Pippa.

— *Não.* — Olho fixamente para Jamie. — Muito obrigada.

Hayden chama a atenção dos jogadores.

— Pippa vai cantar para a gente. — Ele começa a bater palmas.

Todos reagem ao mesmo tempo, aplaudindo e comemorando e tirando as cadeiras da frente para eu passar, mas continuo sentada. Olho feio para Hayden, mas não consigo ficar brava com ele. Meu coração está acelerado, mas estou dando risada.

— É o seguinte, passarinha. — A boca de Jamie roça em minha orelha, e lá vem o peso no fundo do meu ventre de novo. — Se você cantar uma lá em cima, vou com você para a festa de encerramento. Vamos mostrar para o arrombado do seu ex quem saiu por cima.

Encontro seu olhar, e eletricidade nos puxa como uma corda. Eu me imagino entrando na festa com o braço de Jamie ao meu redor, talvez sua boca roce em minha orelha como fez um segundo atrás.

Imagino a cara de Zach — incredulidade, choque e ciúme.

Gosto dessa ideia.

— Combinado.

23

PIPPA

Está todo mundo olhando para mim. O violão está desafinado, mas não dá tempo de arrumar.

Estou com medo. Meu coração bate forte. Meus pensamentos estão por toda parte, zumbindo como abelhas. Reajusto a alça no ombro e dedilho um acorde baixo. O movimento é natural.

O Flamingo Imundo fica em silêncio, mas consigo ouvir as batidas do meu coração. Jordan se apoia na bancada do bar, observando. O que vou tocar? Tento pensar numa música.

Se rirem, vou ficar tão envergonhada. Nunca conseguiria ir a outra partida.

Encontro os olhos de Jamie, e minha mente para. Ele olha para mim como fez na outra noite, quando toquei para ele. A expressão atenta e paciente me dando confiança.

Eu poderia tocar aquela música.

O som da risada de Zach e de seu empresário ecoa em minha cabeça, e me falta ar. Tocar só para Jamie é diferente de tocar para um bar cheio.

Do outro lado do balcão, Jamie dá um sorrisinho enquanto me assiste, e ele pisca. Certo. Voltar para o gelo. Mas não estou pronta para tocar minha música.

Está todo mundo esperando. Encaro Jamie, e escuto uma música em minha cabeça. Uma do Roxy Music que meu pai tocava quando eu e Hazel éramos crianças.

Toco as notas de abertura e começo a cantar. Meu coração ainda está batendo como um tambor, então olho para Jamie enquanto canto, porque algo nele me faz sentir como se tudo fosse ficar bem.

Depois da segunda estrofe, meu nervosismo se esvai. Enquanto toco, me lembro do meu pai tocando essa música na sala, e Hazel e eu dançando de um lado para o outro. Nossos passos estabanados o faziam rir.

Durante o refrão, deixo minha voz voar alto, testando a reação. Entro na estrofe seguinte, e o palco fica mais firme sob meus pés. Os outros jogadores escutam com atenção plena. Hayden está lançando seu sorriso juvenil para mim, e sorrio em resposta. Meu olhar se volta para Jamie, e seus olhos são tão calorosos que fazem minha respiração se perder em uma das notas.

Termino a música, e o bar explode em barulho — gritos e aplausos. Meu rosto está em chamas enquanto devolvo o violão ao suporte.

Não acredito que acabei de fazer isso.

— Quer tocar outra? — Jordan pergunta, arqueando uma sobrancelha para mim, mas ela está sorrindo.

Faço que não. Mas sinto que conseguiria.

— Hoje não, obrigada.

Estão todos me olhando e sorrindo. Não estão rindo, o que é bom. Percorro o espaço procurando um ponto seguro para me fixar, mas sou cercada por pessoas me parabenizando. É avassalador.

— Só um momento — murmuro antes de entrar no corredor que leva aos banheiros.

Preciso recuperar o fôlego, deixar meu coração se acalmar. A parede é fria e sólida quando me apoio nela, fechando os olhos e fazendo as respirações profundas de ioga que Hazel ensina.

Passos me fazem abrir os olhos. Jamie vem na minha direção com uma expressão furiosa no rosto.

— Quê... — começo.

Seus olhos parecem arder.

— Aquilo foi foda pra caralho.

Sua mão sobe a minha nuca, e ele puxa minha boca à dele.

24

PIPPA

A boca de Jamie captura a minha com intensidade, como se ele quisesse fazer isso há anos. Ele aperta meu cabelo e inclina minha cabeça para trás, trançando a língua na minha, e meus joelhos ficam bambos. Seus movimentos são urgentes, vorazes, insistentes e exigentes. Seu cheiro masculino inebriante está em meu nariz, e mal consigo respirar. Não *quero* respirar se essa é a outra opção. Minhas mãos sobem para os planos firmes de seu peito largo, e ele geme em minha boca.

Ai, Deus. Ele passa a língua dentro da minha boca como se quisesse me devorar.

Nunca fui beijada dessa forma.

— Caralho — ele murmura entre um beijo e outro, e meu corpo todo pulsa de calor.

Estou toda molhada. Ele me deixou molhada só com um beijo.

Não sei ao certo se meus olhos estão abertos ou fechados. Não consigo sentir nada além da pressão ardente entre minhas pernas. A boca exigente de Jamie, e o leve puxão que seu punho dá no meu cabelo. Ele aperta os fios como se me possuísse. Sua outra mão pousa ao redor do meu pescoço, pesada e enorme. Ele não aplica pressão, mas o simples contato de sua mão grande me segurando em uma posição tão vulnerável me dá vontade de nunca mais me mover. Gosto demais dessa sensação.

Sua barba por fazer roça em meus lábios, e gemo na boca dele. Algo nesse barulho o provoca, porque ele aperta o corpo todo contra o meu, me prendendo contra a parede.

Seu quadril pressiona o meu, e perco o fôlego em seus lábios.

Ele está duro. O membro grosso sólido aperta minha barriga. Uma pressão quente gira entre minhas pernas, e gemo. Jamie está me beijando, sua ereção é enorme, e definitivamente perdi a cabeça.

— Puta que pariu, Pippa — ele grunhe, afastando o rosto de mim com os olhos intensos. Está ofegante, me encarando fixamente. Ele solta meu pescoço, e quase choramingo em protesto, mas ele apoia o antebraço na parede em cima da minha cabeça, me fitando de cima com um olhar turvo que faz minha calcinha pegar fogo.

Jamie Streicher é um puta de um gostoso.

— O que está acontecendo?

Ele pisca e franze a testa, e seus olhos se fecham.

— Merda. — Ele se endireita, e quero gritar *não!* — Desculpa. — Ele passa a palma da mão no rosto. — Perdi a cabeça. Não parei pra pensar.

Há uma centena de coisas que quero dizer. *Eu gostei* e *faz de novo* vêm à mente.

Ele dá um passo para trás. Sem o calor do seu corpo, sinto frio. A ânsia e a urgência desapareceram de sua expressão, deixando apenas sua rabugice mal-humorada tímida. Mas, ao contrário do normal, não sinto vontade de tirar sarro dele por isso.

Eu me sinto mal. Cai uma ficha terrível: é exatamente assim que me senti no aeroporto.

O que estou *fazendo*? Ele é gato, protetor e secretamente fofo. Beijá-lo não foi nada parecido com o que já experimentei. Ele é bonzinho com a mãe, pelo amor de Deus. É o pacote completo. Se eu permitir, ele vai me devastar. O que Zach fez não vai passar de um arranhãozinho comparado com o que Jamie seria capaz de fazer.

É como se eu jogasse um balde de água fria em meus pensamentos, e minhas ideias clareassem.

A boca de Jamie é uma linha dura enquanto ele passa a mão no cabelo.

— Não quero compromisso e, como trabalhamos juntos...

— Eu sei. — Mexo nas pontas do cabelo enquanto desvio os olhos. — Não é uma boa ideia.

Encontro seu olhar, e ele me observa, parecendo dividido.

— Você é minha assistente — ele diz.

Um peso cai em minhas entranhas e fico furiosa comigo mesma, porque ele está certo. Tudo isso é uma péssima ideia. Dou um passo na direção do banheiro feminino e forço um sorriso, como se o que acabou de acontecer não fosse nada.

— Saio em um minuto — digo a ele, abrindo a porta antes que possa responder.

Demoro um longo momento para lavar as mãos, umedecendo um papel-toalha com água fria e apertando-o na nuca. Minha pele ainda está quente de tanto que Jamie praticamente fodeu minha boca com a língua.

Contra minha vontade, imagino Jamie fodendo minha boca com o pau duro que estava pressionado contra mim. Meus olhos se fecham e gemo.

Não é uma boa ideia, eu disse a ele.

Não posso nem imaginar, então.

25

JAMIE

Meu maxilar está tenso enquanto volto ao grupo. Algo no jeito que caminho faz todos saírem da minha frente.

Caralho. Beijar Pippa foi incrível. É como se ela fosse feita para mim.

Eu não deveria ter feito aquilo, mas algo em Pippa me faz perder o controle. Não tenho como oferecer mais do que algo casual, e sei que para ela isso não é o suficiente. Não é o suficiente nem para *mim* quando se trata dessa garota, e isso me aterroriza.

À mesa, viro o resto da cerveja, de olho na entrada do corredor, me lembrando da sensação da boca macia dela na minha, de como suas curvas se encaixaram em mim, de como ela gemeu e se roçou no meu pau. Acho que ela nem percebeu que fez isso. O olhar vago e inebriado dela fez meu sangue pegar fogo. Todas as células do meu corpo queriam jogá-la por cima do ombro e carregá-la até em casa para a foder no colchão.

Se eu e Pippa ficássemos juntos, eu nunca a deixaria em paz. O pensamento se curva na base da minha espinha, e minhas bolas ardem.

Olho para o copo de cerveja vazio. Meu pulso ainda está acelerado. Todos os nervos do meu corpo estão em alerta. Eu não estava tão agitado nem durante a partida mais cedo.

Não acredito que fiz isso. Meus olhos se fecham. Eu disse *você é minha assistente*, mas o que eu queria dizer era *você é especial e não quero te machucar*. Ela passou por poucas e boas. Se eu partir seu coração, posso não conseguir viver comigo mesmo.

— Tudo bem, amigo? — Owens pergunta, erguendo uma sobrancelha para mim.

Aceno e inspiro fundo para me acalmar.

— Tudo.

Atrás dele, Pippa passa pelos jogadores até se sentar. Eles estão fazendo elogios à apresentação dela, que responde com sorrisos tímidos. Meu peito se aperta, e o bar parece pequeno demais.

Owens alterna o olhar entre mim e Pippa.

— Ah.

Eu o encaro, desafiando-o a falar alguma coisa, mas ele apenas sorri com ironia.

Pippa chega à mesa.

— Já vou embora. — Nossos olhos se encontram antes de ela virar a cabeça.

Eu me levanto, pego a carteira e ponho algumas notas em cima da mesa.

— Não saia por minha causa — ela me diz. — Vou a pé.

— Está escuro — digo antes de conseguir me conter. A ideia de ela andando por becos escuros deixa meus ombros tensos. — E estou cansado.

Trocamos um olhar, e me arrependo de ter saído daquele corredor alguns minutos atrás.

— Tá. — Ela volta um sorriso brilhante para Owens. — Hayden, obrigada pelo convite.

Ele se levanta e dá um grande abraço nela. Os pés de Pippa saem do chão, e ela ri em seu peito largo.

— Quando quiser. Vamos fazer você cantar de novo.

Algo se aperta em minhas entranhas enquanto os observo, e meus dentes se rangem. Sei que ele é assim com todo mundo, mas não gosto disso. Eu quero tocá-la desse jeito.

Quando ele a põe no chão, ela está corada.

— Quem sabe.

Todos dão abraços de despedida em Pippa e, quando saímos pela porta, ela está com seu sorriso normal de novo.

— Aquilo foi assustador — ela diz. — Mas estou feliz por ter feito.

— Tocar para todo mundo?

Ela acena e olha para mim de canto de olho.

— Obrigada por me encorajar.

Sinto um nó na garganta enquanto andamos. Quando ela cantou

hoje, parecia estar no topo do mundo. Ela sorriu e cantou e tocou como se aquele cuzão do Zach nunca tivesse acontecido. Como se ninguém a tivesse machucado ou como se tivesse se recuperado dele.

Quero isso para ela. Quero demais isso para ela.

É por isso que não podemos ir além. Ela merece coisa muito melhor do que eu.

Paramos em um cruzamento e espero o farol mudar, e ela massageia o braço, tremendo. Minhas sobrancelhas se franzem.

— Frio? — pergunto.

É começo de novembro. Não está chovendo, mas as temperaturas despencaram. Ela está usando uma capa de chuva leve sem isolamento.

— Sim — ela responde. — Logo chegamos em casa.

Tiro meu casaco.

Ela revira os olhos.

— Jamie. Estou bem.

— Veste. Agora. — Minha voz é baixa, e a vejo prender o ar.

— Mandão — ela sussurra, vestindo. Fica enorme nela. As mangas estão grandes demais.

Ela fica fofa pra caralho.

Voltamos em silêncio para casa, ouvindo os sons da cidade — as buzinas de carro, as conversas das pessoas por quem passamos, barulho dos restaurantes e bares. Dentro do apartamento, Pippa me abre um sorriso rápido e tenso antes de desaparecer no andar de cima. Levo Daisy para um passeio demorado, pensando o tempo todo em Pippa e, quando me deito na cama, certo de que ela está dormindo, boto meu pau ansioso para fora e bato uma me lembrando dela gemendo em minha boca.

Parti o coração de Erin porque não tomei cuidado, e sei que é melhor não correr nenhum risco.

Isto é o mais próximo que vou chegar de ficar com Pippa.

26

PIPPA

Na noite da festa de encerramento, o queixo de Jamie cai quando desço a escada.

Uma pontada de satisfação me atinge bem no meio do peito, e tento disfarçar o sorriso. Sei que estou bonita. Meu cabelo está solto em longas ondas desfeitas. Meu vestido de veludo azul-petróleo envolve minhas curvas suaves. Os olhos de Jamie pairam nas alças finas, no decote e no bordado que desce pelo vestido até as coxas.

— É isso que você vai vestir?

As palavras são bruscas e curtas, como se ele não aprovasse, mas o calor em seus olhos me conta outra história. Meu rosto arde.

Não é uma boa ideia, eu disse a ele. *Você é minha assistente*, ele disse.

Na última semana, agimos como se o beijo nunca tivesse acontecido. Ele me acompanhou alguma vezes em que levei a cachorra para passear pelo Stanley Park e em North Vancouver, e Donna nos fez companhia quando andamos pela montanha Seymour. Ela não pareceu notar nenhuma estranheza entre nós. Tenho a impressão de que ela diria alguma coisa ou tiraria sarro se notasse.

— Você está bonito — digo, admirando seu terno cinza-carvão. — As mulheres vão cair matando em cima de você.

Meu Deus, como ele está lindo. O terno deve ter sido feito sob medida, porque cai nele perfeitamente. Ele não está usando gravata e, em vez disso, os dois botões de cima de sua camisa social branca estão abertos.

Ele ergue os olhos, e um músculo em seu maxilar se cerra. Mordo o lábio, tentando não me lembrar do som que ouvi na noite em que nos beijamos.

Mas não consigo evitar.

Naquela noite, eu me deitei na cama, virando de um lado para o outro, tentando pegar no sono, mas tudo em que conseguia pensar era os lábios de Jamie nos meus, e sua língua passando na minha como se ele me possuísse.

Quando Jamie entrou no quarto dele, ouvi pela parede seu gemido baixo. O mesmo que eu tinha ouvido semanas antes. Ele estava se alongando, eu tinha dito a mim mesma.

Ele não estava se alongando.

No segundo em que o escutei, meus olhos se arregalaram de espanto e um calor subiu pelas minhas coxas. Pela primeira vez em... não sei quanto tempo, deslizei a mão dentro da minha calcinha e me masturbei — movimentos rítmicos rápidos e leves. Gozei em menos de um minuto. Um novo recorde. Eu não conseguia acreditar.

Na verdade, olhando para Jamie agora, com seu terno cinza-carvão, consigo acreditar, sim. Consigo acreditar muito.

Meu olhar desce para sua boca, fechada em uma linha reta e descontente, e me lembro de como seu beijo foi devorador. Um calafrio desce pelas minhas costas.

— Você vai ficar com frio — ele murmura.

— Estou levando um casaco, mandão. — Reviro os olhos para ele, e seu maxilar se cerra de novo. Passo por ele até a porta da frente e, quando me agacho para calçar o salto, tropeço na coleira de Daisy.

Jamie suspira e chega perto.

— Estou bem — digo, mas ele se agacha a meus pés e pega o sapato da minha mão.

— Apoia as mãos nos meus ombros.

— Estou *bem*.

— Pippa.

Suspiro e coloco as mãos nos seus ombros antes de ele calçar meu sapato e afivelar a tira delicada.

— Você é surpreendentemente habilidoso.

Abro um meio-sorriso para ele e, quando Jamie ergue os olhos para mim, algo quente e orgulhoso transparece sobre seu humor estranho.

— Sou muito bom com os dedos.

Minha respiração se prende na garganta. Ele está ajoelhado na minha frente, a mão grande cercando meu tornozelo, dizendo que é bom com os dedos, e imagino essa situação seguindo um rumo muito indecente. Faíscas estouram entre minhas pernas, e nossos olhos se fixam um no outro.

Se eu fosse mais corajosa, diria algo atrevido e sexy como *mostre* ou *prove*, mas, em vez disso, fico apenas em silêncio, olhando para ele com calor pulsando entre minhas pernas.

Ele é o primeiro a romper contato visual, baixando os olhos para colocar meu segundo sapato e, quando termina, se levanta e tira meu casaco do armário, estendendo-o para mim. Eu me sinto estranhamente tímida depois de ter a mão dele roçando em meu tornozelo, mas pisco para esquecer a imagem e abro um sorriso rápido.

— Pronto? — pergunto.

Ele acena.

— Tchau, Daisy — ele se despede, e ela entreabre os olhos antes de voltar a dormir.

Pegamos o elevador para a garagem em silêncio. Ele abre a porta do carro, e agradeço, mas ele só solta um grunhido. Eu o observo rodear o carro até sua porta. Seu maxilar está tenso de novo, e ele está com a expressão descontente.

Eu me dou conta de que Jamie se arrependeu de ter aceitado isso. Ele combinou isso comigo antes de nos beijarmos. Meu peito se aperta. E se ele pensar que *eu* penso que isto é um encontro?

— Isto não é um encontro — digo quando ele entra no carro.

Ele me olha fixamente como se eu fosse um inseto na calçada.

— Eu sei. — Seu tom é irritado e rancoroso.

O carro sai da garagem e entra na rua. Está chovendo, e o mau humor de Jamie está me fazendo sentir que essa noite já é um erro.

— Não conversamos sobre trazer convidados para casa — ele diz do nada.

Eu me viro para ele, lançando um olhar estranho.

— Hm? — Engasgo com uma risada. — Do que você está falando?

Não consigo nem *imaginar* levar um homem para casa. Onde eu arranjaria um? Depois do que aconteceu com Zach, a ideia de tirar a roupa para um homem, deixar que toque em mim... Meu estômago se revira. Odeio essa ideia.

Minha mente se volta ao homem ao meu lado, com seus ombros largos, seu cabelo farto e seu maxilar forte. Seus dedos delicados roçando meu tornozelo. O gemido baixo e voraz que ouvi pela parede.

Eu não veria mal se ele me tocasse.

Suas narinas se alargam enquanto ele olha por cima do ombro para mudar de faixa. Seus olhos estão na pista, e o ar no carro é pesado de tensão.

— Daisy não gostaria.

Fico sem palavras. Não sei se rio ou dou um soco na cara dele.

— Daisy ama visitas — digo sem pensar.

O olhar que ele me lança poderia queimar minha pele. Seguimos o resto do caminho para a festa em um silêncio estranho e tenso, e estou cada vez mais arrependida disso. Essa festa vai ser constrangedora. Na rua à frente do restaurante onde é a festa, ele encontra uma vaga para estacionar.

— Fique aí — Jamie ladra antes de sair e abrir o porta-malas.

Estou ficando irritada. Ele aceitou vir comigo e agora está sendo um babaca. Não quero fazer isso; só quero ir para casa.

Ele abre minha porta, e estou prestes a dizer para ele para voltarmos, mas ele abre um guarda-chuva e faz sinal para eu sair. Ele o segura sobre a minha cabeça, franzindo a testa para meu cabelo.

— Não quero que seu cabelo molhe.

Algo em meu peito se eleva com a imagem dele ali parado, me esperando. Sou uma mulher adulta que sabe se virar, mas, com ele me ajudando a calçar os sapatos, colocando o casaco em mim, e agora tentando manter meu cabelo seco, estou derretendo em uma poça.

Odeio compará-lo a Zach, mas não consigo evitar — Zach esperava que todos cuidassem dele, e isso só piorou com o tempo. Minha garganta se aperta quando me lembro de Zach me pedindo café, como se eu fosse empregada dele. Até que eu era, porque trabalhava na turnê, mas essa não era minha função.

— O que está rolando com você? — pergunto enquanto a chuva pinga no guarda-chuva em cima de nós.

Ele engole em seco enquanto me encara. Estamos próximos, e o cheiro dele é delicioso.

— Desculpa. — Seus olhos se fixam em mim, passando por meu cabelo, meu rosto, meu maxilar. — Você está linda.

Algo em mim relaxa, e abro um sorriso para Jamie, que está tão bonito. Sou literalmente a funcionária dele, mas é ele quem está me tratando com cuidado e atenção.

Ele é assim com todo mundo, uma voz mordaz me lembra. Jamie Streicher cuida de todos em sua vida, e não sou especial.

— Vamos — ele diz, me guiando para a porta da frente do restaurante com a mão na minha lombar.

Sinto um frio na barriga, e a ficha está começando a cair. Zach está lá dentro, e tenho que fingir que ele não mexe nem um pouco comigo.

Eu me sinto enjoada.

— Ei. — Jamie olha para mim, estudando meu rosto. — Não deixe que eles vejam você assustada, passarinha.

Minha garganta se aperta quando ergo os olhos para ele. Qualquer estranheza que houvesse no carro se desfaz, e ele me lança o mesmo olhar de quando me encorajou a subir no palco.

— Tá — respondo. Ok.

— Sou seu goleiro — ele diz. — Vou bloquear todos os arremessos hoje.

Uma risada me escapa e sorrio para ele. O canto da boca dele ergue, e seus olhos se enchem de afeto.

Por uma fração de segundo, queria que Jamie me beijasse de novo.

27

PIPPA

Entramos em uma montanha de som — música retumbante, risos, conversas. O recepcionista tica nossos nomes numa lista antes de uma mulher pegar meu casaco.

Uma reverberação de curiosidade se move pelo espaço escuro e minha pele formiga sob o peso de olhares interessados. Meu coração acelera enquanto olho ao redor, abrindo um sorriso tenso para algumas pessoas que reconheço. No segundo andar, mais pessoas se reúnem, e há alguém no alto da escada deixando convidados entrarem e saírem. Deve ser a área VIP.

O brilho de um cabelo loiro-claro chama minha atenção lá em cima, e sinto um frio na barriga. Sob a luz fraca, consigo identificá-la, rindo e jogando o cabelo por cima do ombro. Zach deve estar perto, sem dúvida.

A mão quente de Jamie pousa em minha lombar.

— Que tal uma bebida? — ele murmura em meu ouvido, e faço que sim.

Ele me guia até o bar e pede um uísque sour para mim e uma cerveja para ele.

— Só vou tomar uma. — Seus olhos se voltam para meu cabelo. — Vou ficar bem para dirigir.

— Eu sei. — Rio baixo. — Você é o sr. Responsável.

Seu olhar desce para minha boca, e meu sangue dispara com eletricidade.

— Nem sempre — ele murmura, pegando a cerveja da bartender antes de agradecê-la.

— Pippa! — Alissa grita, e me encolho quando ela joga os braços ao redor do meu pescoço. — Você veio.

Forço um sorriso.

— Claro.

Ela se vira para Jamie, e o olha como se ele fosse uma fatia de cheesecake que ela está prestes a devorar.

— Oi.

— Esse é o Jamie — apresento.

Ele aperta a mão dela, e Alissa está praticamente babando. Há um estalido de pressão em meu peito, mas, quando ela bate os cílios para ele, minha nuca se arrepia de irritação.

— Como vocês se conheceram? — ela pergunta, sem tirar os olhos dele.

A mão de Jamie volta a minha lombar.

— Sou namorado dela.

Meus pensamentos despencam por um penhasco. A mão dele sobe pelas minhas costas, pela pele exposta dos meus ombros, até pousar entre meu ombro e meu pescoço. É um gesto possessivo que faz meu coração bater mais forte, e todos os neurônios em minha cabeça cambaleiam.

— Pois é — digo que nem uma idiota, olhando para ele.

Ele pisca um olho para mim. Ele *pisca um olho* para mim. Jamie dá um sorrisinho que me deixa fascinada.

— Uau. — Alissa inclina a cabeça para mim, incrédula. — Tão rápido. — Ela ergue os olhos para a área VIP, e todos sabemos exatamente a que ela está se referindo.

A raiva se infiltra em meu sangue, mas não deixo transparecer. Aposto que ninguém disse *nossa, tão rápido* para Zach e sua nova amiga.

Jamie ajeita uma mecha de cabelo atrás da minha orelha. Não consigo respirar. Fico olhando para ele, incrédula e admirada. Ele é *muito* bom nisso.

— Quando é a pessoa certa — Jamie diz, encarando meu olhar —, você simplesmente sabe.

Eu poderia dar um beijo nele aqui. Em uma frase, ele solidificou a impressão que tive hoje de que Zach não era o cara certo para mim. Deem um Oscar para esse homem.

Mais pessoas da turnê nos cercam, e Alissa apresenta Jamie a todos como meu namorado. Um dos eletricistas da turnê é torcedor de hóquei, e isso provoca mais uma rodada de perguntas e olhares curiosos, mas impressionados, para mim.

— Posso te pagar uma bebida? — o torcedor de hóquei pergunta a Jamie.

A mão dele desce, pegando a minha.

— Obrigado, mas estou dirigindo.

A mão dele é enorme, quente e calejada, e me apoio no balcão do bar. Chega a ser opressivo esse tipo de encenação, e estou começando a gostar até demais.

— Moramos em Gastown. — Os olhos dele encontram os meus, e há um lampejo de humor em seu olhar que só eu identifico.

— Vocês moram juntos — uma das maquiadoras repete e encara uma das cabeleireiras com intensidade.

Toda mulher conhece esse olhar. É o que às vezes lanço para Hazel, que significa *vamos fofocar sobre isso mais tarde*. Meu peito se aperta e contenho um sorriso.

Alguns minutos depois, um funcionário do evento aparece ao meu lado.

— Vocês foram convidados para o andar de cima — ele diz, imperioso, como se eu tivesse sido convocada por um rei.

A boca de Jamie volta a minha orelha.

— Não temos que fazer nada que você não queira — ele murmura, e sua respiração arrepia meu pescoço. É difícil pensar quando ele faz isso. Consigo sentir o cheiro do seu pós-barba, o que me dá vontade de puxá-lo para um beco escuro e reviver nosso beijo.

Ele recua para me olhar, e malícia brilha em seus olhos. Estou intrigada por essa versão do goleiro mal-humorado.

— Ou podemos nos divertir um pouco — ele sussurra, olhando para minha boca.

Eu definho por pura excitação. Jamie Streicher vai me matar hoje.

Abro um sorriso triste quando aceno para ele.

— Vamos.

Sozinha, isso seria pavoroso e *aterrorizante*. Com Jamie, porém, sinto que estamos juntos nessa. Como se estivéssemos em uma festa à fantasia em que nossas roupas fossem tão boas que ninguém consegue nos reconhecer. Brincar de casal é como um escudo, uma piada interna só nossa.

Com ele ao meu lado, estou bem. Dou conta disso.

O funcionário nos guia pela escada para a área vip, e sinto olhos em nós por todo o caminho. A mão de Jamie está em meu braço, me ajudando nesses saltos cambaleantes. No meio do caminho, meus passos vacilam enquanto hesitação sobe por minha garganta.

O pânico começa a bater forte em meu peito, e não consigo respirar direito. Estou de volta ao aeroporto, chorando no terminal depois de ter sido botada para fora como o lixo do dia anterior.

— Ei. — Jamie olha para mim, a expressão preocupada. — Lembra o que eu disse.

Certo. Lá fora. *Sou seu goleiro. Vou bloquear todos os arremessos hoje.*

Aceno para ele. Vê-lo acalma meu coração acelerado.

— Você não vai deixar que ele entre na minha *crease*? — sussurro, sorrindo. É uma expressão que escutei um dos comentaristas dizer enquanto assistia a um dos jogos externos de Jamie. Significa marcar um gol, e soa obsceno para caramba. Estou tentando tirar um sorriso dele.

Sua boca se contrai como se ele estivesse com nojo, e dou risada.

— *No* seu *crease* — ele murmura. — E, não, nem fodendo.

Ele diz isso cortante, com ciúme, mas talvez seja esperança da minha parte. Enquanto subo no patamar no alto da escada, apoio o peso em seu braço.

— Por que você usou esses sapatos ridículos?

Encolho os ombros.

— Porque são sexys.

Seu olhar pousa em minhas pernas.

— Sim — é tudo que ele diz.

O funcionário desengancha a corda de veludo, e tento não revirar os olhos. Isso já chegou a me impressionar? Odeio que a festa fique tão dividida. Zach sequer teria uma turnê se não fosse por todas as pessoas no andar principal que dão duro toda noite, correndo para resolver problemas de áudio de última hora ou caçar equipamentos reservas. Ele não tem ideia do que metade dessas pessoas faz.

— Pippa.

Zach surge diante de mim e me envolve em um abraço. Seu cheiro entra em meu nariz, e meu coração sobe pela garganta. Minha pele se arrepia quando ele me abraça e nossas orelhas se tocam. Um calafrio de repulsa desce por minhas costas. É totalmente diferente quando toco Jamie. É frio e tenso e, no segundo em que Zach me solta, recuo — trombando em Jamie.

Seu braço envolve minha cintura, me fixando ao seu lado, e solto um suspiro de alívio. É muito melhor assim.

Zach está me encarando com um sorriso surpreso, piscando com uma ruguinha na testa como se eu fosse alguém que ele não conseguisse identificar.

— Olhe só você.

— Oi. — Ainda não consigo respirar direito, mas Jamie me dá um apertãozinho antes de traçar as unhas sobre o tecido de veludo. Eu me pergunto se ele gosta dessa sensação, porque eu definitivamente gosto.

Pippa. Foco. Forço um sorriso para Zach.

Ele está usando um moletom amarelo fluorescente com faixas refletidas, o que as pessoas usam em canteiros de obras como equipamento de segurança, e meio que o odeio por isso. Alguns meses atrás, ele me disse que precisava começar a se vestir para definir tendências, porque era uma celebridade agora. Está tentando ser estiloso, mas não soa verdadeiro, como se estivesse se esforçando demais.

Ele engole em seco, ainda me encarando daquele jeito engraçado, antes de apontar para meu vestido com admiração.

— Você está incrível.

Não posso mentir, estou contente. A cara que Zach está fazendo? É satisfatória pra caramba.

Assim como todos lá embaixo, Zach se vira para Jamie e fica embasbacado.

— Jamie Streicher. — Jamie estende a mão. Ele é muito mais alto do que Zach, e seguro a vontade de rir. — Namorado de Pippa.

A mão de Zach para em pleno ar antes de ele se recuperar e apertar a de Jamie.

— Sim, estudamos na mesma escola — ele diz, e as palavras são inexpressivas.

— Verdade. — Aceno.

O olhar de Zach é fulminante quando se volta para mim. Ele aponta para trás, e sua loira platinada aparece, deslizando como se tivesse sido invocada.

— Você conheceu a Layla?

A mão de Jamie aperta minha cintura. Não, porra, não a conheço, e Zach sabe disso.

Odeio fingir estar bem com alguma coisa. Odeio como está todo mundo representando seu papelzinho, incluindo eu e Jamie, e odeio que cheguei a sentir a necessidade de impressionar essas pessoas.

Zach não tem importância, e essas pessoas não são minhas amigas. Entendo isso agora. Eu sabia disso antes, mas está sendo jogado na minha cara hoje.

— Oi. — Sorrio para ela e aperto sua mão. Sua mão é tão minúscula, como a de uma criança, e me esforço para não revirar os olhos. — Pippa.

Ela acena com os olhos arregalados.

— Layla.

Mas a maneira como ela sorri para mim é gentil e tímida, e vacilo. Pensei que ela seria um tipo Cruella, gargalhando de vitória por ter roubado meu homem, mas ela parece jovem, pequena e reservada. Zach dá um passo à frente, e as pálpebras dela vibram quando ela dá um passo para trás.

Ah. Certa pena, ou talvez seja empatia, cresce em meu estômago pela maneira como ela é dispensada. Conheço essa sensação.

Zach nos chama para um grupo. Reconheço algumas pessoas de séries de TV e filmes, uns dois caras de uma banda de que gosto. Jamie se senta e, antes que eu consiga me sentar ao lado dele, me puxa para seu colo.

Ele é tão quente e sólido, e suas mãos pousam em minha cintura como se esse fosse o lugar delas. Sei que é só fachada, mas meu rosto arde de timidez. Eu me lembro da coragem que precisei criar quando cheguei à frente do prédio de Jamie pela primeira vez. Como ele era intimidador no começo. Como eu o achava bonito — e ainda acho. Sentar no colo dele *não* é como pensei que isso se desenrolaria.

Não que eu esteja reclamando.

Os olhos de Zach se voltam para mim, mas desvio o rosto como se não me importasse.

— Quando você faz um acordo — digo baixo a Jamie —, você cumpre mesmo.

Seu olhar desce para minha boca, e me pergunto até onde ele vai chegar hoje. Um calor percorre minha pele e, embora minhas pernas, meus ombros e braços estejam nus hoje, não sinto frio.

A garçonete traz outra bebida para mim e uma água para Jamie, e ele é puxado para uma conversa sobre hóquei com o guitarrista da turnê de Zach. Finjo escutar, mas, na verdade, minha atenção está em Zach e Layla.

Ela está sentada ao lado dele, ouvindo-o conversar com o grupo. Ele não se dirige a ela em nenhum momento, e ela está com um sorriso forçado. Ninguém fala com ela.

Eu me sinto mal por Layla.

Ao mesmo tempo em que me pergunto: eu era assim? Penso naquelas festas e em como me sentia sortuda de estar lá, sortuda de ter a atenção de Zach em mim. Layla me olha de canto de olho e sorri, e sinto o impulso de dar um abraço nela. Seria estranho se eu desse, eu sei, mas ela parece precisar. Apareci aqui hoje pronta para odiá-la, mas agora só quero levá-la comigo quando sairmos.

O cara com quem Jamie estava conversando se levanta para cumprimentar outra pessoa, e a mão de Jamie desce da minha cintura para meu quadril. Seu olhar está em Zach.

— Então esse é o tipo de cara que você curte. — Seu tom é inexpressivo e descontente.

Vejo Zach brindar o grupo com uma história. Ele está adorando ser o centro das atenções e, quando diz algo e todos riem, noto que ele olha ao redor para avaliar suas reações.

Ele quer muito que as pessoas gostem dele.

— Não mais — digo a Jamie.

Nossos olhos se encontram, e a frieza em seu olhar diminui uma fração. Ele está pensando em quando falei que ele era gato ou no beijo no corredor?

— E tudo isso. — Seus dedos apertam meu quadril, e seu olhar percorre meu rosto, meu cabelo, meu vestido. — Não é para ele?

Rio, incrédula.

145

— Como assim? Jamie — murmuro. — É claro que não.

Suas narinas se alargam, e sinto o impulso de traçar o dedo em seu nariz forte.

— Porra, quer que eu pense o quê, Pippa? — Seus olhos verdes brilham, e ele aperta meu quadril com mais força.

Ah. Gosto dessa sensação.

— Você fez de tudo por esse cara. — Ele passa a mão no cabelo, bagunçando-o. — É a pior vingança, não é? Fazer com que ele queira você de volta? — Seus dentes se cerram. — Fazer com que implore para te comer?

Fico sem palavras, piscando, o queixo caindo no chão de espanto.

— Jamie — digo, mas não tenho resposta. Tento me virar no colo dele, mas suas mãos me ancoram no lugar.

— Para de se mexer — ele diz, cortante, e, um momento depois, sinto a pressão dura de sua ereção em minha bunda.

Meus olhos se arregalam.

Sei que hoje é de mentira, e isso não deve passar de uma reação do meu corpo sobre o dele. Mas esse lado agitado e nervoso de Jamie está me queimando por dentro, fazendo um calor correr pelo meu sangue, e estou sentindo até demais a sua rigidez em mim, suas mãos em meu quadril, a maneira como seus dedos roçam o tecido suave, como ficam tensos quando ele olha para minha boca.

É gostoso ser alguém além da garota que foi pisada.

— Essa não é a pior vingança — digo baixo.

Seus olhos escuros encontram os meus, imobilizando-me. Seu maxilar se cerra.

Minha boca se curva em um sorriso, e nem me reconheço agora.

— A pior vingança seria transar com você.

28

JAMIE

Estou mais perto do que nunca de jogar essa garota no ombro, levá-la para casa e esquecer todas as regras que impus a mim mesmo.

Ele dá um sorrisinho e seus olhos brilham com um ar provocante enquanto repasso as palavras que ela acabou de dizer.

A pior vingança seria transar com você.

Bem que eu queria.

No carro, eu abriria as pernas dela, arrancaria sua calcinha e afundaria o rosto entre suas pernas. Eu faria isso ali mesmo no banco da frente. Não daria a mínima se alguém visse.

Não — eu faria isso aqui na frente de Zach. Eu a faria gritar meu nome na frente de toda essa gente. Bebidas seriam derrubadas em colos, pessoas encarariam enquanto meto nela e tomo minha linda assistente para mim. A garota que quero comer desde sempre gozaria muito no meu pau.

Minha ereção aperta a bunda dela enquanto controlo meus pensamentos. Desde o segundo em que ela saiu do quarto nesse vestido, meus pensamentos alternaram entre arrancar a roupa dela e me irritar por Pippa estar se arrumando para impressionar o idiota que está desesperado por atenção.

Os olhos de Pippa se fixam nos meus, avaliando minha reação, e meus dentes se cerram. Preciso pôr a cabeça no lugar. Faço um dos meus exercícios de concentração mental do hóquei — respiração profunda, foco na sensação dos pulmões se expandindo e não na maneira como minhas bolas ardem, atenção na música ao nosso redor, no falatório e nas conversas, e em tentar não inalar o cheiro doce do seu cabelo. Meus polegares roçam o veludo suave de seu vestido, e deixo que isso tire toda minha concentração.

Abro os olhos. Ainda estou duro como rocha. Ainda quero foder Pippa.

— Pippa — começo, mas não sei o que dizer. Não consigo pensar perto dela.

Ela meneia a cabeça, parecendo envergonhada.

— Não sei por que eu disse isso. — A longa linha de sua garganta se move enquanto ela engole em seco, olhando para as mãos. — Te devo uma por isso. Muito obrigada.

— Pelo quê? — Meu tom é duro de tensão.

Ela aponta para a festa, e então entre mim e ela.

— Por isso. Por deixar que eu me sente no seu colo. Por participar dessa farsa toda.

Deixar que ela se sente no meu colo? Quase tenho vontade de rir. A bunda de Pippa encostada em mim é a experiência mais erótica que tenho em anos, e vou bater punheta pensando nisso por semanas. Além disso, a expressão venenosa que Zach me lançou quando Pippa não estava olhando fez a noite toda valer a pena.

Não importa se ela ainda não sabe disso, mas Pippa não precisa mais dele. Zach já sabe, porém. Um rompante de satisfação masculina petulante me atinge no peito quando encontro o olhar de Zach do outro lado da festa. Ele para no meio da conversa antes de retomar, e sei que estou certo.

Cuzão. O impulso de proteger Pippa se multiplica por dez.

Ela aperta meu joelho, e faíscas sobem por minha perna até meu pau. É uma tortura doce tê-la em meu colo assim. Só não a tiro daqui para dar um descanso para meu pau porque sei que não terei essa chance de novo.

Alterno o olhar entre seus olhos e sua boca.

— Promete para mim que nunca mais vai dormir com o Zach.

Ela engasga.

— Quê?

— Vai — ordeno. Estou falando como um babaca e não ligo. — Promete para mim, Pippa.

Ela abana a cabeça, rindo.

— Prometo. Ai, meu Deus. Depois do que aconteceu? Nem eu sou tão idiota assim.

— Não acho que você seja nem um pouco idiota.

— Bom. — Ela dá de ombros, abrindo um sorrisinho autodepreciativo. — Fiquei com ele por tempo demais — ela diz com a voz baixa, cochichando. Sua respiração faz cócegas em minha orelha. — E ele era péssimo na cama.

— Sério. — Minhas narinas se alargam enquanto os imagino juntos, ele em cima dela. Não, ele provavelmente a faria ficar em cima toda vez porque é um puta de um preguiçoso.

Odeio pra caralho essa imagem.

— Ai — ela diz, ajeitando-se em meu colo.

Apertei seu quadril sem querer, e relaxo o punho imediatamente.

— Desculpa.

— Tudo bem. — Ela me abre um pequeno sorriso.

— Por que ele era ruim de cama? — A pergunta escapa da minha boca antes que eu consiga contê-la. Não consigo evitar. Preciso saber.

Ela me lança um olhar.

— Não vou te contar os detalhes.

— Coloquei um terno para isso.

— Você veste coisa pior do que terno várias vezes por semana para os jogos — ela argumenta em resposta, sorrindo, e sinto meu peito pressurizado como uma lata de refrigerante.

Amo que ela não tem medo de mim e que gosta de retrucar.

Dou um sorrisinho.

— Já passou da minha hora de dormir.

Ela ri baixo.

— Certo. Beleza. — Seu olhar se volta a Zach antes de retornar ao meu. — Ele fazia uma coisa com a mão — ela sussurra para mim, e chego mais perto, embora consiga ouvi-la perfeitamente. Ela estende os dedos e os movimenta para trás e para a frente rapidamente, como se fosse uma DJ, e está com os dentes à mostra.

Uma risada enferrujada escapa do meu peito.

— O que é isso?

Ela ri e, quando seus olhos brilhantes encontram os meus, meu pulso acelera.

— É Zach mexendo no meu clitóris.

Meu estômago se revira. Não gosto que ela use o nome dele na mesma frase que *meu clitóris*.

— Sempre parecia apressado, e eu ficava com medo de estar demo-rando demais e então... — Ela dá de ombros com uma careta. — Eu não conseguia chegar lá.

Entre nós, não seria apressado. Eu iria no meu tempo. Levaria a porra da noite toda. Quando o sol nascesse, ela ainda estaria gozando, exausta dos inúmeros orgasmos em todas as posições imagináveis.

— A coisa toda parecia mais uma obrigação perto do fim. — Seu olhar se volta para o meu. — Desculpa. Informações de mais.

Uma sensação dispara em meu sangue, elétrica e determinada. Te-nho competido em esportes a vida toda. A competição me move. Faz parte de meu DNA a esta altura, e é a melhor forma de me motivar.

Ouvir que Zach não conseguia fazer Pippa gozar? Faz meu sangue pegar fogo.

Eu a faria gozar. Eu a faria gozar pra caralho.

Sinto a testa tremer e, nesse momento, não existe ninguém aqui além de mim e dela. Encaro seu olhar, engolindo em seco com dificul-dade enquanto me imagino deslizando as mãos por seu vestido aqui no restaurante escuro, colocando a ponta dos dedos em sua calcinha mo-lhada. Talvez ela apertasse meu joelho, talvez afundasse o rosto em meu ombro enquanto treme em meu colo, entregando-se.

Preciso fazer com que ela goze.

— Não é informação de mais — consigo dizer, e minha voz é rou-ca. — Era só com ele? — pergunto por alguma razão idiota. — Que não conseguia te fazer chegar lá?

Acho que gosto da dor. Gosto da tortura de ouvi-la falar sobre suas dificuldades para atingir o orgasmo, embora eu não possa fazer porra nenhuma a respeito.

Ela morde o lábio e observo o movimento. *Eu* quero morder seu lábio.

Nossos olhares se encontram.

— Ele é o único cara com quem já fiquei — ela admite.

Inspiro fundo enquanto a competição urra em minhas veias. *Eu*, meu inconsciente grita. *Sou eu quem pode fazer com que ela mude de ideia.*

Ela se ajeita em meu colo, e cerro o maxilar quando ela roça de novo em meu pau.

— Às vezes consigo, hm, sozinha.

Mesmo sob a meia-luz ambiente do restaurante, consigo ver o rubor em suas bochechas. Eu me pergunto se é assim que ela fica quando coloca a mão entre as pernas.

— Está corando por que, passarinha? — Minha voz é baixa.

— Não estou — ela diz, sem ar. Ela se recusa a olhar para mim, mas seu pulso se acelera em seu pescoço.

A bela passarinha está pensando alguma safadeza, e preciso saber o que é. Uma mão ainda está segurando a cintura dela, mas ergo a mão livre e aperto o dorso dos dedos em sua bochecha. Suas pálpebras vibram.

— Você está queimando. Não está com febre, está? — Arqueio a sobrancelha para ela, com um ar provocativo.

— Acho que não — ela sussurra, os olhos se voltando para os meus.

— O que você está pensando?

— Nada. — Seus olhos se arregalam.

Agora tenho que saber. Eu a viro em meu colo para que ela não tenha como desviar do meu olhar.

— Me fala.

Ela bufa, meio rindo e meio irritada.

— Jamie.

— Agora.

Ela resmunga.

— Mandão. Tá, beleza. Semana passada...

— Continua.

— Que constrangedor. Certo. Enfim. Costuma ser difícil pra mim mesmo sozinha, mas semana passada consegui bem rápido. — Sua expressão fica envergonhada. — Ai, meu Deus. Por que estou te contando isso?

— Você estava seguindo ordens — digo, mas minha voz soa distante porque tudo em que consigo pensar é Pippa, do outro lado da parede que separa nossos quartos, masturbando-se. Gemendo. Seus dedos dos pés se contraindo enquanto ela goza.

Porra, meu pau está tão duro.

— Jesus — ela murmura enquanto meu pau pulsa contra ela.

— Para de se mexer — digo entre dentes.

Ela me lança um olhar.

— Para de me cutucar com esse arranha-céu.

Engasgo com uma risada. Só Pippa poderia me fazer rir nesse momento. Talvez eu esteja zonzo porque todo meu sangue está correndo para meu pau.

— E você? — Pippa olha para mim. — Todo mundo diz que você não namora.

— Não mesmo.

— Nunca?

O rosto de Erin aparece em minha memória — feliz, sorridente, e sou mais uma vez inundado por culpa quando me lembro de ler sobre a desistência dela das passarelas.

— Eu tinha uma namorada quando tinha dezenove anos.

Pippa inclina a cabeça enquanto escuta.

— Erin. — É estranho dizer o nome dela em voz alta. — Ela era ótima, mas... — Balanço a cabeça, sem saber o que dizer. — Minha agenda é intensa, mesmo na pré-temporada, e minha mãe precisa de muita atenção.

Pippa acena com a cabeça, e seus olhos são cheios de uma compaixão calorosa. Ela é a única pessoa que sabe a gravidade da situação, percebo ao observá-la.

— Só consigo dar conta dessas duas coisas.

Ela acena de novo.

— Certo.

Encontro os olhos dela, e algo muda em meu peito. Brincar de faz de conta assim é fácil demais. É diferente de namorar Erin, que sempre me pareceu mais uma amiga, e essa constatação é como uma chave abrupta em meu peito. Minhas mãos sobem e descem pelas costelas dela, e suas pálpebras se semicerram, como se isso a estivesse relaxando ou excitando, ou talvez as duas coisas.

Minha atenção se volta para meu pau. De novo.

Duro. De novo.

Estou me permitindo agir da forma como quero com Pippa, e não sei se vou conseguir parar quando sairmos. Tocar nela é mágico para caralho.

Atrás de Pippa, Zach a encara enquanto o amigo dele fala.

Meu pau lateja, e tenho uma ideia. Sou um escroto perverso, e estou tirando vantagem de Pippa quando era para eu a estar ajudando. Há um milhão de motivos por que eu não deveria fazer o que estou prestes a fazer, mas não dou a mínima. No segundo que sairmos pela porta, tudo volta ao normal. Nós dois sabemos que é tudo encenação.

— Quer mesmo cravar a estaca no peito dele? — murmuro, chegando perto e deixando minha boca roçar em sua orelha. Ela sente um calafrio em mim.

Espero até ela encontrar meus olhos. Nossa, como os olhos dela são lindos.

— Me beija — digo.

29

JAMIE

Pippa pisca.

— Ele está olhando. — Arqueio uma sobrancelha, e meu olhar se volta para seus lábios. Sei como a boca dela é macia. Repassei o beijo em minha mente uma centena de vezes. — Só se você quiser.

— É — ela murmura, concordando com a cabeça, e, quando ergo o olhar para o dela, ela está olhando para minha boca. — Se ele está olhando, é melhor agirmos.

— Hm.

— Certo. Vou te beijar agora.

Seguro a cabeça dela e a puxo para a frente com delicadeza.

Nosso beijo é diferente agora. Menos urgente, menos frenético, embora eu sinta todas aquelas coisas batendo na frente do meu peito, insistindo que eu possua sua boca, mas não. Quero saborear este momento porque, assim como ela sentada no meu colo, nunca vamos ter outra oportunidade. Depois de hoje, ela nunca mais vai ver aquele otário, e minhas oportunidades de tocá-la vão se reduzir a zero.

Beijo Pippa com tudo o que tenho. Como se ela fosse ar e eu estivesse prestes a morrer sufocado. Suas mãos apertam minha gola e me puxam para mais perto, e mordisco o lábio inferior dela antes de voltar a sentir o gosto da boca.

Eu a beijo como se tivéssemos todo tempo do mundo. Sei que não temos. Temos talvez uns trinta segundos se eu tiver sorte.

Ela suspira dentro da minha boca como se tivesse passado a semana toda pensando nisso. Tudo se desfaz: as pessoas, a música, tudo menos a sensação da sua boca na minha, a dela pressionada contra mim, minhas mãos em seu cabelo. Ela é doce pra caralho. Sua língua desliza dentro da minha boca, e minha cueca já está melada. Chupo a língua dela, e Pippa geme.

Eu conseguiria fazê-la gozar rápido pra caralho. Faria tudo de novo e de novo até ela implorar para descansar.

— Pippa — sussurro entre um beijo e outro.

Ela consente, e sua boca busca a minha de novo. O desejo inunda meu peito, abafando tudo ao redor. Todas as coisas ruins que já vi na vida ou que já aconteceram comigo se evaporam na atmosfera enquanto a beijo, como se ela estivesse me enchendo de luz. Seu cabelo é sedoso, e abro mais sua boca para ir mais fundo. Preciso ir mais fundo. Preciso que ela seja totalmente minha.

Sei que isso não é real, mas, mesmo assim, é incrível para caralho.

Sinto uma presença perto de nós e, quando abro os olhos, há um moletom fluorescente ao nosso lado. Estou envolvendo o queixo de Pippa com as mãos agora, mas Zach pega uma mecha do cabelo dela.

Recuo, fuzilando-o com os olhos, meu maxilar se cerrando.

— O que vocês estão fazendo escondidos aí no canto? — ele pergunta. Seu sorriso é enviesado, forçado e desconfortável. — É uma festa. Venham ficar com a gente. — Ele aponta para a mesa dos seus amigos. Fala como se não estivesse pedindo.

Sob minha mão, os músculos das costas de Pippa ficam tensos. Mesmo se eu não estivesse com as mãos no corpo dela, eu sentiria sua hesitação, a maneira como se empertiga.

— Temos que ir. — Eu o encaro. — Acordamos cedo amanhã e ainda quero fazer umas coisinhas com ela hoje. — Meu tom é sugestivo, e os olhos dela se acendem de surpresa e calor. — Não é, amor? — pergunto, passando os braços ao redor da cintura dela. Os lábios dela estão inchados, e Pippa parece aturdida enquanto concorda com a cabeça.

Uma presunção me percorre. A expressão de Zach é ao mesmo tempo indiferente e irritada.

Ela se levanta e, quando fico em pé, dou um passo para perto de Zach para enfatizar nossa diferença de altura. Não costumo me gabar do meu tamanho, mas, hoje, vou aproveitar toda e qualquer oportunidade para me mostrar superior a esse cara.

— Obrigado pelo convite.

— De nada — ele diz, forçando um sorriso. Ele parece prestes a vomitar. — Muito bom te ver, Pippa.

Ela força um sorriso para ele em resposta.

— Você também.

Pego a mão dela, que se encaixa perfeitamente na minha. Ao descer a escada, estou praticamente a carregando, apoiando seus braços. Ela dá tchauzinho para algumas pessoas e, no segundo em que saímos, ela relaxa. Solto seu braço porque, agora que saímos da festa, a farsa acabou. Algo em meu peito se aperta. Foi tudo fácil demais, e sei que isso é perigoso.

— Nossa — ela murmura, fechando os olhos. — Isso foi intenso.

— Pippa. — Cruzo os braços diante do peito para não fazer alguma idiotice como tocar no cabelo ou na cintura dela de novo. Não estamos mais fingindo. — Você mandou bem.

Ela bufa, revirando os olhos.

— Mandou, sim.

Ela sorri para mim.

— Graças a você.

Meu coração bate mais forte.

— Quando quiser.

Não posso contar a verdade para ela: que hoje não foi um favor a ninguém além de mim.

30

JAMIE

Não consigo parar de pensar nela.

— Vamos tomar outra rodada — Owens diz para a garçonete, apontando para nosso grupo grande. Todos os jogadores saíram hoje para um bar depois de uma derrota contra Ottawa.

Uma inquietação ferve em minhas entranhas enquanto tomo minha cerveja. Sempre que o apito tocava durante o jogo hoje, eu sentia o impulso de olhar por cima do ombro. Não conseguia parar de imaginá-la sentada ali, sorrindo e me assistindo jogar. Faz seis dias que estou longe, e está na hora de encarar a triste verdade.

Sinto falta da passarinha.

A garçonete me serve mais uma cerveja e viro o resto da minha antes de devolver o copo vazio para ela e agradecer.

— Você está de mau humor hoje — Owens comenta, abrindo um sorriso.

Eu o encaro.

— Como está sua garota?

Minha garota. As palavras aquecem meu peito.

— Ela é minha assistente — digo, mas não soa convincente.

— Sei. — Ele sorri com ironia. — Foi o que eu quis dizer.

Tomo metade da minha cerveja.

— Ela não é da sua conta, porra.

Ele ri alto, erguendo a cabeça para trás.

— Streicher, relaxa. Não vou correr atrás da Pippa.

Meus músculos do ombro relaxam, e dou mais um gole na minha cerveja.

Relembro a conversa que eu e Pippa tivemos no carro, quando pedi para ela não levar homens para casa. Que idiota do caralho. Eu tinha como ser mais óbvio? Ela deve achar que sou um filho da puta tóxico.

E depois houve a festa de encerramento. Beijá-la, tocá-la, trazê-la para o meu colo. Passei a semana toda relembrando aquela noite.

— Você provavelmente vai arrancar minha cabeça fora por dizer isso — Owens começa.

— Então não diga.

Ele sorri.

— Não. Vou dizer mesmo assim. Você joga melhor quando a Pippa está assistindo.

Cruzo os braços. Consigo sentir minhas narinas se alargando. Há uma pressão estranha em meu peito.

— É porque, quando ela vai aos jogos, minha mãe está lá — digo com um tom cortante. — Eu me preocupo com minha mãe.

Ele balança a cabeça, um brilho nos olhos.

— Não acho que seja isso.

— Você está bêbado.

Ele ri de novo.

— Sim, estou, mas não quer dizer que eu esteja errado.

Reviro os olhos. Esses novatos de merda acham que sabem tudo. Do outro lado da mesa, Alexei Volkov o chama. Quando Owens se levanta e sai, imagino Pippa sentada atrás do gol. Meus nervos se acalmam no mesmo instante.

Merda.

Não estou pronto para encarar esse problema de frente. É covardia da minha parte, e vai contra tudo que aprendi sobre garra e tenacidade mental com o esporte, mas...

Não posso fazer isso pra valer. Não posso estragar tudo e entrar na mesma categoria que Zach, aquele imbecil. Depois de ouvi-la tocar violão e cantar para mim, sei que ela tem o que é preciso para ter uma carreira na música.

É só ela quem não sabe ainda.

No meu bolso de trás, o celular vibra. É uma foto de Pippa e Daisy numa trilha à tarde. O sol atravessa as árvores, e os olhos de Pippa estão

tão brilhantes. Duas manchas rosadas crescem em suas bochechas pelo frio. Sinto um nó no peito. Eu as observo, traçando as linhas de seu rosto e seu cabelo caramelo com o olhar. Ela está usando uma jaqueta fina, e franzo a testa.

Se agasalha melhor, escrevo. É frio nas montanhas.

Todo meu foco está no celular, vendo os pontinhos de digitação aparecerem. Uma torção de adrenalina aperta meu peito, como nos momentos antes de um jogador tentar marcar no meu gol.

Mandão, ela responde.

Bufo, apoiando o queixo na palma da mão, subindo de volta à foto dela. A cerveja está deixando minha cabeça zonza, e me pergunto se ela diria isso na cama.

Minha mente se enche de imagens de nós dois juntos — pelados, respirando com dificuldade. Talvez eu prenda os punhos dela enquanto meto, observando seus olhos ficarem turvos.

Meu pau endurece e aperto bem os olhos, esfregando o rosto. Jesus, Streicher. Ponha a cabeça no lugar.

O problema de Pippa com orgasmos me incomodou a semana toda.

Fico olhando para minha conversa com ela, querendo dizer tantas coisas. *Como você está?* e *você também fica pensando em mim?* e *conheço umas cem maneiras de te fazer gozar.*

Como estão as coisas no apartamento essa semana? Escolho finalmente porque é menos pessoal.

Tranquilo, ela responde. *Daisy está com saudade.*

Meu pulso acelera. Eu me inclino para a frente, os cotovelos nos joelhos, olhando fixamente para a tela.

Logo mais estou de volta, respondo.

A resposta de Pippa chega de imediato. Ela não vê a hora.

Dou um leve sorriso.

— Puta merda — Owens diz do outro lado da mesa. — Ele sorri.

Abano a cabeça para ele, e acho que ainda estou sorrindo.

— Vai à merda, Owens — grito, mas minhas palavras não são cortantes. Ele apenas sorri em resposta.

Me fala sobre as trilhas que você fez essa semana, digo a Pippa.

Quer uma agenda detalhada?

Sim. De hora em hora.

Exigente.

Sorrio para o celular com malícia, o joelho balançando enquanto meu sangue crepita de energia.

Meia hora depois, ainda estamos trocando mensagens, que vão e voltam rapidamente. Perdi a conta de quantas cervejas já tomei. Não sou de beber muito — minha mãe sempre teve medo de que eu herdasse o alcoolismo do meu pai —, mas digo a mim mesmo que beber com o time faz parte do espírito de equipe que Ward defende. Estou naquela zona alegrinha em que tudo parece mais divertido.

Obrigada de novo por ir à festa de encerramento comigo, ela diz.

Viajei para os jogos externos na manhã seguinte à festa, então não tivemos a chance de conversar sobre isso.

Sem problema.

Quero pedir desculpa pelo que conversamos.

Minhas entranhas ficam tensas. *Explica.*

A resposta não vem de imediato, e consigo sentir que ela morde o lábio do outro lado do continente. *As coisas que contei sobre mim e Zach... não foram nada profissionais.*

Massageio a dor no peito, imaginando suas sobrancelhas se franzindo de preocupação. Será que ela se arrepende de ter me contado? *Obriguei você a contar.*

Mesmo assim. Não é problema seu e estou com vergonha.

Não sei o que é essa sensação em meu peito. É um misto de querer dar um abraço nela que dure por horas e a necessidade ardente de provar que ela está errada sobre esse "problema" que pensa que tem.

Não precisa se envergonhar de nada, passarinha. Aperto enviar antes de pensar duas vezes sobre chamá-la assim. Eu realmente não deveria, se estamos falando sobre profissionalismo. Mas pareço incapaz de parar.

Tá, nesse caso... ela responde. *Obrigada por ouvir.*

Você pode me contar sobre essas coisas quando quiser, digo, como se eu fosse a porra do namorado dela ou coisa assim. Meu peito se aperta com esse pensamento.

Uma imagem terrível invade minha cabeça. Imagino Pippa e eu sentados no sofá do apartamento, ela falando sobre seus problemas sexuais com um cara com quem está saindo. A raiva atravessa meu corpo. Eu *odeio* essa imagem, pra caralho.

Vou dormir agora, ela escreve. *Boa noite, Jamie.*

Boa noite, Pippa.

Muito depois da sua última mensagem, olho para o celular, relendo nossa conversa.

Zach não conseguia fazer com que ela gozasse, e quero tanto fazer isso. Não apenas por causa da minha natureza competitiva, mas porque Pippa é adorável e merece tudo de bom. Eu conseguia ver a angústia na cara dela quando me contou. É algo que a incomoda.

Preciso resolver isso para ela. Preciso cuidar dela.

Afundo a cabeça nas mãos. Há um milhão de bons motivos para esquecer que ela me contou aquelas coisas. Ela trabalha para mim, e confio nela para cuidar da minha casa, da minha cachorra e da minha mãe. Gosto dela, e não quero estragar a vida dela como fiz com Erin. E aprendi no ano passado que minha mãe precisa de mim por perto, mesmo que não esteja disposta a admitir.

— Streicher, quando eu disse que você deveria passar mais tempo com o time — Ward diz com um sorriso irônico —, não era isso que eu tinha em mente.

Olho pela mesa ao redor. Estão todos conversando, bebendo e rindo, mas minha cabeça está em Vancouver com a mulher de quem eu deveria manter distância.

Devolvo o celular ao bolso, e Owens pede outra cerveja para mim.

Está tarde quando volto para o quarto. Estou atrapalhado com as chaves quando tento abrir a porta. Depois que guardei o celular, Owens nos fez rir com histórias de sua viagem de verão à Europa. Ele me lembra de como Miller era antes de se tornar um babaca. Ward até nos contou um pouco sobre sua época pré-lesão, quando jogava por Toronto.

O tempo todo, porém, minha mente voltava ao problema de Pippa.

Tiro a camiseta e a calça e me jogo na cama, pegando o celular e relendo a conversa com ela.

É só uma questão de tempo até ela admitir isso para outro cara e ele também querer ajudá-la com essa questão.

Minha cabeça cai para trás no travesseiro e solto um grunhido baixo. A ideia de dividi-la faz meu maxilar se cerrar. Gosto de Pippa, e não apenas porque quero transar com ela. Gosto de conversar com ela, de sair com ela, de morar com ela. Ela faz aqueles cupcakes para mim. Ela é engraçada, doce e bonita.

Minha cabeça gira, e percebo que estou bêbado. Faz anos que não fico bêbado.

Deixo minha mente vagar de volta a Pippa, e uma ideia se infiltra em meus pensamentos vagarosos. No celular, procuro por um sex toy de que ouvi falar. Meu coração acelera, e meu pau está duro como pedra enquanto coloco o brinquedo no carrinho, endereço a Pippa no apartamento e pago.

31

JAMIE

Três dias depois, estou sentado no avião particular com o resto do time, esperando a decolagem, quando mando um aviso a Pippa de que estou a caminho.

Daisy não vê a hora!, ela responde, e sorrio para o celular. Trocamos mensagens durante a viagem inteira, mandando fotos um para o outro ao longo do dia. Eu me pego estudando as fotos dela, memorizando-as e ficando ansioso pela próxima.

Uma notificação de e-mail aparece na tela. *A encomenda saiu para entrega.*

Meus olhos se estreitam porque não me lembro de pedir nada para o apartamento. Pippa normalmente cuida dessas coisas no cartão de crédito que dei para ela.

Boa notícia! Sua compra saiu para entrega e deve chegar ainda hoje.

(I) *Satisfyer — sex toy íntimo com sucção clitoriana para o intenso prazer feminino!*

Meu coração para.

Tinha me esquecido dessa merda.

Ai, caralho. Meu pulso se acelera quando lembro — deitado de boxer na cama, o pau duro como aço, comprando um sex toy para Pippa.

Caralho, caralho, caralho. Não. Merda. Não acredito que fiz isso. Isso não é aceitável. Ela trabalha para mim. Ela nunca pediu isso. Ela está tentando manter a relação profissional. *Eu* estou tentando manter a relação profissional. Minha garganta se aperta.

— Tudo bem aí, Streicher? — Volkov pergunta ao meu lado e respondo com a cabeça, tenso.

— Sim — murmuro, o coração a mil por hora.

Merda.

O link de rastreamento diz que deve chegar meia hora depois do pouso. Minha pele está quente, e estou suando. Se eu correr, talvez consiga chegar em casa para interceptar a encomenda.

Imagino Pippa a recebendo com uma expressão horrorizada de desgosto. Todas as conversas por mensagem que tivemos essa semana, os sorrisos que ela me dá, os passeios que fazemos — estraguei tudo.

O que quer que Pippa seja para mim, estraguei tudo.

— Tripulação — o piloto diz pelo comunicador interno —, preparar para a decolagem.

Os comissários de bordo confirmam se estão todos com os cintos afivelados, e a porta do avião se fecha. Meu pulso acelera, e fico preso nesta porra de avião por cinco horas, torcendo para Pippa não receber o pacote antes de mim.

No segundo em que pousamos, saio do assento, tirando a mala do compartimento superior. Os caras me lançam olhares desconfiados.

— Com licença — digo com a voz ríspida enquanto me dirijo à frente. O avião ainda está taxiando ao longo da pista, e um dos comissários de bordo revira os olhos pelo meu comportamento.

Não dou a mínima que eu esteja sendo mal-educado. Preciso ser o primeiro a sair deste avião. Se eu não chegar lá a tempo, estou fodido, e a questão nem é arranjar um novo assistente. Se ela vir que mandei um sex toy para ela, vou perder a única pessoa de quem realmente gosto nessa cidade.

Meu estômago se revira, e uma náusea me percorre.

Estou logo atrás da tripulação quando eles abrem a porta. Se esse fosse um voo normal em vez de um avião particular, ou se eu não fosse famoso pelo hóquei na cidade, eu provavelmente seria preso pela maneira como estou agindo. Em vez disso, os comissários de bordo parecem indiferentes enquanto um deles faz sinal para eu seguir em frente.

— Desculpa — murmuro quando passo às pressas. — É uma emergência.

Saio correndo pelo aeroporto. Com minha altura e constituição física, *nesta* cidade, sou facilmente reconhecível. As pessoas estão encarando, tirando fotos e fazendo vídeos. Devo estar parecendo a porra do Exterminador do Futuro correndo desse jeito. Minha bolsa tromba no cotovelo de alguém e a pessoa tropeça.

— Desculpa — grito por cima do ombro, ainda correndo.

Há uma saída especial do aeroporto para voos particulares, graças a Deus. Espero a pessoa na minha frente, respirando com dificuldade, suor se acumulando em minha testa.

Não há nenhuma atualização sobre a localização da encomenda. Engulo em seco as facas que sinto na garganta. Meus nervos estão em disparada, e nunca me senti tão tenso. Nem antes de um jogo, nem quando descobri que minha mãe estava tendo ataques de pânico, nunca.

Não sei o que isso significa, e não vou lidar com isso agora.

O homem na saída me lança um longo olhar enquanto processa meu passaporte. No momento em que me reconhece, vejo em seus olhos. Mais culpa se forma em minhas entranhas; se eu não fosse um jogador de hóquei profissional usando um terno que custa mais caro do que o salário da maioria das pessoas, eu seria fuzilado de perguntas por esse comportamento.

— Tenha um bom dia, sr. Streicher — ele diz, fazendo sinal para eu passar. — Continue sendo a Muralha Streicher.

— Pode deixar — digo enquanto saio às pressas pelas portas.

O Uber está esperando do lado de fora, e entro. Deixei meu carro no apartamento caso Pippa precisasse dele.

— Quinhentos contos para me levar para casa o mais rápido possível — digo ao motorista, tirando as notas da carteira.

Os próximos vinte minutos são excruciantes. O motorista pisa no acelerador e no freio, dirigindo tão acima do limite de velocidade que nem quero olhar, e leva uma dezena de buzinadas. Meu joelho balança enquanto ranjo os dentes, alternando entre olhar pela janela e atualizar a página de rastreamento.

Quando paramos na frente do prédio, dou as notas para ele e saio correndo do carro. O elevador leva um século para chegar e mais um século para subir ao último andar. Uma senhora baixinha desce no décimo andar, e tenho que me conter para não a empurrar rápido para fora do elevador. Estou completamente descontrolado.

O elevador enfim se abre no último andar, e estou à frente da porta em um segundo.

Nenhum pacote no chão. Meu coração bate forte. Não estou livre do perigo ainda — pode estar do lado de dentro ou com a zeladora lá embaixo.

Dentro do apartamento, está um silêncio. Daisy vem correndo, o rabo abanando, e a pego no colo distraidamente, fazendo carinho nela enquanto passo os olhos pelo apartamento, abrindo o armário embaixo da pia para ver o reciclável.

Nada de Pippa. Nada de encomenda. Nada de caixa vazia. Uma ligação rápida para a portaria confirma que também não receberam nada. Um alívio me atravessa, e os nós na minha garganta se desfazem, um a um.

Ainda não chegou. Suspiro e me recosto na porta da frente para recuperar o fôlego. Acabei de envelhecer uma década. Faço mais um carinho em Daisy antes de colocá-la no chão, e ela volta ao sofá para dormir. Enquanto meu pulso se acalma, passo a mão no rosto.

Porra, essa foi por pouco. Pouco até demais. No corredor do andar de cima, estou me dirigindo ao meu quarto para tirar o terno quando um barulho me faz parar no meio do caminho. Um "ah". Olho para a porta de Pippa.

Um som rápido, rítmico e constante, como um motorzinho, seguido de um gemido ofegante.

Todo o sangue do meu corpo corre para o pau. Não cheguei antes do brinquedo em casa. Ele chegou aqui antes de mim, e está sendo usado por minha linda assistente em seu quarto.

32

PIPPA

Onda após onda de prazer intenso irradiam de meu clitóris quando pressiono o brinquedo. Estou tremendo, as costas arqueadas para fora da cama, os músculos tensos, a boca aberta com os olhos bem fechados enquanto tenho o orgasmo mais intenso da minha vida.

Quando não aguento mais, desligo o brinquedo e volto a me afundar nos travesseiros, recuperando o fôlego.

Isso foi... incrível. Ergo a cabeça e olho para o brinquedo que Hazel me mandou. Estou maravilhada. Sentimentos flutuantes e relaxantes percorrem meu corpo, e solto uma risada.

Esse negócio funcionou, e *rápido*. Talvez eu não tenha vindo com defeito, afinal de contas. Mordo o lábio, sorrindo para mim mesma. Pensar em Jamie enquanto eu o usava tornou tudo ainda mais intenso.

E daí que tenho uma quedinha por ele. Sempre tive. Não vou fazer nada em relação a isso. Respiro fundo para me acalmar e me visto antes de descer a escada.

Jamie está na cozinha, esvaziando a lava-louça, sendo gostoso até não poder mais com uma calça esportiva e uma blusa cinza de manga comprida. Algo na maneira como o tecido fino marca seu peito e seus ombros me faz querer correr de volta para o andar de cima e usar o brinquedo de novo.

Abro um sorriso imenso.

— Você chegou.

Durante a semana, mandei mensagem dizendo que Daisy estava com saudade dele, mas quem estava com saudade na verdade era eu.

Ele me observa com uma expressão que não consigo discernir enquanto me aproximo e passo os braços ao redor dele em um abraço. É só quando estou com a cara enfiada em seu peito e meus olhos se fecham que me dou conta de que não é assim que a maioria dos assistentes cumprimenta seus chefes.

Mas não encontro energia para ligar. Usar aquele brinquedo me deixou esgotada.

— Como foi o voo?

Quando dou um passo para trás, Jamie não me encara, e suas maçãs do rosto estão coradas. Ele desvia os olhos de mim, cruzando os braços diante do peito.

— Bem. Tudo bem.

— Que bom. — Sorrio de novo para ele.

Estou me sentindo tão relaxada. Hazel vai ficar se achando, e vou comprar flores para ela como agradecimento. Não, a floricultura inteira. Todas as flores da loja.

Observo Jamie engolir em seco. Seu olhar se volta para o meu antes de ele fechar os olhos, franzindo a testa.

— Você está bem? — pergunto.

— Ótimo — ele solta antes de subir a escada correndo.

Ergo uma sobrancelha, observando seu corpo alto e forte enquanto ele desaparece.

— Mal-humorado — grito atrás dele.

Sua porta bate e, quando volto para o quarto alguns minutos depois para buscar alguma coisa, escuto o chuveiro dele ligado. Ele deve estar cansado da viagem ou coisa assim.

Abro a gaveta da mesa de cabeceira, onde guardei o brinquedo, e sorrio comigo mesma. Vou usá-lo hoje à noite de novo.

33

PIPPA

Na manhã seguinte, eu e Daisy estamos voltando para casa depois do nosso passeio matinal quando dou de cara com Jamie no corredor fora do apartamento.

— Está saindo?

Ele mal me olha enquanto ajeita a bolsa de academia sobre o ombro.

— Sim.

— Bom treino.

— Obrigado. — Seu olhar se volta para o meu, e penso que ele está prestes a correr para o elevador, mas ele não sai do lugar. Ele limpa a garganta. — Vai fazer o que hoje?

Não posso dizer a primeira resposta que me vem à mente. *Cavalgar no meu brinquedo novo enquanto penso em me sentar no seu colo, roçando em sua ereção enorme.*

Definitivamente não posso dizer isso. Minha cara arde, e meu corpo se tensiona de ansiedade.

Tenho usado aquele brinquedo sem parar.

Nunca tive um, então não sabia como era incrível. Na turnê, não havia privacidade, então não dava para ter esse luxo. E, mesmo se eu tivesse, tenho certeza de que cairia da minha bolsa na pior hora possível, na frente de todo mundo.

— Vamos fazer trilha com Hazel. — Hesito. — E talvez eu toque um pouco de violão.

Seu olhar fica suave e afetuoso, e um sentimento estranho cresce em mim. Eu *gosto* dessa expressão em seu rosto forte e bonito. Gosto dele me olhando desse jeito.

— Que demais, passarinha — ele diz, me dando um sorrisinho.

Meu coração palpita. Vou fazer de tudo para fazê-lo sorrir de novo. Seus olhos encontram os meus, e meu coração acelera ainda mais.

— Me manda fotos da trilha.

Faço que sim, sorrindo. Lembro a mim mesma que ele só quer saber como Daisy está ao longo do dia.

Depois que nos despedimos, vou para o quarto e pego o violão. Toco por uma hora, dedilhando e parando com a caneta sobre o caderno, pronta para escrever uma letra, mas nada surge. Era assim que eu compunha — encontrava alguns trechos da música, talvez uma estrofe, o refrão, talvez apenas um verso de abertura, depois escrevia o resto, mas, hoje, nada parece bom o bastante. Nada soa digno de criar uma canção. Não consigo parar de me lembrar de Zach e seu empresário.

Solto um longo suspiro de frustração. Que bela música eu daria. Não consigo nem fazer isso como hobby sem ser dominada pela insegurança.

— Vão abrir a vaga de marketing na semana que vem para candidaturas internas — Hazel me diz em nossa trilha à tarde.

— Que demais.

Eu me imagino em reuniões para discutir parcerias de marca, estratégias de campanha ou uma reformulação de logo. Comparado com os horários insanos de uma turnê, um trabalho de escritório vai me permitir ter uma vida normal. Talvez até fazer amigos lá. E se alguém tirar sarro ou rir das minhas ideias? Vou ficar bem, porque uma ideia de marketing não é parte do meu coração como as músicas são.

Algo me faz vacilar. Se eu trabalhar para o departamento de marketing, não vou mais ver Jamie nem Daisy.

Meu bom humor explode como um balão.

Mas é melhor assim. Penso em quando tentei compor hoje cedo e como fiquei paralisada pela ideia de críticas negativas. Não sou como Zach, que sempre foi capaz de ignorar as coisas ruins.

— Não precisa se candidatar — Hazel diz baixo. — Só porque é o que a mamãe e o papai querem...

— Eu quero — interrompo. — Foi para isso que fiz faculdade.

Seu olhar paira sobre mim, desconfiado. Ela não acredita. Hazel sempre sabe quando eu estou mentindo.

Já consigo ouvir como meus pais vão ficar felizes só de eu ter me candidatado. Eles não param de me perguntar a respeito.

Além disso, estou só voltando a tocar agora. Não quero me pressionar a fazer disso o centro da minha vida. Voltar a amar a música é tudo que desejo.

— Ah, queria agradecer o presente — digo a Hazel, mudando de assunto e abrindo um sorriso safado para ela. — Passou dos limites? Com certeza. Eu me importo? Nem um pouco.

Ela inclina a cabeça, franzindo a testa.

— Quê?

— O brinquedo.

— Que brinquedo?

Meus olhos se estreitam.

— O que você mandou.

Ela me encara.

— Não te mandei nada.

Pisco.

— Mandou sim. O Satisfyer.

Ela solta uma risada engasgada.

— Não te mandei isso. Porém, é uma ótima escolha. Todas sempre vão atrás do vibrador, mas são, tipo, *bzzzzzz*! — Ela faz um barulho de serra elétrica. — Meio exagerados.

Paro de andar.

— Você me mandou.

— Não — ela diz devagar. — Não mandei.

Então...

Ai, Deus. Fico boquiaberta. Ele é a única outra pessoa que sabe meu endereço. Até o escritório do time ainda tem o endereço de Hazel na minha ficha, mesmo sabendo que estou morando na casa de Jamie.

— Que cara é essa? — Hazel pergunta.

Estou olhando fixamente para o nada. Minha cara está na temperatura do sol, e vou morrer de vergonha ou tesão ou choque.

Jamie Streicher me mandou o sex toy que não paro de usar enquanto penso nele.

A imagem dele na cozinha, olhando para mim sem jeito enquanto eu estava no torpor pós-orgasmo, aparece em minha cabeça. Aperto as mãos nas bochechas. Vou morrer. A qualquer segundo, meu ser inteiro vai simplesmente *puf* no ar.

— Ai, Deus — sussurro.

— *Quê?*

— Acho que Jamie o mandou.

Ela solta uma gargalhada.

— Fantástico.

— Não — protesto, me retraindo. — Nada fantástico.

Os olhos dela estão brilhando de empolgação.

— Ele *goooooosta* de você.

— Não, não gosta. — Minha voz fica estranha de novo. — Não gosta.

Ela me lança um olhar que diz o contrário.

Ele não pode gostar. *Você é minha assistente*, ele disse. Olho de soslaio para Hazel, preocupação franzindo minha testa. Meu pulso se acelera.

— Ele fingiu ser meu namorado numa festa em que Zach estava e ficou de pau duro quando me sentei no colo dele — digo num fôlego só.

Hazel fica boquiaberta, mas seus olhos estão brilhando.

— Conta tudo.

Quando acabo de contar sobre aquela noite, ela abana a cabeça.

— Ele quer te comer.

Minha pele formiga, e não consigo respirar direito.

— Não sei o que fazer.

— Você quer transar com ele?

A *pior vingança seria transar com você*.

— Sim — digo com a voz rascante, corando. — Mas não podemos.

Ela suspira.

— Você sabe minha opinião sobre jogadores de hóquei, mas, se *você* quer, e *ele* quer... — Ela me lança um olhar encorajador. — Por que não?

Porque já gosto dele mais do que como amigo. E se me apaixonar por ele, para depois me mudar em poucos meses e nunca mais falar com ele? E se eu começar a gostar demais dele e ele der uma de Zach comigo?

Já fui destroçada uma vez este ano. Não posso passar por isso de novo. Jamie é tão incrivelmente gostoso e tanta areia para o meu caminhãozinho que nem existe a possibilidade de que ele não parta meu coração.

— Pippa — Hazel diz —, é só ter uma relação casual com ele. Os homens nunca vão ser mais fiéis do que suas opções, ainda mais esses caras. — Ela encolhe os ombros. — Não esqueça quem ele é. E não se envolva.

Para ela, é fácil dizer. Hazel sempre tem relacionamentos temporários e descomplicados, mas não sei fazer isso.

Moro com Jamie. Trabalho para Jamie. Trocamos mensagens e conversamos sobre nosso dia. Sua cachorra é basicamente minha melhor amiga. Passo tempo com a mãe dele.

Nada disso é descomplicado. Já estou muito envolvida e, se eu cruzar mais esse limite, vai doer demais.

À tarde, chego em casa antes do esperado, e os sapatos de Jamie estão no armário do corredor de entrada, mas o apartamento está silencioso. Daisy está cansada depois da trilha, então vai para o sofá para tirar um cochilo, enquanto subo para o meu quarto para carregar o celular.

Quando passo pela porta de Jamie, escuto meu nome em sua voz baixa, pouco mais do que um murmúrio.

Meu coração para. Será que ele está falando sobre mim ao celular? Franzo a testa e chego mais perto para escutar. Isso é totalmente errado, mas, se ele estiver, preciso saber o que está dizendo. Minha pele formiga quando encosto a orelha na porta.

— *Caralho* — ele murmura no mesmo tom de quando estávamos nos beijando. Um grunhido baixo e voraz.

Meus olhos se arregalam. Minha pele arde enquanto imagino como ele está do outro lado da porta, batendo punheta e se arrepiando de prazer.

— *Pippa.* — Escuto seu gemido baixo do outro lado da porta e sinto um rompante de umidade entre as pernas.

O gostoso do meu chefe jogador de hóquei está batendo uma enquanto geme meu nome. Um arrepio dispara pelo meu corpo, e nos imagino juntos, todos os músculos duros do seu corpo enquanto ele toca em mim, me motivando a ir além.

Jamie seria tão, mas tão diferente de Zach na cama. *Você consegue*, Jamie disse quando eu estava insegura sobre me apresentar no bar.

Aposto que ele repetiria isso na cama.

34

JAMIE

Pippa chega com Daisy em casa à noitinha e hesita ao parar na cozinha, inclinando a cabeça com um sorriso surpreso.

— O que é isso? — ela pergunta, apontando para a imensa bagunça que causei.

Coço a nuca, me sentindo um idiota. Não acredito que achei que seria uma boa ideia.

Estou um desastre. Não consigo parar de pensar em Pippa tendo orgasmos com o brinquedo no quarto, e não consigo parar de me preocupar que ela descubra que veio de mim. Ela não deve saber que mandei — é a única explicação para ela não ter se demitido ou chamado o RH. Quando penso sobre ela se mudar, passo mal. Quando imagino a cara dela quando descobrir que fui eu o remetente daquilo, quero arrancar os cabelos.

Tentei compartimentalizar Pippa. Tentei colocá-la numa caixa diferente em minha mente e guardar os pensamentos de sua boca farta, peitos perfeitos e bundinha redonda, ótima para levar um tapa, para o momento em que me deito na cama toda noite.

Nada disso está funcionando. Ela está o tempo todo em meus pensamentos, e aquele brinquedo é um machado prestes a cair sobre a gente, sobre o que quer que nós sejamos.

Estou caindo aos pedaços, então resolvi fazer jantar para nós. Não sei por quê. Não pareço mais capaz de ter atitudes lógicas. Não quando o assunto é Pippa.

Ela pisca.

— Não sabia que você sabia cozinhar.

Dou de ombros como se não importasse.

— Não precisa comer se não quiser.

— Eu quero — ela diz rápido. — É só uma surpresa. — Ela abre um sorriso para mim, e me acalmo um pouco. — Uma surpresa agradável. — Ela está corando? Ela vai até o fogão e dá uma espiada. — Enchiladas?

— Sim — respondo. — Feijão-preto, inhame e espinafre. Fica pronto em vinte.

Ela sobe para deixar suas coisas, e solto um longo suspiro enquanto arqueio a cabeça. Cinco minutos depois, estou enchendo a lava-louças quando ela volta à cozinha. Ela estende a mão para me passar uma tigela, e nossos dedos se roçam. Uma eletricidade dispara pelo toque, e dou um pulo para trás.

— O que deu em você? — Ela me lança um olhar divertido e curioso. — Está tão agitado.

Meus ombros ficam tensos.

— Estou bem.

Ela bufa.

— Jamie, seus ombros estão nas orelhas. Precisa de uma massagem ou coisa assim?

Meu pau fica duro quando penso nas mãos macias dela apertando meu pescoço. Puta que pariu.

— Não preciso de massagem — digo em um fôlego só.

Ela ergue as mãos.

— Não disse que *eu* faria. Relaxa.

Estou fazendo uma *cagada* atrás da outra. Inspiro fundo. Pippa vai à frente da pia para lavar uma faca e, sem pensar, minhas mãos vão aos ombros dela, tirando-a dali.

— Deixa que eu limpo. Não fiz essa bagunça toda para você lavar.

— Eu sei. — Ela encolhe os ombros sob minhas mãos. — Fico feliz em ajudar. Moro aqui também.

— Pippa. Senta.

Ela deixa a faca limpa no escorredor e se vira para mim com uma expressão preocupada.

— Fiz alguma coisa errada?

— Não. — Eu me odeio. — Desculpa. Estou estressado hoje.

Sua boca se contorce.

— Tem alguma coisa que eu possa fazer para ajudar?

Lá vou eu de novo, imaginando-a de joelhos pondo meu pau entre seus lindos lábios. Estou prestes a dizer não, mas outra imagem aparece na minha cabeça. Nós sentados na sala no meio da noite enquanto ela tocava violão.

— Música. — Cruzo os braços, recostando-me na bancada. — Isso ajudaria.

Um sorriso se ergue em seus lábios, e ela leva a mão ao celular.

— Posso dar uma de DJ, sem problema.

— Não.

Seu olhar se volta para o meu, uma sobrancelha erguida.

— Você.

Sua boca se contorce para o lado de novo, mas ela sustenta meu olhar.

— Aquilo foi um caso isolado. — Ela sorri como se estivesse brincando, mas uma vulnerabilidade brilha em seus olhos, e meu peito dói.

Ergo as sobrancelhas para ela.

— Fiz o jantar. — Assim como ela, estou brincando, mas ao mesmo tempo não.

Ficamos nos encarando, e sinto a determinação dela se enfraquecer.

— Por favor, passarinha — murmuro. — Você vai me fazer implorar?

Ela bufa, revirando os olhos.

— Tá. Mas só porque está na cara que você está tendo um dia ruim. — Um pequeno sorriso se curva na boca bonita dela, e seus olhos perdem aquela expressão hesitante de um momento atrás. Ela vai até a escada.

Pippa volta com o violão e se senta no sofá. Paro na cozinha bagunçada, olhando enquanto ela coloca o violão no colo, pendurando a alça ao redor do ombro.

É quase bom demais para ser verdade.

— Estou experimentando umas coisas novas — ela admite com um sorriso engraçado e quase constrangido que me faz querer dar outro beijo nela. — Não é lá muito bom.

A respiração escapa dos meus pulmões em um fôlego só.

— Deixa que eu julgo isso.

— Certo. — Ela sorri consigo mesma e começa a tocar.

Sua música enche o apartamento, e um aperto tenso e afetuoso surge em meu peito. A música que ela está cantando é esperançosa, doce e divertida. A letra é sobre voltar a se levantar depois de cair. A voz de Pippa é suave, mas forte, e ela controla as notas como uma profissional. Ela faz parecer fácil e natural.

Enquanto ela canta sobre seguir em frente depois de momentos difíceis, eu me pergunto se tenho algo a ver com isso, se o discurso que dei para ela antes da festa de encerramento sobre voltar ao gelo teve algum impacto.

Torço muito, muito para que sim.

Ela canta um verso sobre encontrar alguém melhor, e um pensamento terrível me ocorre. E se ela estiver pensando em seguir em frente com outra pessoa? Eu a imagino deslizando o dedo em um aplicativo de paquera, e me sinto mal. Imagino caras batendo à porta para buscá-la, e meu maxilar dói de tanto se cerrar.

A música acaba, e ela me abre um sorriso envergonhado.

— Não está rolando muita limpeza aí — ela ironiza.

Pisco, voltando a mim.

— Você compôs isso?

— Sim — ela responde. — Sei que precisa melhorar.

— Por que você faz isso? — pergunto sem pensar. — Se diminui desse jeito.

Um desconforto percorre seu rosto, e ela ajeita os pés embaixo das pernas.

— Hm. — Suas pálpebras vibram. — Acho que digo isso antes de os outros dizerem. — Ela olha para mim, e tudo que quero é beijá-la de novo, mesmo que seja para distraí-la dos arrombados que a fizeram sentir que não era boa o bastante.

— Eu nunca faria isso, passarinha.

Ela encara meu olhar antes de me dar um breve aceno.

— Eu sei.

Estou perdidamente apaixonado por essa garota.

— Como alguém pode dizer sim para você se antes você diz não para si mesma? — pergunto. Ela morde o lábio e me observa, e, em vez de insistir no assunto, giro o dedo no ar. — Próxima.

Ela ri, e a tensão se dissipa.

— Exigente.

Enquanto limpo, Pippa continua a tocar. Daisy cochila no sofá e, quando o timer toca, sirvo e faço sinal para Pippa se sentar à mesa que arrumei.

O ar vibra de ansiedade. Isso está com cara de encontro. Não. Não um encontro. Parece... algo mais. Algo natural, leve e necessário. Como se fôssemos um casal ou coisa assim. O rabo de Daisy balança enquanto ela janta na tigela que comprei para ela, e Pippa a observa com um sorriso.

Isso tem cara de família.

Perco o fôlego. Não somos, e sei disso. Isso só sou eu tentando apaziguar as coisas com ela para não perder alguém de quem realmente preciso este ano.

Pippa dá uma mordida e solta um "hm" de satisfação.

— Jamie, isso está ótimo.

Sorrio para o prato.

— Obrigado. Eu fazia para minha mãe quando era criança.

Ela me volta um sorriso estranho, meio confuso, meio entretido.

— Você cozinhava quando era criança?

Faço que sim, apertando meu copo d'água. As memórias me invadem — o quarto escuro da minha mãe no meio do dia, as cortinas fechadas, ela embaixo das cobertas, dormindo profundamente. Tudo que ela fazia era dormir por semanas até sair das tristezinhas que sentia. Era assim que ela chamava: *tristezinhas*.

— Tá — Pippa diz, pondo fim ao assunto.

É sua reação que me faz querer compartilhar mais. A maneira como ela me dá espaço mostra que esse assunto não vai sair daqui. Ela nunca contaria para a imprensa ou seus amigos.

— Minha mãe tinha depressão quando eu era pequeno. Às vezes eu tinha que cozinhar para mim mesmo.

Seu olhar preocupado encontra o meu, mas não há pena por trás de seus olhos.

— Ah. Sinto muito.

— Tudo bem. Eu me virei.

Certa compreensão cruza seus traços, e um pequeno sorriso ilumina seu rosto.

— É por isso que você cuida de todo mundo.

Encolho os ombros.

— Não tenho escolha.

Ela põe a mão sobre a minha e dá um aperto carinhoso. Sua pele é macia, e minha mão se tensiona sob a dela para eu não a puxar para meu colo como fiz na festa de encerramento.

— Desculpa — ela sussurra, tirando a mão diante da minha cara fechada.

Está dando tudo errado. Comemos em um silêncio constrangedor e tenso e, quando acabamos, ela se levanta para lavar os pratos, mas eu a impeço.

— Deixa que eu faço isso. — Meu tom sai mais cortante do que eu pretendia.

Pippa se senta no sofá e pega o violão de novo. Ela toca mais uma música enquanto lavo a louça com mais capricho do que nunca. Se eu parar, ela vai parar de tocar, e estou desesperado para ouvir a voz dela. Sua cantoria no sofá dá um ar de casa ao apartamento.

A música acaba, e ela olha para mim com um pequeno sorriso.

— Acho que você já limpou essa parte.

Baixo os olhos para onde estou esfregando a bancada impecável.

Ela morde o lábio, nervosismo estampado no rosto.

— Senta aqui comigo?

Meus pés já estão se dirigindo à sala. Não consigo dizer não a ela. Eu me sento na cadeira diante dela.

Ela hesita, e tem um olhar hesitante.

— Estamos bem?

Respondo com um sim brusco de cabeça.

— Estamos ótimos, Pippa.

Ela me observa, mordendo o lábio inferior, e não consigo parar de pensar na sensação daquele lábio inferior entre meus dentes enquanto eu a beijava na festa de encerramento.

Puta que pariu, o que eu não faria para sentir aquilo outra vez.

Silêncio se estende entre nós antes de eu me levantar de um salto. Estou à flor da pele, e vou fazer alguma besteira se ficar aqui sentado com ela.

Consigo chegar ao corredor à frente do meu quarto quando a voz dela me faz parar.

— Isso é por causa do brinquedo que você comprou para mim? — Ela sobe os últimos degraus, cruzando os braços diante do peito.

Sinto um frio na barriga. É óbvio que ela fez as contas.

— Pippa. — Inspiro fundo. — Desculpa.

Ela me encara. Não consigo interpretar sua expressão.

— Por quê?

Abano a cabeça, sentindo que vou passar mal de tanto nervosismo.

— Passei dos limites. Você me contou aquilo em segredo e... — Eu me interrompo, frustrado. — Não quero te deixar sem graça. Eu tinha tomado cervejas de mais e tinha passado o dia pensando em você. — Merda, não era isso que eu queria dizer. — Porque a gente tinha ficado trocando mensagens. Eu não parava de pensar no que você tinha me dito na festa de encerramento. — Meus olhos encontram os dela, e o calor domina o meu sangue. — Gosto de ter você aqui. Gosto de ter você tocando música no apartamento e gosto de quando você vai aos jogos.

A boca dela forma um sorriso.

— Gosto de passear com você e de você fazer o jantar.

Meu peito se aperta. Tudo que consigo é acenar com a cabeça. Não consigo acreditar que quase caguei isso tudo porque estava com tesão.

Ela esconde as mãos nas mangas do suéter.

— E gosto de ir aos seus jogos e passar tempo com sua mãe.

Agora estamos apenas listando mais motivos por que eu não deveria ter feito o que fiz.

Ela coloca a língua para fora para umedecer os lábios.

— Eu usei.

Contenho um gemido com a memória de ouvir o orgasmo dela com o brinquedo. Mal posso imaginar como seria. Não consigo *parar* de imaginar como seria.

Não posso mentir.

— Eu sei.

— Sabe? — Seus olhos se arregalam.

— Esta casa não é à prova de som. — Massageio a ponta do nariz. Agora que ela sabe, talvez tome mais cuidado para eu não passar o dia andando por aí com uma ereção.

Ela ajeita a postura, apertando uma coxa na outra.

— Ouvi meu nome vindo do seu quarto um dia desses — ela sussurra, as bochechas corando.

Congelo. Ontem, deixei o nome dela escapar quando estava batendo uma. Basta lembrar disso para o sangue correr para meu pau.

— Não ouvi você chegar em casa.

Nós nos encaramos por um longo momento, e o ar entre nós faísca. Ela morde o lábio inferior e observo o movimento, fascinado. Eu me pergunto se ela faria isso se eu estivesse com os dedos enfiados dentro dela.

Meus olhos se fecham. Caralho. Por mais que eu me esforce, não consigo tirar essas ideias da cabeça. Sinto meu pau ficar duro.

— Jamie — ela murmura, e olho para ela.

Seu olhar me diz que algo perigoso está para acontecer. Ela está prestes a dizer algo em que não vou conseguir parar de pensar. Sei disso.

— Quê? — Minha voz é baixa.

— Por que você comprou aquele brinquedo pra mim? — Suas pálpebras vibram. — A resposta verdadeira.

Dou um passo na direção dela. O fio que mantém minha força de vontade em pé prestes a estourar.

— Porque queria dar a você algo que ele não conseguia.

Seu olhar desce para minha ereção, e mais sangue corre para lá.

— Porque — continuo, já que aparentemente não consigo esconder um segredo dessa garota — eu queria fazer você gozar mais do que nunca, e esse era o único jeito. E não quero que mais ninguém faça isso.

Ela engole em seco e está corando de novo, mas seus olhos estão fixos no meu. A tensão entre nós é densa e elétrica enquanto dou mais um passo na direção dela.

— Funcionou? — pergunto, porque não consigo me conter.

Sua respiração está ofegante quando ela faz que sim, e minhas bolas ardem. Eu deveria ir para o meu quarto. Estou prestes a explodir com ela me olhando desse jeito.

Meu autocontrole se desfaz, e vou andando para a frente até as costas dela estarem na parede. Meu peito roça no dela, e consigo sentir sua respiração em meu pescoço quando ela ergue a cabeça para olhar em meus olhos.

— Você precisa parar de olhar pra mim desse jeito, passarinha — digo a ela, apoiando o antebraço na parede, logo acima da cabeça dela.

— Senão o quê? — ela murmura.

— Senão vou perder a cabeça — digo, como se isso já não tivesse acontecido. — Não consigo parar de pensar em você usando aquele brinquedo.

Um pequeno sorriso se abre em sua boca. Tímido, provocante e sagaz, como se ela soubesse exatamente o que está fazendo comigo.

Mantendo distância, repito a mim mesmo. Mas a voz está ficando mais baixa e distante.

— Quer me mostrar? — As palavras escapam da minha boca antes que eu as consiga conter. Minha voz é baixa e densa.

Há um momento entre nós em que essa voz enfraquecida em minha cabeça se debate para chamar a atenção, e bato a porta mental na cara dela. Isso não é um relacionamento. Pippa não tem experiência na cama, e eu tenho. Quem melhor para mostrar o que ela merece do que eu, um homem que tanto a admira?

Sob a luz fraca do corredor, suas pupilas se dilatam.

— Sim.

Meu controle se perde, e minha mão envolve a nuca dela, puxando sua boca para a minha.

35

PIPPA

Jamie me beija como se estivesse bravo comigo. Sua boca se move com urgência, exigente e bruta e desesperada, como se despejasse cada gota de frustração dentro de mim.

Adoro isso.

Solto um suspiro de alívio porque sua boca na minha é como beber água depois de uma maratona. Tão necessária, tão essencial, tão *boa* pra caralho.

Ele aperta meu cabelo, erguendo meu rosto na direção do seu e enfiando a língua em minha boca. Faíscas de prazer deslizam por minha pele, inebriada com o beijo. Chupo sua língua de leve, e ele geme.

— Porra, assim você vai me matar — ele diz com a voz áspera entre um beijo e outro. Ele está furioso, e deleite e desejo tremulam no fundo do meu ventre, me aquecendo. Sua barba rala é áspera em minha pele, seus lábios estão praticamente machucando os meus, mas não me importo. Só preciso de mais.

Ele geme de novo como se estivesse com dor, apoiando a testa na minha. Minhas mãos vão à sua camiseta, deslizando para cima e para baixo pelos músculos de seu peitoral. Nossa, quero vê-lo sem camisa, como naquela noite na cozinha.

— Caralho — ele diz, ferino, os olhos turvos brilhando. — Preciso ver. Preciso ver você se masturbar com aquele brinquedo.

Seus lábios buscam os meus, e um ardor intenso se forma entre minhas pernas enquanto ele mordisca meu lábio inferior. Um gemido suave escapa de mim. O ar sai dos meus pulmões quando ele me prende contra a parede e seu membro grosso aperta minha barriga.

Beijar Jamie é mais sexy do que qualquer coisa que já fiz com Zach.

Seus lábios descem bruscamente por meu pescoço, e fico ali parada, o coração acelerado como se fosse um sonho. Estou flutuando, e ainda nem *fizemos* nada. Ele recua, e sinto a ausência dele imediatamente.

Ele abre a porta do meu quarto, olha fixamente para mim e aponta para dentro.

— Entra — ele ordena.

Sinto um calafrio. Jamie me dando ordens faz eu me sentir descontrolada e completamente fora de mim, e não vejo mal nenhum nisso.

Com o coração acelerado, passo por ele para entrar no quarto. Diante da cama, paro e me viro. Ele me segue e cruza os braços.

— E então? — ele pergunta.

Ai, Deus. Sinto um frio na barriga, e o tesão que eu sentia momentos atrás vacila. Ele deve ter dormido com umas cem mulheres, e agora não faço a mínima ideia do que fazer.

Ele vai rir de mim. Como Zach e seu empresário riram. Pisco rapidamente, encontrando seu olhar, e sua expressão muda.

— Passarinha — ele diz, me encarando. — Quer parar?

— Não, é só que... — Eu me interrompo, olhando para a mesa de cabeceira. — Não sei como fazer essa parte.

Seus olhos ficam suaves. Ele dá um passo para a frente e volta a enfiar os dedos em meu cabelo.

Nossa, que gostoso. Fecho os olhos enquanto ele encosta os lábios nos meus. O nervosismo se esvai.

— Tira a roupa e deita na cama.

Ele dá um passo para trás e olha para mim, e algo nele me dizendo o que fazer faz um calor voltar ao meu ventre.

— Você entendeu?

Faço que sim, zonza.

— Que bom. — Ele solta meu cabelo, dá mais um passo para trás e cruza os braços.

Meu pulso se acelera de novo enquanto tiro o suéter. Levo a mão à barra da camiseta e, quando vou tirá-la, a sobrancelha de Jamie se ergue.

— Mais devagar.

Mais uma fisgada quente entre minhas pernas. Gosto desse lado dele — primitivo, mandão, exigente, me desejando. Tiro a camiseta em um ritmo tão lento que chega a ser criminoso, observando seu maxilar ficar tenso, seus olhos arderem de calor, e seus punhos se cerrarem, escondidos sob os braços.

Seu olhar desce ao meu sutiã, uma peça de renda rosa-clara. Sua língua lambe o lábio superior quando seus olhos pousam em meu peito, e meus mamilos se eriçam. Imagino aquela língua traçando a pele acima do sutiã, e líquido corre entre minhas pernas.

A maneira como ele está olhando para mim? É boa.

Seus olhos encontram os meus.

— Tudo — ele diz, apontando o queixo para minha calça. Mais um calafrio desce pela minha espinha.

Quanto tiro a calça jeans, ele encara a calcinha de renda como se fosse uma ofensa, mas sei a verdade. Ele engole em seco enquanto solta um longo suspiro, o olhar fixo entre minhas pernas.

— Sua calcinha está molhada?

Faço que sim.

— Que bom. — Ele aperta os olhos, seu maxilar se cerrando enquanto ele inspira fundo de novo. — Continua.

Meu coração acelera enquanto abro o sutiã. Não acredito que estou fazendo isso. Sinto vontade de rir de euforia e nervosismo, como quando estou numa montanha-russa. Quando tiro o sutiã, os olhos de Jamie estão em meus seios. Suas narinas se alargam, e um arrepio de euforia me percorre.

— Puta que pariu — ele murmura, desviando os olhos antes de voltar o olhar a meu peito. — A calcinha também, Pippa.

Eu a tiro. Minha pele formiga com o olhar dele entre minhas pernas, e ele geme e passa a mão no cabelo antes de apontar para trás de mim com o queixo.

— Na cama.

Ele ainda está completamente vestido, e estou toda nua. Essa é ou a coisa mais intimidante que já fiz ou a mais sexy. Ou as duas coisas. Consigo ouvir minha pulsação enquanto me sento no edredom, recostando nos travesseiros. Aperto uma coxa na outra, e há um ardor fundo entre elas. Meus mamilos se eriçam, minha pele se arrepia, e um pensamento me domina.

E se eu não conseguir gozar?

Fico preocupada. Seria tão constrangedor. A tensão se forma em meu peito e mordo o lábio, erguendo os olhos enquanto Jamie vem ao meu encontro, ainda de braços cruzados.

Ele abre a gaveta da mesa de cabeceira e, quando vê o brinquedo, para antes de pegá-lo. Seus olhos estão escuros, iluminados apenas pelo abajur em minha mesa de cabeceira, e outro arrepio se arqueia por meu corpo, indo direto ao ventre.

Ele me dá o brinquedo antes de se endireitar, esperando. Ele é tão alto, tão largo, que parece grande demais para o meu quarto.

— Assim? — murmuro, o coração acelerado. Ele vai ficar parado assim desse jeito?

— Uhum — ele responde. — Exatamente assim, passarinha.

Estou nervosa, mas não quero parar. Ele me observando desse jeito, sem tocar em mim, embora eu saiba que ele quer... Vou pensar nisso por muito tempo.

Meu olhar está fixo no dele enquanto ligo o brinquedo. O zumbido enche o quarto silencioso, e os olhos dele escurecem.

— Está esperando o quê?

— Mandão — sussurro, e o canto da boca dele se ergue.

Aperto o brinquedo no clitóris, e meus olhos se fecham.

Ai, meu Deus.

Os músculos das minhas costas se tensionam. A sucção em meu clitóris é perfeita, melhor do que qualquer coisa que já senti. Bom... eu me lembro de beijar Jamie momentos atrás. Não sei qual escolher.

O beijo de Jamie entre minhas pernas pode ser a melhor coisa que já senti na vida, se for algo parecido com isso.

Suspiro, erguendo a cabeça para trás, e consigo sentir seus olhos em mim. Ai, meu Deus, isso é tão sexy, com ele parado diante de mim, me olhando com aquela expressão furiosa no rosto. Nunca pensei que curtiria algo assim.

Olho para ele. Sim. Furioso. Absolutamente furioso. Calor cresce na base da minha espinha, e gemo e fecho os olhos de novo.

— Fica de olho aberto — ele ordena.

Faço o que ele manda, sem tirá-lo de vista. Ele parece tão bravo, mas, quando meus olhos descem para seu pau, sua ereção marca o tecido.

Meu clitóris arde, um latejar fundo de calor e prazer, e solto um choramingo.

— Você está perto? — ele pergunta, e respondo que sim com um aceno abrupto.

Ele arqueia uma sobrancelha, olhando para mim como se me odiasse, mas existe um afeto suave em seus olhos.

— Você vai dizer meu nome quando gozar?

Mais uma pulsação de calor entre minhas pernas. Estou encharcada.

— Não sei. Talvez.

— Errado. — Seu maxilar se cerra. — Você vai dizer. Sem dúvida.

Sua confiança me faz bufar com uma risada silenciosa. Os dedos dos meus pés se contraem com as ondas de prazer que irradiam do meu clitóris enquanto o brinquedo suga, e imagino a boca de Jamie lá, seus olhos ardendo enquanto olha para mim.

Ah. Que gostoso. Ele passa a mão em meu cabelo, bagunçando. É tão sexy assim. Quero tanto tocar no cabelo dele.

— Caralho — ele murmura de novo, rangendo os dentes. — Você é tão gostosa, Pippa. Mal posso esperar para ver você gozar para mim.

Assinto desesperada, apertando o edredom com a mão livre. O calor e a pressão crescem, e prazer está correndo por meu corpo.

Zach surge em minha cabeça. Faço uma careta, expulsando a imagem, mas não consigo. Eu nos imagino na cama, ele ficando impaciente comigo.

Meu corpo todo está se retraindo, e o ardor entre minhas pernas se enfraquece.

Não. Não, não, não. Não agora. Estava *logo* ali. Fecho os olhos, buscando aquela sensação de um segundo atrás.

A voz de Jamie é baixa, sua testa franzida.

— O que está acontecendo?

Abano a cabeça.

— Não sei.

Constrangimento, vergonha e arrependimento se reviram dentro de mim. Isso foi um puta erro. Não acredito que pensei que poderia ir de sexualmente defeituosa a basicamente ter um orgasmo com plateia.

Quem eu estava pensando que era, porra?

Meu rosto está ficando vermelho e, de repente, estou pelada demais, exposta demais. Ergo o brinquedo; não está adiantando muita coisa mesmo. Minhas pernas se fecham.

— Não está rolando. — Minha voz vacila. Fecho os olhos e abraço as pernas. Só quero me esconder. Nossa. Como vou olhar na cara dele de novo? — Desculpa. Está demorando demais e estou com frio e... — Abano a cabeça. — Desculpa.

Estou humilhada. Isso vai deixar as coisas estranhas entre nós. Jamie se senta na cama, observando meu rosto. Seu maxilar continua cerrado, mas seus olhos são atentos, e talvez um pouco preocupados.

— Desculpa — digo de novo.

— Para de pedir desculpa. — Ele estende a mão para ajeitar uma mecha de cabelo atrás da minha orelha, e meu coração se aperta com a intimidade do gesto.

Eu queria muito fazer isso. Parecia divertido e sexy e perigoso.

— Você está com a cabeça muito cheia. — Seus olhos vasculham os meus.

— Não sei como esvaziar — admito.

Seu olhar desce para minha boca, e seus olhos escurecem de novo. Ele inspira fundo e expira devagar.

— Tenho uma ideia.

36

PIPPA

Jamie tira a camisa, e sou atacada por uma visão fantástica de seu tronco, ondulante. Músculos sobre músculos. Ombros arredondados e torneados. Peitorais definidos. Abdome tanquinho. Seus músculos dançam e pulam quando ele tira a calça, e aquela sensação quente e tensa entre minhas pernas pulsa de novo.

Ah. Voltou.

— O que você está... — começo.

— Vamos tentar uma coisa nova. Levanta para mim.

Saio da cama enquanto ele joga o edredom para trás e assume meu lugar. Suas pernas se abrem antes de ele fazer sinal para eu me sentar entre elas. Há algo tão atraente na boxer preta justa. Talvez seja o contorno de seu pau marcando o tecido.

— Vem cá, Pippa.

Estremeço com seu tom, carregado de tensão e calor, mas faço o que ele manda, sentando entre suas pernas. Sua ereção aperta minha bunda, e sinto uma faísca de calor.

No segundo em que nos tocamos, suspiro de prazer. Ele é tão *quente*. Ele puxa o edredom sobre nós, e ficamos cobertos.

— Melhor? — ele murmura em meu ouvido, e faço que sim.

— Muito melhor.

— Que bom. — Ele inspira meu cheiro, encostando o nariz em meu pescoço, e suspira. — É minha vez, tá?

Faço que sim, deixando a cabeça cair sobre ele. Ele beija minha bochecha, meu queixo, meu pescoço, e a tensão abandona meu corpo.

Suas mãos sobem por minhas coxas, dedos fortes apertando os músculos, me massageando. Quando suas mãos chegam perto do meu ventre, ele para.

— Coloca as mãos nas minhas coxas, passarinha.

Pouso as mãos na sua pele quente, e ele se encolhe.

— Você está gelada — ele diz, rindo baixo.

— Desculpa — digo com a voz rouca.

— Tudo bem. — Ele dá mais um beijo na minha bochecha, e esse é o lado de Jamie que é mais perigoso. A versão doce dele. — Coloca os pés em cima dos meus.

Obedeço, e ele grunhe como se estivesse com dor.

— Que gelo — ele diz, e rio. Um sopro de ar em meu pescoço me diz que ele também está rindo.

Estou relaxando mais a cada segundo. Suas mãos sobem e descem pelas minhas coxas, chegando cada vez mais perto do ápice, e estou me dissolvendo nele enquanto calor se acumula dentro de mim.

— Está bom? — Sua boca se move encostada em meu ombro.

— Sim — sussurro.

Suas mãos sobem até meus seios e, quando os dedos encontram meus mamilos, suspiro de novo. Ele aperta e gira as pontas, com delicadeza a princípio mas com uma pressão crescente, tirando mais gemidos e suspiros de mim até eu estar me contorcendo contra ele. Seu pau pulsa em minhas costas quando me arqueio em suas mãos. Calor se acumula embaixo da minha barriga e consigo sentir como estou molhada.

— Vou tentar usar o brinquedo de novo — ele cochicha. — Você acha que consegue?

— Uhum — respondo, abrindo as pernas, pressionando-as contra suas coxas.

Ele se mexe embaixo de mim, pegando o brinquedo, e o traz para debaixo do edredom, posicionando-o no meu clitóris antes de ligá-lo.

A sucção intensa faz todos os músculos do meu corpo ficarem tensos.

— Puta merda.

— Você chegou a brincar com as velocidades?

Estou me contorcendo nele.

— Não.

Ai, Deus. Isso é tão gostoso. Isso é perfeito, exatamente o que preciso.

Ele é tão quente e sólido sob mim, ao meu redor, e minhas unhas se cravam em suas coxas grossas e musculosas. Seu pau pulsa de novo quando faço isso.

Ele diminui a intensidade do brinquedo, e a sensação voraz, desesperada, diminui — não completamente, mas não estou mais prestes a gozar.

— Ei — protesto, mas está mais para um apelo desesperado.

Seus dentes raspam meu ombro.

— Não é você quem manda aqui. — Sua mão vai a minha barriga, deslizando por baixo do meu seio. Quero que ele toque meu mamilo de novo, gire-o, belisque-o, qualquer coisa, mas ele não faz isso, apenas continua acariciando a pele, cercando o ponto sensível.

— Fala o que está sentindo agora — ele murmura em meu ouvido, baixando a intensidade do brinquedo mais um clique.

A sucção suave me coloca em uma zona flutuante e confortável. Não consigo gozar assim, mas não quero que pare.

— Passarinha. Presta atenção.

Inspiro fundo. Certo. Foco.

— Tá. Hm. Consigo sentir o brinquedo entre minhas pernas.

— Ótimo. — Prazer reverbera pelo meu corpo, me aquecendo. — Que mais?

Fecho os olhos.

— Consigo sentir você em minhas costas. Você é tão quente.

— Hm.

— Suas pernas embaixo das minhas mãos.

— Muito bem. Você está indo muito bem. — Seu tom é satisfeito, e meu clitóris lateja pelo elogio.

Minha pele está quente. Preciso de mais, mas não consigo chegar lá com essa velocidade baixa. Minhas costas se arqueiam.

— Jamie, preciso de mais.

— Ainda não. — Finalmente, seu polegar desliza para cima, brincando com meu mamilo, e minha cabeça tomba para trás.

— Ai, meu Deus.

— Fala o que mais você está sentindo.

— Hm. — Meus pensamentos se dispersam pela maneira como ele me belisca. O brinquedo continua a zumbir entre minhas pernas, e meu peito sobe e desce rapidamente enquanto minha respiração se acelera. — Sua mão no meu mamilo.

— Hm. — Sua boca está em meu ombro, e sua barba rala raspa em mim. — Seus peitos são tão perfeitos, Pippa. A sua imagem naquele sutiã rosinha vai me fazer gozar por anos.

Minha boceta arde, cheia de calor e líquido.

— Nossa.

— Que mais?

Meus pensamentos flutuam no ar e tento me segurar a eles.

— Hm. O edredom em minha pele.

— Uhum.

— Seu pau duro na minha bunda.

Ele solta uma risada.

— Foi mal.

— Não — murmuro. — Eu gosto. É sexy.

Ele geme.

— O que mais, amor?

Meu corpo se tensiona, apertando o nada. *Gosto* quando ele me chama assim.

— Consigo sentir suas coxas nas minhas — digo, minha voz é fraca.

Ele aumenta o brinquedo em uma velocidade e, quando gemo, ele aperta meu mamilo com mais força. Seus joelhos se encaixam embaixo dos meus de modo que ele está abrindo minhas pernas com as suas coxas. Pela maneira como ele me colocou, estou indefesa, e minha boceta vibra de pressão.

— Socorro — perco o fôlego.

— Está gostoso?

— Sim. Gostoso pra caralho. — Minhas costas se arqueiam de novo e aperto os lábios um no outro para conter o gemido. — Mais.

— Mais? — Seu tom me provoca.

— Por favor.

Um barulho reverberante sai de seu peito, como se ele gostasse quando peço com jeitinho. Ele aumenta de novo a velocidade do brinquedo.

— Porra, você está tão bonita — ele diz em meu ouvido enquanto me contorço sobre seu corpo. — *Linda* pra caralho sentada no meu colo enquanto uso o brinquedo na sua bocetinha.

192

Ele aumenta de novo a intensidade, e meus olhos reviram. Eu o imagino se debruçando sobre a cama, enfiando aquele pau enorme em mim. Minha boceta vibra. Ai, Deus. Está começando.

Está funcionando. Não acredito que está realmente funcionando.

— Está tão gostoso — digo com a voz sufocada. A pressão volta a crescer, girando entre minhas coxas. Jamie é tão quente encostado em mim, nas minhas pernas, nas minhas costas. Sua mão grande envolve meu seio, apertando, e o prazer dentro de mim cresce. — Ai, Deus — murmuro. — Não para.

Seus dentes raspam meu pescoço.

— E se eu parasse? — Ele diminui a velocidade, e a pressão entre minhas pernas se apaga.

— Não — exclamo, cravando as unhas em suas coxas. — Mais.

— Pede — ele ordena com uma voz baixa que me faz estremecer. — Pede para eu te deixar gozar, passarinha.

— Por favor. — Estou respirando com dificuldade. — Por favor, me deixa gozar.

— Muito bem. — Ele aumenta algumas velocidades do brinquedo, e gemo. — Continua falando. O que você está pensando?

— Seu pau. — Minha voz embarga quando ele aumenta ainda mais a velocidade do brinquedo. — Seu pau dentro de mim.

— É isso que você quer?

— Sim — respondo, acenando com urgência.

— Você acha que aguenta? — Ele aumenta a velocidade de novo, e estou me contorcendo em seu colo.

Meu corpo não é meu; é dele. Ele o possui. Ele o está usando como quer, e estou aqui apenas a passeio.

— Não sei — admito.

Seu braço grosso envolve meu tronco e me ancora a ele, e o agarro.

— Acho que você aguenta. — Sua voz é rouca e quente em meu ouvido. — Acho que consegue aguentar meu pau. Ficaria apertado nessa sua bocetinha linda, mas a gente faz caber.

Estou apenas assentindo, os olhos bem fechados enquanto o brinquedo me dá a sensação de que vou explodir de prazer. As primeiras vibrações começam.

— Preciso gozar — digo a ele, apertando seu braço.

— Então goza, gata. Goza no brinquedo que comprei para você. Mostra pra mim como é bom.

Seus dentes raspam o lóbulo da minha orelha, e a pressão transborda.

37

PIPPA

Ondas de prazer pulsam entre minhas pernas, e não consigo pensar, não consigo nem respirar — estou apenas apertando o nada, tremendo no colo de Jamie enquanto ele me abraça.

— Boa menina — ele rosna. — Que boa menina, gozando tanto para mim.

Um barulho que nunca me ouvi fazer escapa de mim, meio gemido, meio grito, e ele aperta o brinquedo em meu clitóris enquanto o prazer intenso se irradia por mim.

— Puta merda — grito. — Jamie.

Ele grunhe, diminuindo uma velocidade do brinquedo.

— Você está indo muito bem, Pippa. Continua. Continua gozando, amor.

Ele diminui a velocidade em mais um clique, e continuo ali, flutuando e totalmente paralisada de euforia. Nunca gozei por tanto tempo. Nunca gozei tão intensamente. Sinto como se tivesse sido virada do avesso. Calor se espalha do centro do meu corpo, e consigo sentir *tudo* — a sensação de seu peito duro em minhas costas, de seus braços grandes me prendendo contra ele, o roçar de suas coxas nas minhas, seus lábios em meu pescoço, me provocando.

Até que não aguento mais, e minha mão cobre a sua. Ele tira o brinquedo, e me afundo em seu corpo.

Puta merda.

Ainda estou tremendo pelos choques resultantes, o quadril rebolando contra sua ereção.

— Para com isso — ele me diz, e rio, zonza.

— Senão o quê? — Eu me encosto nele de novo e, desta vez, seu quadril avança para encontrar o meu, o pau apertando minha bunda.

Perco o fôlego, sabendo o quanto ele me deseja.

Saio de seus braços, virando para me ajoelhar entre suas pernas, e nossos olhos se encontram enquanto ele se recosta na cabeceira, observando. Seus olhos verde-escuros estão vítreos de tesão, e sinto uma pontada de calor onde ele estava apertando o brinquedo até momentos atrás. Consigo ver o contorno do seu pau, distorcendo a parte da frente da sua boxer preta, e meu ventre se aquece.

Quando ergo o olhar de volta ao de Jamie, sua expressão é atormentada.

— Não me olha assim — ele implora, as narinas se alargando. — Era pra ser sobre você.

Baixo os olhos de novo para seu pau, que pulsa sob meu olhar. Abro um sorriso sagaz.

Pego no flagra.

Quando meu olhar traça seu tronco, todos os picos e vales, o peito liso e as linhas duras de seu abdome, sou tomada pelo impulso de cuidar dele, de proporcionar a ele algo que ninguém mais possa proporcionar. Ele é tão controlado, tão cuidadoso, tão combativo em relação a tudo, mas, agora, quero apenas que ele sinta um prazer avassalador como eu senti momentos atrás.

Estendo a mão e acaricio seu membro sobre o tecido da boxer.

— Puta que pariu — ele murmura, recostando na cabeceira da cama. Seus olhos estão entreabertos.

Sua reação me estimula, e o acaricio mais uma vez. Ele está tão duro, é tão grosso, minhas coxas se apertam quando penso em qual vai ser a sensação de tê-lo dentro de mim.

Já sei que será gostoso. Talvez doa um pouco, mas fico estranhamente excitada por isso.

Na próxima carícia, paro na cabeça, passando o polegar sobre ela. O tecido está melado, e ele solta um grunhido, o maxilar se tensionando.

— Ai, caralho, Pippa.

Seu maxilar se cerra de novo, e me sinto inebriada de poder. Mal o estou tocando, e estou fazendo com que ele solte todos esses barulhos de que vou me lembrar na próxima vez que usar o brinquedo. Uma coragem me domina, e puxo o elástico da sua boxer, fazendo seu pau saltar para fora.

O pau de Jamie é maravilhoso — grosso e longo e duro. O pau mais bonito que já vi na vida. Não me admira que ele lhe dê tanta atenção em seu quarto. Já está melado, e ele inspira fundo quando passo o dedo na cabeça.

— Posso? — pergunto baixo.

Ele responde com um sim abrupto de cabeça. Levo meu polegar aos lábios e chupo o gosto salgado, e seu pomo de adão sobe e desce.

— Jesus Cristo — ele murmura com a voz rouca. Seus olhos me imobilizam, tão brilhantes e cheios de intensidade que me arrepio toda. — Você gostou?

Faço que sim, sorrindo para ele antes de voltar a bater uma.

— É divertido brincar com você.

No meu próximo movimento, ele geme.

— Divertido brincar comigo — ele repete, me observando mexer em seu pau.

É tão grosso. Mais gotas escorrem pela ponta e, quando coloco a outra mão ao redor de suas bolas, suas coxas grossas ficam tensas.

— Caralho — ele prende a respiração. — Se você não parar com isso, vou gozar nos seus peitos.

Calor corre para minha boceta, e meus lábios se entreabrem de excitação e surpresa. Quero isso. Quero *tanto* isso. Continuo mexendo em seu pau. Fascinada por sua ereção, dou um leve aperto nas bolas. Ele franze a testa, os lábios entreabertos, e sinto como se eu o tivesse sob meu total controle agora.

Eu adoro.

— Tira a cueca — sussurro.

Assim que ele obedece, minhas mãos estão de volta a ele. Bato com mais firmeza, e ele solta outro palavrão.

— Pippa — ele alerta. Suas mãos apertam as costelas, e suas pálpebras baixam como se ele fosse desmaiar. Seu abdome tenso ondula.

Estou molhadinha, batendo uma para Jamie Streicher. Seus ombros ficam tensos enquanto ele enfia as mãos no cabelo. Sua expressão é tensa, sua respiração é rápida, e ele não consegue tirar os olhos de mim.

Não preciso tentar memorizar este momento; sei que nunca vou esque-cer isso.

Em minha mão, seu pau pulsa, e ele balança a cabeça, soltando um gemido alto.

— Vou gozar, amor. Vou gozar em cima desses peitos lindos.

Meus olhos se arregalam.

— Goza.

Ele se curva, gemendo. Porra jorra de seu pau e cobre meu peito enquanto continuo a masturbá-lo e, quando penso que ele acabou, me surpreendo. Ele continua gozando, me olhando com aquela expressão agonizada que adoro enquanto espalha líquido sobre mim. Está cobrindo minhas mãos e meus peitos, e está escorrendo por minha barriga.

— Puta que pariu, Pippa — ele murmura, recuperando o fôlego, observando-me com algo como fascínio. — Você me fez gozar tanto. — Seu olhar desce para meu peito, e o canto da sua boca se abre em um sorrisinho satisfeito. Ele passa um dedo longo em sua porra antes de olhar para minha boca.

— Abre.

Faço o que ele pede. Meu rosto arde, mas o espaço entre minhas pernas também — adoro quando ele me diz o que fazer. Ele enfia o dedo em minha boca, e gemo com o gosto dele, chupando seu dedo e deixando minha língua girar ao redor.

Ele grunhe de novo enquanto puxa a mão.

— Jesus.

Abro um sorriso contente. Ele revira os olhos, mas o canto da sua boca se ergue num sorriso saciado. Ele se inclina para a frente para dar um beijo delicado em minha boca.

— Sabia que você conseguiria — ele sussurra. Sua mão pega minha nuca. É tão quente, tão aconchegante, tão *gostoso*. Nunca vou sair dessa cama.

Ele me beija e, em vez de urgente e exigente como antes, ele é deli-cado, doce, gentil, como se estivesse me venerando. Meus pensamentos flutuam no ar, minha pele formiga, e suspiro encostada a ele.

Meu Deus. É assim que o sexo é para as outras pessoas? O que é que eu estava fazendo com Zach esses anos todos?

— Você está bem? — ele murmura, recuando para buscar meus olhos.

— Sim — respondo, ofegante.

Estou mais que bem. Estou mil vezes melhor do que quando entrei nesse quarto.

Ele me dá mais um beijo antes de se afastar.

— Fica aí.

Ele volta um momento depois com paninhos para me limpar, e meu pulso vacila com os dois lados dele — exigente e mandão *versus* doce e atencioso. Observo sua bunda torneada e suas coxas fortes enquanto ele se afasta. Quando volta, usando uma cueca limpa e segurando um copo d'água, ainda está com aquela expressão saciada, aquele sorrisinho malicioso enquanto seus olhos me perpassam, e não consigo evitar sorrir para ele de orelha a orelha.

— Que horas são? Preciso passear com a Daisy de novo.

— Deixa que eu faço isso — ele diz, revirando o bolso da calça para pegar o celular. — Você fica aqui. — Ele tira o celular, e sua expressão muda. — Merda — ele murmura, franzindo a testa.

— O que foi?

Ele já está com o celular na orelha.

— Tenho seis ligações perdidas da minha mãe.

38

PIPPA

Eu me sento, a preocupação me trazendo de volta à realidade. Jamie apoia o celular entre a orelha e o ombro enquanto veste a calça.

— O que está acontecendo? — ele pergunta quando Donna atende. Seus traços, que estavam tão relaxados um momento atrás, agora estão tensos.

Ele para, ouvindo, as mãos vacilando nas meias. Seus olhos se arregalam. Já estou fora da cama, vestindo a roupa.

— Tá — ele diz, antes de ouvir mais. — Vou para a casa dela pra ver se ela está bem. — Ele olha para mim de canto de olho. — Pode tentar aqueles exercícios de respiração que a Pippa fez com você?

Ele escuta, mas seus olhos estão fixos em mim, as sobrancelhas franzidas enquanto visto o suéter, fazendo meus braços arrepiarem.

Depois de prometer que ligaria de volta, ele desliga antes de deslizar pelos contatos.

— O que está acontecendo?

— Ela recebeu uma amiga, Claire, para jantar e pediu para ela mandar mensagem quando chegasse em casa, mas ela não mandou, depois minha mãe não conseguiu falar com ela. — Seu maxilar se tensiona. — E então virou um ataque de pânico. Ela sempre tem medo de que as pessoas sejam atingidas por um motorista bêbado.

Claire foi a um jogo de hóquei conosco recentemente. Ela mora na zona sul da cidade. Jamie vai demorar uma hora e meia para chegar lá, e depois ir para North Vancouver.

Estou abotoando a calça.

— Vou para a casa da sua mãe.

Ele balança a cabeça.

— Não, posso ir para lá depois.

— Jamie, vou pedir um Uber para a casa da sua mãe, e você pode nos buscar lá mais tarde, ou posso só voltar pra cá se ela estiver bem.

Ele me encara, e algo atravessa seus olhos.

— Certo. Obrigado, Pippa. Agradeço muito.

— Sem problema. — Pego o celular e peço um Uber que aceita pets antes de tirar os fones da bolsa e ligar para Donna.

— Pippa? — Sua voz é fraca.

— Oi. — Sorrio para Jamie, e meu tom é caloroso e tranquilizador. — Vou te fazer uma visita enquanto Jamie vai até a casa de Claire, e vou levar a Daisy. Talvez a gente possa dar uma volta no quarteirão.

— Tá. — Sua voz é hesitante, e sua respiração, superficial. — Posso fazer isso.

— Vou ficar na linha com você até chegar aí — digo, vestindo o moletom.

Andei lendo na internet sobre ataques de pânico. Algumas pessoas que os sofreram recomendavam distrações como uma maneira de se acalmar.

— Seria muita gentil. — Ela parece aliviada. — Desculpa, meu bem. Eu só fiquei agitada e aí... — Ela se interrompe. — Não sei o que aconteceu.

— Tudo bem. Me conta do seu dia.

Enquanto Donna fala, Jamie me encara como se não soubesse o que pensar de mim, e faço sinal para ele ir. Ele acena e sai do quarto e, momentos depois, escuto a porta da frente se fechar.

— Aquela é Orion? — pergunto a Donna, apontando para as estrelas enquanto Daisy fareja uma roseira.

Donna estica o pescoço.

— Pensei que fosse o Grande Carro.

Nós nos falamos pelo celular durante o caminho inteiro para cá e, quando cheguei, a respiração dela estava quase de volta ao normal. Jamie ligou para explicar que o celular de Claire estava sem bateria e ela não tinha conseguido achar o cabo do carregador. Enquanto eu e Donna passeamos pelo bairro, mal dá para ver que ela teve um ataque de pânico poucas horas atrás.

— Hm. — Aponto para o leste. — Pensei que *aquela* fosse o Grande Carro.

Donna ri.

— Tenho zero conhecimento sobre astronomia, então não me pergunte.

— Eu também.

Rimos, e ela me dá um aperto afetuoso no ombro.

— Muito obrigada por vir aqui tão rápido, meu bem. — Ela revira os olhos para si mesma, parecendo envergonhada. — Desculpa por ter ocupado sua noite.

— Não é nada. — Balanço a cabeça, sorrindo. — De verdade. Não queremos você presa aqui sozinha.

— Não fala isso para o Jamie, senão ele vai tentar vir morar comigo de novo.

— Ele sabe ser teimoso quando quer.

Uma imagem dele passa por minha cabeça: os braços cruzados diante do peito, a camiseta marcando os ombros enquanto olha fixamente para mim usando o brinquedo. Minha pele se esquenta, e desvio o olhar para Donna não conseguir ver a expressão em meu rosto.

— Eu a imaginei em um acidente de carro, como o Paul — Donna diz baixo. — O pai de Jamie. E daí não conseguia *parar* de imaginar. Era como se os pensamentos tomassem conta e eu não conseguisse voltar às coisas. O gatilho costuma ser o cheiro de álcool. — Os olhos dela encontram os meus, e ela procura algo em minha expressão. Julgamento, talvez. — Às vezes dirigir. Mas nunca é do nada.

— Sei — respondo. — Muitas pessoas têm ataques de pânico. Existem médicos especializados nisso.

Ela abana a cabeça com força.

— Não. De jeito nenhum. Nada de médicos, nada de remédios. — Ela solta um riso amargo. — Já passei por isso e não vou voltar.

Penso no que Jamie disse no jantar, que sua mãe tinha depressão quando ele era criança e que é por isso que ele sabe cozinhar. Meu coração se aperta por eles. Consigo imaginar por que Donna não tem interesse em revisitar o passado, e olha que nem conheço a história inteira.

— Aquela parece Escorpião — Donna diz, apontando para um conjunto de estrelas.

Estreito os olhos para elas.

— Sim. Acho que você tem razão.

Nós duas rimos, porque não fazemos a menor ideia.

Enquanto andamos, conversamos com tranquilidade, mas minha mente volta a Jamie e à nossa aventura na minha cama. Não acredito na facilidade com que as coisas aconteceram para mim depois que me sentei em seu colo. Que, pela primeira vez, consegui gozar com um cara. Talvez fosse o toque dele em mim, talvez fosse a maneira como sabia o que estava fazendo, ou talvez fosse aquele exercício que ele fez, em que me perguntou o que eu sentia. Ou talvez fosse tudo isso combinado.

Jamie não é apenas o jogador de hóquei gato por quem eu tinha um crush no ensino médio. Ele é muito mais. Sob sua fachada mal-humorada e lapidada, ele é gentil e carinhoso e protetor. Ele se preocupa mais com as pessoas em sua vida do que consigo mesmo. Ele me encoraja na música como ninguém nunca fez. Estou virando amiga da sua mãe, e adoro cuidar da sua cachorra.

Uma hesitação cresce em meu estômago, e minha boca se contorce para o lado. Zach chegou a pensar que eu era especial, mas o brilho se esgotou. Não suporto a ideia de Jamie perder o interesse em mim como Zach perdeu.

Só de pensar, eu me sinto mal. Não posso passar por isso de novo.

Quando voltamos à casa de Donna, Jamie já está lá. Mandei mensagem para ele dizendo que estávamos dando uma volta.

— Oi, filho — Donna diz enquanto ele se aproxima a passos largos, examinando seu rosto.

Ele a observa com preocupação nos olhos, e sinto um nó no peito. É muita coisa para uma pessoa só lidar, e deve ser difícil ver sua mãe sofrer. Ele a envolve em um abraço apertado, e ela suspira de exasperação.

— Estou cem por cento bem — ela diz. — É só perguntar para a Pippa.

Jamie encontra meus olhos por cima do ombro dela, e ele está cheio de gratidão. Sorrio e aceno.

Pela próxima meia hora, Jamie fica rondando Donna enquanto ela faz chá e eu fico sentada à mesa da cozinha, conversando com ela. Finalmente, Jamie se convence de que sua mãe vai ficar bem sozinha, e ela nos bota para fora.

O caminho de volta para casa é estranhamente tenso, e lanço olhares para ele no carro. Seu maxilar está cerrado. Nossos olhos se encontram.

— Obrigado por hoje, Pippa — ele diz, com a voz baixa e séria.

— Não precisa agradecer.

Ele volta a olhar para a estrada, parecendo frustrado.

— Eu, hm. Eu estaria muito ferrado sem você.

— Eu sei.

Ele bufa, achando graça.

— Humilde.

Olho para ele com as sobrancelhas erguidas, sorrindo.

— Não precisa agradecer. De verdade.

Ele acena e se volta para a estrada, mas seu rosto continua tenso. Quando chegamos em casa, Daisy mal consegue manter os olhos abertos enquanto sobe a escada. Ela dorme no quarto de Jamie quando ele não está viajando.

Eu e Jamie trocamos um olhar. Agora que estamos a sós de novo, estou pensando no que fizemos mais cedo, como foi sexy, como quero fazer aquilo de novo.

Mas não podemos. Sei disso. Não consigo manter minhas emoções fora disso como Hazel sugeriu.

— Sobre hoje — ele começa. Ele engole em seco e coça a nuca.

— Acho que não deveríamos repetir — digo em um fôlego só, e seus olhos se voltam para os meus. É decepção ou alívio? Não sei dizer. — Você tem sua mãe e eu tenho... — Perco a voz, abanando a cabeça. Não posso falar a verdade.

Tenho um coração muito frágil e um grande crush nele.

— Certo. — Seu olhar intenso percorre meu rosto, observando-me, e seu maxilar se cerra de novo. — Desculpa se deixei você sem jeito.

— Não. — Abano a cabeça. — Não deixou. Você foi demais. Tipo, muito demais. — Tá, agora estou corando. — Trabalho pra você, e temos algo bom aqui.

— Sim — ele concorda. Ainda me observando com aquele olhar atento. — Temos.

Sinto um nó na garganta.

— Ótimo. — Olho para a escada. Pelas janelas gigantes da sala, as luzes da estação de esqui nas montanhas cintilam, e sei que vou ficar olhando para elas por horas, relembrando a noite inteira. — Acho melhor eu ir pra cama.

— Boa noite, Pippa. — Sua voz é baixa, e há algo em seus olhos que me faz querer dar um abraço nele.

— Boa noite.

Dentro do quarto, eu me recosto na porta fechada e organizo meus pensamentos. Jamie não tem espaço para mim na vida dele — hoje foi um lembrete imenso disso. Não foi culpa dele; foi apenas um momento errado, mas sei que ele está lá embaixo se culpando por isso. Isso vai continuar acontecendo, e ele nunca vai me escolher no lugar da mãe. Não pode fazer isso. Ela precisa demais dele.

A situação toda tem um sinal de alerta em néon que diz PERIGO, piscando, com flechas vermelhas apontando para ela. Se eu permitir que isso continue, sei exatamente como vai acabar para mim.

39

JAMIE

Estamos jogando contra o Calgary de novo algumas noites depois. Alexei Volkov está com o disco, mas, depois de alguns arremessos, Miller faz uma falta nele. O disco acerta a trave, e os torcedores do outro lado do estádio se levantam de um salto, pedindo pênalti. A partida continua, e as vaias começam.

Quando o goleiro dos Cougars pega o próximo arremesso, o apito toca, e os árbitros principais e auxiliares param um momento para discutir antes de se separarem.

— Sem pênalti — o locutor anuncia, e o estádio todo vaia.

Miller arreganha os dentes para os torcedores, os braços abertos enquanto patina pelo gelo. Eles estão furiosos, esmurrando os punhos no vidro, e ele se diverte com isso. Ele tira a luva e mostra o dedo do meio para eles, e as vaias aumentam.

Agora o apito soa, e ele leva uma penalidade.

Puta que pariu. Mal o reconheço. Ele era tão disciplinado e focado, como eu. Ele adorava hóquei, mesmo com seu pai observando cada movimento seu e o criticando depois dos jogos pelo que fazia de errado.

Pego a garrafa d'água e faço contato visual com Pippa. Ela sorri, e aceno em resposta. Hazel está com ela hoje, tomando uma cerveja com uma cara de tédio. Nas poucas vezes em que a partida parou perto do meu gol, os olhos de Rory foram direto para as duas.

Pippa está rindo de algo que Hazel disse. Ela pisca para mim com um sorriso bonito, e sinto uma contração no pau. Pensei que a manhã seguinte seria estranha, mas Pippa está completamente normal. Quase como se nada tivesse acontecido.

Eu deveria ficar aliviado por ela não estar chateada. Deveria tirar isso da cabeça e seguir em frente. Em vez disso, não consigo parar de pensar na outra noite.

Ela tem razão de que não deveríamos estar transando. O que aconteceu com minha mãe foi um sinal de alerta, um lembrete do que pode dar errado se eu não estiver presente.

Não quer dizer que eu esteja feliz com isso.

Estou desesperado para fazer Pippa gozar de novo, mas, se começarmos a transar, não vamos parar. Vou fazer com que ela seja minha, de novo e de novo, toda manhã, tarde e noite. Provavelmente no meio da noite. Ela é doce demais, porra, delicada demais, especial demais, e não consigo tirar a minha linda assistente da cabeça. Ela é muito mais do que a garota bonita da escola e, quanto mais próximos ficamos, mais minha determinação se esvai.

Ela merece muito mais do que eu, de todo modo. Alguém que possa dar todo seu foco para ela, dar tudo para ela. Odeio a ideia de outro homem assim em sua vida, mas quero que ela seja feliz.

A partida recomeça, e tiro os olhos dela e volto a atenção ao jogo.

Depois do jogo, subo para o camarote. Pippa me avista de imediato e me faz um pequeno aceno quando me aproximo.

— Oi. — Limpo a garganta, olhando ao redor. — Cadê a Hazel?

— Ela foi ao banheiro. Vai voltar daqui a pouco. — Ela abre um sorriso para mim. — Ótimo jogo.

— Valeu.

Nossos olhos se encontram e meu olhar desce aos lábios dela. Meu sangue ainda está acelerado depois do jogo, adrenalina correndo por minhas veias, e tudo que quero agora é arrastá-la para casa e fazer mais daquilo que fizemos na outra noite.

— Aí está ela — Miller exclama quando chega perto de Pippa. Ele dá um grande abraço nela, erguendo-a do chão, e ela solta uma risada.

Minhas narinas se alargam e cruzo os braços, fechando a cara para eles.

— O que você está fazendo aqui?

Ele a coloca no chão e puxa a ponta do rabo de cavalo dela. Meus punhos se cerram, e sinto o impulso de dar um soco nele.

— Só dando oi pra minha amiga Pippa.

Ela sorri para ele.

— Oi.

Ele ergue as sobrancelhas para ela.

— Oi — ele responde cantarolando, e eles riem.

Odeio isso.

— Os jogadores do outro time não podem vir pra cá. — Meu tom é ríspido, e meu peito se aperta. Eles não deveriam estar sorrindo assim um para o outro. Ela é minha, não dele.

Ele revira os olhos e aponta o queixo para o outro lado da sala, onde o goleiro do Calgary está conversando com nosso segundo atacante.

— Thurston está praticamente trocando jogadas com seu colega. Ninguém liga. — Ele sorri para Pippa e coloca o braço ao redor do ombro dela. Raiva dispara em meu sangue. — Como você está, pequena?

— Você é dois anos mais velho que eu.

— Sim, mas é baixinha.

— Minha altura é normal.

Odeio a maneira como ela está ao lado dele. Era para ela estar ao meu lado. Não do dele. Nunca do dele.

— Você que é ridiculamente alto — ela diz para ele.

Meu maxilar dói de tanto apertar. Engulo em seco as facas em minha garganta enquanto meu pulso acelera. Porra, por que estou tão agitado agora?

Hazel aparece ao lado de Pippa, e me dá um aceno frio de cabeça.

— Oi.

— Hazel. — Aceno de volta.

Seu olhar pousa em Miller, com o braço idiota dele ainda ao redor de Pippa, e ela faz uma cara de repulsa.

Eu sabia que gostava de Hazel.

— Oi, Hartley — ele diz. Ele está olhando para Hazel com um sorrisinho confiante, mas algo predatório perpassa seus olhos. — Lembra de mim?

Porra, ele só pode estar de brincadeira.

A expressão de desgosto de Hazel se intensifica.

— Não.

— Lembra, sim.

Pippa alterna o olhar entre eles.

— Vocês se conhecem? Vocês estavam em anos diferentes.

Miller está olhando para Hazel como se ela fosse uma sobremesa.

— A gente fez algumas aulas juntos. A Hartley é uma verdadeira CDF.

— Verdade. — Pippa acena para Hazel. — Esqueci que você fez aulas de verão para se adiantar.

Ele solta Pippa e dá um passo na direção de Hazel, ainda com aquele sorrisinho confiante que quero tirar da cara dele. Pelo menos, ele não o está dirigindo mais a Pippa.

— Como andam as coisas, Hartley? A Pippa disse que você está trabalhando para o time.

Hazel o observa pela borda da cerveja enquanto dá um gole.

— Pois é.

— Você sempre teve uma queda por jogadores de hóquei.

Pippa faz uma careta para mim. Minhas sobrancelhas se arqueiam, e ela faz com a boca: *depois te conto*.

Hazel o encara como se ele fosse um inseto esmagado no chão e, se ele não estivesse dando em cima de Pippa momentos antes, eu teria o impulso de rir. Sei das fofocas do hóquei. As mulheres não costumam olhar para ele como Hazel está olhando.

Mas, pelo brilho nos olhos de Miller, ele não parece se importar.

— Você ficou bonita — ele diz a ela.

Ela apenas o encara, e ele aponta para si mesmo.

— Não vai dizer que fiquei bonito também? — Seus olhos brilham de sarcasmo.

— Parabéns. Você agora parece o tipo de cara que tem uma boneca inflável muito cara em casa.

— O nome dela é Diane. — Ele abre um sorriso largo para ela, e consigo ver que Miller adora isso.

Pippa e Hazel soltam um "ah" de horror em uníssono.

— Não é para dar nome para elas, Rory — Pippa diz, e ele treme de tanto rir.

— Sua boneca inflável tem cabeça? — Hazel pergunta.

Ele não tira os olhos do rosto dela.

— Tinha, mas tirei. — Ele bate a língua no lábio superior.

— Pior ainda.

Ele apenas sorri para Hazel como se quisesse ficar com ela. Pippa me lança um sorriso irônico. Sinto que é algo íntimo, e meu peito se aperta.

Hazel diz algo a Pippa, que vira a cabeça para escutar. Seu rabo de cavalo roça em meu braço, e sou transportado a alguns dias atrás, quando ela estava sentada entre minhas pernas, tremendo contra mim enquanto gozava em meus braços. Ainda consigo sentir seu cabelo em meu peito enquanto ela se contorcia. Não consigo parar de sentir.

— Você deveria sair comigo e com Pippa quando ela for me mostrar a cidade — ele diz a Hazel.

Ela encara Pippa.

— Do que ele está falando?

Pippa revira os olhos.

— Rory precisa de alguém para mostrar Vancouver pra ele, embora tenha crescido aqui.

Miller tenta empurrar Pippa para trás dele, e ela se dissolve em gargalhadas.

— Não dê ouvidos a ela, amor. — Ele sorri de novo para Hazel. — Você deveria vir com a gente.

— Estou ocupada. — Hazel fecha a cara. — E não me chame de amor.

— Desculpa. — Ele coloca a mão no peito com remorso. — Amor*eco*. Ela olha feio para ele antes de se voltar para Pippa.

— Você sabe que ele vai tentar levar você para um ménage, certo? Pippa ri.

— Nunca participei de um ménage.

— Você não vai participar de um ménage — digo, cortante, e os três olham para mim como se eu tivesse duas cabeças. — E não vai dormir com o Miller.

Consigo ouvir o que estou falando, mas não posso me conter.

Pippa me dá uma cutucada com o cotovelo.

— A gente só está brincando — ela me diz antes de se voltar para Miller. — Quando você volta pra cá?

— Vou passar mais uns dias aqui, na verdade. Estou livre amanhã se você estiver.

Os olhos dele estão praticamente *brilhando* para ela. Os olhos de Rory

Miller estão *brilhando* para a minha Pippa. Tudo nisso está errado, e uma raiva possessiva me percorre.

A ideia de ele tentar alguma coisa com ela me deixa mal. Fico olhando para Pippa, desejando poder tirá-la daqui para podermos ficar a sós.

— Amanhã é perfeito — Pippa diz.

Miller está olhando para mim como se tivesse ganhado alguma coisa. Ele está me desafiando, mas não tem porra nenhuma que eu possa fazer. Já estabeleci um limite com Pippa e o ultrapassei algumas vezes.

Esse cuzão *arrombado*. Odeio o Miller por jogar esse jogo idiota comigo. Me odeio por ficar com ciúme de uma mulher que nem posso ter.

— Ótimo. — Ele abre um sorriso largo para mim. — Combinado.

40

PIPPA

Quando saio do quarto na noite seguinte, Jamie está andando de um lado para o outro com uma expressão furiosa. Entro na sala, e ele para de repente, olhando feio para minha roupa.

Faíscas se acendem em meu estômago, e me pergunto se essa foi uma má ideia.

Sei que Rory não está interessado em mim. Por mais que ele tenha feito piada sobre ménages, só vamos sair como amigos. Fiquei com o mesmo cara desde o *segundo* ano do ensino médio e, depois que Jamie me enlouqueceu com o brinquedo, percebi o tanto que eu estava perdendo.

Quero sair e me divertir. Quero fazer novos amigos e ter novas experiências. Por dois anos, fiquei seguindo Zach de um lado para o outro da turnê, ralando pra caramba e, antes disso, eu o seguia pela universidade. Todos os meus amigos na verdade eram amigos *dele*.

Além disso, por baixo da bravata arrogante, Rory quer voltar a ser amigo de Jamie. Ele só não sabe como, além de encher o saco dele.

— Você vai com essa roupa? — Suas narinas se alargam, e seus olhos verde-escuros brilham.

Baixo os olhos para minha minissaia de lã e minha camiseta de banda de um show a que eu e Hazel fomos alguns verões atrás. Por cima da camiseta, meu suéter de tricô aberto quase chega à barra da saia.

— Qual é o problema?

Ele olha feio para minhas pernas, os braços abertos.

— Você vai sentir frio.

Um calafrio desce por minha espinha com seu tom autoritário e viro as costas, olhando a hora no celular para esconder o rubor. Rory vai chegar a qualquer minuto.

— Vou de botas. — Eu as tiro do armário e as calço.

Adoro essas botas e quase nunca as uso. Elas sobem até as coxas e deixam minhas pernas lindas.

Quando me viro, os olhos de Jamie estão na fresta de pele exposta entre as botas e minha saia, e seu maxilar está trincado de tensão.

— Jamie — suspiro, rindo um pouco. — Eu e Rory somos só amigos. Você está bravo porque ontem ele marcou um gol contra você.

Seu olhar é cortante, e consigo praticamente sentir a pele se arrepiar onde ele olha.

— Quando vir essa saia, ele não vai querer ser *amigo*. — Ele ergue a cabeça, e seus olhos ardem de frustração. — E se houver fotos? — ele diz, cortante. — Falamos para todos na festa de encerramento que estávamos juntos.

— Ninguém vai tirar fotos de nós. Vamos a um bar secreto muito obscuro na Main Street que tem drinques incríveis. As pessoas naquela região são descoladas demais para tirar fotos de um jogador de hóquei.

Meu celular vibra em cima da mesa, e *Porta da Frente* aparece na tela. Libero a entrada de Rory no prédio e coloco o celular na mesa.

Eu me viro e trombo em Jamie, e minhas mãos vão a seu peito para me equilibrar. Quando nossos olhos se encontram, meu pulso vacila.

Seu olhar é febril.

— O que está acontecendo? — pergunto, vasculhando seus olhos escuros enquanto ele olha para a porta e depois de volta para mim.

Sua boca se choca com a minha. Gemo encostada a ele enquanto sua língua desliza entre meus lábios, me acariciando. Ele me faz andar para trás até eu bater contra a parede, e seu quadril prende o meu.

Meus olhos se arregalam. Tudo em que consigo pensar é nele apertando minha barriga, totalmente duro. Fico excitada, e solto um gemido baixo.

— Concordamos em não fazer isso. — Minhas palavras são um sussurro pesaroso em seus lábios, e ele interrompe o beijo, pousando a testa na minha, respirando com dificuldade.

— Foda-se.

Sinceramente? Eu também não ligo. Não consigo lembrar nem por que concordamos em não fazer isso. É bom demais.

Sua boca volta à minha e ele me beija tão intensamente que vai deixar uma marca. Estou perdida em seu beijo, na sensação de sua boca possuindo a minha, suas mãos em mim e minhas mãos em seu cabelo. Quando dou um puxão de leve em seu cabelo, o gemido resultante que escapa da sua garganta faz um arrepio descer entre minhas pernas, e consigo sentir minha calcinha ficando molhada.

Caramba. O beijo de Jamie é uma verdadeira orgia na minha boca, e Rory está prestes a aparecer, e não estou nem aí. Não consigo parar.

— Não consigo parar de pensar isso — Jamie diz entre dentes, com a mesma fúria de antes, e o ardor em seus olhos faz minha vagina piscar de necessidade.

Ele me deseja tanto. Tudo que consigo fazer é consentir.

— Me diz para parar, Pippa — ele diz em minha boca.

Gemo enquanto ele chupa minha língua. Nem fodendo.

Uma batida à porta ao nosso lado nos dá um sobressalto, e seu braço se ajeita para pousar na parede ao lado da minha cabeça, cercando-me. Meus nervos estão reverberando de excitação.

— É o Rory — sussurro.

A mão livre de Jamie vai ao meu pescoço, prendendo-me de leve.

— Não sai daí — ele murmura, e tenho outro calafrio.

Sua outra mão desce às minhas coxas, e ele passa o nó dos dedos sobre a pele nua entre minha saia e minha bota. Não consigo respirar, e meu coração se acelera. Sinto meus seios cheios e tensos e, quando a mão de Jamie desce à barra da saia e a ergue, meu quadril se vira involuntariamente.

Ele solta um riso murmurado, e quando Rory bate de novo, Jamie se abaixa até sua boca roçar em meu ouvido.

— Diga que você sai em um minuto.

Ele não pode querer dizer...

Meu pulso lateja entre as pernas.

Ele me lança um olhar autoritário para enfatizar. Sua expressão é clara. *Faça isso. Agora.*

— Só um segundo — grito, a voz vacilando enquanto meus olhos continuam fixos nos de Jamie.

Sua mão sobe mais. O ar crepita entre nós, mas não consigo desviar os olhos. Ele acaricia uma linha suave subindo por dentro da minha coxa e, com a outra mão, seus dedos apertam a base do meu pescoço.

Meus olhos tremulam quando ele roça sobre minha calcinha, e um prazer me atravessa quando ele aperta meu clitóris. Minha boca se abre e suspiro.

— Puta que pariu — sussurro.

— Shh. — O canto da boca dele se ergue, mas seus olhos são tão escuros, como se ele ficasse excitado por me torturar assim. — Está gostoso?

Faço que sim.

— Quer que eu dede você?

Faço que sim de novo, as mãos ficando tensas em seu peito largo. Mais do que qualquer coisa.

Ele ergue uma sobrancelha.

— Pede por favor.

— Por favor — sussurro.

— Boa menina. — Ele me encara, examinando meu rosto enquanto move minha calcinha para o lado e passa os dedos compridos sobre mim, cercando meu clitóris. Comprimo os lábios para conter um gemido enquanto ele desliza sobre meus nervos sensíveis. Estou respirando com dificuldade, encolhida, e ele mergulha outro dedo dentro de mim.

— Puta que pariu — ele murmura, e meus olhos se fecham com a sensação deliciosa e tensa. — Tão molhadinha pra mim, Pippa.

Faço que sim, apoiando a cabeça em seu peito.

— Não, não, não — ele sussurra —, olha para mim.

Contenho outro gemido, mordendo o lábio enquanto ergo a cabeça para olhar para ele. Seu cabelo caiu sobre os olhos e, mesmo com meu olhar turvo de tesão, acho isso tão adorável. Ele enfia outro dedo dentro de mim, metendo em um ritmo lento, feito para me deixar maluca, e me seguro em seu pescoço, praticamente pendurada a ele.

Rory bate na porta de novo, e me assusto, apertando os dedos de Jamie. Esqueci que ele estava lá. Jamie me lança um sorriso sinistro e satisfeito.

— Pippa — Rory chama do outro lado da porta. — Está chato. Vamos.

Jamie se abaixa.

— Você é minha — ele murmura em meu ouvido, curvando os dedos na direção do meu umbigo para massagear meu ponto G.

Deixo um gemido baixo escapar.

— Só um segundo — grito em resposta, e minha voz embarga quando Jamie aperta o polegar em meu clitóris. Pressão e calor se acumulam embaixo do meu ventre, e me sinto como na outra noite, com Jamie encostando o brinquedo em meu clitóris.

Sinto que vou gozar.

— Você quer gozar? — ele pergunta com um sorrisinho satisfeito e poderoso.

Aceno freneticamente, os olhos se revirando enquanto ele masturba minha boceta. Contenho um gemido de prazer.

— É bem aí — sussurro, erguendo os olhos para ele, admirada. Como ele é tão bom nisso?

— Eu sei.

Há um tom presunçoso e determinado em sua voz que faz mais calor se acumular ao redor dos seus dedos. Minha respiração é curta e ofegante, e me fixo em seu olhar enquanto a pressão em meu centro se intensifica.

— Pronto — ele sussurra, me observando atentamente, e sua mão acelera. Seu polegar roça em meu clitóris, e a onda dentro de mim cresce. — Quietinha — ele fala no meu ouvido enquanto começo a tremer.

Comprimo bem os lábios, me encolhendo enquanto aperto seus dedos. Uma luz intensa e alucinante enche meu corpo, curvando, inchando, correndo, fluindo por cada centímetro do meu ser, expandindo de onde os dedos compridos de Jamie me masturbam. Consigo *ouvir* como estou molhada enquanto faíscas atravessam meus nervos. Quando o orgasmo acaba, deixo a cabeça cair em seu peito.

— Perfeita — ele sussurra em meu ouvido. — Perfeita pra caralho.

Ainda estou recuperando o fôlego quando ele ergue os dedos à boca e chupa a mão. Outra onda de calor me atravessa, e meu clitóris lateja. Ele se abaixa e dá um beijo suave em minha boca, e consigo sentir meu gosto em seus lábios.

Há outra batida na porta, e a mão de Jamie está na maçaneta. Ajeito a saia às pressas, e ele abre a porta.

— Porra, até que enfim... — Rory para quando vê Jamie e abre um sorriso arrogante. — Vai ficar de vela no nosso encontro, Streicher?

— Sim. Vou.

41

PIPPA

Esse é o jantar mais constrangedor da história.

Estamos sentados à meia-luz do bar na Main Street, a uma caminhada curta do apartamento. É um bar escondido com uma entrada secreta disfarçada de escritório de contabilidade dos anos setenta, mas o interior é cheio de veludo marrom luxuoso, obras de arte bizarras e fascinantes, e um mural luminoso e hedonista de pessoas peladas curtindo na natureza.

Dou um gole do meu chai uísque sour e olho de soslaio para o corredor onde ficam os banheiros. Deve haver uma porta dos fundos por onde eu possa escapar.

Ainda estou vibrando pelo que eu e Jamie fizemos no apartamento, e meu rosto arde toda vez que penso nisso. Ao meu lado, Jamie voltou a ficar de cara fechada. Sei que não deveríamos ter voltado a transar, mas, no segundo em que ele toca em mim, meus pensamentos simplesmente se dissolvem. É elétrico demais entre nós. Intenso demais, gostoso demais.

Meu Deus, os dedos dele dentro de mim... Um calafrio me atravessa.

— Pippa. — Rory se recosta na cadeira. — Fiquei sabendo que você estava tocando violão pra todo mundo um dia desses, é verdade?

Reviro os olhos.

— É só por diversão.

Ao meu lado, Jamie faz um barulho baixo de reprovação no fundo da garganta.

— É, sim — digo a ele com um sorriso indulgente, e ele franze a testa para mim.

— Ela é boa — ele diz. São as primeiras palavras que Jamie dirigiu a Rory desde que chegamos aqui. — Se quisesse, poderia seguir essa carreira.

Um bloco de gelo se forma em minha barriga.

— Não é só uma questão de talento.

— Não, não é. — O olhar de Jamie é duro. — É uma questão de trabalho duro e acreditar em si mesma. Só falta a última pra você.

Uma sensação terrível de hesitação cresce em mim, e minha mão se torce em meu colo. Estou prestes a mudar de assunto quando Rory intervém.

— Parece que você tem um fã — ele diz, abrindo um sorriso largo para Jamie.

Sem provocação. Não um sorrisinho sarcástico e superconfiante. Apenas um sorriso.

— O maior de todos. — As palavras de Jamie não têm a acidez que costumam ter quando ele se dirige a Rory.

Eles se entreolharam por um longo momento, medindo-se.

Certo, já chega.

— Por que vocês não são mais amigos? — pergunto sem pensar.

Jamie apenas encara Rory, que se ajeita na cadeira. Há um vislumbre de vulnerabilidade em seus olhos antes de ele piscar para passar.

— Somos de times rivais. — O sorriso de Rory é sarcástico. — Por que eu seria amigo de um cara assim?

Jamie cruza os braços diante do peito.

— Essa parece uma lição da escola de hóquei Rick Miller.

— Pois é. — As sobrancelhas de Rory arqueiam uma vez, e há uma curva triste em seus lábios enquanto ele observa o bar.

Há um longo momento em que sinto que os dois querem falar mais.

— Seu pai é Rick Miller? — pergunto a Rory, as sobrancelhas se erguendo alto.

Rick Miller é um dos grandes nomes do hóquei canadense. Ele seria um dos jogadores favoritos do meu pai se não tivesse a reputação de ser um babaca com a imprensa e os fãs.

Rory me volta um olhar seco.

— O próprio.

— Uau.

Ele dá de ombros.

— Não fique impressionada, Pippa. Ele é só um cara normal.

Penso em Jamie e em como eu ficava intimidada no ensino médio e mesmo alguns meses atrás, e em como ele é gentil, doce e protetor por baixo de sua fachada ranzinza.

Mas algo me diz que Rick Miller não é gentil nem doce.

— Vamos indo. — Jamie olha de canto de olho para mim. — Tenho um treino cedo, e sua entrevista é amanhã.

Meu estômago se revira. Certo, a entrevista para a vaga de marketing. Faz duas semanas que estou me preparando para ela, revendo todas as anotações da faculdade, ensaiando com Hazel, e evitando ligações ansiosas dos meus pais perguntando se estou pronta.

— Passarinha. — Jamie está usando a voz que só usa quando estamos juntos, como se tivesse esquecido que Rory está sentado do outro lado da mesa. — Você vai arrasar, se for isso que quer.

Não é com isso que estou preocupada, mas não vejo nenhum outro caminho. Todas as outras opções são...

Não. Apenas não.

Forço um sorriso rápido e, do outro lado da mesa, Rory está nos observando com um olhar curioso. A garçonete passa atrás dele, e Jamie ergue a mão para chamar a atenção dela.

— Pode trazer a conta, por favor? — ele pede.

Ela sorri.

— Já está paga. Boa noite. — Ela sai, e olhamos para Rory, que apenas pisca para mim.

— Obrigada — digo. — Não precisava pagar nosso jantar.

Ele dá de ombros, levantando-se.

— Era o mínimo que eu poderia fazer.

Não sei o que ele quer dizer com isso, e me pergunto se tem algo a ver com a maneira como as coisas acabaram entre ele e Jamie.

Fora do bar, Rory aponta a cabeça para o fim da rua.

— Meu hotel é logo ali.

— Tá. — Sorrio para ele. — Obrigada pelo passeio.

Ele me dá um aperto caloroso e um beijo rápido na bochecha. Não tenho um irmão, mas tenho quase certeza de que seria essa a sensação.

— Vamos fazer isso de novo, tá? — Ele se afasta e sorri para mim.

— Sim — respondo. — Pode apostar.

Ele se vira para Jamie, que o encara com irritação.

— E, Streicher, você também estava lá, né.

As narinas de Jamie se alargam. Reviro os olhos, dou boa-noite para Rory e puxo Jamie comigo. Andamos em silêncio pelas ruas até o apartamento, então ele olha para mim de canto de olho.

— Obrigado por me deixar invadir seu passeio — ele diz.

Meu sorriso é implicante.

— Você não pediu.

Ele bufa, e sei que ele está pensando sobre quando exigiu que eu me mudasse para a casa dele.

— E não era um passeio. Era um encontro. — Dou as costas para ele, contendo um sorriso enquanto ele solta um barulho descontente no fundo da garganta.

— Não. Era. Um. Encontro.

Rio baixo. Adoro implicar com ele.

Passamos pela loja de instrumentos musicais, e um suspiro escapa de mim quando meu olhar pousa em meu violão dos sonhos. Paro para admirá-lo.

Jamie está ao meu lado, cruzando os braços enquanto o observa pela janela.

— Você ama esse violão.

— Amo, sim. — Eu o admiro, memorizando os detalhes da madeira. Consigo imaginar a sensação das cordas em meus dedos.

— Na próxima vez que passarmos aqui, você deveria entrar e tocar.

Abano a cabeça com um sorriso.

— Se eu tocar, vou querê-lo ainda mais — admito.

— Seria tão ruim assim?

Sim, porque aí vou querer mais coisas. Vou começar a imaginar um outro futuro. Vou começar a sonhar de novo e, na última vez que fiz isso, não acabou bem.

— Em outra vida, talvez, mas não nesta. Vamos. Vamos para casa.

Quando abrimos a porta da frente, Daisy vem correndo, e Jamie se agacha para fazer um carinho nela.

— Vou passear com ela — ele diz, pegando-a nos braços.

Nossos olhares se encontram, e minha mente está no que fizemos horas atrás encostados à porta. Seus olhos se escurecem, e sei que ele está pensando a mesma coisa. Uma pulsação de calor me atinge no fundo do ventre.

Estou tentada. Estou tentada pra caralho.

Na noite em que Donna teve um ataque de pânico, porém, depois que Jamie usou o brinquedo em mim, ele estava prestes a me dar um fora com delicadeza, e intervi rápido porque não conseguiria suportar ser rejeitada de novo.

Aposto que é essa a expressão que ele vai ter quando me disser que não podemos mais fazer isso. É só uma questão de tempo. Eu me dou conta de que ele nunca me largaria como Zach fez. Ele faria isso do jeito certo. Faria isso na minha cara, com cuidado e respeito.

Eu me encolho, imaginando. Por que sinto que isso é ainda pior?

Porque é exatamente esse o motivo por que gosto dele. Ele é gentil, e nunca me faria mal de propósito, mas isso não quer dizer que não me faria mal sem querer.

— Não consigo ser casual — digo a ele.

Minhas palavras pairam no ar, e meu recado é claro. *Precisamos* parar com isso. Por mais que seja divertido. Por mais que ele esteja me dando os melhores orgasmos que já tive na vida. Por mais que não consigamos tirar as mãos um do outro.

Ele me encara por um momento antes de engolir em seco.

— Tá.

Sinto meu peito estranho, tenso e apertado, com uma pressão in-desejada.

— Boa noite.

Ele acena, com o rosto sério.

— Boa noite, Pippa.

Em outra vida, eu disse a ele sobre o violão. Talvez isso se aplique a Jamie também.

42

PIPPA

À frente do prédio onde fica o escritório de marketing do time, olho a hora no celular. Há uma ligação perdida da casa dos meus pais. Tenho alguns minutos, então retorno a ligação.

— Oi, amor — minha mãe atende. — A gente só queria desejar boa sorte antes da grande entrevista!

Meu estômago se revira. Sua voz é tão esperançosa e animada.

— Espera um segundo. Ken — ela diz, chamando meu pai. — Pega o outro aparelho. É Pippa.

Um momento depois, meu pai está na outra linha.

— Oi, filha. Boa sorte hoje. Sabemos que você vai se dar bem.

Forço um sorriso fraco, embora eles não consigam me ver.

— Obrigada.

— Estamos muito orgulhosos de você — ele diz, e imagino seu sorriso largo e o brilho em seus olhos.

— *Muito* orgulhosos — minha mãe acrescenta. — Depois que você conseguir esse emprego, tudo vai se encaixar. Você vai ver. — Ela parece tão segura. — Em poucos anos, você vai poder até comprar um apartamento fora da cidade.

— Não quero morar fora da cidade. Não quero nem pensar em comprar um apartamento ainda.

— É bom você perguntar sobre os benefícios — meu pai diz. — Pergunte quais opções de aposentadoria eles têm.

— Ah, e pergunte sobre seguro odontológico.

— Não se esqueça de perguntar sobre seguro odontológico — meu pai confirma. — Nem todos os planos de saúde cobrem.

Franzo a testa.

— Já usei aparelho.

— Não para você — minha mãe diz —, para os seus futuros filhos.

Meus futuros filhos?! Eu me encolho enquanto minha mente começa a se acelerar. Mal consigo me imaginar nesse emprego daqui a poucos anos, imagine então daqui a quinze. Meu Deus. Essa conversa está piorando muito as coisas. Vou passar o Natal com eles em algumas semanas, e tenho o pressentimento de que essa entrevista vai ser o assunto principal pelo tempo em que eu estiver lá.

— Preciso ir — digo. — Falo com vocês depois.

— Tá, tchau, filha! Boa sorte! — minha mãe cantarola.

— Não se esqueça de dizer que você é de confiança — meu pai diz a título de despedida.

Suspiro e olho para a porta do prédio. Não quero fazer isso, mas não tenho outra opção.

43

JAMIE

Ward apita enquanto saio do gelo na manhã seguinte.

— Arranquei seu couro hoje — ele comenta, e concordo com um grunhido.

Meu foco está uma merda. Meus músculos doem, e sinto meu corpo pesado. Fiquei me revirando a noite inteira de um lado para o outro, pensando em Pippa cavalgando em minha mão, nos gemidos doces e baixos que ela tentava abafar em minha camiseta enquanto gozava.

Nunca fui do tipo ciumento, mas, com Pippa, perco a cabeça ao pensar nela com outros caras. Eu odiava a ideia de ela sair com Miller.

Odiava pra caralho.

Um pensamento indesejado me invade. Erin vivia andando com homens, e eu nunca me senti assim.

Um alarme me atravessa. Chega de safadeza. Pra valer desta vez.

Eu me lembro de ela se arrumando para sair ontem à noite e contenho um grunhido. Porra, aquelas *botas*. Puta que pariu.

Pippa Hartley não faz ideia de como é linda.

— Streicher, está ouvindo?

— Hmm? — Volto à realidade de repente. Ward está me encarando com uma expressão estranha. — Desculpa, quê?

— A festa beneficente. Você ainda não confirmou.

Eu me contenho para não revirar os olhos. O Vancouver Storm é um dos principais doadores do hospital infantil da cidade, e eles vão dar um baile de gala no fim de janeiro em Whistler, um resort de esqui em uma cidade duas horas ao norte de Vancouver. O time vai estar lá com os outros doadores. Vai ter um monte de celebridades com quem não tenho o menor desejo de passar o tempo. Apoio a instituição, compareço aos eventos no hospital e até doo anonimamente, mas odeio ir às festas.

Fica claro que meus pensamentos estão escritos na minha testa, porque Ward me lança um olhar firme.

— Comparecimento é obrigatório, Streicher. Não estou perguntando.

Merda.

Eu me controlo porque manter Ward feliz é parte de ficar em Vancouver. Tenho jogado bem — melhor ainda quando Pippa está sentada atrás do gol, um fato que odeio admitir — e não vou dar a esse cara um motivo para me trocar.

— Certo — digo. — Vou estar lá.

— Vai levar acompanhante?

Estou prestes a dizer não. Eu *deveria* dizer não. Pippa pode ficar em Vancouver com Daisy e, se acontecer alguma coisa com minha mãe, ela pode chegar lá rápido.

Mas a ideia de ir com Pippa torna isso suportável. Eu a imagino em um vestido chique, sentindo-se linda. Sua mão em meu braço. Tomando champanhe, rindo.

— Sim. Vou levar.

Ele me examina, o fantasma de um sorriso se formando em seu rosto.

— Ótimo. Feliz em ouvir isso.

Passo o resto da tarde na academia, tentando tirar da cabeça Pippa e a maneira como ela disse *não consigo ser casual*.

É exatamente essa a confirmação do que pensei antes. Pippa quer mais do que posso dar a ela, assim como Erin queria. Estou mais velho agora, e sei que não posso brincar com as emoções de alguém. Culpa me atravessa quando penso em como destruí a carreira de Erin. Ela está trabalhando em uma série de tv local de baixo orçamento sendo que queria ser uma supermodelo, e isso é culpa minha.

Não vou cometer o mesmo erro com Pippa.

Minha mente vaga para sua entrevista, que deve ter terminado a essa altura.

Como foi? Escrevo.

Pontinhos de digitação aparecem antes de sua mensagem surgir.

Ótima. Arrasei!

Meus olhos se estreitam. Acredito nela, mas essa alegria não me convence. Ela não disse que não quer o emprego, mas há algo lá, algo escondido por trás de suas palavras. Quando ela toca violão e canta, uma luz emana dela, enchendo o ambiente, iluminando tudo. É um forte contraste com a versão abafada de Pippa que vejo quando ela fala sobre essa vaga de marketing.

Vamos jantar hoje, sugiro antes de pensar duas vezes. Quero ouvir sobre a entrevista. Quero passar tempo com ela.

Não vamos mais ficar, mas parece que não consigo me manter longe da minha linda assistente.

44

PIPPA

À noite, vamos a um restaurante mexicano a alguns quarteirões do apartamento, dividindo nachos e guacamole. O Natal é daqui a algumas semanas, e decorações natalinas chamativas estão espalhadas pelo espaço.

— Precisamos descobrir quando é o aniversário da Daisy — digo, entre um gole e outro de margarita.

— Ela é resgatada, então não deve ter um aniversário oficial.

Sinto um nó no peito.

— Todo mundo deve ter um aniversário.

Seu olhar perpassa meu rosto, tão suave e gentil que quase consigo sentir.

— Tem razão. Isso é inaceitável. — Ele pega o celular e franze a testa para o aplicativo de calendário. — Meados de janeiro? Podemos dar uma festa.

— Uma festa? *Você* quer uma dar uma festa.

Seus olhos brilham.

— Só se você estiver lá.

— Ah, vou estar. Mas você sabe que precisa vestir uma fantasia de cachorro, certo?

Seus olhos se reviram, e dou risada.

— Tem uma coisa que eu queria perguntar. — A hesitação perpassa seus traços enquanto ele olha de canto de olho para mim. — Tem uma festa beneficente no fim de janeiro, e o time precisa ir. É em Whistler.

Eu *amo* Whistler, e não vou lá há anos, provavelmente desde que eu e Hazel éramos adolescentes.

— Está bem. — Lambo a borda de sal do meu drinque antes de dar um gole. — Posso cuidar de Daisy no fim de semana. — O trabalho de marketing só deve começar em fevereiro no mínimo. Isso se eu conseguir a vaga.

Seu olhar desce para minha boca, ardendo de calor. Penso na noite de ontem, em como foi sexy tê-lo sobre mim enquanto Rory esperava atrás da porta. A maneira como seus olhos se escureceram com possessividade enquanto seus dedos entravam em mim.

Não podemos fazer aquilo de novo, mas isso não quer dizer que eu não possa lembrar.

— Não, hum. — Ele tira os olhos da minha boca, piscando. — Quero que você venha comigo. Como minha assistente.

— Sem problema. — Minha voz é alegre e animada, mas, por dentro, murcho um pouco. Não deveria, porque nós dois sabemos que não podemos ser nada mais do que isso, mas uma pequena parte de mim se partiu quando ele disse *como minha assistente*.

— Vou reservar uma suíte para nós e comprar um vestido para você — ele acrescenta.

— Ótimo. — Termino meu drinque e, quando a garçonete passa atrás de Jamie, peço outro com um sinal.

A conversa entra nas festas de fim de ano que estão chegando. Durante a semana entre o Natal e o Ano-Novo, vou visitar meus pais em Silver Falls, a cidadezinha no interior da Colúmbia Britânica para onde eles se mudaram ao se aposentar.

Tenho tentado pensar em um presente de Natal para Jamie, mas ele é impossível de presentear.

— Vamos falar sobre a entrevista? — ele pergunta, interrompendo meus pensamentos.

Inspiro fundo enquanto meu estômago se revira.

— Foi tranquila.

Suas sobrancelhas se erguem, e sinto o peso de seu olhar enquanto desvio o meu, observando ao redor pelo restaurante, para as garrafas multicoloridas atrás do balcão, para os azulejos de *backsplash* atrás do bar, para as outras mesas, para qualquer lugar que não seus olhos.

Estou finalmente disposta a admitir que, quando me imagino na vaga de marketing, uma pequena parte de mim morre.

— Pippa — ele diz, e minha resolução desmorona.

— Correu bem. — Minha boca está seca.

Jamie me encara, esperando.

— Acho que vou conseguir — digo para o gelo do copo.

— Você fala isso como se fosse algo ruim.

Contraio os lábios, inspirando fundo, e fico em silêncio porque não faço a menor ideia do que dizer. *Sinto* como se fosse algo ruim.

— Passarinha.

Mais um pedaço da minha determinação desaba, e eu gostaria que ele não me chamasse assim porque gosto demais. É impossível manter a postura quando ele me chama assim.

Ele abana a cabeça.

— Você não quer esse emprego, Pippa. Admita.

— Tá — digo de uma vez, e sinto como se estivesse prestes a vomitar. — Não quero o emprego. Meus pais fazem parecer que é seguro, mas... — Aperto o lábio inferior entre os dentes. O que estou prestes a dizer parece bobagem.

Os olhos de Jamie estão brilhando.

— Seguro é chato.

O ar escapa de mim.

— Exatamente.

Ele me estuda por um longo momento antes de sua expressão se suavizar.

— Que bom.

— *Bom*? — Eu me inclino para a frente, lançando um olhar perplexo para ele. — Você está me ouvindo? Isso é um puta de um desastre, Jamie.

Seus olhos são firmes em meu rosto.

— Não é um desastre.

Tudo pelo que meus pais batalharam tanto, por água abaixo. Todas as coisas em que economizaram para poder bancar minha universidade, todas as esperanças que tinham para mim, por água abaixo. Penso em minha mãe dando aulas de balé, um lembrete diário de que ela não havia conseguido chegar ao nível profissional.

O fracasso dói, ela me disse uma vez.

Jamie se inclina para a frente, buscando meu olhar. Sinto o impulso de pular no colo dele e me agarrar como um coala, afundando meu rosto em seu pescoço e inspirando seu cheiro. Essa é a única coisa que vai me fazer me sentir melhor agora.

— E a música? — ele pergunta baixo.

— O que é que tem? — Meu coração bate forte, e só dizer essas palavras já machuca. Parecem falsas. Parecem cruéis e uma traição a mim mesma, o que não faz sentido, porque ela nunca foi uma opção.

Você não tem o que é necessário, Zach me disse.

Raiva cresce dentro de mim, e meus punhos se cerram. Mas e se eu tiver? O desejo de assumir o controle, de deixar de ser essa garota que não controla o próprio destino, envolve meu pescoço e aperta.

— Você tem a ambição, Pippa. — Seu tom tem um quê de frustração, e seu olhar me imobiliza. — Você é talentosa para cacete, e a única pessoa que não enxerga isso é você.

Reviro os olhos com uma risada amarga.

— Zach também não enxergava.

— Ele enxergava — Jamie diz entre dentes. — Pode crer que ele enxergava.

O ambiente ao redor se desfaz enquanto nossos olhares se fixam. Vejo tudo em seus olhos verde-escuros; vejo que ele quer isso para mim, que odeia o que Zach fez comigo e que está furioso que meus pais tenham essa influência inconsciente sobre mim.

— E meus pais?

Seu maxilar se cerra como se ele estivesse bravo.

— E *você*?

Meus olhos se fecham por um breve momento. Imagino a decepção deles, e sinto que estou desabando.

— Isso vai acabar com eles.

Os olhos dele ardem, focados e furiosos. É o mesmo olhar que vi em resumos de jogos, em closes de seu rosto no auge da ação.

— Eles te amam e vão superar. — Ele diz isso como uma ameaça, como se fosse garantir que as coisas corressem desse modo, e meu coração bate mais forte. — Sabe quantas pessoas me disseram que eu não conseguiria? — Suas sobrancelhas se franzem de frustração. — É só perguntar pro Owens ou pro Miller, qualquer atleta profissional. Qualquer pessoa que faz algo ousado tem seus negativistas. Cale essas vozes. A única opinião que importa é a sua.

— Sua opinião importa para mim — digo, do fundo do coração.

Suas narinas se alargam.

— Bom, eu sei que você consegue, então por que não dar ouvidos a mim?

Quero acreditar nele. Também acho que consigo. Não sei se estou pronta para fracassar em algo que importa, mas há uma pequena parte obstinada de mim que ainda não está disposta a desistir.

Quando Jamie diz coisas como *eu sei que você consegue*, essa parte obstinada ganha vida. Do outro lado da mesa, ele está me observando com uma expressão séria, e meu peito se aperta.

Jamie é tão gentil. Queria que todas as pessoas vissem esse lado dele. Eu me pergunto se sua ex chegou a ver.

— O que aconteceu entre você e Erin? — pergunto com delicadeza. Não é da minha conta, mas estou curiosa. Ele disse que nunca sai do casual, e me pergunto se isso tem algo a ver com ela. Deve ter.

Ele pisca e desvia o olhar.

— Não precisa me contar — digo às pressas. — Se é pessoal.

— Não. — Ele franze a testa. — Não tem problema. É pessoal, mas... — Ele olha para mim do outro lado da mesa, realmente *olha* para mim e, nesse momento, sinto que somos muito mais do que imaginamos. — Quero contar para você. Faz um tempo que quero contar, mas não sabia como. — Ele cruza os braços diante do peito. — Ela achou que estava grávida.

Meu coração para.

— Vocês tinham dezenove anos.

— Pois é. — Ele engole em seco. — Era meu ano de estreia, e a carreira dela estava começando a decolar. — Ele olha para mim de canto de olho. — Ela era modelo.

Aceno, sem querer revelar o quanto já a pesquisei no Google.

— A menstruação dela estava duas semanas atrasada e, quando ela me contou que poderia estar grávida, parecia tão feliz. — Ele inspira fundo enquanto a culpa perpassa seus traços. — Eu surtei.

— Óbvio. — Não consigo me imaginar grávida aos dezenove anos. Eu ficaria apavorada.

— Sempre que tinha um tempo de folga, eu vinha visitar minha mãe. — Seu olhar fica desfocado, como se estivesse de volta às suas memórias. — Pensei que minha relação com Erin era casual, mas ela achava que fosse algo mais.

— O que aconteceu?

Ele solta um longo suspiro.

— Ela não estava grávida, mas, depois que viu meu rosto quando pensou que estivesse, foi diferente. Terminamos. — Seu olhar abandona o meu, cheio de remorso e angústia. — E vi na internet uma semana depois que ela deixou de modelar. Ela tinha todos esses contratos para a Fashion Week e rescindiu. Ela tinha uma carreira promissora e abandonou, e sei que foi por minha causa. — Ele abana a cabeça. — Acabei com ela, Pippa.

Meu coração dói por Jamie, porque consigo ver como ele ainda está dilacerado por isso.

— Jamie. — Nossos olhares se encontram, e abro um sorriso suave para ele. — É muita culpa para depositar em si mesmo. As pessoas passam por términos o tempo todo.

— Zach terminou com você e acabou com sua autoconfiança.

Meus lábios se entreabrem e pisco, tentando me defender, mas ele está certo.

— Não posso fazer isso de novo — ele diz.

É por isso que ele não se relaciona. A constatação me deixa muito triste. Jamie está se martirizando por isso há anos.

— Zach pode ter partido meu coração e dito que eu não era boa o bastante para ter uma carreira na música, mas isso não quer dizer que eu acredite nele. Acreditava, mas não sei se ainda acredito. — Abro um pequeno sorriso. — E você é muito responsável por isso. Você já chegou a conversar com Erin sobre o que aconteceu?

Ele me estuda por um longo momento.

— Não.

A música no restaurante muda, e meus pensamentos param de repente quando escuto Zach cantar a letra de abertura. Sinto um frio na barriga.

— O que foi? — A voz de Jamie parece muito distante.

A letra flutua ao meu redor, e faço com a boca o refrão que Zach canta. Sinto vagamente que a mão de Jamie está cobrindo a minha em cima da mesa, mas só consigo me concentrar em Zach cantando a minha música.

Minha música. Aquela que toquei para ele e seu empresário. Aquela de que eles riram.

Eles disseram que não era boa o bastante antes de a roubarem.

45

PIPPA

A náusea sobe por minha garganta.

— Pippa. — Jamie está sentado ao meu lado agora, um braço ao redor dos meus ombros, preocupação estampada em seu rosto. — O que está acontecendo?

— Essa é minha música. — Minha voz é inexpressiva. — Essa é minha música — repito.

Parte da letra é diferente. Os versos estão numa melodia diferente, mas o refrão é todo meu.

Jamie chama a garçonete antes de tirar uma nota da carteira e entregá-la para ela.

— Pode trocar a música, por favor? Agora.

Um momento depois, a voz de Zach é interrompida, substituída pelas notas de abertura de uma música diferente.

Ele riu de mim. Esse tempo todo, achei que não era boa o suficiente. *Ele enxergava. Pode crer que ele enxergava*, Jamie disse sobre Zach.

— Pippa — Jamie murmura, e sua mão está na minha nuca, quente e sólida e reconfortante. O contato me traz de volta ao presente, e pisco para ele. Ele parece furioso e preocupado, com o maxilar firme e sangue nos olhos.

Estou confusa, chocada e tão, mas tão brava, mas ter Jamie aqui deixa tudo melhor. Jamie, que acredita em mim. Que está furioso por mim.

Meses atrás, chorei no aeroporto e só queria desaparecer. Hoje, porém, há uma pequena chama ardendo dentro de mim. Algo obstinado e furioso.

Zach estragou tanta coisa, mas não quero que estrague esta noite.

— Estou bem — digo, e acho que isso pode ser verdade.

— Vem aqui — ele diz, e me envolve em um grande abraço, e me permito me entregar a ele.

Meu pulso volta ao normal enquanto repouso a bochecha no peito de Jamie. Sua mão acaricia minhas costas, e inspiro seu cheiro quente e amadeirado.

— Odeio aquele cara pelo que ele fez com você. — Sinto suas palavras baixas reverberarem pelo seu peito.

— Eu também — sussurro.

— Quer ir pra casa?

— Não — respondo. — Quero ficar.

Estou farta de Zach, e estou farta de deixar o passado pesar sobre mim.

Minutos depois, estou enchendo a barriga com mais um pedido de tacos que Jamie insistiu que eu comesse, e seu celular se ilumina com uma mensagem. A imagem de fundo faz meu coração subir pela garganta. É uma das fotos que mandei para ele de mim e Daisy no parque, sentadas em um dos troncos gigantes. Pedi para alguém a tirar.

Ele deixou como fundo de tela. Meu pulso galopa. Não me atrevo a ter esperanças. Ele vê aonde vão meus olhos e guarda o celular no bolso traseiro antes de apoiar os cotovelos na mesa, me observando.

— Promete que não vai deixar que isso te impeça de seguir em frente. Promete que vai voltar para o palco.

Pisco, e aquela velha hesitação volta a surgir dentro de mim.

— Promete — Jamie diz, e seus olhos suplicam.

O que eu disse antes? Chega de deixar o passado pesar sobre mim.

— Sim — digo. — Vou voltar.

46

PIPPA

Alguns dias antes de eu viajar para visitar meus pais para as festas de fim de ano, estou sentada no sofá com o violão, pensando no que prometi a Jamie. Meu caderno está aberto na mesa de centro com uma caneta no meio. Minha mente alterna entre a música que ouvi no restaurante, a maneira como Zach riu de mim e a maneira como perguntou *"Você conheceu a Layla?"* na noite da festa de encerramento.

Fico olhando pela janela para o céu cinza melancólico. Que escroto.

A raiva dá um nó na minha barriga, e começo a compor uma música sobre esse sentimento. A letra hesita e flui até eu encontrar meu equilíbrio, mas, em poucos minutos, estou com meia página escrita e algumas progressões de acordes.

— *Aposto que você pensou que se safaria dessa* — canto baixo, mas faço uma careta.

Não soa bem, tão baixo assim.

Tento de novo, mas desta vez canto alto. Faíscas crepitam e explodem sob minha pele enquanto abro um sorriso largo.

Pronto. Essa é a sensação certa.

A força extra abre algo dentro de mim, e as palavras saem mais rápido do que consigo escrever. Estou furiosa, mas a música não é sobre ser pisoteada — é sobre se reerguer. É sobre se vingar à minha própria maneira, deixando-o para trás. Dando adeus para o cara que me magoou, mas prometendo provar que ele estava errado. É sobre o desconforto e a dor terem valido a pena porque vou ser muito mais forte e radiante do que antes.

Compor essa música é gostoso demais. Fico emocionada enquanto aprimoro o refrão, ligando-o à próxima estrofe e, quando a música está perfeita o bastante, eu me sento à mesa de centro e gravo uma versão para não esquecer a melodia. Eu me sinto como uma criança de novo, correndo ladeira abaixo sem me preocupar com nada nesse mundo. Sinto que é a coisa certa, que esse é o meu propósito.

Adoro essa música e estou orgulhosa de mim por compô-la. Acho que Jamie ficaria orgulhoso também.

Por impulso, mando a gravação para ele. Meu coração palpita, e inspiro fundo. Foi estranho enviar para ele? Ele deve estar ocupado em um treino. Fico olhando para o celular por um momento antes de jogá-lo de lado e me levantar de um salto para levar Daisy para seu passeio da hora do almoço.

Quando voltamos, vejo uma mensagem de Jaime.

Aí sim, a mensagem diz, e algo caloroso rebenta em meu peito. *Você deveria tocar essa na próxima vez que formos ao Flamingo Imundo.*

Talvez, respondo, sorrindo.

Você vai tocar, ele diz, e rio baixo.

Mandão.

Ele responde com um emoji piscando, e mordo o lábio antes de me controlar. O que *acabei* de falar para mim mesma há algumas semanas depois que ele me fez gozar atrás da porta?

Não posso me apaixonar de jeito nenhum por Jamie Streicher. Ele é quase perfeito demais, e não vou suportar vê-lo se transformar num babaca como Zach. Se formos só amigos, ele não tem como me machucar.

Minha sessão de treino vai começar, ele diz. *Falo com você depois, passarinha.*

Toda vez que ele me chama assim, sinto uma onda de felicidade no peito. Eu o imagino sorrindo para mim, aquele raro sorriso largo que me faz querer ficar olhando para a cara dele para sempre.

Não é justo que ele seja tão gato. Não é justo que eu tenha que vê-lo todo dia.

Uma melodia brota em minha cabeça e rio baixo.

— *Não é justo que você seja tão gato* — canto, tocando alguns acordes, e rio de novo.

Componho uma música sobre Jamie ser gato. Estou rindo o tempo todo, escrevendo letras e tentando combinações diferentes e, em menos de uma hora, tenho o esboço de uma música.

Ao fim da tarde, tenho meia dúzia de músicas inacabadas. Uma é sobre querer alguém, mas saber que é a pessoa errada para você. Uma é sobre lidar com as expectativas dos outros e escolher o que faz você feliz no fim. Uma é sobre sexo muito bom com uma pessoa nova. Gosto dessa — é sedutora e divertida, e compus pensando em ficar sentada entre as pernas de Jamie enquanto ele me fazia gozar.

Estou alimentando essa chama em meu peito, botando lenha para me fazer brilhar mais. Esse é o álbum de mentira que sempre me imaginei compondo quando estava em um voo para uma cidade nova na turnê ou quando Zach estava no estúdio de gravação.

Uma música é sobre como Jamie cuida de todas as pessoas menos de si mesmo, e quem cuida dele? É séria e protetora. Há uma letra lá que simplesmente sai da minha boca, e não sei como me sentir em relação a ela.

Eu faria isso para sempre se não partisse meu coração.

Sinto um nó na garganta enquanto engulo em seco, lendo esse verso. Eu poderia riscá-lo, mas não consigo. As melhores músicas são honestas.

Daisy está me encarando, abanando o rabo, então a levo para um passeio demorado. O tempo todo, estou com a cabeça em Jamie e nas músicas que compus.

A floresta está escura, então ficamos nas ruas iluminadas. As árvores ao redor da calçada estão decoradas para o Natal com luzes bonitas e cintilantes, e preocupação atinge meu peito. Eu *ainda* não comprei um presente para Jamie.

Ele pode comprar qualquer coisa que quiser. Ele tem um apartamento lindo. Não precisa de roupas nem de equipamentos de hóquei. Parece gostar de cozinhar, mas o que vou comprar, um uísque? Eu me encolho. É tão bobo, e parece errado para nossa relação. Trabalho para ele, mas também somos amigos.

Se eu perguntasse, ele diria para eu não comprar nada, mas é porque ele não acha que valha a pena.

Passamos pela loja de violão, e minhas sobrancelhas se franzem. Meu violão dos sonhos não está mais lá, substituído por uma guitarra Fender preta.

Algo se aperta em meu peito. Eu não tinha dinheiro para comprar, então não sei por que fico tão desapontada.

Os olhos brilhantes de Jamie e sua expressão determinada aparecem em minha mente. Depois que eu der um jeito nessa situação — qualquer que seja ela —, vou juntar dinheiro para um violão novo. Algo especial, apenas para mim. Jamie vai ficar feliz em ouvir isso. Ele ficaria orgulhoso de mim se soubesse que passei a tarde toda compondo.

De repente, a ficha cai.

Compus esse álbum para Jamie. Pensei nele o tempo inteiro e, quando a síndrome de impostora surgia, eu me lembrava de suas palavras de incentivo e de seus olhares calorosos de afeto, e isso me estimulou a continuar. Nunca compus uma música sequer para alguém, que dirá uma coletânea toda, e ninguém nunca me encorajou como Jamie.

É como se ele achasse que posso fazer qualquer coisa.

A verdade é óbvia e, por mais que eu negue ou tente compará-lo a Zach, ela não vai embora.

Tenho fortes sentimentos por Jamie Streicher.

Agora só tenho que descobrir o que fazer com isso.

47

JAMIE

O Natal foi quatro dias atrás. Estou na casa da minha mãe, sentada no sofá com Daisy, revendo o vídeo de Pippa. Um sorriso maroto continua na boca dela enquanto canta a música, seu pé bate no ar enquanto ela toca o violão, e seus olhos brilham com travessura, como se ela não devesse estar cantando sobre ter raiva do ex e seguir em frente para algo melhor.

Ela é tão linda assim. Ela é sempre linda, mas ainda mais assim, cantando com o coração, parecendo tão feliz.

Já são cinco dias sem ver Pippa, e vou perder a cabeça. Trocamos mensagens o tempo todo, mas não é a mesma coisa que tê-la na minha frente. Ao alcance dos meus braços é o melhor lugar para Pippa estar.

Depois de cinco dias, está óbvio. Estou a fim da linda passarinha, e estou cansado de dizer a mim mesmo que não. Só pensar nela me deixa feliz.

Recorro a minhas velhas desculpas, mas algo as atravessa. E se eu encontrar um jeito de fazer isso dar certo?

Ela e Hazel viajaram para Silver Falls na semana passada e, como meu voo de Minnesota para Vancouver atrasou por causa do mau tempo, ela foi embora antes de eu voltar. Não tive a chance de me despedir nem de dar os presentes de Natal que tinha comprado para ela. Eu poderia ter mandado para Silver Falls, mas quero ver a cara dela quando os abrir.

E se eu a visitar? E se fizer a coisa impulsiva que nunca faço e simplesmente ir até ela?

Algo se ergue em meu peito, mas minha mente divaga para a vez em que eu e Pippa ficamos e perdi várias ligações da minha mãe. Eu não estava lá quando ela precisou de mim. Eu estava me distraindo. Passo a mão no rosto, expulsando meus devaneios. Não vou para Silver Falls. Vou vê-la na semana que vem quando ela voltar para casa.

Uma sombra passa sobre mim, e minha mãe se debruça sobre o dorso do sofá em que estou sentado, sofrendo de amores por minha bendita assistente. Tiro os fones de ouvido.

— É Pippa? — ela pergunta antes que eu possa guardar o celular.

Faço que sim.

Ela aponta para os fones.

— Toca alto.

Quando aperto play depois de desconectar os fones, a voz de Pippa enche a sala enquanto assistimos na tela. Daisy se ajeita no sofá, pousando a cabeça no meu braço, e solta um longo suspiro.

Minha mãe faz um carinho em Daisy.

— Ela está com saudade de Pippa.

Eu e minha cachorra trocamos um olhar. *Eu também, amiga.*

Minha mãe me lança um olhar de canto, me estudando com um brilho curioso nos olhos.

— Posso cuidar da Daisy se quiser passar o Ano-Novo fora.

A única pessoa que quero ver no Ano-Novo é Pippa.

— Não precisa.

— Jamie. — Ela me examina, e há um lampejo de tristeza e algo mais em seus olhos. Vergonha, talvez.

— Não tem problema — repito. — Não sou muito de festas. — *E sou necessário aqui*, é o que não digo.

Ela me observa por um longo momento.

— Comecei a procurar um terapeuta.

Ergo a cabeça e me viro para olhar melhor para ela.

— Quê?

Ela acena, girando um dos anéis no dedo.

— A Pippa comentou naquela noite em que vocês vieram. Ela fez parecer normal.

Meu peito se enche de orgulho e afeto por minha Pippa.

— É normal. Muitas pessoas fazem terapia.

Ela dá de ombros de novo.

— Ainda não encontrei alguém, mas estou procurando.

— Isso é ótimo. — Aquele peso em meu peito se alivia. — Fico muito feliz em ouvir isso.

— Imaginei que ficaria. — Ela se senta ao lado de Daisy e passa os dedos no pelo dela. — O que a Pippa vai fazer no Ano-Novo?

— Ela e Hazel vão a um bar.

Imagino Pippa no bar cheio, seu cabelo solto e ondulado como na festa de encerramento. Talvez ela use um vestido, mas é mais provável que vista algo casual por que é um bar tosco numa cidade pequena, e ela não quer chamar atenção. Quando ela me disse isso, eu ri, porque não existe nenhum ambiente em que Pippa não chame atenção.

Uma imagem indesejada aparece em minha cabeça de um cara se apoiando no balcão, conversando com ela. Sorrindo para ela. O olhar dele descendo para sua boca, seus peitos. Talvez ele estenda a mão e ajeite o cabelo dela atrás da orelha, diga algo provocante. Minhas narinas se alargam.

Odeio essa ideia. Odeio pra caralho. Meu joelho se agita enquanto olho fixamente para o nada.

— Jamie?

Volto à realidade.

— Hmm?

Minha mãe dá de ombros, como quem não quer nada.

— Por que não vai visitar a Pippa? Silver Falls é uma graça, amor, e aposto que ela adoraria mostrar a cidade dela para você.

Meu joelho continua a pular enquanto considero. Estou fora de controle sem ela.

Nos últimos dias, minha mãe pareceu, *sim*, melhor. Ela parece menos preocupada, menos ansiosa, mais controlada. Talvez esteja bem.

A mãe de Miller mora a poucos minutos daqui, e tenho certeza de que ele vai passar as festas lá. Tenho a sensação estranha de que ele viria num piscar de olhos se eu pedisse.

E ela está procurando um terapeuta. É um grande passo.

— Está bem — concordo. — Vou para Silver Falls.

48

PIPPA

Esta está sendo a semana mais longa da minha vida.

— Pippa. — Hazel abre os olhos na cadeira ao lado da janela que dá para o quintal dos fundos. Ela está de pijama e com o cabelo desgrenhado de quem acabou de acordar.

Estou deitada no sofá, também de pijama e com o cabelo desgrenhado, olhando fixamente para as árvores cobertas de neve através da mesma janela. Até que são bonitas, mas não ligo.

— Estou tentando meditar, mas você não para de suspirar. — Ela me lança um olhar que é ao mesmo tempo irritado e divertido.

Franzo o nariz.

— Desculpa.

Ela ergue uma sobrancelha, e meu estômago se contrai. O Ano-Novo é amanhã, e no dia seguinte pegamos o avião para casa.

Não faço a menor ideia do que fazer com meu crush pelo cara do ensino médio, que se transformou em sentimentos completamente apaixonados. Gosto dele. Posso até sentir mais do que isso, mas não vou olhar nessa direção agora. Estou apenas tentando entender o que fazer.

Meu instinto me diz que é recíproco, mas, depois do que ele admitiu sobre Erin? Ele pode não estar pronto para ouvir isso. Seria a devastação máxima, contar para ele e não dar certo.

Estou dividida, tanto que estou aqui sentada, olhando pela janela, enlouquecendo Hazel enquanto me decido.

Meu celular se ilumina com uma mensagem.

Oi.

Há um rompante de entusiasmo em meu peito. Não consigo evitar.

É apenas uma reação do meu corpo quando ele me escreve. Temos trocado *muitas* mensagens durante as férias, e parte de mim torce para ele estar igualmente entediado e infeliz sem mim.

Oi, respondo, os olhos grudados na tela, observando os pontinhos de digitação aparecerem.

Estava pensando em fazer uma viagem.

Ah, é? Algum lugar quentinho?

Um lugar gelado.

Uma esperança boba e ingênua gira e rodopia em meu peito. Os pontinhos de digitação surgem, desaparecem e surgem mais uma vez.

Nunca fui a Silver Falls, ele manda.

Meu coração sobe pela garganta e sorrio para o celular.

— O que está rolando? — Hazel pergunta, sorrindo para mim.

— Nada. — *É lindo nessa época do ano*, respondo. *Você vai virar picolé.*

Perfeito. Posso passar para dar oi?

Sim, por favor.

Ótimo. Meu voo é em duas horas.

Meu queixo cai. É o quê?!

Estou no aeroporto. Tem algum problema?

Imagina! Meu sorriso se alarga de orelha a orelha.

Hazel se senta ao meu lado, olhando para o celular na minha mão para ler as mensagens.

— É o quê? — ela repete. — O que está rolando?

Não ligo se minhas emoções estão estampadas na minha cara.

— Jamie está vindo visitar.

Ela suspira, mas está sorrindo.

— É claro que está.

A campainha toca, e me levanto de um salto do sofá antes de respirar fundo na frente da porta. Hazel bufa na cozinha, onde está com seu notebook.

Abro a porta, e ele está lá com um sorriso quase imperceptível, o que significa que está tão entusiasmado quanto eu. Nossa, como ele é alto. Fico sem palavras, olhando fixamente para ele com um sorriso bobo na cara.

— Oi — digo que nem uma idiota.

Suas bochechas estão coradas pelo frio. Ele está usando um gorro verde que destaca a cor de seus olhos. Talvez seja esperança minha, mas ele está olhando para mim como se eu fosse a melhor coisa que já viu na vida.

— Oi — ele diz, e o tenor grave de sua voz faz um calafrio descer por minha espinha.

A tensão corre entre nós, e seu olhar desce para meus lábios. Ele está com cara de quem quer me beijar, e meu estômago se embrulha da melhor maneira possível.

— Chegamos — meu pai grita por trás de Jamie, e damos um passo para o lado.

Meus pais sobem os degraus, conversando, e param de repente quando veem Jamie. Eles estavam visitando amigos, e pensei que ficariam na rua até mais tarde.

Os olhos do meu pai se arregalam como se ele tivesse visto um fantasma.

— Ai, meu Deus. — Ele estende a mão com um grande sorriso simpático. — Que diacho Jamie Streicher está fazendo à minha porta? Ken Hartley.

Jamie aperta a mão dele.

— É um prazer conhecer o senhor. — Ele abre um sorriso para meu pai e, na cozinha, Hazel me lança um olhar confuso.

Senhor? Hazel faz com a boca e dou de ombros.

— Ah, esse é o jogador de hóquei! — Minha mãe bate as palmas. — Ouvimos muito sobre você.

Ele sorri de novo para ela, e minha cara arde. Eles não ouviram *tanto assim* sobre ele. E daí que falo sobre Jamie vez ou outra? O que é que tem?

— Oi, sra. Hartley — ele diz, apertando a mão dela.

Ela dá um abraço nele. Sua cabeça mal chega ao ombro de Jamie.

— Pode me chamar de Maureen, querido. Vamos entrar. Você vai pegar um resfriado.

Entramos, e meu pai comenta de novo que é uma surpresa e tanto ter Jamie Streicher *em pessoa* em sua casa, o que é ao mesmo tempo fofo e totalmente constrangedor, mas Jamie não parece se importar. Apenas sorri e responde às perguntas do meu pai.

Hazel chega e Jamie a cumprimenta de cabeça.

— Hazel.

Surpreendentemente, ela não o fuzila com os olhos.

— Oi. Você veio.

— Sim — ele responde. — Vim.

Hazel olha de canto de olho para mim e parece satisfeita.

— Que bom.

— Podem se sentar — meu pai diz, apontando para a sala. — Vou trazer alguns lanches. Jamie, quer uma cerveja?

Jamie faz que sim.

— Uma cerveja seria ótimo.

— Tem alguma preferência? — Tenho o pressentimento de que meu pai sairia correndo para comprar qualquer coisa que Jamie disser.

— O que tiver mais fácil — Jamie diz. — Não tenho frescura.

— Pode ser Miller Lite?

— Perfeito.

— Bom rapaz. — Meu pai desaparece e, estranhamente, Jamie sorri de novo.

Enquanto ficamos sentados na sala, meu olhar se volta para a decoração e os móveis antiquados, as quinquilharias nas prateleiras, e as fotos bobas de mim e Hazel quando pequenas. Jamie para na frente da minha foto na segunda série. Nela, estou com um sorriso largo, de orelha a orelha, uma maria-chiquinha de cada lado da cabeça. Estou sem os dois dentes da frente.

Jamie aponta com a cabeça para a foto.

— Você foi atingida por um disco, Hartley?

Resmungo, e minha mãe ri.

— Esqueci que era dia de foto — ela diz. — Você deveria ter visto minha cara quando Pippa voltou para casa e me contou.

Os olhos de Jamie se demoram na foto, e acho que ele está sorrindo de novo.

— Muito fofa.

Meu pai volta às pressas com uma bandeja de bebidas e insiste que Jamie se sente na poltrona La-Z-Boy confortável em que ele normalmente se senta enquanto assiste a hóquei. Por dentro, estou morrendo de ver-

246

gonha, mas Jamie é educado e simpático e responde a todas as perguntas e conversas do meu pai relacionadas unicamente a hóquei.

Meia hora depois, minha mãe olha a hora.

— Acho bom colocar o frango no forno. — Ela olha para Jamie. — Você come frango?

— Hm. — Ele olha para mim. — Sim?

Abro um sorriso para ele.

— Espero que não tenha pensado que sairia sem jantar.

— Você *precisa* ficar pra jantar, Jamie — meu pai zomba.

Jamie ri baixo.

— Seria um prazer. Obrigado.

— Onde você está hospedado? — minha mãe pergunta.

Jamie passa a mão no cabelo.

— Não sei ainda. Vi um hotel na Main Street. Vou tentar lá primeiro.

Os olhos do meu pai se arregalam. Ele é muito dramático às vezes.

— Você não tem um quarto reservado? — Ele abana a cabeça em choque. — Não vai rolar. Tudo está cheio nessa época do ano.

— Pois é — minha mãe concorda. — Você precisa ficar com a gente.

— Quê? — Engasgo. Jamie está acostumado a ficar em hotéis cinco estrelas com camas king size e HBO na TV, não casas com móveis mais velhos do que eu. Minha cama e a de Hazel são de quando éramos adolescentes, e a do quarto de hóspedes é ainda mais antiga. — Jamie não quer ficar com a gente. Podemos encontrar um Airbnb pra ele ou coisa assim.

— A essa hora da noite? — meu pai pergunta, olhando para mim como se eu fosse doida. — Pippa, são quase cinco. Sei que não é muita coisa — ele diz a Jamie —, mas temos um quarto de hóspedes perfeito pra você.

Abro a boca para protestar de novo, mas Jamie assente com a cabeça para meus pais.

— Eu adoraria ficar. — Eu o encaro, e ele me olha de esguelha com ironia. — Se a Pippa não achar ruim.

— Claro. — Pisco para ele. — Pode ficar.

— Ótimo. — Meu pai se levanta de um salto. — Vou ajudar a Maureen com o frango e já volto. — Mais uma cerveja?

Jamie faz que sim.

— Pode ser, obrigado, Ken.

Meu pai sorri para ele, e sei que é porque Jamie o chamou pelo primeiro nome. Fico olhando para a cara de Jamie em choque, mas meu coração está dançando no peito.

Quem é essa versão do meu goleiro rabugento?

49

PIPPA

À noite, minha mãe afasta meu pai para dar uma trégua para Jamie, e Hazel está no quarto dela no andar de cima, então ficamos apenas eu e ele na sala de estar, assistindo a *Um duende em Nova York*. Estamos tomando sidra quente, uma tradição anual em nossa família, e a canela, a noz-moscada, os cravos e o anis-estrelado deixam nossa casa com um cheiro incrível.

— Vamos fazer isso em casa — Jamie diz, e me derreto toda.

Adoro a maneira como ele diz *casa* assim.

Adoro que ele veio para Silver Falls.

Adoro que ele tenha passado tempo com meus pais, só sentados na sala assim, mesmo que eu esteja de calça de moletom. Ele parece mais contente e relaxado do que nunca.

— Tudo bem ficar aqui? — pergunto, apontando para a sala simples ao redor. — Podemos ir para um bar ou coisa assim.

Jamie me cutuca.

— Aqui é exatamente onde quero estar.

Na tela, Will Ferrell pula para cima e para baixo com uma fantasia de duende, gritando sobre como está ansioso para conhecer o Papai Noel, e dou risada.

— Minha mãe está procurando um terapeuta — Jamie diz.

Abro um sorriso.

— Está? Isso é ótimo.

— Sim — ele concorda com alívio. Ele coça a nuca, olhando de soslaio para mim. — É graças a você, sabe.

— Não temos como saber.

— É, sim. Ela me disse que foi por causa da conversa que vocês tiveram.

Minha garganta se fecha de emoção.

— Jura?

Ele concorda de novo, o olhar suave percorrendo meu rosto.

— Obrigado.

Quero subir em seu colo e dar um abraço nele.

— Fico muito contente, Jamie. De verdade.

— Eu também.

Sua mão envolve a minha, e ele dá um aperto. Algo doce e faiscante dança em minhas entranhas, e olho para sua boca. Consigo praticamente sentir seus lábios nos meus, exigentes e incansáveis. Seus olhos se escurecem, e uma pressão e um calor vibram entre minhas pernas.

— Quero te dar seu presente de Natal — ele diz de repente, tirando a mão, os olhos se voltando para os meus como se estivesse nervoso. — Posso?

— Claro. — Pisco. — O seu ainda não está pronto.

Ele abana a cabeça.

— Tudo bem.

— Quer dizer, está quase pronto. Pronto o bastante para eu te mostrar hoje. — Mordo o lábio, e agora *eu* estou nervosa.

E se ele odiar? E se for demais? Sinto meu coração se debater, como se borboletas estivessem tentando escapar. Jamie me abre um sorriso rápido, calça o sapato e vai até o carro. Momentos depois, ele volta com duas caixas — uma enorme e uma do tamanho de uma caixa de sapato. Ele precisa virar o presente grande de lado para passar pela porta. Estão embrulhados perfeitamente com papel em cores vivas e laços vermelho brilhantes.

— Ai, Deus. — Eu os encaro, horrorizada. Eles vão deixar meu presente no chinelo. — Posso ir primeiro?

Ele balança a cabeça com uma risada enquanto esvazia a mesa de centro e coloca os embrulhos nela.

— Não. Estou nervoso. — O canto da boca dele se ergue enquanto ele estende o presente menor para mim. — Você primeiro.

Solto uma longa expiração e estudo o presente enquanto um nervosismo sapateia em meu estômago. Jamie ergue as sobrancelhas e olha para o relógio de maneira exagerada, e rio.

— Para — digo antes de desfazer o laço. Seu joelho balança enquanto o abro e, quando tiro a tampa, dou um sorriso enorme. — Agora tenho meu próprio uniforme?

Ele examina meu rosto com uma expressão estranha.

— Você gostou?

Tiro o uniforme azul-marinho e branco da caixa, virando-o para ler atrás. STREICHER está bordado com letras brancas garrafais, e meu corpo vibra com um sentimento contente, orgulhoso e possessivo.

— Não precisa usar meu nome nas costas — ele diz baixo, me observando com cuidado. — Dá para tirar essa parte.

— Não se atreva. — Encaro seu olhar enquanto minhas entranhas se dissolvem em uma poça. — Quero usar seu nome.

— Ótimo. — Os cantos de sua boca se erguem, e seu olhar é caloroso. — Também quero que você use.

Não posso falar a verdade para ele: que usar seu uniforme e ter seu nome em mim me fazem sentir que sou muito mais do que somos, e que adoro isso. Adoro cada pedaço desse presente.

Ele aponta o queixo para a caixa maior.

— Próximo.

Curiosidade dispara em meu cérebro enquanto o desembrulho com cuidado. A lateral da caixa parece muito...

Não. Não quero criar esperanças.

— Tomara que seja uma moto. — Ergo as sobrancelhas para ele.

Seus olhos brilham como se ele estivesse curtindo me ver abrir esses presentes. Não sei o que pensar disso. Isso me faz sentir especial e cuidada, e há outra batida forte em meu peito. Tiro o resto do embrulho e perco o fôlego.

— Jamie — digo sussurrando, olhando para a caixa. Sinto minha garganta tensa.

Seus dedos roçam o dorso da minha mão com ar de brincadeira.

— Abre.

Contraio os lábios, hesitante, antes de virar a tampa.

Sim. Lá está, mas, em vez de estar na vitrine da loja de violão, está em cima da mesa.

É *tão* lindo, mas é mais do que isso. Esse violão é algo que pensei que não poderia ter e, porém, aqui está. Meus olhos se enchem de lágrimas de emoção e pisco rápido para secá-las.

— Não precisava. — Não consigo olhar para ele. Se olhar, vou chorar. Ou dar um beijo nele. Não sei.

— Precisava, sim.

— É caro demais. — Meus sentimentos por ele crescem a cada segundo, inflando como um balão.

— Pippa. — Sua voz é firme, sem deixar margem para dúvida. — Eu te daria todos os violões da cidade se você deixasse.

Merda. Esse cara vai partir meu coração em mil pedaços.

Quando finalmente olho para ele, sua expressão é tão orgulhosa, e sei que ele está falando a verdade sobre comprar todos os violões se pudesse.

Merda.

— Dizer obrigada não parece ser o suficiente. Você está me mimando. — Passo os dedos em seu nome no uniforme.

Ele encolhe os ombros largos.

— Então me deixa te mimar.

— Obrigada — digo, e me inclino para a frente para dar um abraço nele, e seus braços me envolvem. Chego perto do seu ombro, inspirando seu perfume quente e amadeirado. Uma de suas mãos entra em meu cabelo, a outra me segurando com firmeza junto a ele.

— Não precisa agradecer, passarinha. — Sinto sua voz grave em meu peito e desejo poder ficar assim para sempre. — Certo, está na hora de estrear.

Eu recuo e estudo o violão.

— É bonito demais para tocar.

— Até parece. Não precisa amaciar o violão? — Ele sorri.

Desato a rir.

— Isso leva anos.

Ele aponta para o instrumento.

— Então é melhor começar.

O nervosismo me percorre. Estou hesitante, mas é agora ou nunca.

— Primeiro quero te dar meu presente. — Pego o celular da mesa de centro e abro uma pasta, compartilhando-a com ele.

252

Sua mão roça em minha lombar.

— Não precisava me dar nada, Pippa.

— Eu sabia que você diria isso. — Seu celular apita no bolso, e aceno para ele com um sorriso. — É meu. Abre.

Quando ele abre o e-mail, sua risada é surpresa e contente. O som se dissolve em meu coração. Seu rosto se ilumina enquanto ele desliza pelas fotos profissionais que mandei tirar de Daisy na praia de cachorro, e seus olhos estão brilhantes.

— Vou mandar imprimir — explico. — Eu ia emoldurar uma e colocar no apartamento.

Ele abre um sorriso largo para uma em que Daisy está no meio do pulo, a língua para fora com os olhos frenéticos.

— São incríveis. Eu amei.

Ele para em uma de mim e Daisy.

Um rompante de vergonha me atinge, e minha cara arde.

— Eu não ia imprimir aquelas em que estou. Essa é a pasta inteira, então tem algumas a mais aí.

Ele ainda está sorrindo para aquela de mim e Daisy.

— Adorei.

Mordo o lábio, nervosa sobre o próximo presente.

— Tem mais uma coisa — digo, pegando o celular de novo. Minhas mãos estão tremendo. Nunca fiz nada assim antes.

A mão de Jamie cobre meu joelho, e o calor de sua mão grande atravessa o tecido, me trazendo de volta ao presente. Ele está sorrindo para mim, aquele sorriso suave e bonito que me faz querer dar um beijo nele.

— Compus um álbum — digo sem pensar, e suas sobrancelhas se erguem.

— Como assim?

— Pois é — respondo. — Compus um álbum pra você. Quer dizer... — Balanço a cabeça de um lado para o outro. — Compus pra mim também, então espero que não seja chato que a gente tenha que dividir esse presente, mas você me incentivou e me fez sentir que eu era capaz de fazer isso, então continuei compondo porque queria ter todo um conjunto de músicas para mostrar para você.

Seus olhos brilham com orgulho.

— Mostra.

Solto uma risada com seu tom.

— *Agora*, Pippa.

Rio de novo, abrindo outra pasta no celular.

— Espera um segundo. Que impaciente.

Sua mão não saiu do meu joelho, e seu polegar desliza para trás e para a frente enquanto compartilho os vídeos com ele. Eu normalmente os gravaria apenas como áudio, mas gostei de como estava a luz na sala no fim da tarde, então simplesmente deixei o vídeo correndo. Depois que acabei, cortei o filme em clipes individuais.

O celular de Jamie se ilumina e, um momento depois, minha voz ecoa na sala de estar. Ele dá um sorrisinho contente de novo, e volta um olhar de esguelha para mim.

— Você compôs um álbum — ele diz baixo.

Meu peito está cheio de pressão e alegria e descrença.

— Eu compus um álbum.

Ele abana a cabeça com espanto, ainda me observando enquanto minha música toca.

— Que foda. Estou tão orgulhoso de você.

Sorrio para minhas mãos em meu colo.

— Obrigada. — Sinto um nó na garganta enquanto engulo em seco, levando a mão ao meu violão novo. Quando o levanto, meu coração bate forte.

Há algo de perfeito nesse violão... seu peso, o toque do braço em minha mão, a curva de seu corpo em minha coxa quando o coloco no colo.

— Este violão é minha alma gêmea — digo a Jamie, e ele sorri.

— Vai tocar o resto do álbum para mim?

— Se você não achar ruim.

Ele se recosta no braço do sofá, olhando para mim, colocando as mãos atrás da cabeça enquanto toco. Estou tocando as músicas, e Jamie está sorrindo em certas letras porque sabe exatamente sobre o que estou cantando. Nos últimos meses, Jamie virou um dos meus amigos mais próximos, e tocar violão para ele, cantar para ele, se tornou íntimo e especial.

Termino a música sobre vingança, aquela que mandei para ele algumas semanas atrás, e meus dedos pairam sobre as cordas.

A única que falta é a sexy. Ele ergue uma sobrancelha em um gesto de desafio, como se conseguisse sentir minha hesitação.

Eu deveria terminar aqui. Deveria dar a noite por encerrada e subir para dormir. Realmente deveria. É sobre Jamie, e é impossível que ele não vá perceber.

Algo arriscado e audacioso me percorre, e começo a tocar a música.

Parte da letra é, hm, muito específica. Essa é minha parte favorita sobre compor, como algumas das letras são específicas, sobre tomar sorvete de chocolate com cereja e passar por sua antiga escola ou coisa assim, e você consegue se imaginar dentro da música.

Vou me sentar entre suas pernas enquanto você me faz tremer junto a você. Fazer meu corpo sentir coisas novas, é o que nós dois queremos.

Olhando para mim, Jamie fica tenso, e seus olhos ficam turvos. Paro de tocar.

— Passarinha — ele alerta, erguendo uma sobrancelha. Há uma curva deliciosa em seu sorriso cruel, e meu rosto fica quente.

A tensão é palpável na sala.

— É melhor a gente parar por aqui — murmuro.

— Nem fodendo. — Sua voz é grossa.

Meu olhar desce para o colo de Jamie. Ele está totalmente duro, a ereção marcando o tecido da calça de moletom. Um calor pulsa embaixo do meu ventre, mas continuo a tocar a música.

— Você compôs essa pra mim? — ele pergunta quando acaba. Ele não tira os olhos do meu rosto.

Faço que sim. Nossos olhares se fixam um no outro, e a tensão crepita entre nós. O olhar de Jamie fica mais intenso, e seu maxilar se tensiona enquanto lambo o lábio inferior. Pressão se acumula entre minhas pernas, e sinto minha pele ficar quente. Desejo tanto esse homem.

Seus olhos me fitam com determinação.

— Esse é o melhor presente de Natal que eu poderia ter ganhado.

— Digo o mesmo — murmuro.

Ficamos nos encarando por um segundo, até que Jamie desvia o olhar.

— É melhor eu ir pra cama.

Não, quero gritar, mas, em vez disso, respondo com um aceno de cabeça:

— Boa noite. — Ele se levanta, se ajeita e sobe sem dizer uma palavra.

Fico sentada no sofá por alguns momentos depois disso, sentindo-me quente e agitada, cheia de energia, antes de apagar as luzes e subir para meu antigo quarto, carregando meus presentes de Natal. No quarto, ergo o uniforme e sorrio.

Eu amei. Vou usar em todo jogo, e já consigo imaginar o sorriso de Jamie quando ele se virar e me vir atrás do gol, usando a camiseta com orgulho.

50

PIPPA

— Aonde você e Jamie foram hoje? — Hazel pergunta na noite seguinte, sentada do outro lado da mesa no barzinho movimentado.

É Ano-Novo, e o único bar da cidade está lotado. Olho ao redor, observando todas as pessoas, as decorações de Natal ainda montadas, e Jamie esperando no bar para pegar mais uma rodada de bebidas para nós. Ele encontra meu olhar, dá uma piscadinha rápida, e sorrio imediatamente.

— Mostrei a cidade pra ele, depois fomos de carro até as montanhas. — Contenho uma risada ao me lembrar da sua expressão depois que atirei a bola de neve nele.

— Ele apoiou você hoje — ela diz, olhando de canto de olho para ele. Um grupo de homens sorridentes está conversando com Jamie enquanto ele espera as bebidas.

— Sim. — Meu coração se aperta. No jantar com meus pais, eles comentaram da vaga de marketing, e Jamie disse imediatamente que eu era uma cantora e compositora talentosa. Eles riram e disseram que era importante ter hobbies.

"Pippa tem o que é necessário para seguir carreira na música", ele disse, e os dois ficaram atônitos até eu mudar de assunto.

Hazel se inclina para a frente, baixando a voz, e seus olhos dançam com provocação.

— Só tentem não fazer barulho hoje, tá? As paredes são finas.

Meus olhos estão arregalados, e inspiro fundo.

— Não vai acontecer nada. — Com todo mundo na casa? De jeito nenhum.

Ela revira os olhos.

— *Ai, Jamie.*

Estendo a mão sobre a mesa para calar a boca dela, rindo.

— *Hm, me disca mais forte com seu bastão de hóquei.* — Ela fala como uma atriz pornô, e as pessoas olham.

Solto uma gargalhada.

— Isso nem faz sentido.

Ela empurra minha mão, sorrindo.

Dois corpos masculinos grandes se sentam ao nosso lado, pondo um fim em nossa conversa.

— Feliz Ano-Novo, meninas! — Hayden coloca o braço ao redor do meu ombro, me dando um baita susto.

Uma risada surpresa escapa da minha boca. Do outro lado da mesa, Rory está sorrindo para Hazel, que o encara como se ele fosse uma barata que acabou de subir na mesa.

— O que vocês estão fazendo aqui? — ela pergunta.

— Streicher disse que faria uma viagem de última hora para cá — Hayden nos diz. — Pensamos em fazer uma visitinha para ele. — À porta, metade do time está entrando. — Imploramos para o time nos deixar usar o ônibus.

Solto uma gargalhada com a expressão confusa de Jamie quando os caras o rodeiam no bar. Eles estão chamando muita atenção.

Hayden atira um porta-copo em Rory.

— E esse filho da puta gosta mais da gente do que do próprio time.

Rory não tira os olhos de Hazel, e tenho a impressão de que ele sabia que ela estaria aqui.

Nesse momento, Jamie volta à mesa com bebidas. Ele olha para mim com uma expressão ranzinza, como se estivesse irritado que os jogado-res invadiram nossa noite mas também secretamente contente porque é óbvio que eles o consideram um amigo.

— Temos companhia — digo.

— Eu vi. — Ele revira os olhos antes de fazer sinal para Hayden sair.

Quando Jamie se senta no banco ao meu lado, me cercando, ele coloca o braço sobre a parte de cima, e seus dedos roçam meu ombro. O nervo-sismo vibra em meu estômago e contenho um sorriso. No bar, as pessoas olham ao nosso redor com curiosidade.

— Não entendo por que você anda tanto com aqueles caras — Hazel está dizendo a Rory. Ela está fazendo uma cara irritada, mas seus olhos estão brilhando e ela está com dificuldade de encará-lo.

Ele está olhando como se ela fosse a única pessoa no salão.

— Eu gosto deles. Não existe uma regra que não nos permita andar com nossos amigos, mesmo que eles estejam em outro time. É só não falar sobre as jogadas. — Ele aponta o queixo para Jamie com um desafio no olhar. — Não que isso ajudaria o Streicher aqui. O cara poderia ter todas as minhas estratégias de antemão e eu ainda marcaria contra ele.

A mão de Jamie fica tensa ao redor do vidro, os dedos embranquecendo enquanto encara o rival. Rory o está provocando, tentando tirar uma reação de Jamie.

Metade de mim deseja que eles conversem. Ou briguem. Alguma coisa para processar essa história. Mas duvido que isso faria bem para suas carreiras. Os celulares estariam erguidos em questão de segundos, gravando, e pararia nos noticiários.

Minha mão pousa na coxa de Jamie, e seu olhar desce para o meu. Seu maxilar está tenso, e abro um leve sorriso para ele.

— Ignora — digo a ele.

Ele abre um pequeno sorriso e, um momento depois, seus dedos roçam em meu cabelo enquanto ele brinca com as pontas.

Em termos de Ano-Novo, ficar em um bar de cidade pequena e ouvir a banda local tocar enquanto tomamos cerveja barata é agradável. Mas ficar sentada aqui, abraçada ao lado de Jamie?

Este é o melhor Ano-Novo que já tive.

51

PIPPA

Duas horas depois, estou levemente bêbada, cercada por jogadores de hóquei barulhentos e agitados. Jamie está colado ao meu lado, e ele bebeu um pouco. Há um rubor rosa em suas maçãs do rosto, parecido com o que fica quando sai do banho, e ele até sorri algumas vezes. Alguns dos jogadores estão tomando shots em um shotski, uma série de copinhos colados grosseiramente em um esqui, de modo que todos os participantes têm que beber ao mesmo tempo, e Hayden pediu um shot especial que o está fazendo ser espancado com um remo pelo bartender enquanto o bar festeja. No canto, uma banda toca e, quando chegamos perto da meia-noite, a energia divertida no bar se intensifica.

— Você vai me beijar à meia-noite? — Rory pergunta a Hazel.

Ela encara os olhos dele, com um sorriso complacente.

— Vai beijar sua boneca inflável.

— Esqueci em casa.

Seguro o riso, e Hazel parece estar segurando também.

Ele olha para mim.

— E você, Pippa? Posso marcar uma dança com você?

Ao meu lado, Jamie se enrijece.

— Não.

Olho para ele. Seu braço está no banco, mas consigo sentir o calor dele.

— Minha agenda está cheia hoje. Mas obrigada pela oferta.

Jamie fulmina Rory com o olhar, mas, antes que algo possa acontecer, Hayden surge ao lado de Jamie.

— Streicher, vem jogar bilhar com a gente.

Jamie olha de soslaio para mim e Rory, em dúvida.

— Vai — digo, apontando o queixo para as mesas de bilhar. — Hazel vai me proteger com unhas e dentes.

Hazel mostra os dentes para Jamie, e dou risada. Rory apenas olha para minha irmã com um interesse lascivo.

— Já volto. — A mão de Jamie roça minha lombar antes de acompanhar Hayden.

— Então — Rory diz do outro lado da mesa —, vocês dois.

Meu sorriso é tenso, e dou de ombros.

— O que é que tem?

Seu olhar é curioso e provocador.

— Ele gosta de você.

Rio comigo mesma, e sinto meu rosto arder.

— É sério — ele continua, acenando. — Nunca o vi assim.

Suas palavras fazem um arrepio me percorrer, e escondo o sorriso. Talvez eu tenha sentimentos por ele, mas não estou pronta para admitir para as pessoas. Mal admiti para Hazel.

— Sou só a assistente dele — minto.

Ele solta um barulho incrédulo.

— *Alguma* coisa dele você é, isso é certeza.

Felizmente, mais jogadores chegam à mesa com bebidas e nos interrompem, e converso enquanto observo Jamie jogar bilhar com Hayden e Alexei.

— Certo, pessoal — o vocalista da banda diz ao microfone alguns minutos depois. — Vamos fazer um pequeno intervalo logo antes da meia-noite, mas temos uma surpresa especial para vocês.

Jamie e Hayden atravessam o mundaréu de gente para voltar ao nosso grupo, e os olhos de Jamie estão em mim.

— Temos outra cantora no bar, e ela vai tocar uma música para nós — o vocalista diz no microfone, e Jamie dá um sorrisinho.

Meu pulso para.

— Deem as boas-vindas a Pippa Hartley!

Meus olhos se arregalam enquanto o bar vibra e aplaude, metade dos fregueses se voltando para olhar para mim enquanto permaneço paralisada.

— Como assim? — pergunto a Jamie enquanto meu coração acelera.

Ele fala no meu ouvido:

— Sobe lá, passarinha. Quero ouvir meu presente de Natal ao vivo.

Encontro seus olhos, e meus lábios se entreabrem. Pisco para ele, encarando seu olhar.

Quando toquei no Flamingo Imundo em Vancouver só havia umas trinta pessoas, a maior parte do time. Esse lugar está lotado. Só em volta do bar tem umas filas de oito pessoas cada. Todos os bancos e cadeiras estão ocupados, e só dá para ficar em pé. Deve haver umas duzentas pessoas aqui.

Estou surtando.

— Não consigo — sussurro, abanando a cabeça.

Está todo mundo me encarando.

Ele sustenta meu olhar, tão forte, firme e cheio de afeto. Sua boca forma um sorriso lindo.

— Sim, consegue. Eu sei que consegue.

Olho ao redor do bar, encontrando olhares conhecidos enquanto as pessoas observam e esperam. Jamie sempre acha que consigo e, toda vez, ele está certo. Um sentimento estranho atravessa o pânico e o medo do palco: determinação. Se eu não fizer isso, vou estar provando que não fui feita para a indústria musical. Que sou apenas aquela garota que namorava o cantor famoso.

Quero provar que eles estão errados e, mais do que tudo, quero provar que Jamie está certo.

— Certo — sussurro, acenando para Jamie. — Está bem.

Seu sorriso se estende por todo o rosto, e meu pulso vacila.

— É isso aí.

Nossa, adoro deixá-lo orgulhoso assim.

Eu me dirijo ao microfone, saboreando o toque de seus dedos em minha lombar enquanto passo por ele. A multidão aplaude, e pego o violão entregue a mim no palco, colocando a correia no ombro antes de parar diante do microfone e encarar a multidão.

É exatamente como na primeira vez, quando fiquei à frente do microfone no bar depois que Jamie fez aquele acordo comigo. Meu coração está batendo como um tambor e tenho total noção de que todos estão esperando.

— Sou Pippa Hartley — digo ao microfone, e minha voz é forte e clara. — E essa é uma música sobre vingança.

A multidão grita, animada e bêbada, e encontro o olhar de Jamie. Ele me dá um aceno firme, ainda sorridente, e começo. Canto a música sobre voltar a se levantar depois de ser pisoteada, aquela que me faz me sentir forte e poderosa. Minha voz ecoa, e vou me aprofundando, dando à música tudo de mim. No último refrão, paro de tocar o violão. A plateia bate palmas no ritmo, e sorrio enquanto canto.

Uma mulher perto do palquinho grita em apoio e admiração, e pisco para ela. Meu peito explode de energia e orgulho, e estou nas alturas. Acabo a música dando tudo de mim e, quando toco o último acorde, uma salva de palmas enche o bar.

É euforia. Estou flutuando, deslizando mais alto do que nunca, o coração acelerado e a pele formigando. Nunca me senti assim, e já sei que estou viciada.

52

JAMIE

O bar explode em palmas de admiração por Pippa, e observo enquanto ela abre um sorriso tímido para a plateia, devolve o violão e sai do palco.

Vendo-a lá em cima, ficou tão óbvio: estou apaixonado para caralho por essa mulher, e já faz um tempo. Muito mais do que eu imaginava.

Pippa Hartley me deixou comendo na palma da sua mão. Eu faria tudo por ela e nem estou bravo por isso. Quero fazer coisas indizíveis com ela, fazer com que goze na minha boca, nas minhas mãos e no meu pau, fazer com que grite meu nome e mostrar para ela como o sexo pode ser incrível pra caralho. Sei que entrar em sua boceta apertadinha e molhada vai mudar minha vida.

Mas não é só sexo. Quero acordar com ela, passar tardes à toa vendo um filme no sofá e sair para passear na floresta com Daisy.

Não sei como, mas vamos dar um jeito. Todas as coisas com minha mãe, minhas preocupações sobre magoar Pippa como magoei Erin, vou ter que lidar com isso. Vou dar um jeito. Não quero mais sofrer com esse peso.

Só quero Pippa.

Ela chega a nosso grupo, e a pego nos braços, afundando o rosto em seu cabelo, inspirando seu aroma quente.

— Estou fascinado por você — digo em seu ouvido e, quando ela recua para sorrir para mim, seus olhos brilham.

— Obrigada por me incentivar — ela diz. — Foi... — Ela perde a voz, abanando a cabeça. — Incrível. Parecia que eu estava voando.

Meus sentimentos batem forte no peito, querendo sair. O nervosismo me atravessa, e procuro seus olhos. Jesus, ela é tão linda e perfeita.

Ela subiu ao palco de um bar lotado apesar do medo, apesar de o filho da puta do ex dela ter tentado acabar com sua autoconfiança. Vivo incentivando Pippa a ser corajosa e, agora, está na hora de virar a porra da página do meu próprio livro.

— Estou apaixonado por você, passarinha. — Meu coração palpita, e o resto do bar desaparece. — Gosto pra caralho de você. Não quero mais fingir. Viajei até aqui por você. — Algo se expande em meu peito, preenchendo todos os cantos com um calor intenso. Nossos olhares estão fixos um no outro, e meus braços ainda estão ao redor dela, mantendo-a perto. — Não quero mais resistir a isso.

Seus olhos estão brilhando e cheios de vulnerabilidade.

— Eu também não.

— Jura?

Ela faz que sim, rindo um pouco como se estivesse aliviada.

Não sei o que fazer com esse sentimento explodindo dentro mim. É como se houvesse fogos de artifício em meu sangue. Porra, finalmente, posso parar de fugir.

— Vamos resolver isso juntos.

Ela sorri, e me apaixono um pouco mais por ela.

— Eu sei.

Quase deixei isso escapar. Tentei resistir a isso por tanto tempo. Inacreditável.

— Dez, nove, oito — o bar ao nosso redor entoa, e me dou conta de que faltam segundos para a meia-noite. Pippa pisca, olhando ao redor, antes de seu olhar se voltar para o meu.

— Feliz Ano-Novo, Jamie — ela sussurra.

Eu a puxo para perto. Algo mudou de lugar em meu peito, encaixan-do-se. Essa é a coisa certa. É assim que é para ser. Pensei nela por todos esses anos, e nos reencontramos.

— Três, dois, um — as pessoas contam antes de o bar irromper em gritos de novo.

— Feliz Ano-Novo, Pippa — murmuro antes de enfiar a mão entre seu cabelo e puxar sua boca para a minha.

53

PIPPA

— Vocês têm tudo de que precisam? — pergunto a Hayden na sala dos meus pais à noite.

Os jogadores não tinham um lugar para ficar porque Hayden é um novato de vinte e três anos que é péssimo no quesito planejamento. Não podíamos deixar que eles dormissem no ônibus — eles morreriam de frio —, então vão ficar na casa dos meus pais. Os jogadores mais bêbados já estão roncando no chão, embaixo das cobertas que joguei em cima deles.

Meu pai vai perder a cabeça de emoção amanhã. Aposto que vai fazer panquecas para todo mundo.

Hayden faz um aceno com a cabeça.

— Estamos bem. — Seu olhar se volta para trás do meu ombro onde Jamie está esperando.

Sinto um friozinho na barriga. Todos viram nosso beijo à meia-noite. Depois, Rory me lançou um olhar de *Não disse?*.

— Está bem. — Dou um aceno para Hayden e Rory, que está no sofá. — Boa noite.

Rory dá uma piscadinha.

— Boa noite, Pips. Não deixa o Streicher te manter acordada à noite toda.

Meu rosto arde enquanto subimos a escada, e meu corpo zumbe de energia tensa. Faz horas que estou vibrando de ansiedade.

Escondo um sorriso quando chegamos ao patamar da escada, e sua mão pega a minha. Paramos à porta do meu quarto, e a tensão no ar cresce enquanto ele me lança um olhar ardente.

— Oi — sussurro.

Seu olhar fica mais caloroso, e ele dá um beijo em minha boca. Sua língua entreabre meus lábios, e me entrego a ele enquanto ele traça a língua dentro de mim, com tanto carinho e cuidado. Ele me faz andar para trás até eu estar encostada na porta do quarto e, quando sua mão chega a meu cabelo, ele inclina minha cabeça para poder ir mais fundo.

A excitação vibra entre minhas pernas.

Ele interrompe o beijo com um barulho de frustração e encosta a testa na minha.

— Não dá — ele murmura. — Não aqui. Seus pais estão no outro quarto.

— Podemos não fazer barulho. — Mordo o lábio inferior, inchado de tanto o beijar, e abro um sorriso safado para ele.

— Você pode conseguir, mas não sei se consigo. — Ele inspira fundo e, por um momento, penso que ele vai ceder, mas ele abana a cabeça. — Não podemos, passarinha. Quero muito te comer, você não faz ideia. — Ele pega minha mão e a coloca sobre o pau.

Ele está completamente duro e, quando o acaricio sobre o tecido, seus olhos se fecham.

— Caralho — ele murmura antes de recuar do meu toque. — Não. — Ele dá um beijo firme em meus lábios. — Boa noite.

Arqueio uma sobrancelha para ele, e ele aponta para a porta do meu quarto.

— Agora — ele diz com um tom firme, embora seus olhos estejam cheios de ironia.

Solto uma risada silenciosa.

— Boa noite, mandão.

Um minuto depois, estou me despindo, prestes a vestir meu pijama, quando o uniforme chama minha atenção e, em vez de dormir com uma camiseta velha, visto o uniforme sobre a pele nua.

Aquela excitação queimando em um fogo brando no fundo da pele começa a ferver quando o uniforme roça meus mamilos, e eles se acendem. Ignoro o ardor entre as pernas e subo na cama.

Do outro lado da parede, escuto o rangido da cama do quarto de hóspedes enquanto ele se deita, e imaginá-lo com os pés pendurados para fora da ponta me faz rir.

267

Alguma coisa engraçada?, ele manda por mensagem.

Sorrio para o celular. *Sinto muito por você estar na menor cama do mundo. Ela é ótima.*

Obrigada de novo pela camisa. Eu amei.

Abro o aplicativo da câmera e tiro uma foto com ela antes de enviar para ele. Apenas meus ombros estão visíveis porque estou embaixo das cobertas.

Do outro lado da parede, escuto um grunhido baixo. *Você está usando a camiseta na cama? Puta que pariu, passarinha. Estou tentando não ficar de pau duro na casa dos seus pais.*

Tesão dispara por mim, e meu olhar se volta para a parede que nos separa. Eu o imagino deitado ali, fechando os olhos e respirando fundo para se controlar. Um calor se acumula no fundo do meu ventre, e aperto uma coxa na outra.

Depois de voar alto cantando no palco hoje e da nossa declaração, eu me sinto ousada e corajosa.

É tudo que estou usando, respondo.

Jesus Cristo. Que tesão. Não é por isso que a comprei para você... Mas agora não consigo imaginar outra coisa.

Minha boca se abre em um sorriso tímido e satisfeito. Há uma longa pausa antes de aparecer outra mensagem. *Tem certeza de que consegue não fazer barulho?*

Sim, respondo enquanto meu coração bate forte dentro do peito.

Escuto a porta se ranger enquanto ele se levanta e anda na ponta dos pés pelo corredor até o meu quarto. Minha porta se abre e ele entra, se apoiando na porta fechada. Ele me observa deitada, usando uma camiseta com o nome dele, e seu olhar percorre a cama antes de voltar ao meu rosto. O volume grosso de seu pau duro sob a calça de moletom faz um arrepio me atravessar.

— Oi — ele murmura.

— Oi. — Mordo o lábio, e seu olhar segue o movimento, ficando ainda mais intenso. Ele vai até a cama, que se afunda quando ele coloca as mãos ao redor da minha cabeça, pairando sobre mim com um olhar inflamado.

Entre minhas pernas, o ardor se intensifica, e não consigo tirar os olhos dele.

— Você precisa ficar bem, bem quietinha, passarinha. Nenhum ba-rulho. — Sua respiração faz cócegas em meu rosto. — Entendido?

Faço que sim, suspirando. Eu diria qualquer coisa para ter sua boca em mim de novo.

— Ótimo.

Ele se abaixa para me beijar.

54

JAMIE

Ela solta um suspiro de alívio quando minha língua entra em sua boca, e me ajeito para que meus joelhos fiquem ao redor dela.

— Caralho — sussurro em sua boca, tão quente e acolhedora. Ela tem um gosto tão doce, tão certo, que mal consigo me conter.

Puxo as cobertas para trás para olhar para ela, e perco a cabeça quando vejo Pippa usando apenas minha camiseta de hóquei.

Uma sensação atravessa meu peito.

Minha. Pippa é minha. Nunca vou abrir mão dela.

Fico sem palavras enquanto passo o olhar por seu corpo. Nunca vou esquecer a imagem das coxas suaves, da pele lisa, do pedaço dos seios dela sobre o decote do uniforme. As sardas espalhadas ao longo de sua escápula.

Suas pernas me apertam, e traço a mão por dentro da sua coxa.

— Você fica gostosa pra caralho assim.

Suas mãos deslizam por meu peito até subirem por meu pescoço, e estremeço sob seu toque delicado. Falei para ela não fazer barulho, mas sou eu que estou contendo um grunhido quando ela passa os dedos em meu cabelo. Ela o puxa de um jeito que me deixa ainda mais duro.

Puxo a barra da camiseta, e meu coração para quando vejo o que ela tem embaixo.

Sem. Calcinha.

Fico olhando para a bocetinha perfeita dela.

— Você acabou comigo — digo a ela, abanando a cabeça antes de levar a mão entre as pernas dela e traçar os dedos da entrada até o clitóris. Seu quadril treme, seus lábios se entreabrem e, quando sinto como ela está molhada, solto mais um palavrão. — Encharcada, Pippa. Você está encharcada pra caralho.

Ela morde o lábio, observando todos os meus movimentos. Passo o dedo por ela, cercando seu clitóris. Ela se tensiona quando roço os nervos, e um sorriso sinistro surge em minha boca. Adoro como ela está sensível. Adoro que a faço se sentir assim, que posso fazer isso com ela.

Mantenho a voz baixa e os olhos nela.

— Você pretendia se masturbar aqui?

Ela faz que sim, e a recompenso enfiando um dedo dentro dela, encontrando seu ponto G e curvando o dedo. Suas costas se arqueiam, mas seus olhos arregalados continuam em mim, e amo isso para cacete.

— Ai, caralho, Jamie — ela sussurra, ofegante.

— Shh. — Eu a acaricio, observando enquanto ela leva uma mão à boca, franzindo as sobrancelhas. Eu me acomodo entre as pernas dela, e seus olhos se arregalam. — Ele chegou a fazer isso com você?

— Não — ela responde. — Ele tentou, mas não curti.

A competitividade bate em meu sangue como um tambor, e entro e saio de sua vagina apertada em um ritmo lânguido.

— Quer tentar de novo?

Ela hesita, e curvo os dedos em sua parede interna, adorando como as pálpebras dela se fecham.

— Hm. — Ela suspira enquanto meto nela. — Se você quiser.

— Eu quero. — Observo meus dedos entrarem nela, observo como a bocetinha linda dela os engole. — Quero pra caralho. Penso nisso o tempo todo.

— Está bem — ela responde com um olhar inebriado.

Dou beijos em todas as sardas dentro das suas coxas, lentos e suaves, aquecendo-a até baixar a cabeça e beijar seu clitóris. Minha língua roça nela, e contenho um gemido que a doçura dela me causa. Ela se arqueia, ficando mais tensa enquanto meto a língua nela, cobrindo a boca com a mão. Ela está se esforçando muito para ficar quietinha, e amo isso.

Enquanto traço a língua sobre seu clitóris, de novo e de novo, ouvindo seus lindos gemidinhos abafados, minha mão livre vai até a bunda dela e aperto sua pele macia, puxando-a para mais perto enquanto dou uma longa chupada em seu clitóris inchado. Suas coxas tremem e, um segundo depois, seus dedos estão em meu cabelo, puxando.

— Está gostando? — sussurro, e ela faz que sim. — Quer que eu faça de novo?

— Por favor — ela geme.

O desejo me atravessa. Adoro o quanto ela quer isso.

— Shh. — Meu coração acelera enquanto a observo. — Você precisa ficar quietinha.

Ela concorda com a cabeça e, quando a dedo, seus lábios se abrem enquanto ela faz meu nome com a boca. Eu me sinto um rei.

Ergo a camiseta para poder ver seus peitos. Puta que pariu, Pippa é tão linda deitada ali, o peito subindo e descendo rapidamente. Sua pele é tão macia, seus mamilos estão acesos e empinados, e me ergo para colocar um na boca. Suas mãos voltam a meu cabelo quando passo a língua na ponta.

Me declarar a Pippa foi a melhor ideia que já tive, e viajar para vê-la vem logo atrás.

Sua respiração é ofegante, e sorrio enquanto dou um beijo entre seus seios.

— Quer aprender uma coisa nova, passarinha?

— Isso tudo é bem novo para mim. — Sua voz é fina enquanto enfio o dedo nela de novo. — Nossa — ela sussurra.

Solto uma risada, deixando minha barba rala roçar na pele macia de sua barriga enquanto volto a descer entre suas pernas.

— Você vai me dizer o que quer. — Traço uma série de beijos por sua pele, descendo até suas coxas, exceto onde ela mais quer.

— Por favor, Jamie — ela sussurra.

— Fala.

— Volta a fazer o que você estava fazendo agora há pouco.

— O quê? — Minha voz é baixa e provocante. — Fala, passarinha. Você consegue.

Sua frustração chega ao ápice.

— Quero que você chupe minha boceta.

Abro um sorriso para ela.

— Aí sim, amor. — Quando coloco o clitóris dela entre os lábios e chupo, um gemido baixo escapa dela. — Você precisa ficar quietinha.

Ao redor do meu dedo, ela fica tensa, e consigo sentir o quanto ela precisa disso. Quero ser o cara que dá prazer para ela, observando-a se acabar na minha frente.

— Não consigo — ela sussurra, respirando com dificuldade enquanto passo a língua sobre o clitóris de novo.

Congelo. Percebo que a estou apressando.

— Me diz o que está sentindo. — Minha boca volta a suas coxas. Ela está tão molhadinha...

— Não. — Ela afunda as mãos em meu cabelo e me puxa de volta ao seu centro molhado. — Não consigo ficar quieta, mas não quero que você pare. Preciso muito gozar. Por favor, Jamie.

Uma satisfação convencida e selvagem me percorre. Eu não a estava apressando. Ela está desesperada para gozar.

— Não vou parar. — Volto ao clitóris dela, lambendo, chupando, traçando seu próprio fluido sobre sua pele sensível e inchada.

— Ai, caralho. — Sua cabeça se inclina para trás. — Jamie, não consigo segurar.

Afundo a cara em sua boceta. Seus músculos vibram ao redor dos meus dedos enquanto toco seu ponto G. Ela está perto. Ergo a mão livre e cubro sua boca. Uma de suas mãos continua em meu cabelo, mas a outra aperta meu braço e ela se tensiona em meus dedos.

— Vou gozar — ela geme com minha mão na sua boca, e me fixo em seu clitóris, chupando com força. Suas pernas se batem em volta da minha cabeça enquanto ela treme sob minha boca, as coxas apertando ao meu redor, arqueando-se para fora da cama para cavalgar na minha cara enquanto solta gemidos abafados. Meu pau está duro enquanto ela encharca meu rosto com seu gozo, respirando com dificuldade.

Ela volta a cair, recuperando o fôlego, olhando fixamente para mim como se não conseguisse acreditar.

— Bom trabalho — ela sussurra, e rio baixo em sua coxa, dando um beijo na pele dela antes de me levantar para ficar pairando sobre seu corpo.

Minha Pippa. Gostosa pra caralho. Um anjo tão perfeito, toda corada pelo orgasmo. Traço o polegar por seu lábio inferior.

Seu olhar desce para a frente da minha calça de moletom, onde meu pau marca o tecido. Um brilho malicioso surge em seus olhos.

— Hoje não — digo, sabendo que vou me arrepender disso. — Se continuarmos brincando, Pippa, vou quebrar sua cama.

Ela abre a boca para reclamar, mas a cubro com um beijo, enfiando a língua em sua boca como quero fazer com meu pau. Eu me permito ficar mais cinco segundos na boca dela antes de recuar, me levantar e envolver seu queixo nas mãos.

— Você é tão perfeita — digo. — Perfeita pra caralho.

Ela me observa com aquele sorriso doce e sonolento. É algo especial descobrir o sexo com ela assim. Como se nós dois estivéssemos descobrindo como pode ser, porque para mim nunca chegou perto disso.

Porra, ela é *minha*.

Puxo as cobertas sobre ela, sorrindo enquanto Pippa se acomoda nos travesseiros, ainda usando meu uniforme, o cabelo bagunçado por minha causa.

Amo essa mulher. As palavras estão logo abaixo das minhas cordas vocais, mas as contenho, porque isso é tão novo. Elas atravessam meu sangue, envolvem meu coração, e tenho certeza de que estão estampadas na minha cara.

— Boa noite, passarinha — digo em vez disso.

55

PIPPA

A gente pode conversar?

Dez dias depois do Ano-Novo, estou parada diante do balcão da cozinha, olhando fixamente para a mensagem que acabei de receber de Zach.

Minha boca fica seca enquanto a leio e releio. Não pode ser verdade, mas esse é o número dele. As últimas mensagens que trocamos foram em agosto, alguns dias antes de ele terminar comigo, quando eu estava buscando café para mim e queria saber se Zach queria alguma coisa.

A repulsa revira minhas entranhas. Ele teve a audácia de roubar minha música e agora quer conversar?

Eu o bloqueio e deleto o histórico de mensagens.

Jamie abre a porta do apartamento, e me sobressalto. Ele me dá aquele sorriso bonito e encantador em que estou viciada, e os pensamentos em Zach desaparecem.

Assim que Jamie voltou de Silver Falls para casa, ele foi para uma série de jogos de dez dias, mas agora está de volta. Vou correndo para dar um abraço nele. Aos nossos pés, Daisy dá pulinhos animados, o rabo abanando a mil por hora de alegria.

— Você chegou — digo no pescoço de Jamie enquanto ele dá um beijo em minha cabeça. Seus braços ao meu redor, me puxando para seu peito firme, é o melhor dos confortos.

— Finalmente. — Ele dá mais um beijo em minha têmpora e, quando me inclino para trás para olhar para ele, seus olhos ficam suaves. — Faz dez dias que quero fazer isso.

Ele me beija, e suspiro. Sua boca na minha é puro alívio, doce e cuidadosa, até ele gemer e passar a língua entre meus lábios. Sua barba rala me arranha de leve, e um calor pulsa através de mim.

— Estava com saudade — ele murmura em meus lábios entre um beijo e outro. — Adoro voltar para você.

Meu coração vai às alturas como fez no Ano-Novo, quando cantei no palco. Como quando nos declaramos um para o outro. Não deve ser saudável sentir palpitações cardíacas com tanta frequência assim, mas não estou nem aí.

Jamie recua, olha para Daisy e a pega no colo.

— Também estava com saudade de você — ele diz. Ela lambe a orelha dele, contorcendo-se em seus braços, e ele faz careta enquanto rio.

Esse homem com uma cachorra é quase fofo demais para ser permitido.

— Estava prestes a levar a Daisy para passear.

Daisy escuta a palavra "passear" e sua cabeça se vira para mim. Jamie sorri e faz mais um carinho nela.

— Vou com vocês.

Vinte minutos depois, estamos andando pelo Stanley Park. Vancouver está passando por uma onda de frio, e a neve cai suavemente ao nosso redor, cobrindo as árvores gigantescas. As pessoas odeiam dirigir na neve em Vancouver, então, tirando as nossas botas que vão deixando marcas no chão, o centro da cidade e o parque estão tranquilos.

— Sua mãe parecia muito bem no outro dia. — Eu e ela levamos Daisy para passear alguns dias atrás, antes de nevar.

Ele solta um barulho contente no fundo da garganta, sorrindo de cabeça baixa enquanto andamos.

— Ela tem uma consulta com um médico na terça.

Abro um sorriso radiante para ele.

— Sério? Para medicação?

— Sim — ele responde, alívio se espalhando por seus traços.

— Que demais. — Nossa, fico tão feliz em ouvir isso. Não apenas porque Jamie passa tanto tempo cuidando dela. Donna é realmente uma pessoa muito querida, e já viveu muita coisa. Ela merece se sentir melhor e ter as ferramentas para lidar com seus ataques de pânico.

Andamos em um silêncio confortável por um tempo até Jamie me cutucar.

— O vídeo está com mais de três milhões de visualizações.

Meu estômago se revira.

— Eu sei. Não precisa me lembrar.

Hayden fez um vídeo meu cantando no Ano-Novo e, depois de me pedir, postou no TikTok dele. Viralizou, mas estou fingindo que não existe. Basta pensar em tantas pessoas me vendo cantar uma das minhas músicas autorais para passar mal de nervosismo. Cometi o erro terrível de ler os comentários no vídeo e, embora a maior parte seja elogiosa, não consigo tirar os poucos negativos da cabeça.

Ela não é nada de mais. Que chato. Ela não está nem tocando violão. É só para se exibir. Que música horrível. Só deixaram essa mulher no palco porque ela é gostosa.

Fiquei meses sem compor porque Zach feriu meus sentimentos. Como eu conseguiria ter uma carreira com milhares de Zachs pelo mundo, dizendo coisas ainda piores? Talvez até as dizendo na minha cara, todos os dias?

— Ei. — Jamie para de andar e chega perto de mim, colocando o braço ao redor do meu ombro e me puxando para perto. — Estou orgulhoso de você. Você foi corajosa ao subir naquele palco.

Agradeço com a cabeça, mas minha ansiedade transparece por meu sorriso forçado. Ele me observa por um longo momento.

— Fazemos um exercício de visualização com uma das psicólogas do time — ele diz, me estudando. — Ela me manda imaginar o jogo. Imagino os atacantes do outro time tentando marcar contra mim e como seria a sensação do disco acertando minha luva. Imagino cada um dos caras e cada configuração de ataque. Quanto mais específico eu for, melhor. — Ele arqueia a sobrancelha. — Acho que você deveria experimentar, mas com música.

Meu rosto se franze enquanto penso em enfrentar comentários maldosos pelo resto da vida.

— Não estou muito a fim de imaginar pessoas me vaiando. — Deixo um riso baixo escapar para esconder meu desconforto.

— Não isso. Imagine a carreira que você quer. Imagine seu sonho, passarinha. — Sua mão desce do meu ombro para a luva em minha mão, e ele dá um apertinho. — Faz meses que você está presa nesse ciclo. Está na hora de imaginar algo novo.

Percebo que ele tem razão. Tudo que faço é pensar sobre o passado, e isso está me atrasando. Toda vez que considero seriamente a música, penso no que aconteceu, tentando me prevenir. Vivo impondo barreiras para mim mesma.

Minha garganta está apertada enquanto engulo em seco, olhando para ele com hesitação. Sua expressão calorosa e confiante me enche de coragem, e respondo:

— Está bem.

— Fecha os olhos.

Olho ao redor. Estamos só nós e Daisy, que está ocupada farejando a beira da trilha. Inspiro fundo e deixo meus olhos se fecharem.

A floresta está quase em silêncio exceto pelo farejar de Daisy. Flocos frios pousam em minhas bochechas e meu nariz, e o ar tem um cheiro limpo e fresco.

Eu me imagino no palco. É um show pequeno, e estou abrindo para um artista maior. Tem algumas centenas de pessoas na plateia.

Não. Eu me contenho, abrindo os olhos, piscando para Jamie, que está me observando com um pequeno sorriso no rosto. Quero mais do que ser o show de abertura. Meus olhos se fecham e tento de novo.

Estou no palco de um estádio. Sou a atração principal, e meu violão dos sonhos está pendurado na frente do peito. Estou fazendo uma turnê com meu álbum novo que gravei com minha produtora dos sonhos, Ivy Matthews. Ela é conhecida na indústria musical por ser excêntrica e exigente para caramba, mas é extremamente talentosa em criar músicos únicos e autênticos. Atrás de mim, uma banda selecionada a dedo de músicos gentis e talentosos está a postos. Estou usando algo que me faz sentir forte e deslumbrante, e meu cabelo está solto ao redor dos ombros.

— *Meu nome é Pippa Hartley* — digo ao microfone, e eles gritam. Todas as pessoas no estádio compraram ingressos para me ver, mas gosto de me apresentar no começo de cada show. É meu lance.

Olho de canto de olho para as coxias. Jamie está lá, com uma cara de orgulho, e sorrio para ele.

— *E essa é uma música sobre se apaixonar.*

Na minha cabeça, começo a música, a banda começa a tocar, o estádio se enche de som e luz, e é espetacular para cacete.

Meus olhos se abrem, e sorrio para Jamie. Lágrimas se formam em meus olhos porque o que acabei de imaginar é tão lindo. Meu peito arde.

— Não quero a vaga de marketing. — Minha voz é sussurrada.

Ele acena, sério.

— Eu sei.

Um peso se acomoda em meu estômago. Quando contei para os meus pais que passei na segunda entrevista com facilidade, eles conseguiram ouvir a falsa animação na minha voz.

Queria que eles pudessem sentir orgulho de mim. Queria não ter que me obrigar a aceitar um emprego que não quero para conquistar a aprovação deles. Minha garganta se aperta com essa constatação assustadora. Sei que as intenções deles são boas; eles associam felicidade a estabilidade financeira porque é o que não tinham quando eram pequenos.

Mas não sei. Trabalhar em um emprego de que não gosto não vai me fazer feliz, mesmo que pague minhas contas. Meu coração dispara e, como se pudesse sentir isso, a mão de Jamie está nas minhas costas, traçando círculos lentos e calmantes.

Eu me deixei levar pelo que eles queriam, assim como aconteceu com Zach. Jamie me lança o mesmo olhar que sempre encontro quando estou prestes a subir no palco — como se eu fosse capaz de tudo. A chama em meu peito é uma luz guia, alimentada por memórias de cantar no Ano-Novo e gravar músicas que compus na sala. Essa chama é meu amor pela música, a maneira como me sinto voando quando canto com paixão. É o motivo por que não consigo me distanciar da indústria musical por mais que tenha tentado. Algo forte e incandescente corre pelo meu sangue, e inspiro fundo.

Vou encontrar uma maneira de contar para meus pais. A ideia de decepcioná-los me dá um aperto no peito, mas é o que preciso fazer.

— Quer me contar o que você imaginou? — Ele dá um sorrisinho. — Não precisa se não quiser.

Jamie não é Zach. Ele nunca riria de mim, nunca me diria que meus sonhos são idiotas ou que eu deveria sonhar baixo.

— Eu quero.

Conto tudo para ele e, quando termino, seus olhos estão brilhando de afeto e empolgação.

— Você entraria em contato com ela?

Empalideço.

— Quem? Ivy Matthews?

Ele faz que sim.

— Hm. — Pisco. Meu instinto é dizer não, mas me contenho de novo. Chega de impor obstáculos. Chega de deixar que as palavras de Zach pesem sobre mim. Se quero o que acabei de imaginar, vou ter que fazer coisas que dão medo... como mandar músicas para pessoas que podem me rejeitar.

— Acho que sim. — A determinação corre em meu sangue, e aceno para Jamie. — Sim. Vou fazer isso.

Seu sorriso é tão largo que faz meu coração se abrir.

— Boa menina.

Dou risada, e ele coloca um braço ao redor do meu ombro enquanto continuamos a andar.

Enquanto Jamie está na academia à tarde, estudo o site de Ivy Matthews. Tem um endereço de e-mail, mas nenhuma informação sobre se ela aceita propostas ou não. É improvável que ela queira trabalhar comigo a menos que eu tenha um contrato assinado com uma gravadora. Ela não quis nem trabalhar com Zach. O empresário dele tentou organizar alguma coisa com ela, e Ivy os recusou. Ele ficou furioso com a rejeição.

É uma possibilidade tão remota que nem chega a ser engraçada, mas eu disse a Jamie que faria isso. Escrevo uma mensagem breve sobre minha experiência na indústria musical e anexo links para meu vídeo viralizado e as músicas que compus para Jamie de Natal.

A hesitação vem à tona de novo e de novo, mas ignorá-la vai ficando cada vez mais fácil.

Clico em enviar e solto uma longa expiração. Mesmo se não der em nada, e tenho certeza de que não vai dar, eu tentei. Dei um passo à frente.

À noite, estou prestes a dar o jantar para Daisy quando meu celular toca com um número desconhecido, e atendo.

— É Pippa Hartley? — uma mulher pergunta.

— Sou eu. — Deixo a ração de cachorro no comedouro de Daisy, e ela vem correndo para comer.

— Meu nome é Marissa Strong. Sou assistente de Ivy Matthews.

Meu cérebro para de funcionar.

Há uma pausa.

— Você ainda está aí?

— Sim — digo rápido. — Estou, sim. Só achei que estava alucinando.

Ela ri.

— É. Escuto essa resposta às vezes. Vi seu e-mail e o repassei pra Ivy. Ela está na cidade gravando, e a banda finalizou mais cedo, então ela vai estar livre amanhã. Se você também estiver, ela gostaria de gravar uma demo com você.

Estou olhando fixamente para o nada. Acho que não tenho nem pulso agora.

— Não há absolutamente garantia nenhuma do que vai acontecer com a demo — Marissa continua, totalmente profissional, mas seu tom vira algo pensativo. — Mas tem alguma coisa interessante em você, e ela está curiosa.

Alguma coisa interessante em *mim*. Meu pulso se acelera, e tento respirar.

— Estou livre — digo, sem fôlego. Mal consigo acreditar. — Vou estar lá.

56

PIPPA

O olhar de Ivy Matthews está grudado em mim no saguão do estúdio de East Vancouver, e minha pele formiga com timidez.

Por que estou de tênis? Um nervosismo aperta meu estômago, e resisto ao impulso de morder o lábio.

Ivy Matthews é famosa por ter um estúdio fechado com o mínimo possível de pessoas, então estamos sozinhas. Sem recepcionista, sem Marissa, a assistente.

Agora, queria que houvesse outras pessoas aqui para eu não ser o centro das atenções. Ser o foco exclusivo dela é opressivo, e não sei se estou estragando tudo ou não.

Essa é minha grande chance. Não posso estragar tudo.

Queria que Jamie estivesse aqui, mas ele está no treino.

— Você comeu? — Sua voz é abrupta e prática, um forte contraste com as sardas fofas espalhadas por sua pele escura. Seu cabelo grisalho está amarrado num coque apertado, ela está usando preto dos pés à cabeça, e seus óculos têm aros grossos fluorescentes. Ela parece uma professora de artes severa.

Faço que sim.

— Torrada de avocado com um ovo pochê. — Jamie fez hoje de manhã, insistindo que eu comesse apesar do meu estômago embrulhado de nervosismo. — E um café.

Ela me estuda por um longo momento.

— Que bom. — Ela cruza os braços diante do peito, e contenho um sorriso enquanto me lembro de Jamie fazendo o mesmo.

Ela me pergunta sobre minha história na indústria, e faço um resumo rápido do meu treinamento musical e meu tempo na turnê com Zach. Menciono o nome dele para ela entender a escala da turnê, mas não falo a respeito do nosso relacionamento.

Quando digo o nome de Zach, seu nariz se franze.

— Nunca tive um bom pressentimento com esse cara. Ele não canta com o coração. — Seu olhar encontra o meu, me observando através dos aros laranja, e um sorriso que me faz pensar em um falcão se abre em sua boca. — Você, por outro lado. Você canta com o coração. Consigo sentir. — Ela acena, me olhando com cuidado, e sinto como se houvesse um holofote sobre mim nesse saguão silencioso. — E sempre confio no que sinto.

Por mais assustada que eu esteja, por mais que sinta cada gota de pressão sobre meus ombros, quero provar que ela tem razão.

Quero provar que não sou nada como ele.

Um sentimento me atinge no meio do peito. Esse momento não é para ele; é para *mim*. Quero mostrar para ela quem eu sou, o que posso fazer, e vou fazer isso mostrando o que faço de melhor.

Sou suficiente e, se ela não vir isso, talvez este não seja o momento certo. Mas vou continuar tentando. Foi verdade o que eu disse para Jamie no outro dia: estou pronta para tentar fazer carreira na música. Apavorada, mas pronta.

Eu me endireito, jogando os ombros para trás, e abro um sorriso caloroso para ela, assim como tinha feito para Jamie no dia em que apareci em seu apartamento. Já me sinto melhor. Não é porque ela é intimidante que tenho que me encolher de medo.

— Vamos lá? — pergunto, sorridente, e ela pisca para mim antes de soltar uma risada e apontar para a cabine de som.

— Entra lá, querida. — Há um tom surpreso em suas palavras, mas ela desparece pela porta da cabine de som, e é hora de eu entrar do meu lado.

— Ótimo — Ivy diz duas horas depois no microfone plugado aos meus fones de ouvido. — De novo.

Tomo um gole d'água antes de começar a música mais uma vez. Não faço ideia de como estou indo. Só estou tocando minhas músicas e dando o melhor de mim porque isso é tudo que consigo. Estou tentando não pirar com o estúdio profissional — tudo desde os microfones à iluminação e à acústica é de alta qualidade, e entendo por que ela adora gravar aqui. Na sala de controle, a expressão de Ivy por trás do vidro não me revela nada enquanto seu técnico de som grava. Às vezes, vejo sua boca se mover enquanto ela dá instruções para ele no painel. Na maior parte do tempo, porém, ela só observa.

Pendurado em mim, meu violão dos sonhos parece uma extensão do meu corpo. O fato de ter sido um presente de Jamie torna esse momento um pouco mais especial, como se fosse parte do exercício mental que ele me fez fazer na floresta ontem. É quase bom demais para ser verdade.

— Ótimo — ela diz quando a música termina. — Próxima.

Inspiro fundo, o olhar pousando no carpete enquanto decido qual música tocar. Escolho aquela que compus sobre Jamie, sobre como ele cuida de todo mundo menos de si mesmo.

Quando toco a música dessa vez, é diferente, porque agora que a mãe de Jamie está melhorando, parece que ele vai ficar bem. Ele pode viver a própria vida agora que ela está com a dela sob controle.

— *Eu faria isso para sempre se não partisse meu coração* — canto. Minha garganta se aperta quando as palavras saem, e minha voz embarga.

É diferente porque sei que Jamie não é Zach. As coisas mudaram entre nós. É tão novo e fico apavorada só de pensar em um futuro com ele, mas isso não quer dizer que eu não possa ter esperança.

Fecho os olhos porque não quero ver qual é a expressão de Ivy. É falta de profissionalismo me emocionar no estúdio.

Mantenho os olhos fechados durante toda a música e me permito sentir tudo. Jamie passa pela minha cabeça, e sorrio comigo mesma porque seu incentivo é a razão por que estou aqui, e sempre vou ser grata por isso.

— Lindo. — A voz entrecortada de Ivy chega pelo microfone, e minhas pálpebras se abrem.

Jamie está ao lado dela na cabine de som, os braços cruzados diante do peito, me observando com aquele olhar intenso e brilhante, e um pequeno sorriso no rosto. Tão sério, mesmo quando está sorrindo.

Ele está aqui, e fico tão surpresa e contente que tudo que consigo fazer é deixar o sorriso se abrir em meu rosto enquanto meu coração dá uma cambalhota no peito.

Ele está aqui, e me apaixono um pouco mais por Jamie Streicher.

— Interessante — Ivy diz no saguão no fim da tarde depois que decidiu que tínhamos finalizado. São oito da noite, e estou faminta, mas ficaria aqui por dias se ela me pedisse. Ela me observa por um longo momento, mal olhando para Jamie. — Muito interessante. Obrigada. Acabamos por hoje.

E ela sai, de volta à sala de controle. Pela reação dela, não sei se a impressionei ou não, mas não imagino como poderia ter feito melhor.

— Passarinha. — Sinto o olhar de Jamie percorrendo meu rosto como um toque de seus dedos. Seus olhos são suaves como veludo, e meu coração dispara enquanto sorrio para ele.

— Você conseguiu.

Uma emoção me inunda, e meu sorriso se alarga.

— Acho que sim.

Algo entre nós. Todos esses sentimentos que tenho pelo homem que se tornou muito mais do que *Jamie Streicher* pulsam no ar, exigindo atenção. Seu olhar desce para meus lábios, e não é apenas o calor que vejo em seus olhos, mas mais. Seus olhos voltam a me encarar, e ele me abre aquele sorriso orgulhoso.

— Vamos jantar — ele diz, e aceno. — E depois casa.

57

JAMIE

Chegamos em casa à noite depois de jantar e passear com Daisy, e nunca estive tão apaixonado por minha linda assistente.

Ela é tão corajosa. Cantou com a alma naquela cabine de som, simplesmente abriu o peito e deixou que todos vissem seu coração, mesmo com medo.

Ela voltou para o gelo, como falei para ela tantos meses atrás.

— Obrigada por vir hoje — ela diz enquanto descalça os tênis.

— Até parece que eu perderia isso. — Quase faltei ao treino para ir, mas saí correndo para o estúdio assim que o apito tocou. — Estou muito orgulhoso de você, passarinha.

Suas pálpebras vibram, seu olhar ainda em meu rosto. Seus lábios são tão lindos, tão fartos, e meus dedos coçam de vontade de traçá-los.

— Adoro quando você me chama assim.

Meu pulso dispara enquanto algo se expande em meu peito. Eu me dou conta de que o apelido é minha maneira de dizer a ela que a amo. Faço isso há meses, desde muito antes de a ficha cair. As palavras estão na ponta da minha língua, mas me contenho.

É recente, e não quero apressar as coisas.

Um sorriso pesaroso se contorce em minha boca.

— Adoro te chamar assim.

Fico olhando para Pippa, para seus olhos azul-cinza hipnotizantes. Nunca vou encontrar alguém como Pippa Hartley. Ela é uma em um milhão e, pelo que vi hoje, ela está finalmente entendendo isso.

— Tem uma coisa que queria te perguntar. — Ajeito uma mecha de cabelo atrás da orelha dela.

Tenho pensado nisso desde o Ano-Novo, quando meus sentimentos por Pippa me atingiram feito um trem de carga.

— Quero entrar em contato com Erin. — A expressão devastada de Erin aparece em minha cabeça, e culpa me perpassa. — Quero resolver as coisas com ela. Eu... — Minhas palavras se interrompem enquanto olho para Pippa, tão aberta e curiosa. Jesus, como amo essa mulher. Eu faria de tudo para não a magoar como fiz com Erin. — Quero consertar as coisas.

Pippa abre um sorriso triste.

— Você vive querendo consertar as coisas.

— Sim — respondo. — É importante. Tudo bem por você?

— Claro.

Eu sabia que ela não se importaria, mas agora que estamos... seja lá o que for — juntos, num relacionamento, namorando, todas essas expressões parecem leves e fracas demais para o que sinto por Pippa —, quero ser o mais sincero possível com ela.

Dou um beijo na têmpora dela, e seus olhos se fecham. Sua pele é quente e suave, e roço os lábios em sua bochecha, embaixo de sua orelha. Seu cheiro é inebriante, reconfortante e excitante para caralho.

— A gente devia tentar uma coisa — digo, porque não toquei direito nela desde o Ano-Novo. Fiquei viajando para os jogos e ontem à noite ela ficou praticando seu violão e suas músicas no quarto até de madrugada.

Sua respiração se prende enquanto mordo sua orelha de leve.

— O quê?

Meus dedos entram em seu cabelo e viro sua cabeça de volta para olhar para mim.

— Quero fazer você gozar duas vezes.

Os olhos de Pippa se arregalam, e seus lábios se entreabrem enquanto ela vasculha meu olhar.

— Eu nunca...

— Eu sei.

— Não sei se consigo.

Minhas sobrancelhas se curvam enquanto uma satisfação convencida me atravessa. Ela consegue. Consigo fazer isso acontecer. Sei que consigo.

Eu faria qualquer coisa para fazer isso acontecer.

— Você vive falando isso, mas não me lembro da última vez em que esteve certa.

Uma preocupação cruza seu olhar.

— Não quero desapontar você.

Abano a cabeça, porque ela não poderia estar mais enganada.

— Pippa, não é assim que funciona. Tocar em você é um sonho. Eu só ficaria desapontado comigo mesmo se você não curtisse. Não com você, amor. Nunca com você.

A preocupação desaparece de seus olhos, restando apenas tesão e desejo, e minha própria urgência cresce.

— Está bem — ela sussurra, e minha boca chega à dela.

58

JAMIE

Nosso beijo é urgente enquanto subo a escada. Suas coxas cercam minha cintura, e aperto sua bunda, dando um tapão. Seu gemido vibra em minha boca e, quando ela chupa minha língua, puta que pariu. Respondo com um grunhido dentro dela, apertando-a contra a parede do andar de cima.

— Ai, meu Deus — ela geme quando acerto o ponto perfeito com o quadril. — Nossa.

— Bem aí, né?

Ela faz que sim, os olhos fechados e os lábios entreabertos, e meu sangue pulsa com o desejo primitivo de satisfazê-la.

— Jamie. — Seus olhos se abrem com aquele olhar perfeito para cacete enquanto roço em seu clitóris. — Preciso tocar em você.

Começo a carregá-la para seu quarto.

— Não — ela diz, e paro. Ela me abre um sorriso tímido e envergonhado. — Sua cama.

Jesus Cristo, como gosto disso.

Um momento depois, eu a coloco em minha cama, tirando a camiseta e a calça, depois apoiando meu peso nos ombros ao redor da cabeça dela enquanto a beijo. Qualquer resquício de autocontrole se desfaz enquanto enfio a língua nela, urgente e exigente.

Meu sangue canta com a verdade: Pippa é minha.

— Você gosta de estar na minha cama? — murmuro enquanto meus dedos entram sob a camiseta dela, subindo por sua barriga. Sua pele é tão suave.

— Sim. — Sua respiração se prende quando toco a pele dela sob o sutiã, provocante, sabendo o que ela quer, mas indo aos poucos.

— Também gosto.

Suas costas se arqueiam sob meu toque. Recuo para provocá-la, e ela grunhe, levando a mão a meu braço.

— Qual é o problema? — pergunto com a voz baixa, sorrindo para ela. Eu me ajeito para ficar de lado, observando-a.

— Jamie. — A maneira como ela diz meu nome, irritada e excitada, faz meu sorriso ficar malicioso.

Ela se senta e tira a camisa, e encaro seus peitos lindos, erguidos à perfeição em um sutiã de renda branca com flores bordadas.

Meu corpo se enche de tesão.

— Não é justo — murmuro, traçando os dedos sobre a renda.

Cerco a renda sobre seu mamilo, sentindo o bico duro sob o tecido. Seus olhos se turvam e seus lábios se entreabrem antes de eu passar para o outro. Estou completamente duro, deitado aqui com Pippa, brincando com ela, provocando-a, excitando-a.

É o paraíso.

— Vamos traçar uma estratégia, passarinha. — Minha voz é baixa enquanto traço seus bicos sensíveis de um lado para o outro. — Como vamos fazer isso?

Suas bochechas estão coradas.

— Acho que você deveria me chupar.

Minhas sobrancelhas se arqueiam.

— É mesmo?

Ela faz que sim, e estamos os dois pensando em algumas semanas atrás na casa dos pais dela, quando ela usou o uniforme.

— Você gostou, né? — Ela faz que sim de novo, e algo elétrico crepita no ar ao nosso redor. — Eu também.

Surpresa atravessa seus olhos, e meu pulso bate ainda mais forte.

— Você duvidava, Pippa? — Meus dedos roçam sobre seus seios, logo acima do sutiã. — Você duvidava que sua boceta fosse uma das coisas mais gostosas que já chupei na vida? — Enfio a mão dentro do bojo do sutiã para encontrar um mamilo duro, e ela solta um gemido baixo. — Porque foi, linda. Penso em como você estava molhadinha toda vez que bato uma. Nos barulhos que você fazia, gemendo para mim enquanto eu te lambia.

Ela se arqueia com meu toque de novo e abre o sutiã. Minha boca desce ao seio dela, cercando o ponto empertigado com a língua. O barulho que escapa da sua garganta, ávida e aliviada ao mesmo tempo, faz minhas bolas arderem de desejo.

— Vai usar o brinquedo hoje, Pippa?

Ela faz que não.

— Não? — Arqueio uma sobrancelha enquanto chupo, e sua respiração se prende.

— Quero experimentar sem — ela sussurra, mordendo o lábio.

Ela olha para mim como se achasse que consigo fazer com que ela goze sem o brinquedo. Meu pau pula, marcando a boxer.

— Isso está me deixando maluca — ela diz enquanto aperto e giro o outro mamilo. — Toca em mim.

Sorrio para ela.

— Estou tocando em você.

— Mais — ela pede.

— Não quer me dizer cinco coisas que consegue sentir?

Seu olhar fulminante de frustração me faz tremer de tanto rir. Nunca *ri* durante o sexo. Minha passarinha está excitada e furiosa, e estou no paraíso. Neste momento, sinto que ela é minha melhor amiga, ao mesmo tempo em que estou duro como pedra, pensando em dar prazer para ela. Sexo nunca foi tão divertido, e não consigo pensar em nenhuma outra vez em que me senti tão à vontade com alguém.

Eu me dou conta de que é assim que deve ser.

— Para. De. Me. Provocar. — Seus dentes estão cerrados enquanto roço o mamilo dela o mais delicadamente possível, observando sua reação.

— Pede.

Quando seu olhar arde de calor e um suspiro escapa de seus lábios, meu sangue fervilha.

— Por favor, Jamie — ela sussurra. — Por favor, me faz gozar.

Calor desce queimando por minha espinha, acumulando-se lá embaixo, e inspiro fundo, me esforçando para manter o resto do meu autocontrole.

— Quando você implora assim, eu perco a cabeça.

Seus olhos estão cheios de desejo.

— Então perde.

Eu a deixo completamente nua em questão de segundos. Minhas mãos pousam dentro de suas coxas, abrindo-as enquanto me abaixo entre suas pernas.

Ela está molhada, encharcada, brilhando com as coxas úmidas, e minhas veias sem enchem de orgulho. Eu provoquei isso. Eu a faço se sentir bem. Ninguém mais faz.

Pippa é minha.

A primeira passada de língua por seu centro úmido faz Pippa se arquear para fora da cama.

Isso. O gosto de Pippa desperta ainda mais minha vontade, faz meu desejo por ela pegar fogo, e a avidez possessiva dentro de mim se intensifica. Afundo o rosto entre suas pernas, lambendo, chupando o monte tenso de nervos. Os barulhos que saem da boca de Pippa são ásperos, esbaforidos, sem filtro, e meu pau pulsa com a necessidade de fodê-la com força.

Quando deslizo um dedo dentro dela e encontro o ponto ondulado, suas coxas apertam minha cabeça.

— Jamie — ela diz com a voz engasgada, e meu peito se enche de orgulho.

— Você estava tão gostosa com minha camiseta — digo antes de chupar seu clitóris. Suas coxas tremem ao redor da minha cabeça. Sua boceta está tão molhada que consigo ouvir os sons de sucção enquanto enfio os dedos nela. — Tão gostosa. Você sabe como me sinto quando vejo meu nome nas suas costas, Pippa?

Chupo seu clitóris de novo, e suas mãos vagam até meu cabelo, apertando e puxando. A sensação faz ainda mais calor descer por minha espinha. Meu membro arde, babando.

— Sinto que você é minha — digo.

Seus olhos ficam turvos.

— Me faz sentir assim também.

Meu coração bate mais rápido, e nunca tive essa necessidade feroz, esse desejo primitivo, descontrolado, instintivo. Ver Pippa deitada embaixo de mim, o cabelo se abrindo na cama, as mãos na minha cabeça enquanto ela me segura com firmeza, elimina qualquer hesitação.

— Ai, Deus, Jamie — ela geme quando enfio outro dedo e massageio seu ponto G.

Conheço esse tom. Eu o decorei, repeti várias e várias vezes enquanto fodia minha própria mão, pensando nela.

— Você está quase lá — digo antes de girar a língua ao redor do clitóris dela.

Ela faz que sim, os olhos bem apertados.

— Uhum.

Algo quente e satisfeito cobre meu peito, e fecho os lábios em volta do clitóris dela, chupando e movendo os dedos para dentro e para fora. Ela vai ficando tensa ao redor de mim — seu abdome, suas pernas ao redor da minha cabeça, sua boceta ao redor dos meus dedos.

— Fala meu nome quando gozar como uma boa menina.

— Caralho — ela diz com a voz engasgada, e consigo senti-la chegando lá. Suas mãos apertam meu cabelo com tanta firmeza que dói. A dor queima minha escápula e eu adoro. — Jamie.

Ela treme em volta de mim, gritando meu nome, gozando e gozando, e só paro depois de tirar até a última gota da boceta da minha linda assistente. Quando seu orgasmo, passa, dou beijos chupando seu clitóris. Não consigo me soltar dela.

— Jamie — ela sussurra. — O que foi isso?

Rio baixo e beijo a parte interna de sua coxa, coberta por seu gozo. Minha língua percorre a parte suave e sensível ali, e ela solta um barulho agudo e tenso quando chego ao clitóris dela.

— Sensível — ela diz, ofegante.

— Desculpa, linda. — Subo em cima dela, prendendo-a com os cotovelos e encarando seu rosto. Ergo o queixo dela e a beijo, e sua respiração me faz cócegas enquanto ela fica ali deitada numa poça. Não me aguento. Dou um beijo atrás do outro em suas maçãs do rosto, sua testa, seu nariz, seus olhos, sua boca dócil, quente e convidativa.

Ela é perfeita, minha Pippa.

Suas mãos sobem e descem por meus braços, meu peito. Suas unhas raspam a barba rala até meu pescoço, meus pelos no peito, meu abdome, as curvas das minhas costas. Estou tão duro que chega a doer, mas eu não interromperia esse momento por nada. Eu a amo assim, saciada e satisfeita e calma.

Neste momento, somos as únicas pessoas no Universo. Nada mais importa. Não existem dramas familiares, nem ex, nem preocupações sobre carreira ou futuro ou corações partidos.

Somos só nós.

— Passarinha — sussurro, porque a amo.

Seus olhos encontram os meus, cheios de afeto, e, por um momento, penso que ela talvez me ame também. Eu a beijo intensamente, enfiando a língua em sua boca quente e dócil e, enquanto estou hipnotizado por minha linda passarinha, caindo de amores por ela, ela abaixa a mão e tira meu pau duro da boxer e aperta com firmeza.

— Ai, caralho — gemo em sua boca antes de tirar a boxer. — Espera um segundo, amor.

Estou perto demais do clímax e quero que isso dure. Nunca dura com Pippa, e quero tirar o máximo possível disto.

Meu pau se aninha entre suas coxas. Sua boceta ainda está molhada, tão quente, e uma eletricidade sobe e desce por minha espinha, entorpecendo meu cérebro, deixando que os instintos primitivos tomem conta.

Passo meu pau em sua boceta molhada, e o desejo urgente de gozar expulsa todos os pensamentos da minha cabeça.

Nirvana. Eu cheguei. É entre as pernas de Pippa.

— Faz de novo — ela provoca, inclinando o quadril, traçando fricção e gozo por meu membro.

Ai, caralho. Isso é gostoso demais. Meu pau arde e não consigo evitar deslizar sobre ela de novo. Sua boceta está encharcada, quente, me cobrindo de gozo.

— Nossa — ela geme, olhando para mim como se eu fosse um deus.
— Isso é tão gostoso. Tão gostoso.

Poder vibra por meu sangue, e repito o movimento, deslizando o pau nela, em seu clitóris. Seus olhos se reviram, e minha testa treme.

— Assim? — Minha voz é áspera. Não sei por quanto tempo consigo fazer isso. É intenso demais.

— Sim — ela geme, contorcendo-se enquanto continuo deslizando nela. — Jamie. Assim. Caralho — O último palavrão é de surpresa, como se ela não conseguisse acreditar.

— Quando eu finalmente te comer, Pippa, vou fazer você gozar tanto dentro da sua bocetinha apertada. — Encontro um ritmo, masturbando-me contra ela.

Não digo a ela que, quando eu finalmente a foder, isso vai me destruir. Ela vai acabar comigo. Se é que já não acabou.

— Eu quero — ela diz, sem fôlego, o quadril se inclinando para encontrar o meu.

— Também quero. Você não faz ideia de quanto tempo faz que quero.

Suas unhas se cravam em minhas costas, e prazer faísca na base da minha espinha. Seus gemidos ficam mais agudos, esbaforidos, e seus olhos se arregalam.

— Ai, caralho. Jamie. Por favor.

— Por favor o quê? — Estou segurando firme enquanto deslizo sobre ela de novo.

— Por favor, me fode — ela sussurra. — Preciso disso, Jamie.

Sua expressão é suplicante e cheia de afeto e amor.

Amo essa mulher. Não estou pronto para contar para ela porque parece perigoso e arriscado e, mais do que tudo, quero que o que nós temos dure.

Não posso dizer para ela que a amo, mas posso mostrar.

Meu maxilar fica tenso enquanto dou um sim abrupto de cabeça.

— Ok. — A palavra raspa como lixa. — Sim.

Finalmente, *finalmente*, porra, vou mostrar a Pippa a quem ela pertence.

59

PIPPA

Meu coração bate tão forte que consigo ouvir. Jamie leva a mão a uma camisinha na cabeceira da cama e se posiciona entre minhas pernas depois que a coloca em seu membro grosso.

Ele hesita, observando minha reação, e sorrio, porque Jamie é doce, gentil e cuidadoso. Meu quadril se inclina para o seu em sinal de estímulo, e seu maxilar é tenso enquanto ele me penetra, vasculhando meus olhos em busca de algum sinal de desconforto.

Ai, *socorro*. Um gemido escapa de mim enquanto vou me abrindo para a espessura de seu pau. Ele é cuidadoso enquanto entra em mim, e todos os palavrões em que consigo pensar passam pela minha cabeça com a dor agradável entre as minhas pernas.

— Tão apertadinha — Jamie diz. Ele só está na metade.

— Faz um tempo. — A pressão cresce, e gemo quando ele atinge todos os nervos dentro de mim.

— Pronto. — Sua voz é um murmúrio baixo e reconfortante, mas seus olhos brilham de calor enquanto ele continua metendo. Sua mão vai a meu peito, brincando com meu mamilo enquanto ele desliza ainda mais para dentro.

A sensação de Jamie dentro de mim é alucinante, transformadora, e estamos os dois tremendo.

Ele mete fundo, e pensamentos escapam da minha cabeça. A sensibilidade percorre meu corpo, irradiando de onde estamos unidos. Nossos quadris estão pressionados com firmeza um contra o outro, minhas pernas enroladas ao redor da cintura dele, e mais um gemido de prazer escapa de mim enquanto o calor sobe por minha espinha. Nossa, ele cheira tão bem.

— Que comportadinha. — Ele tira uma mecha de cabelo do meu rosto. — Comportadinha pra caralho, sendo fodida tão bem. — Sua voz é tensa, e um rubor cobre suas maçãs do rosto. — Você está bem?

Faço que sim, encontrando seus olhos, e seu olhar é ardente, desesperado e admirador, tudo ao mesmo tempo.

Já estou viciada em olhar para ele assim.

— Está gostoso?

— Sim — digo, mas sai misturado com um gemido. — Está muito apertado.

— Hmm. Eu sei. — Seu pau lateja dentro de mim, e perco o ar enquanto ardo sôfrega ao redor dele.

— Eu estava certa — sussurro, e ele arqueia uma sobrancelha para mim. — Você é um pouco grande demais pra mim.

Sua boca se curva em um sorriso malicioso, e mordo o lábio.

— Faz tanto tempo que estou pensando nisso, Pippa. — Ele dá um beijo delicado e íntimo em meus lábios, e seu cabelo roça em minha testa. — Posso me mexer? A gente pode ficar assim pelo tempo que você quiser.

Ele está tremendo em cima de mim e, considerando como está duro, sei que está se contendo. Mesmo assim, ele é muito controlado e cuidadoso. Ergo o quadril para o dele, indo e voltando ao redor do seu pau, e qualquer movimento pequeno me deixa tonta de desejo.

— Pode.

Ele tira, devagar, tão torturantemente devagar, antes de voltar a meter. Gemo com a ardência deliciosa e, quando ele enfia até o talo de novo — fundo para caralho —, perco o ar.

— Tudo bem? — ele diz, o pescoço tenso.

Meu aceno é veemente.

— Bem. Muito bem. De novo. — Não estou nem conseguindo formar sentenças completas. É isso o que o pau de Jamie Streicher faz comigo.

Ele mete de novo e nós dois gememos juntos.

— Puta que pariu, Pippa.

Ele entra e sai de mim com cuidado enquanto vou me acostumando, até encontrar um ritmo mais rápido. Vê-lo se mover sobre mim com aquele maxilar cerrado é fascinante, com aquela boca linda e cruel, aqueles olhos verde-escuros que ardem por mim. Não quero nem piscar.

Transar com Jamie Streicher é uma experiência divina. Uma pressão cresce dentro de mim, mas o prazer é mais intenso, mais fundo, vai crescendo mais lentamente do que quando a boca de Jamie passeava por todo meu corpo. Em vez de uma sensação que culmina abruptamente, é uma que se expande por todo o meu corpo. Meu corpo não pertence mais a mim neste momento — é todo dele. E ele o está dominando exatamente como quer.

— É bom demais para acreditar — eu digo sem fôlego, e ele entra em um ritmo mais rápido e violento. O calor no fundo do meu ventre se intensifica, e meu mundo se resume a mim e Jamie, aqui em sua cama, conectada a ele.

Ele estava lá por mim hoje no estúdio de gravação. Ele esteve lá por mim esse tempo todo. Engulo em seco enquanto ergo os olhos para ele. Emoção cresce dentro de mim, misturando-se com o ardor e a pressão crescentes entre minhas pernas, e posso chegar ao paraíso antes que isto aqui acabe.

Nunca foi assim antes.

— Pippa — Jamie diz entre dentes, e ele parece estar perdendo o controle. — Preciso tanto de você. Sempre precisei.

A base de prazer crescente se espalha, e estou quase. Estou quase lá. Seus olhos ficam vítreos, mas ele não tira o olhar penetrante de mim.

— Acha que consegue gozar de novo?

Não tenho a capacidade de dizer *nossa, sim*, então respondo apenas com um sim abrupto de cabeça, e sua mão paira entre nós, massageando meu clitóris enquanto ele observa minha reação. Tão atencioso esse cara, em todos os aspectos da vida. Tão cuidadoso comigo.

Uma nova onda de excitação se quebra sobre nós e, enquanto ele toca meu clitóris daquele seu jeito perfeito para caralho, tão suave e rápido, meus músculos se tensionam ao redor do seu pau grosso.

— Estou quase lá — consigo dizer enquanto minhas costas começam a se arquear.

— Isso — Jamie me estimula com uma ruga de concentração entre as sobrancelhas. Ainda estou chegando lá, o prazer ainda está crescendo, e me sinto suspensa. As estocadas de Jamie estão ficando erráticas. — Você está quase. Sei que está. Mostra para mim. Preciso ver.

Meu corpo pulsa enquanto as ondas intensas começam, irradiando de onde Jamie me penetra. Minha boceta se contrai, apertando-o como um punho, e minhas pernas tremem ao redor da cintura dele enquanto a pressão explode no fundo do meu ventre. Escuto um gemido agudo, ofegante, o nome de Jamie, e percebo que sou eu. Estou caindo, apertando seu peito e seus ombros duros enquanto gozo, repetindo seu nome sem parar enquanto vou me desfazendo. Noto vagamente o fogo em seus olhos enquanto ele me observa perder a cabeça, o olhar satisfeito e sombrio enquanto me despedaço ao redor dele.

Depois, vou compor uma música sobre este momento, sobre estar tão conectada a alguém, sentir que não existe nada além de mim e Jamie.

Sua expressão fica agoniada, incrédula e atormentada, e sinto que ele incha dentro de mim.

— *Puta que pariiiiu.* — Ele afunda o rosto em meu pescoço. — Vou gozar pra caralho.

Ergo a mão e passo as unhas de leve por suas costas. O prazer chegou ao clímax dentro de mim, mas ainda estou tremendo, ainda estou cavalgando enquanto seu quadril balança sobre o meu.

— Vou gozar. — Sua voz é grossa enquanto mete em mim, e memorizo o momento em que Jamie Streicher se entrega para mim por completo. Ele geme, me comendo com tanta força que meus seios balançam, até suas estocadas ficarem mais lentas e sua respiração, mais funda.

Nunca senti nada tão real nem tão certo.

— Puta que pariu, Pippa. — Sua boca está em meu pescoço, inspirando meu perfume, e traço linhas suaves por seu peito, seus braços, suas costas.

Ele dá um beijo em minha maçã do rosto, e sorrimos um nos lábios do outro.

Não acredito que cheguei a pensar que não poderia ter isso.

60

JAMIE

Dois dias depois que Pippa reorganizou todo o meu estado de consciência, chego ao restaurante onde marquei de almoçar com Erin.

— Sr. Streicher — o porteiro diz, abrindo a porta, e respondo com um alô de cabeça.

Fiquei surpreso pra caralho, mas Erin estava realmente disposta a conversar comigo. Felizmente, ela está na cidade, e sua série está em hiato. O restaurante onde reservei uma mesa é conhecido por ser discreto e reservado, então não vamos ser incomodados, ainda que sejamos reconhecidos. A última coisa de que preciso são fotos nossas vindo à tona e boatos circulando. O que eu e Pippa temos ainda está sendo construído, e não quero causar problemas tão cedo.

Pippa. Meu peito relaxa no segundo em que penso nela.

Minha linda passarinha. Minha forte, bela e corajosa Pippa, que canta no palco quando está apavorada e volta ao gelo.

Agora que a tenho, perdê-la não é uma opção. Eu me recuso a fazer merda.

A hostess me guia até a mesa, e Erin já está sentada lá, escrevendo uma mensagem. Seu rosto está mais cheio, seu cabelo mais curto, e sua pele brilha. Meu coração se aperta. Não amo Erin, mas é bom ver uma velha amiga, mesmo que eu a tenha magoado.

E então a culpa me atinge de novo.

— Erin.

Ela ergue a cabeça e, quando me vê, abre um grande sorriso. Ela se levanta, e meu olhar desce para sua barriga.

Ela está grávida.

— Oi. — Ela estende os braços para mim, e a abraço. Ela ainda tem o mesmo cheiro, de xampu frutado.

Nós nos soltamos e sentamos, e limpo a garganta, me sentindo cada vez mais nervoso.

— Foi fácil chegar aqui? — pergunto.

Ela faz que sim com um sorriso tranquilo.

— Ah, sim, eu já tinha vindo com minha agente.

Um garçom anota nosso pedido de bebidas e, quando ele sai, meu pulso acelera. Vou ter que ir direto ao ponto para não desperdiçar o tempo dela. Respiro fundo e, do outro lado da mesa, ela parece estar fazendo o mesmo.

— Desculpa por... — começo.

— Eu queria te agradecer... — ela diz ao mesmo tempo.

Ficamos nos encarando com expressões igualmente confusas.

Ela faz sinal para mim.

— Você primeiro.

— Certo. — Mais uma respiração profunda. Todo remorso e toda culpa se apertam num nó em meu estômago. — Quero pedir desculpas pelo que aconteceu entre nós. Sei que foi há muito tempo e éramos jovens, mas... — Cruzo os braços diante do peito, pensando em como me disse *não* por tanto tempo. — Aquelas coisas podem ter um efeito duradouro. — Ergo o olhar para o dela. — Não fui claro com você a respeito do que eu daria conta em um relacionamento, e isso é culpa minha.

Ela franze o nariz, confusa.

— Hein?

— A maneira como reagi quando você pensou que poderia estar... — Meu olhar desce para sua barriga. A internet disse que ela estava grávida, e havia uma série de anéis em sua mão esquerda. Aposto que seu marido não a encarou apavorado quando ela contou que estava grávida. — Eu não deveria ter reagido daquela forma. Não deveria ter induzido você a acreditar que éramos outra coisa. Estraguei tudo pra você. Erin, vi o que falaram sobre você. — Meu coração se contorce de dor. — Você seria uma supermodelo se eu não tivesse partido seu coração.

Ela me encara em resposta, paralisada, e há um estranho formigamento em meu cérebro.

Eu a encaro, subitamente inseguro.

— Certo?

Do outro lado da mesa, Erin desata a rir.

Pisco, confuso, enquanto ela treme com uma gargalhada surpresa e radiante.

— Jamie. — Ela abana a cabeça, os olhos brilhando. — Você não estragou *nada*.

Franzo a testa enquanto repasso minhas memórias. O entusiasmo dela com a possível gravidez, sua devastação com minha reação. A desistência dela dos desfiles de moda, o desaparecimento dela da face da Terra por anos. Seu perfil no IMDb com uma lista de produções de baixo orçamento.

— Primeiro — ela começa —, eu era infeliz como modelo. Você leu que eu seria uma supermodelo, mas tudo que eu lia era como era pesada demais, magra demais, feia demais, alta demais, baixa demais. — Ela engole em seco, e vejo a dor em seus olhos enquanto ela abana a cabeça. — Eu nunca era o suficiente. — O canto da boca dela se ergue num sorriso triste. — Quando percebi o quanto minha menstruação estava atrasada, meu primeiro pensamento foi *agora posso largar a vida de modelo*. Isso é loucura, sabe? Não é um bom motivo para ter um filho.

De repente, me lembro de Erin deixando de jantar porque precisava encontrar um estilista no dia seguinte.

Sua mão pousa na barriga, e ela me lança um sorriso estranho.

— Já amo essa criança mais do que tudo, mas, aos dezenove anos, engravidar e ter um filho teria sido *difícil*.

Minha mente está a mil.

— Você desapareceu.

Ela encolhe os ombros.

— Eu precisava escapar. Eu era uma adolescente com uma vida insana e tanto dinheiro que eu nem sabia como usar. Eu nem gostava da maioria dos meus amigos, passava fome o tempo todo e odiava minha vida. Por isso, comprei uma casa na praia numa cidade pequena e fiz ioga por alguns anos. Eu não tinha internet nem TV a cabo, então li, pintei e convivi com as mulheres aposentadas da minha rua. — Ela sorri de novo e, dessa vez, parece de verdade. — Quando eu estava pronta pra voltar à vida real, fiz isso, mas do meu jeito.

Há uma longa pausa em que absorvo todas essas informações. Imagino a vida dela na casa de praia, e meu peito dói por ela. Ela estava infeliz, e eu não enxergava isso.

— Olha — ela continua, mudando a posição de seu copo d'água. — Você não é a primeira pessoa que sente pena de mim por eu estar numa série B de TV a cabo. — Sua expressão fica irônica. — Mas gosto da série. Eu e Josh gostamos de morar em Vancouver, e os horários são muito bons. Consigo jantar em casa toda noite e tenho os fins de semana livres. O elenco e a equipe são bacanas e estão sendo superflexíveis com a gravidez.

Quando engulo em seco, minha garganta está apertada.

— Desculpa por não ter enxergado como você era infeliz.

Ela me abre um sorriso triste.

— Você estava passando por muita coisa naquele ano. Além disso, se enxergasse, você teria tentado resolver, e a única pessoa que poderia resolver aquilo era eu.

Absorvo suas palavras e concordo. Ela tem razão, eu teria tentado resolver a situação sem ter nenhuma ideia de como fazer isso.

— Como sua mãe está? — ela pergunta.

— Melhor. — Já faz algumas semanas, e minha mãe evita falar sobre terapia, mas tudo bem. Estou dando espaço para ela. Ela vai me dar os detalhes quando estiver pronta.

— Que bom. — Erin sorri para mim. — Fico contente.

Ficamos ali sentados por um longo momento de silêncio e, quando volto àquela velha culpa sobre o que fiz, não encontro nada.

Um peso sai das minhas costas.

Não acabei com a vida de Erin. Não a destruí. A mulher do outro lado da mesa é uma versão mais forte e feliz da garota que pensei ter magoado.

Erin é mais resiliente do que eu imaginava. Ela enfrentou as dificuldades no caminho e saiu por cima. Nos últimos meses, Pippa dominou seus medos vezes e mais vezes. Eu me lembro dela no Ano-Novo, cantando no palco. O momento em que me dei conta de que estava apaixonado por ela. Uma sensação quente e luminosa se expande em meu peito.

— Uau — Erin diz, piscando com um ar irônico de surpresa. — Um raro sorriso de Jamie Streicher? Deve ser meu dia de sorte.

Bufo e abro um sorriso mais largo.

— Engraçadinha.

— Chega de falar sobre o passado. — Ela me observa. — Quais são suas novidades?

— Conheci uma pessoa.

Digo as palavras sem pensar. Pippa é a maior e mais radiante parte da minha vida, e estou entusiasmado com nossa relação. Parece certo contar para Erin.

Seus olhos ficam suaves e ela sorri.

— É a garota que vi no noticiário esportivo?

Deixo uma risada escapar. Depois do meu último jogo, os canais esportivos mostraram vídeos em que estou sorrindo para Pippa atrás do vidro.

Muralha Streicher se abre em um sorriso! diziam.

Era a primeira vez que me viam sorrir em público, ironizaram os apresentadores.

— Sim — respondo para Erin, e um sorriso se contrai em minha boca. — É ela.

Ela apenas me observa com aquele sorriso gentil e afetuoso, e sei que está feliz por mim.

— Me conta tudo.

Não paramos de falar pelo resto do almoço. Mostro a Erin o vídeo do Ano-Novo, conto sobre o violão que comprei para Pippa, a viagem para Silver Falls, e mostro todas as fotos de Pippa e Daisy em meu celular. Ela me mostra as fotos de seu casamento em Bali no ano passado. Quando conto para ela sobre a festa beneficente que está para chegar e que vou levar Pippa para comprar vestidos, ela pega o celular e me manda uma lista de recomendações.

— É lá que compro vestidos — Erin diz sobre um lugar perto do apartamento. — Dá para ligar para a dona e marcar de ter a loja só pra vocês. — Seus olhos brilham. — Fazer Pippa se sentir bem especial, sabe?

— Perfeito. — Algo se ilumina em meu peito ao pensar na festa. É impossível que eu e Pippa entremos naquele lugar sem que as pessoas saibam que estamos juntos, e me sinto estranhamente animado com essa ideia.

304

Depois que o almoço acaba e dou um abraço de despedida em Erin, vou para casa pelas ruas de Vancouver com um humor mais leve do que antes.

Essa história com Pippa vai durar. Consigo sentir.

61

PIPPA

Pela manhã, Jamie Streicher é afetuoso, sonolento e sexy para caramba. Ele me acorda com os lábios no meu pescoço, dando beijos suaves enquanto suas mãos percorrem meu corpo. Recuo para ver seu sorriso, tão relaxado e à vontade.

Adoro vê-lo assim.

Seu olhar desce para minha boca, e há um ardor ansioso entre minhas pernas quando o tesão se acende em seu olhar. Seu cabelo está desgrenhado, seus olhos inchados de sono, e uma barba rala e escura se estende por seu maxilar. Consigo imaginar exatamente como seria a sensação daquela barba rala entre minhas coxas.

Na cama assim, morro de vontade de me entregar para Jamie Streicher. A mão dele se enrosca em meu cabelo e ele puxa minha boca para a sua, soltando um *hum* em meus lábios que parece de alívio.

— Vamos tomar uma ducha — ele sussurra, e faço que sim.

Minutos depois, sob o jato quente, Jamie me faz gozar com os dedos enfiados em mim.

— Isso — ele murmura enquanto começo a chegar lá, ofegando em seu peito, me contraindo em volta dele. — Cavalga na minha mão, passarinha. Pode cavalgar.

Quando acabo de gozar, ele leva a mão à camisinha que deixou no peitoril da janela ao lado do chuveiro, coloca minhas mãos nos azulejos do box e me penetra. Ele é um pouco demais para mim, mas faz ondas de calor atravessarem meu corpo quando desabamos juntos.

— Não me canso de você. — Suas palavras são um sussurro desesperado em meu ouvido, e tremulo com um calor feliz e saciado.

Sinto o mesmo.

Jamie insiste em lavar meu cabelo, massageando meu couro cabelo com movimentos lentos, firmes e inebriantes.

— Está gostoso?

— Estou derretida — digo, os olhos fechados, me dissolvendo enquanto ele massageia os músculos da minha nuca. Seu riso baixo me faz sorrir.

— Ótimo.

Vou ficar mal-acostumada. Vou ficar muito mal-acostumada.

— Por que preciso tomar café da manhã sentada no seu colo mesmo? — pergunto, me virando para Jamie entre um gole e outro de café. Daisy está comendo seu café da manhã, estou lendo notícias sobre a indústria musical, e Jamie está assistindo a um jogo antigo contra o Calgary. Eles têm outro jogo hoje, e é por isso que ele tem a manhã livre, e sei que está nervoso com a perspectiva de jogar de novo contra Rory.

— É bom pra você — ele mente, apertando meu quadril.

— Bom para *você*, na real. — Dou risada, e ele me recompensa com um de seus beijos fofos na têmpora.

Comemos em um silêncio contente por alguns minutos antes de sua mão acariciar minhas costas.

— Alguma notícia de Ivy?

— Nenhuma. — Nos primeiros dias, fiquei olhando o e-mail incessantemente, mas ficar ansiosa o tempo todo era exaustivo e, agora, só olho algumas vezes ao dia. — Mas tudo bem — digo, e é verdade. — Estou contente por ter feito aquilo. Não tenho como controlar o que acontece do lado dela, mas, se ela estava interessada, outros também podem ficar.

Jamie me observa, escutando.

Encolho os ombros e sorrio comigo mesma.

— Estou orgulhosa de mim mesma por ter feito aquilo. Foi difícil e assustador, mas fui lá e fiz.

— Fez mesmo. — Seu tom é satisfeito enquanto ele ajeita uma mecha do meu cabelo atrás da orelha. — Também estou orgulhoso de você. — Ele olha o horário no celular. — É melhor a gente ir.

Lanço um olhar curioso para ele.

— Ir aonde?

Ele sorri.

— Comprar seu vestido para a festa.

A lojinha está vazia quando chegamos, exceto por uma mulher na casa dos quarenta com o cabelo escuro curto e um sorriso largo. De fora, a loja parece simples, com apenas um modelo exposto na vitrine de maneira artística, mas, do lado de dentro, vestidos deslumbrantes estão pendurados do teto, decorados com penas, lantejoulas, contas. Alguns são simples, com tecido suave e esvoaçante. Alguns são obras de arte, com milhares de botõezinhos de flor costurados nas saias. Um tem um decote que vai até o umbigo, que chega a me assustar.

— Bem-vindos — a mulher diz, caminhando em nossa direção. — Você deve ser Pippa.

Ela se apresenta como Miranda, a proprietária.

— Jamie, pode trancar a porta, por favor? — ela pede. Ao ver meu olhar confuso, ela explica: — seu cavalheiro me pediu para ter a loja só para nós hoje de manhã.

Jamie pisca para mim. Quando ele disse que queria me comprar um vestido, pensei que eu iria sozinha e compraria no cartão que ele me deu. Não esperava por *isso*.

— Cada vestido é único e especial. — Os olhos de Miranda brilham. Sua voz tem aquela energia calma agradável, como quando Hazel dá aula de ioga, e me sinto imediatamente à vontade aqui. — Vamos encontrar um vestido tão bonito quanto você?

Coro e respondo com um aceno rápido. Ela me guia para os fundos, onde uma área espelhada está fechada por uma cortina vermelha de veludo grosso. Um sofá de couro marrom está do lado de fora do provador. Alguns vestidos estão pendurados, esperando por mim. Um chama minha atenção — uma peça cinza-azulada, alguns tons mais escuros do que a cor dos meus olhos. Flores escuras e melancólicas descem pela saia, dando a ilusão de que estão transbordando do corpete. No cabide, é difícil imaginar o formato do vestido, mas as cores vivas brilham sob a iluminação quente da loja.

Jamie se senta no sofá enquanto entro no provador e tiro as roupas. Miranda entra de tempos em tempos para acrescentar grampos para ajustar a modelagem, ajudar com um zíper ou a tirar um vestido, mas nada parece exatamente certo.

Deixo o vestido azul por último, mas, no segundo em que ele passa por minha cabeça, eu sei.

O tecido é delicado em minha pele, e algo no peso do vestido dá uma sensação divina. Pelo espelho, estudo os detalhes, as faixas ousadas de cor, o formato delicado. Esse *vestido*. O corpete é de veludo e, quando Miranda fecha o zíper, ele se encaixa perfeitamente. Me sinto bonita, especial e feliz por conta das flores. Esse vestido é uma versão elevada daquele que usei para a festa de encerramento. Miranda sai do provador, e meu coração se enche de entusiasmo ao pensar em entrar no baile usando esse vestido ao lado de Jamie.

— Pippa? — A voz baixa de Jamie vem do sofá lá fora. — Mostra pra mim.

Saio e, no segundo em que ele me vê, seu olhar se enche de ardor. Fico tímida de repente, mas não consigo ignorar as faíscas que deslizam pela minha pele enquanto ele me observa. Miranda não está por perto, dando-nos espaço.

— Gosto deste — digo com a voz leve.

Ele me encara por mais um momento antes de fechar os olhos, como se estivesse tentando se acalmar.

— Puta que pariu — ele murmura, ajeitando-se. — Pippa. — Ele diz meu nome como se fosse um palavrão.

Rio baixo.

— Quê?

Seu olhar volta a meu corpo no vestido, e seu maxilar se tensiona enquanto ele se levanta. Meu coração palpita enquanto ele vem até mim, o olhar fixo no meu, antes de dar beijos suaves e amorosos.

Não consigo respirar direito, e minha cabeça está girando.

— Você está linda — ele diz baixo.

Sorrio para ele.

— Você me faz me sentir linda.

Ele olha para mim como se houvesse mil coisas gentis e amorosas que ele quisesse dizer. Mas, vez disso, ele apenas sorri.

— Que bom. — Ele olha enfaticamente para meu vestido. — Quer esse vestido?

— Quanto custa? — pergunto primeiro.

Ele bufa e abana a cabeça com divertimento.

— Me fala — insisto.

— Não. — Seus olhos estão alegres, e um sorriso se ergue naquela boca que antes eu achava cruel. — Quer esse vestido? — ele pergunta de novo.

O violão já custou muito dinheiro, e agora isso? Estou dividida.

— Pippa. — Ele baixa a cabeça para me encarar, e seus dedos vão para meu queixo, erguendo meu rosto para o seu. — Acho que você não entendeu. — Seus olhos são firmes, calorosos, gentis e sérios. — O que você quiser, passarinha? É seu. Quando o assunto é você, dinheiro não é problema, porque fazer você feliz vale a pena.

Eu não deveria amar isso. Não sou uma pessoa materialista, e dinheiro não é importante.

Mas Jamie ser generoso e querer me agradar? Isso me derrete.

— Vou comprar o vestido, e você não vai discutir. Vou comprar mais coisas pra você, e você também não vai discutir. — Seus olhos encaram os meus. — Combinado?

Concordo em silêncio, tentando não sorrir diante de sua expressão satisfeita e possessiva. Felicidade... acho que é o nome desse sentimento.

— Ótimo. — Ele rouba um beijo antes de voltarmos para o sofá e, pela milésima vez, admiro como ele se move com tanta força e elegância. Acho que nunca vou me cansar disso. Ele aponta com o queixo para o provador. — Agora vai se trocar para irmos almoçar.

Contenho um sorriso. Miranda volta para marcar as alterações com alfinetes antes de me ajudar a tirar o vestido. Estou amarrando o cadarço dos tênis quando meu celular apita com um e-mail. Pode ser Ivy Matthews, por isso olho, mas, quando vejo quem mandou a mensagem, meu peito se aperta.

Podemos conversar? Mandei mensagem mas acho que você trocou de número.

Minhas mãos tremem, apertando o celular enquanto leio a mensagem de novo e de novo.

— Pippa? — A voz baixa de Jamie atravessa a cortina. — Você está bem?

Percebo que estou demorando. Há quanto tempo estou encarando a mensagem de Zach, paralisada? Sinto um nó na garganta enquanto engulo em seco. Ainda estou tremendo de raiva.

— Posso entrar?

É como se ele conseguisse sentir quando estou mal.

— Sim — digo baixo.

Ele entra no espaço pequeno.

— O que está rolando?

Sua voz é cuidadosa, tão preocupada que simplesmente desabo.

— Zach me mandou e-mail — respondo, mostrando o celular para ele. Raiva e ressentimento me percorrem, e solto uma expiração frustrada. — Ele tinha me mandado mensagem quando você voltou de viagem, mas eu o bloqueei. — Meu coração se acelera enquanto Jamie encara o celular, lendo a mensagem. — Não quero conversar com ele. Não sei por que ele está me escrevendo. — Abano a cabeça com força. — Não quero isso.

— Por que você não me contou?

— Eu o bloqueei. Pensei que ele pararia. — Inspiro fundo, tentando afastar toda a raiva relacionada a Zach, mas não dá certo. — Foi um dia antes de eu gravar com Ivy. Só queria esquecer e me concentrar.

Ele suspira.

— Sei como é. — Ele volta toda sua atenção a mim. — Você pode me contar sobre essas coisas. Podemos encontrar uma solução juntos.

Ergo os olhos para ele, e os seus vasculham os meus com preocupação.

— Eu sei. — Pego meu celular, abro meu e-mail e bloqueio o endereço de e-mail de Zach. — Pronto — digo a Jamie com um aceno firme. — Vamos ter que manter as janelas fechadas caso ele tente mandar um pombo-correio na próxima.

Um riso abrupto escapa da minha garganta, e ele me dá um beijo rápido na bochecha antes de irmos acertar com Miranda. Ambos se recusam a me dizer quanto custa o vestido, e eu e Miranda marcamos um horário para eu buscar a peça depois que as alterações estiverem finalizadas.

Enquanto eu e Jamie a agradecemos e nos despedimos, ela cochicha:

— As roupas íntimas estão incluídas. — Ela me dá uma piscadinha conspiratória, e respondo com um sorriso engraçado. Miranda é um amor, mas não sei se quero que ela me compre calcinha e sutiã.

Depois do almoço, vamos para casa para que Jamie possa cochilar antes do jogo, e troco mensagens com Hazel sobre o evento em Whistler. Como parte do time, ela também vai.

Hm. Temos um problema, ela me escreve. *Acabei de ver a lista de convidados.*

???, respondo. Na última vez que olhei, eles ainda estavam finalizando a lista.

Encaminhei para você por e-mail. Eles ainda estão tentando vender as últimas mesas. A mesa 16 vai ser um problema.

Meu e-mail apita. Aquela velha náusea sobe quando vejo quem está sentado na mesa 16.

Zach Hanson.

62

JAMIE

À noite, a energia do estádio é tensa. Os jogadores, os treinadores, os torcedores — todos estão à flor da pele, incluindo eu.

Ele *escreveu* para ela. Lembro-me o tempo todo do rosto de Pippa mais cedo, e meu sangue corre com fúria. Pippa é *minha*, e aquele filho da puta tem a audácia de entrar em contato com ela.

Antes do jogo, ela me mostrou a lista de convidados com relutância. Ele vai estar na festa, e sei que é por causa dela.

Não precisa ir, eu disse para ela. Meu comparecimento é obrigatório, mas o dela não.

Em vez de se acovardar, suas narinas se alargaram, ela ergueu o queixo, e determinação se acendeu em seus olhos. *Eu vou*, ela disse. *Não vou deixar que ele me bote medo.*

Meu coração, caralho. Está na palma da mão de Pippa.

No gelo, o outro goleiro pega o disco e o apito sopra. Meus ombros tensionam enquanto observo Miller e Volkov trocarem palavras acaloradas.

Não sei qual é a estratégia do treinador do Calgary, mas nosso time está sofrendo algumas pancadas violentas hoje. Os árbitros não parecem notar, o que só deixa os torcedores e nosso time ainda mais inflamados. Miller está de volta à sua versão arrogante e provocadora de sempre.

A energia negativa paira como uma névoa no ar. Vai rolar briga, consigo sentir.

Um dos zagueiros do Calgary derruba nosso terceiro atacante muito depois de ele ter passado o disco.

Ainda nada do apito.

Volkov grita algo para o jogador do outro time, e a tensão começa a esquentar. Miller patina entre eles, sorrindo como um gato ardiloso, mas não há humor em seu rosto. Ele está diferente hoje. Mais frio. Descontente. Irritado.

O jogo recomeça. Nosso time tenta pôr o disco dentro da rede do Calgary, mas Miller enfia o bastão entre as pernas de Owen. Os torcedores estão em pé, vaiando e pedindo penalidade.

O apito toca quando o goleiro do Calgary apanha o disco, e me viro para tomar um gole d'água, encontrando os olhos de Pippa através do vidro. Ela sorri e me dá um aceno breve com a mão, e respondo com um de cabeça, jogando água através da máscara, pensando em como ela fica bem com aquela camiseta. Minha camiseta. Meu peito dói ao vê-la, aqui, torcendo por mim, vestindo meu nome com orgulho.

Ela é tudo para mim.

Os jogadores entram em formação para voltar à pista, e entro na minha posição. O apito toca, e Miller tropeça em um dos nossos jogadores.

É como se ele nem estivesse tentando. Como se não se importasse com o hóquei. Quando se importa, ele é imbatível, e deve ser por isso que ele ainda está na porra do time. Mas a chama que tinha pelo jogo se apagou.

Finalmente, ele é botado no banco de penalidade, e o estádio grita e tira sarro. As pessoas batem os punhos no vidro, e ele tira a luva para mostrar o dedo para elas.

Inspiro fundo. Agora eu vejo. Ele fazia dessas quando éramos adolescentes. Seu pai fazia algo que o chateava, e ele entrava no gelo de mau humor. Ele hostiliza jogadores, enfurece a torcida, faz de si mesmo o vilão para que todos o vejam como ele se vê. Ele se odeia e está se debatendo aqui, torcendo para que alguém lhe dê o que merece.

Quando sua penalidade de dois minutos termina, ele patina de volta ao jogo, capturando o disco imediatamente e vindo direto para meu gol. Ele arremessa o disco na minha direção. Quica na trave e entra — sorte do caralho — e, um momento depois, ele faz falta em mim.

Perco a paciência, e meu sangue ferve. O apito é distante porque os fãs gritam ao nosso redor, batendo no vidro.

— Mas que porra é essa? — Owen diz entre dentes, entrando na frente de Miller.

Os olhos de Miller me desafiam. A energia crepita ao nosso redor, faiscando e vibrando de tensão.

— Qual é o problema, Streicher?

— Você está com um humor do cão hoje. — Dou um tapinha em Owens, fazendo sinal para ele sair da frente, e ele patina para trás, os olhos em nós. O resto dos jogadores estão rodeando, esperando, observando.

— *Briga, briga, briga* — os torcedores entoam por trás do vidro.

A briga que senti no ar; somos eu e Miller.

Só brigamos uma vez. Tínhamos dezesseis anos. Nós dois chegamos ao treino de mau humor depois de alguma coisa que o pai dele falou, e Miller fez merdas iguais às de hoje.

— Quê? — Ele ergue um sorriso feio e detestável para mim. — Vai me bater? Você, do alto da sua torre de marfim? Jamie Streicher, o homem mais responsável daqui.

O barulho ao nosso redor desaparece enquanto o encaro, rangendo os dentes com sua isca.

— Vem pra cima — ele grita para mim, os olhos inflamados. — Estou merecendo, não?

Meus punhos se cerram. Foi *ele* quem mudou. Foi ele quem se transformou nesse cuzão arrombado. Ele gostava de hóquei. Agora é uma grande piada para ele.

É tudo uma piada para ele.

— Vem — ele provoca.

Sinto o sangue latejar em meus ouvidos. Na NHL, os dois jogadores precisam concordar com a briga, senão o jogador que instiga vai receber uma penalidade enquanto o outro não.

Toda a raiva que guardei por anos contra o cara que já foi meu melhor amigo sobe à superfície, transbordante, e tiro as luvas.

A multidão vai à loucura. Goleiros quase nunca brigam.

Tiro o capacete, e o vidro atrás de mim treme com os torcedores. Os árbitros e assistentes nos cercam, prontos para separar a briga quando for longe demais. Até então, eles vão deixar que resolvamos isso, porque é assim que as contas no hóquei se acertam.

Não tenho coragem de olhar para Pippa. Consigo me garantir numa briga, mas não quero a preocupação e o medo dela em minha cabeça enquanto faço isso.

— Porra, finalmente — Miller vocifera, e tiro os protetores de goleiro e os jogo para o lado.

Patino até ele, e seu punho voa. Bloqueio seu soco antes de dar o meu. Acerto o maxilar dele e, um segundo depois, seu punho arde no canto do meu olho.

Dói, e dá uma sensação boa.

Caos irrompe ao nosso redor. Socos voam enquanto os jogadores descarregam a pressão, pegando as camisas uns dos outros enquanto dão socos. A energia no estádio ferve. Nunca a ouvi tão alta aqui dentro. Meu sangue pulsa forte, inundado de adrenalina enquanto eu e Miller descontamos nossa agressividade um no outro.

A briga é puro instinto, pura raiva primitiva. Estou apertando sua camisa, ele está apertando a minha, e estamos batendo um no outro. A dor é catártica, e meu rosto está molhado. Há sangue em minha boca e mais escorrendo da sobrancelha de Miller.

Apitos soam a torto e a direito, e há um emaranhado de braços e pernas, capacetes rolando pelo gelo, homens jogados uns em cima dos outros, camisas sendo arrancadas.

Os torcedores estão ficando malucos.

Dou mais um soco e espero Miller se endireitar, enquanto os árbitros assistentes tentam nos separar. A resistência desaparece de seus olhos enquanto ele recupera o fôlego, os olhos em mim.

— Acabou? — ele pergunta.

Ele se refere à briga, mas penso que ele está falando sobre a tensão de sete anos. Passo o dorso da mão na boca. Sangue mancha minha pele. Meu peito arfa em busca de ar, e adrenalina silva em minhas veias.

Algo muda entre nós, e minha raiva diminui. Não quero mais sentir raiva. Só quero seguir em frente. Olho para Pippa, que está espiando por trás das mãos com uma expressão preocupada, e meu coração dispara.

Não quero guardar rancor, porque a vida é curta e doce demais. Dou um aceno a Pippa para dizer que estou bem.

No banco, penso que Ward deve estar furioso enquanto os jogadores são arrastados para os bancos de penalidade, mas, em vez disso, seu sorriso se estende de orelha a orelha.

— Sim — digo a Miller, encontrando seu olhar. — Acabou.

63

PIPPA

— Seu olho — digo sem fôlego quando Jamie me encontra em um dos corredores de serviço do estádio depois do jogo. Minha mão sobe automaticamente para sua maçã do rosto, com cuidado para não encostar. A região ao redor do seu olho está inchada e roxa, e seu lábio está cortado.

— Estou bem, passarinha. — O canto intocado de seu lábio se ergue. Apesar dos hematomas, ele parece mais leve do que antes do jogo, menos estressado. — Estou horroroso?

— Você é bonito demais pra ficar horroroso. E fica ainda mais gato de olho roxo.

Seus olhos brilham com divertimento.

— Você me acha gato?

— Você sabe que sim. Mandão e exigente, mas tão gato que chega a ser injusto.

Seu sorriso fica ainda maior, e não deixo de notar como a mão dele desce à minha lombar enquanto me guia pelo corredor até o estacionamento. Ergo os olhos para ele de novo, tão alto, seu cabelo ainda úmido pelo banho. Meu olhar desce para seu lábio e consigo sentir a preocupação em sua expressão.

Ele ri baixo e para de andar.

— Juro pra você. — Ele puxa minha mão ao peito, alisando as palmas sobre as minhas para eu poder sentir a batida constante de seu coração. — Está sentindo?

Seus olhos estão nos meus, me observando com um divertimento afetuoso. Faço que sim, e não consigo desviar o olhar.

— Ainda está batendo. — Ele me observa, e sinto que quer dizer mais.

— O que aconteceu lá hoje?

Seu polegar traça o dorso da minha mão distraidamente enquanto ele desvia os olhos.

— Eu e Miller acertamos o que vinha se acumulando fazia muito tempo.

Nunca ouvi o estádio como hoje. Os torcedores estavam furiosos e com sede de sangue. Ver Jamie brigar partiu meu coração, mas também despertou algo entre minhas pernas. Ele parecia um guerreiro, cheio de potência, força e brutalidade.

Era sexy.

Ele acaricia minha pele de novo, e me lembro da outra noite, ele se movendo em cima de mim, e a expressão agoniada em seu rosto enquanto gozava. Meu centro palpita com a lembrança.

— Vamos para casa. — Seus olhos traçam meu rosto, e meu olhar volta ao corte em seu lábio.

Hoje vou cuidar do meu goleiro.

Jamie franze a testa para a banheira imensa cheia de bolhas. O banheiro está com cheiro de sais de banho de chai de baunilha. Ele está sem camisa, usando apenas a calça esportiva de cintura baixa, e estou tentando não me distrair pelos músculos definidos em um V que descem para o elástico da calça.

— Entra — digo, apontando para a banheira.

Sua sobrancelha se ergue, e ele fica tenso. O hematoma ao redor de seu olho está cada vez mais escuro.

— Você quer que eu tome um banho de espuma. — Seu tom é inexpressivo.

— Uhum. Vai te fazer se sentir melhor.

Seu olhar se inflama de calor, e tenho mais um vislumbre dele na noite passada, me penetrando como um animal irracional, gemendo em meu ouvido. Seu olhar desce para meus lábios, e sua língua desliza sobre o corte em sua boca.

— Só se você entrar comigo.

A palpitação entre minhas pernas se intensifica e calor sobe por meu pescoço.

318

— Tá — digo, e um brilho intenso percorre seus olhos.

Quando tira a calça e a boxer, ele já está duro, ereto e orgulhoso. Há algo em seus olhos de que gosto, um pouquinho de orgulho, muito de excitação e uma possessividade que faz um calafrio me atravessar. Seus músculos se movem enquanto ele entra na banheira — suas coxas grossas, os sulcos de seus músculos abdominais, seus ombros fortes e arredondados enquanto ele entra na água. Jamie se acomoda, e seu olhar se aguça, me encarando.

— Sua vez — ele diz, e a maneira como sua boca se ergue parece perigosa.

Ansiedade corre em minhas veias. Tiro a camisa, deixando-a no balcão antes de começar a tirar o suéter.

— Mais devagar.

Ele apoia o cotovelo na lateral da banheira enquanto assiste e, embora sua linguagem corporal seja relaxada, seus olhos são determinados. Atentos, me catalogando. É assim que ele fica no gelo, observando cada movimento meu.

Tiro a roupa devagar, e o calor aperta entre minhas pernas enquanto seus olhos se escurecem. Finalmente, fico nua, e um músculo se contrai em seu maxilar.

Coloco um pé dentro da banheira, e perco o ar.

— Está quente — sussurro.

— Vem aqui. — Ele se inclina para a frente e me guia entre suas pernas, as costas em seu peito, como naquela vez com o brinquedo. Seu pau está apoiado em sua barriga, cutucando minha bunda, me provocando calafrios. Solto um suspiro de alívio enquanto ele envolve os braços ao redor da minha clavícula, me puxando contra si. — Melhor assim.

Sinto sua voz baixa através de seu peito, e ficamos ali sentados em um silêncio confortável enquanto o banheiro vai se enchendo de vapor. Meus dedos traçam um caminho para cima e para baixo de suas coxas, e ele relaxa ao redor de mim, a respiração ficando mais regular. Depois de um tempo, sua mão desliza pela minha pele até meus ombros e seus polegares apertam meus trapézios, aliviando a tensão nos músculos.

— Como está o rosto?

Seu riso é baixo.

— Mal estou sentindo agora. — Ele dá um beijo em meu ombro, e sorrio. — Você é a distração perfeita.

Ele roça a pele entre meus seios, leve como uma borboleta, mas meus nervos dançam sob seu toque, e o sinto por toda parte. Nunca fiz isso com alguém, apenas ficar sentados numa banheira, explorando o corpo um do outro. Seus dedos vagam para meu mamilo, rodeando-o, e a respiração escapa dos meus pulmões com o ardor súbito entre minhas pernas.

Encostado em minha lombar, seu pau pulsa, e ele dá mais um beijo no meu ombro.

— Era para você estar descansando — sussurro. Ele aperta e gira o meu mamilo antes de passar para o outro, e isso está me dando vertigem de tão gostoso.

— Está bom? — ele pergunta com a voz baixa, ignorando-me.

— Sim. — Fecho os olhos enquanto ele aperta, e meu centro pisca ao redor do nada. A água é tão quentinha, seu corpo firme é tão confortável contra o meu, e minha cabeça se encaixa perfeitamente em seu ombro enquanto me derreto nele.

Sua boca está em minha têmpora.

— Onde você sente isso, passarinha? Me fala.

— Meu peito. — Suspiro enquanto seus dedos agem, me embalando em um estado de torpor delicioso de excitação.

— Hm. Onde mais?

Nossa, a voz dele é sexy pra caralho murmurada em meu ouvido assim.

— Entre minhas pernas.

— Jura? — ele diz como se estivesse surpreso.

Respondo que sim, os olhos fechados, e suspiro de novo enquanto suas mãos grandes envolvem meu seio, apertando-o, massageando.

— Não consigo parar de pensar na noite de ontem — ele me diz, os lábios roçando em minha orelha, e sinto um calafrio.

— Eu também não — suspiro. — E hoje de manhã.

— Ver você gozar é um sonho, Pippa. Estou viciado. — Sua mão desce por minha barriga, traçando toques suaves que sinto em todas as terminações nervosas. — Imagino você gozando de mil maneiras diferentes. Debruçada no balcão da cozinha. No banco traseiro do carro. Na minha cama. Na sua cama. — Com o toque de sua mão sobre meu clitóris, sinto um calafrio, os músculos ficando tensos.

Ele envolve minha boceta e, por instinto, meu quadril se inclina, buscando fricção. Meu clitóris arde enquanto minhas pernas se abrem na direção das suas.

— Insaciável. — Sem tirar a mão, seus dentes mordiscam meu ombro e meu quadril se inclina de novo. — Insaciável pra caralho.

— Você está brincando comigo.

Seu riso é baixo e contente.

— Do que você precisa?

— Me toca. Me come. Me preenche, Jamie.

Não acredito nas palavras que saem da minha boca. Nunca disse essas coisas antes, mas, enfim, nunca me senti assim antes.

Ele solta um grunhido rouco.

— Essa boca. Essa boquinha suja. — Seus lábios traçam minha orelha. Calor vai se acumulando no fundo do meu ventre, e sei que, o que quer que ele faça, não vou demorar muito para gozar. — E agora? Mostra para mim.

Minha mão cobre a dele, apertando dois de seus dedos grossos perto da minha entrada. Ele os empurra para dentro, e perco o fôlego, me arqueando contra ele com o ardor delicioso de me abrir para me amoldar a ele.

— Assim? — ele pergunta, presunçoso.

— Você *sabe* que sim — digo enquanto ele entra e sai.

— Que mais? Do que mais você precisa para chegar lá?

— Clitóris. — Minha voz é fina e tensa, e estou apertando suas coxas, tentando respirar.

Sua palma aperta meu clitóris, roçando com o movimento de seus dedos, e meus olhos se reviram. Minha cabeça rodopia com a intensidade.

— Pronto — ele murmura em minha têmpora, e seu tom contente me faz corar. — Que boa garota. Aprende tão rápido. Está pronta para gozar?

Faço que sim freneticamente.

— Diga.

— Por favor. — Sai dos meus lábios como um gemido. — Preciso gozar.

Seu gemido grosso vibra através das minhas costas, e seu pau me pressiona com intensidade.

— Adoro quando você me pede.

Ele curva os dedos dentro de mim, encontrando o ponto que apaga meus pensamentos. Seus dedos são um pouco grossos demais, mas a dorzinha leve e ardente me deixa mais perto do orgasmo. Sua outra mão envolve meu pescoço, gentil, mas possessiva, e tudo que quero é que ele me possua.

Grito com os primeiros tremores.

— Isso. — Seu tom é convencido, e queria poder ver seu rosto. — É bem aí, não?

Tremo enquanto a pressão intensa cresce. Quando ele toca naquele ponto, meu corpo se inunda de uma sensação brilhante e intensa.

— Jamie — choramingo.

É tão gostoso. Mas tão gostoso. O atrito em meu clitóris, seu braço ao redor da minha cintura, me ancorando a ele, seus lábios em minha têmpora, seus dedos grossos me violando — eletricidade atravessa meus músculos enquanto a onda ganha força.

Chego ao ápice, e me quebro.

— Vou gozar. — As palavras são nuvens de vapor enquanto tremo, suspensas enquanto a pressão pulsa através do meu centro. Estou me contorcendo em seus dedos, pressionada contra ele dos pés à cabeça, me contorcendo sob o mais puro êxtase que é um orgasmo provocado por Jamie Streicher.

— Que delícia — ele murmura enquanto gozo. — Boa garota. Perfeito. Bem assim, amor. Você está tão apertadinha em meus dedos.

Vou voltando aos poucos, e a mão de Jamie sobe e desce por minha coxa enquanto recupero o fôlego.

Ele solta um suspiro ofegante.

— Adoro fazer isso.

— Você é muito, muito bom nisso — digo com a voz leve e, quando ele roça em meu clitóris, eu me encolho, rindo. — Sensível demais.

Seu riso é baixo em meu ouvido e coloca um riso bobo e pateta em meu rosto enquanto ele volta a me puxar junto ao seu corpo.

Quando saímos da banheira, Jamie insiste em me secar. Ele ainda está duro e, quando coloca a toalha ao redor das minhas costas, virando um pequeno sorriso para mim, levo a mão ao seu pau lindo.

Ele geme, e sorrio para ele enquanto traço o polegar sobre a ponta, passando pela gota de baba ali. Eu a levo aos lábios, e meus olhos se fecham com o gosto. Quando abro os olhos, sua expressão é agoniada, os olhos escuros vítreos e o maxilar tenso.

Estou começando a adorar esses momentos em que tenho total controle sobre ele.

Tenho uma ideia e mordo os lábios antes de pegar meu uniforme da bancada. Não vejo a hora, porque acho que ele vai gostar disso. Com a camiseta na mão, eu o guio para o quarto.

— O que... — Suas palavras se interrompem enquanto a visto, e seus olhos descem por meu corpo, brilhando de tesão. — Caralho.

Fico de joelhos, e seu olhar fica mais intenso.

64

PIPPA

— *CARALHO* — Jamie murmura de novo, o maxilar ficando tenso.

Tesão e afeto se enroscam em meu peito enquanto o masturbo, observando sua testa franzida de concentração. Jamie é tão especial e merece ser cuidado como cuida de todo mundo. E, com a expressão em seu rosto agora, tão entregue e desesperada por mim?

Amo tanto esse cara.

Ele afunda as mãos no cabelo enquanto brinco com seu membro. Seu pau é inegavelmente perfeito — grosso e longo, liso e duro, e, quando lambo o líquido da ponta, surge mais.

— Você vai usar minha camiseta enquanto chupa meu pau — ele diz, como se não conseguisse acreditar, e sorrio de novo.

— Sim.

Coloco os lábios ao redor dele, observando seus olhos brilharem com intensidade e foco. Ele é grosso em minha boca, um encaixe perfeito, e meus músculos íntimos se apertam. Engulo seu membro o máximo que consigo até minhas bochechas se encovarem pela sucção, e sua cabeça cai para trás com um gemido torturado.

Sorrio antes de fazer isso de novo. Lenta, muito lentamente. Sei que ele já recebeu boquetes antes, mas aquela chama em meu peito que foi ficando mais e mais forte ao longo dos últimos meses quer que esse seja o melhor boquete da vida de Jamie Streicher.

Chupo o pau dele em um ritmo agonizante. Quero que ele pense nisso por muito tempo.

— Passarinha, você está me matando aqui. — Sua voz é gutural, e torturá-lo está me deixando molhada de novo.

— Você disse para ir mais devagar antes.

Ele solta uma risada abrupta e atormentada.

— Puta que o pariu.

Mantenho o ritmo lento e constante, passando a língua na ponta toda vez que solto antes de colocar tudo até a garganta.

Ele geme grosso, e seus dedos pousam em meu cabelo, muito suaves, mas se fechando sempre que aumento a sucção.

— Puta merda. Isso vai me fazer gozar tanto. — Seu olhar desce para minha camisa. — Você chupando meu pau com meu uniforme é a coisa mais sexy que já vi.

Um prazer se contorce pelo meu corpo, e sorrio. *Amo* isso. Amo fazer com que ele se sinta assim. Amo ter esse homem à minha mercê.

Ele solta um gemido baixo e pulsa na minha boca. Mas não acelero. Continuo no mesmo ritmo, continuo levando-o até o fundo da garganta, continuo dançando a língua sobre ele. Os barulhos que ele solta são incríveis — gemidos baixos de angústia como se estivesse atormentado, como se nunca fosse se recuperar disso.

— Sim — ele diz sem fôlego, gemendo de novo, e me observa com fascínio. — Sim. Agora. Vou gozar, Pippa.

Meu olhar é encorajador enquanto murmuro em aprovação, e ele fica tenso, o abdome ondulando.

— Caralho, amor, caralho. Isso — ele diz entre dentes, jorrando o líquido salgado dentro da minha boca. Seus dedos se contraem em minha escápula. — Pippa. Adoro isso.

Ele enche minha boca e engulo. Jaime me observa como se eu tivesse roubado sua alma e ele não estivesse nem um pouco bravo por isso. Ele recua, tomando ar, os olhos ainda em mim enquanto traço o dedo sobre os lábios, para não desperdiçar nada.

Num único movimento, ele me puxa para ficar em pé, e sua boca está na minha, a língua deslizando dentro de mim, as mãos em meu cabelo, me levando de volta à cama.

— Gostosa para caralho — ele rosna em minha boca entre um beijo e outro. — Nunca gozei tanto na vida. Minhas pernas estão tremendo. Tira isso. — Ele tira minha camiseta antes de nos levar para a cama e me aninhar em seu peito, um braço embaixo de mim e o outro me envolvendo.

Olhamos um para o outro por um longo momento.

Quero dizer, mas agora que estamos assim, o pensamento de perdê-lo me aterroriza. Sei que ele não faria nenhuma das coisas que Zach fez, mas não há garantia de que o que temos agora não desapareça algum dia. Dizer que o amo tornaria o término muito pior. Estou paralisada como se estivesse na beira de um precipício, as rochas se quebrando embaixo de mim, e qualquer movimento súbito pudesse fazer tudo vir abaixo.

Amanhã, vamos de carro para a festa beneficente em Whistler. Já consigo imaginar: sua mão em minha lombar, o sorriso discreto que ele reserva apenas para mim. Meu coração dói. Quero que isso seja real e eterno.

Os olhos de Jamie brilham com uma emoção que não consigo identificar.

— Quero dizer uma coisa — ele murmura.

Meu coração palpita.

— Eu... — Ele se contém, vasculhando meus olhos.

Espero, e sinto como se eu estivesse à beira daquele precipício de novo, segurando-me. Estou igualmente aterrorizada e ansiosa para o que quer que esteja prestes a sair da boca dele.

Ele pisca como se estivesse se controlando, se contendo.

— Estou muito ansioso para ir à festa com você.

Mesmo que aquele cuzão esteja lá, nós dois não estamos dizendo.

— Eu também — sussurro.

Seus lábios encostam na minha testa, e pegamos no sono assim.

65

PIPPA

No dia seguinte, Jamie para o carro na frente do hotel em Whistler, e admiro o prédio elegante que mais parece um castelo. É o hotel mais bem avaliado da cidade, onde todas as celebridades se hospedam e, com as luzes extravagantes de inverno e as árvores cobertas de neve, parece algo saído de um conto de fadas.

A ansiedade me invade, porque Zach vai estar lá hoje. Talvez ele esteja até hospedado no hotel. De manhã, meu celular vibrou com um número desconhecido, mas ignorei. Não deixaram mensagem na caixa postal, mas tenho um pressentimento frio e arrepiante de que era Zach.

Não quero mesmo cruzar com ele, porém, mais do que isso, não quero deixar Jamie na mão. Ele me comprou um vestido lindo, pedimos para Donna cuidar de Daisy durante o fim de semana, e sinto como se essa fosse nossa primeira viagem juntos. Não quero que o babaca do meu ex atrapalhe isso.

— Bem-vindo, sr. Streicher — o manobrista diz, pegando as chaves de Jamie quando ele sai do carro.

Ele agradece e, quando o manobrista dá a volta para abrir minha porta, Jamie faz que não.

— Deixa comigo, obrigado. — Ele abre minha porta e ergue as sobrancelhas para mim, o canto da boca se abrindo.

Saio e abro um sorriso tímido para ele.

— Obrigada.

Seus olhos são suaves.

— Por nada.

— Vamos levar suas malas — o manobrista diz. — Espero que você e sua esposa tenham uma ótima estadia.

Abro a boca para corrigi-lo.

— Obrigado — Jamie agradece, guiando-me até a porta da frente. Ergo os olhos para ele, surpresa, e ele apenas pisca para mim.

Esposa?

Nunca nem considerei essa palavra. Só tenho vinte e quatro anos, mas ouvir isso perto de Jamie me faz perder o ar. Esposa. Esposa de Jamie. Minha boca se abre em um sorriso, e mordo o lábio para conter. Os pensamentos de alerta nos cantos da minha mente pulam de um lado para o outro em busca de atenção, mas finjo não os ver.

Depois que fazemos o check-in, Jamie me guia escada acima até a cobertura e, quando abrimos a porta da nossa suíte, meu queixo cai.

— Uau — digo que nem besta, contemplando a suíte cavernosa em estilo chalé com janelas do chão ao teto, uma decoração aconchegante e uma vista incrível das montanhas nevadas. A lareira está acesa, contribuindo com a energia aconchegante e, no quarto ao lado da sala, uma cama king com um edredom branco macio implora para eu me jogar nela.

O canto da boca de Jamie se contrai, e seus olhos estão cheios de divertimento.

— Esse é o tipo de lugar em que você fica hospedado quando viaja com o time? — pergunto.

— Não. Normalmente divido o quarto com outro jogador. Ganhei o upgrade depois que você disse que seria minha acompanhante.

Algo doce cresce em meu peito, e volto um olhar provocante para ele.

— Só tem uma cama.

Seus olhos ardem de calor.

— Hum. — Ele dá um passo na minha direção, e suas mãos se dirigem a meus braços. — Algum problema?

Nossos olhos se encontram, e é difícil respirar direito sob a intensidade de seus olhos verdes penetrantes.

— Problema nenhum. — Contenho um sorriso largo e aponto para o sofá em L gigante. — Acho que você cabe no sofá.

Uma risada escapa de seu peito, e recebo um daqueles raros sorrisos inebriantes de Jamie Streicher. Estamos dormindo na mesma cama desde o dia da minha sessão de gravação.

Seu celular vibra, interrompendo o momento.

— Alô — ele atende, parando um momento para escutar. — Estamos prontos. Obrigado. — Ele desliga e ergue a sobrancelha para mim. — A massoterapeuta vai chegar a qualquer minuto.

Ah. Não sabia que ele tinha marcado uma massagem para ele. Uma hesitação dispara.

— Uma mulher?

Seu bufo é irônico, como se fosse óbvio.

— Sim.

Odeio a ideia de uma mulher encostar nele. *Sei* que ela deve ser uma profissional e que ele deve estar dolorido depois do jogo de ontem. Uma massagem vai fazer com que ele se sinta melhor.

Mesmo assim, não gosto. Jamie é lindo e definido. Dos pés à cabeça, ele parece um deus. Não gosto da ideia nem de uma mulher ter *pensamentos* safados perto dele.

Ele olha para mim, seus olhos descendo para meu peito. Estou usando um de seus moletons; fica enorme em mim, mas ele encara meu corpo como fez hoje cedo no chuveiro.

— Sou um cara paciente, Pippa, mas não quero outro homem tocando no que é meu.

Meu rosto se franze de confusão. Ele está se referindo ao, tipo... pau dele? Estamos no hotel mais chique de Whistler. Duvido que vão se esfregar nele.

— Jamie, um massoterapeuta profissional não vai te dar um final feliz — exclamo.

Ele me encara, igualmente confuso.

— Tomara que não. — Suas sobrancelhas se franzem. — A massagem é pra você.

— Ah. — Solto uma risada aguda, e minha cara arde. — Desculpa.

Ele inclina a cabeça, os olhos se estreitando.

— Quê? — pergunto, tentando esconder como estou ficando vermelha, mas suas mãos pousam em meus ombros e ele me vira para ele.

— Você está com ciúme — ele diz, estudando meu rosto com a boca se contraindo.

Reviro os olhos.

— Para.

— Você está. — Seus olhos são brilhantes. Convencidos. Convencidos para caralho. — Você está com ciúme porque achou que uma mulher me faria uma massagem.

Encolho os olhos, e ele me puxa junto a si.

— Que fofa — ele murmura. — Como se eu tivesse olhos para outra pessoa.

Um momento depois, há uma batida à porta, e Jamie abre para ela entrar.

— Cabelo e maquiagem chegam às dezesseis — ele me diz enquanto ela se prepara, dando um beijo no topo da minha cabeça. Ele sorri diante da minha expressão perplexa, afastando-se para pegar suas coisas para um treino leve na academia. — Só queria que você se sentisse especial.

— Eu me sinto — digo com sinceridade. — Obrigada.

— Não tem de quê. — Ele está à porta mas dá meia-volta, e me dá outro beijo como se não conseguisse se conter. — Se eu não sair agora, não saio nunca.

Sorrio de novo em sua boca, empurrando seu peito de leve enquanto dou risada. Estou transbordando de alegria, e não consigo parar de sorrir. Ele sai e, depois, enquanto a massoterapeuta massageia meus trapézios, eu me permito relembrar as últimas semanas com Jamie.

Algo se debate em meu peito, desesperado para sair. E se eu me declarasse para ele? O mal está feito; estou apaixonada por esse homem. Fico dizendo a mim mesma que guardar segredo vai me manter segura. Que vai doer menos se acabar.

Mas será mesmo? Ou será que não dizer o que sinto vai ser um dos meus maiores arrependimentos?

Penso em como ele me encorajou nos últimos meses. De que adianta aprender a sair da minha zona de conforto se eu não fizer isso pelas coisas que importam?

Jamie importa. Acho que ele pode importar mais do que qualquer pessoa.

Tocando no que é meu, ele disse hoje, e algo se agita em meu peito.

Flutuar nessa zona intermediária de felicidade e contentamento está começando a não ser mais o suficiente para mim.

Preciso dizer a Jamie o que sinto.

* * *

Jamie volta assim que acabo de vestir as roupas íntimas que Miranda enviou com o vestido.

Certo, eu não chamaria de roupas íntimas.

São lingeries. Estou usando lingerie. Uma lingerie de renda cara e sedutora pra caramba produzida na França. Meu cabelo está solto ao redor dos ombros em ondas caprichadas, e a maquiadora deu um visual suave, mas sexy, que me faz me sentir uma modelo da Victoria's Secret.

Vou admitir: estou incrivelmente gata.

— Pippa? — Jamie chama, e ouço seus passos.

— No quarto.

Até momentos atrás, eu era a única aqui, então nem me dei ao trabalho de fechar a porta. Jamie aparece no batente e para de repente ao me ver.

— Oi. — Sorrio para ele, envergonhada por estar aqui sozinha, olhando fixamente para mim mesma de lingerie. — Eu estava me vestindo.

— Puta que pariu, Pippa. — Seus olhos se escurecem, seu olhar descendo do meu rosto para meu corpo e voltando a subir. — Fica aí.

— O que você está...

Ele chega perto, fica de joelhos à minha frente, e tira minha calcinha.

— Ah... — Perco as palavras quando ele lambe minha boceta. — Você quer... será que eu...— Meus olhos se reviram enquanto sua língua gira ao redor do meu clitóris em círculos rápidos. Uau. É difícil pensar quando ele faz isso. Já estou molhada. — Quer que eu me deite na cama?

— Não. — Ele geme grosso, afundando ainda mais o rosto entre minhas pernas. Ele encaixa uma mão grande atrás da minha coxa, puxando-a sobre seu ombro, e levo as mãos a seu cabelo para me equilibrar. — Não quero estragar esse seu cabelo lindo. É melhor desse jeito.

— Tá. — Suspiro, os olhos se fechando enquanto ele desliza dois dedos dentro de mim.

Depois que gozo na boca de Jamie, tenho o maior prazer em retribuir.

— Você vai usar isso de novo — ele diz, recuperando o fôlego, as narinas se alargando enquanto traça os dedos sobre a alça de minha cinta-liga.

— Sem problema. — Dou um beijo nele e passo as mãos em seu cabelo farto. — É melhor a gente se vestir.

Depois que termino de me arrumar e Jamie tomou banho e se vestiu, entro na sala de vestido. Perco o ar quando o vejo ao lado das janelas grandes, contemplando a montanha coberta de neve com as mãos nos bolsos, tão lindo e forte em seu smoking. Ele se vira ao ouvir meus passos.

— Pippa. — Ele diz meu nome como se fosse uma oração, contemplando-me. Ele pisca para mim como se estivesse em um sonho. — Você está tão linda. — Ele tira a mão do bolso, estendendo uma pequena caixa preta. — Comprei uma coisa para você.

Ele a abre, e meus lábios se contraem. Em uma corrente delicada de prata, uma pedra cinza-azul reflete a luz, cintilando com brilho. É da mesma cor de meu vestido. Algo caloroso inunda meu peito e fica difícil respirar.

— Que lindo. — Ergo os olhos para Jamie, e ele está me observando com interesse. — Não precisava — digo, porque meu coração está explodindo em confetes agora.

— Você gostou?

— Sim — respondo, admirando o colar. Não consigo evitar sorrir. É maravilhoso. — Eu amei.

— Então precisava, sim. — Ele tira o colar com cuidado e abre o fecho com uma habilidade impressionante. É tão engraçado ver suas mãos grandes segurarem algo tão delicado. Ele aponta o queixo para mim. — Vira, passarinha. — Sua voz é baixa, e um calafrio desce por minhas costas.

Eu obedeço, e Jamie pendura o colar em mim. Mais calafrios descem por minha espinha enquanto seus dedos roçam minha nuca.

— Pronto — ele diz, e me viro. Seu olhar desce para o colar e, quando ele me abre aquele pequeno sorriso sério, meu estômago se revira de um jeito lento e caloroso. — Linda.

— Obrigada. — Mordo o lábio, baixando os olhos para o colar, traçando os dedos ao longo da corrente fina. — Eu amei.

— Ótimo.

Meu sorriso é tímido enquanto baixo os olhos para o vestido. Tudo nesse dia, tudo em minha vida agora, parece um conto de fadas. A princesa vai ao baile em um vestido lindo, apaixonada pelo príncipe encantado.

Não é só o vestido, o colar, a lingerie nem o cabelo e a maquiagem. Eu me sinto bonita quando estou perto de Jamie. Nunca me senti mais especial e bonita do que quando me sentei no colo de Jamie na outra manhã, sem maquiagem, com o cabelo molhado e bagunçado, usando seu moletom velho de hóquei. A confiança que ele me ajudou a desenvolver nos últimos meses se infiltrou em minhas veias — toda vez que ele disse *você consegue* ou *acredito em você* ou *você é tão talentosa, passarinha* — e agora é parte de mim.

Abro o sorriso mais radiante para Jamie.

— Vamos lá, bonitão.

Ele ri, surpreso, e dá para ver que gostou do apelido.

66

PIPPA

Na porta do salão de baile, a mão de Jamie está na minha, e seu olhar sério e vigilante vasculha meu rosto.

Meu coração está batendo forte. No elevador, ele não quis estragar minha maquiagem, então traçou uma linha suave e torturante de beijos por meu pescoço enquanto eu observava nosso reflexo pelo espelho, ofegante. Parte de mim queria ficar naquele elevador para sempre para eu não ter que encarar Zach. Parte de mim não conseguia acreditar que esse homem lindo e gigantesco de smoking era meu. E parte de mim rosnava de raiva e ressentimento por Zach se infiltrar de novo à minha vida dessa forma depois do que ele fez.

O polegar de Jamie acaricia minha mão. Estamos prestes a encontrar a pessoa que me magoou, e os instintos protetores dele estão disparando, assim como na festa de encerramento. Só que dessa vez é pior, porque Zach roubou minha música.

Inspiro fundo, erguendo os olhos para ele, contando cada cílio escuro que cerca seus olhos verdes. Seus olhos me dizem tudo — Jamie não vai deixar ninguém me fazer mal hoje.

Eu me lembro das palavras de Jamie à porta da festa de encerramento sobre voltar ao gelo e em como, toda vez que eu estava com medo de fazer algo corajoso, me surpreendi com minha coragem.

— Sei que você nunca vai deixar que nada aconteça comigo — sussurro para Jamie. Um sentimento energizado, forte e teimoso enche meu peito, e fico com a postura mais ereta. — E eu também não.

Consigo me defender agora. Jamie me ajudou a desenvolver essa habilidade, e agora ela está florescendo.

— Vamos fingir que ele não está lá — digo a Jamie. Seu maxilar se tensiona, e sorrio para ele. — Eu me arrumei toda para você, e não vou deixar que ele estrague isso.

Ele está com uma cara de quem está prestes a argumentar, mas sua expressão se suaviza.

— Está bem.

— Vem cá, bonitão. — Quando ele se abaixa, dou um beijo na bochecha dele antes de guiá-lo para dentro.

— Uau, Hartley — Hayden diz assim que entramos. Ele está de smoking como Jamie, com seu próprio olho roxo. — Alerta de gostosa.

Dou risada, e Jamie grunhe.

— Cuidado, Owens — ele diz a Hayden, mas o colega apenas sorri e dá um tapa no ombro dele.

Outros jogadores de hóquei nos encontram, e somos cercados. Eu me sinto como uma bebê elefante no círculo de adultos gigantes, dando olhadelas por trás deles. À espreita de Zach. Nunca vi tanta gente bonita num só lugar. O salão está cheio de jogadores de hóquei de smoking, e avisto rostos familiares dos times de Vancouver e Calgary, a maioria ostentando evidências da briga da noite de ontem. Reconheço algumas celebridades, atores e músicos. Meu coração para ao ver uma mulher de cabelo loiro platinado comprido, mas ela se vira e solto o ar. Não é Layla. É uma moça de um reality show.

Hazel me encontra, e sorrio diante do vestido magenta dela.

— Você está linda.

Ela aponta para mim, os olhos arregalados.

— *Você* está fantástica.

Cutuco Jamie ao meu lado.

— Alguém contratou cabelo e maquiagem para me deixar toda arrumada hoje.

Ele baixa os olhos para mim, sorrindo antes de a cumprimentar com a cabeça.

— Hazel.

— Jamie. — Ela alterna o olhar entre nós. A mão de Jamie está na minha lombar, tranquilizante, mas possessiva, e ela sorri consigo mesma enquanto olha para ele com aprovação. — Bom trabalho, Streicher. Mas ainda vou acabar com a sua raça na fisioterapia.

Ele responde com um aceno.

— Imaginei.

Eles sorriem um para o outro como se fossem amigos, e meu coração dá uma cambalhota.

— Ótimo — ela cantarola, olhando para mim, a expressão mais séria. — Ainda não o vi.

Abaixo a voz para cochichar:

— Qual é a mesa 16?

Ela indica uma mesa do outro lado do salão.

— Estamos do outro lado do salão, graças a Deus. — Ela abana a cabeça, as narinas se alargando. — Quando vir a cara dele, vou destruir aquele filho da puta.

— Entra para a fila — Jamie diz, os olhos brilhando.

— Ninguém vai destruir ninguém — digo, e estou sorrindo porque amo esses dois. — Não vamos fazer um escândalo, senão nós vamos parecer os cuzões. — Eu enrijeço e ergo o queixo. — Vamos ignorar Zach.

— Mas... — Hazel começa.

— Ignorar. — Aceno e sorrio para ela.

Seus olhos se estreitam e, depois de um longo momento, ela cede.

— Vamos pegar bebidas.

Minutos depois, eu, Hazel e Jamie estamos na nossa mesa, conversando com jogadores e tomando champanhe, quando Rory se aproxima.

Um hematoma roxo cerca seu olho esquerdo, e há um raspão vermelho em seu queixo. Mesmo com os ferimentos de ontem à noite, ele ficou arrumadinho de smoking e corte de cabelo novo.

— Ei, Pips. — Ele me envolve em um abraço grande. — Você fica muito melhor sem aquela camiseta feia do Vancouver.

Uma risada escapa de mim antes que eu consiga me conter. Lanço um olhar para Jamie, que revira os olhos. Mas o canto da boca dele se contrai.

Rory me solta e acena para Jamie.

— Streicher. — Ele coloca as mãos nos bolsos, examinando o estrago que fez no rosto de Jamie. — Belo olho roxo.

Jamie responde com um aceno.

— Digo o mesmo.

Um segundo se passa, e espero pela tensão de sempre entre eles, mas ela não aparece.

Jamie limpa à garganta.

— Vamos à aula de hot ioga da Hazel aos domingos — ele diz a Rory. Hazel não está ouvindo enquanto conversa com Alexei. — Pode te ajudar a entrar em forma.

Rory ri.

— Seu cuzão arrombado.

Jamie quase sorri em resposta. Alterno o olhar entre eles, fascinada. Homens são tão estranhos.

— Hartley? — Rory ergue a voz, seu olhar se voltando a Hazel. Sua boca se abre num sorriso sarcástico, mas há algo mais em sua expressão. Sinceridade, como se ele quisesse ter certeza de que ela o quer lá. — Tudo bem pra você se eu entrar para o ioga?

Ela o estuda antes de dar de ombros com uma expressão fria, como se não se importasse.

— Tanto faz.

Ela segura uma bebida numa mão, mas a outra está ao lado do corpo, seu indicador esfregando a ponta do polegar em círculos rápidos. Seu tique nervoso.

Ela gosta dele. Sinto um friozinho de entusiasmo na barriga. Hazel *nunca* gosta dos homens, sempre prefere usá-los e descartá-los.

Os olhos de Rory são suaves enquanto a observa. Sua expressão é muito parecida com como Jamie olha para mim.

— Você está linda — Rory diz para ela na frente de todos, e não tem um pingo de implicância em seu tom.

Ela pisca, surpresa com esse lado dele.

— Obrigada. — Ela está corando e mal encara o olhar dele, escondo meu sorriso enquanto me viro para olhar Jamie.

Ele me dá uma piscada rápida. Ele também notou.

O mestre de cerimônias pede para os convidados se sentarem, e o jantar começa. À mesa 16, há um lugar vazio. Zach não chegou.

Torço as mãos no colo. Talvez ele tenha desistido.

Há discursos, uma apresentação sobre o trabalho filantrópico do ano, e um vídeo de jogadores e outras celebridades no hospital infantil da cidade. Em determinado momento, Jamie aparece na tela, sentado em uma cadeirinha minúscula, deixando uma garotinha colocar uma tiara nele, e é uma cena tão fofa que sinto uma dor no peito.

Sua mão vai ao meu colo enquanto ouvimos a última parte dos discursos, e ele me abre aquele sorriso discreto e particular.

Meu coração palpita, e sei que tenho que dizer para ele o que sinto. Em breve. Quando for a hora certa.

Quando os discursos acabam, a festa de verdade começa. Música toca, e bebidas circulam. Como todas as sobremesas que Jamie fica me trazendo, e eu e Hazel rimos tanto das piadas de Hayden que ficamos sem ar. A cadeira de Zach à mesa dele continua vazia, e relaxo mais. Olho para Jamie, que está conversando com o treinador Ward, que está tão bonito de smoking que parece nunca ter sido um jogador de hóquei. Jamie está à vontade, cercado por todos esses caras que claramente o admiram, e sinto um rompante de gratidão por ele ter essas pessoas na vida.

Tomo o resto do champanhe e encontro o olhar de Jamie, fazendo sinal para ele de que vou ao banheiro. Quando saio do banheiro momentos depois, Jamie está recostado em uma mesa próxima, esperando pacientemente.

— Não precisava me acompanhar — digo.

Ele dá de ombros.

— Você parecia um pouquinho tonta, passarinha.

Rio baixo.

— Não estou bêbada. Só meio alegrinha. — Zach não veio, e sinto como se um peso tivesse sido tirado dos meus ombros. Minha cabeça está meio alta, mas não estou bêbada.

— Você pode estar as duas coisas. Não ligo. — Ele ergue a mão e tira meu cabelo do ombro. Divertimento brilha em seus olhos. — Vou segurar seu cabelo enquanto você vomita.

Meu peito treme de tanto rir. Adoro esse lado bobo dele.

— Não vou vomitar. — Passo a mão ao redor do seu braço, me sentindo flutuante e alegre. Zach não apareceu, e essa festa está muito divertida. Eu me sinto linda e especial.

Do lado de fora das portas de entrada do salão de baile, alguém surge em nosso caminho, e meu coração para. Em um instante, a sensação alegre e flutuante se evapora, e me deixa oca.

Zach.

Não consigo respirar. Ao meu lado, Jamie se enrijece.

— Pippa — Zach diz. Seus olhos me percorrem com fascínio, como se ele me visse sob uma nova luz.

A nova Pippa. Em vez de tênis e calça jeans, estou usando um vestido caro, com o cabelo em ondas elegantes, ao lado de um jogador de hóquei profissional. Zach olha para mim como se meu valor tivesse subido.

A raiva se acende em meu peito, porque nada disso importa. O vestido não importa, o cabelo e a maquiagem não importam. Não importa nem que Jamie seja um atleta profissional porque ele é muito mais do que isso.

Eu sou muito mais do que tudo isso. Jamie gostava de mim muito antes da noite de hoje. Eu me lembro da maneira como ele me olhou depois que toquei aquela música em sua sala no meio da noite. É isso que importa para Jamie. As coisas reais. Não todo esse artifício.

— Posso conversar com você? — Zach lança um olhar para Jamie, o lábio se curvando. — A sós?

— Não — eu e Jamie dizemos em uníssono.

Minha mão pega a dele, e ele me dá um aperto reconfortante. Dou outro em resposta.

— Certo. — A irritação atravessa o rosto de Zach, e a familiaridade disso me faz mal.

Em minha cabeça, busco o plano calmo e controlado que tracei horas atrás. *Ignore Zach. Ele não importa. Não faça um escândalo.*

A raiva pulsa em meu sangue, e meus molares se rangem. Esse cara me fez sentir que eu não era suficiente. Ele partiu meu coração, depois me convidou para aquela *maldita* festa de encerramento para poder jogar isso na minha cara. *Você conheceu a Layla?* Ele pegou algo que criei, *riu* de mim, depois fingiu que era dele.

— Tudo aquilo com a Layla — Zach começa, abanando a cabeça. — Não está dando certo. Cometi um erro. — Ele passa o peso de um pé para o outro. — Ela não é você.

Algo atravessa minha raiva. Ela não sou eu — isso é porque ela o enfrentou? Ela quis ser tratada como uma igual, em vez de uma musa groupie que ele só usava?

Pensei que esse momento fosse ser mais doce do que é. Pensei que me sentiria vingada, mas, em vez disso, estou triste por Layla.

Também estou puta de raiva.

Meus olhos se estreitam enquanto o observo, vendo-o ficar mais e mais desconfortável. Ele achava que eu murcharia e cederia a ele, sem dúvida.

Cometi um erro, ele disse, mas me pergunto o que ele pensa que foi o erro.

Ele não está arrependido por me magoar. Não está arrependido pelo que fez. Ele só está arrependido que não tenha dado certo como ele queria.

— O que está rolando? — Hazel está a uns três metros, o olhar alternando entre mim, Zach e Jamie.

— Pippa está resolvendo — Jamie responde e, quando encontro seus olhos, vejo que ele acredita nisso.

Jamie sabe que consigo me defender.

Hazel cruza os braços diante do peito e para do meu outro lado. Ela e Jamie parecem dois guarda-costas, me cercando.

— Vamos tentar de novo. — As palavras de Zach saem depressa, tingidas de um desespero frenético. — Vai ser diferente. — Ele engole em seco de novo, e encara meu olhar.

Nossa, ele deve estar na merda. Faço as contas mentais. A turnê acabou e a gravadora deve estar planejando a próxima. E, nesse meio-tempo, ele vai gravar um álbum novo.

Ah. É isso. Ele não tem alguém para dar ideias a ele sem querer o crédito.

Uma pena que não sou mais aquela garota. A raiva de antes ecoa através de mim.

— Você roubou minha música. — Minha voz é confiante, e imito o olhar fulminante de Jamie. — Eu ouvi. A música que toquei para você? Você fingiu que era sua.

Zach ergue a cabeça, perplexo.

— Como assim, *aquilo*? Aquilo não era uma música, Pippa. Era um desastre. Era um desastre, e demos um jeito nela.

A raiva volta a se derramar em meu sangue, e o encaro.

Ele faz que não é nada.

— Artistas vivem pegando coisas um do outro. Nada é original quando se trata de arte.

Ele diz isso com um jeito condescendente, como se eu não fizesse ideia de como a indústria musical funciona. Meu coração bate forte, e nunca fiquei tão furiosa. Toda a dor dos últimos meses gira em um turbilhão, acumulando energia. Sinto que estou prestes a cuspir fogo e incendiar o hotel inteiro.

Hazel solta um barulho furioso na garganta.

— *Finish him* — ela murmura baixo, como nos videogames que a gente jogava na adolescência.

Algo forte me percorre, e boto para fora.

— Você não quer o melhor para mim — digo a Zach, um sorriso contrafeito se formando em minha boca. — Você quer o que é melhor para *você*. Sempre quis.

Ele pisca, em choque.

— Nunca fomos iguais. — Embora minhas mãos estejam tremendo, jogo os ombros para trás, e aquela chama em meu peito brilha mais forte, mais quente. — E ainda não somos, né? Você acha que está me fazendo um favor.

Ele fica pálido antes de rir com desprezo, e ele nunca ficou tão feio quanto agora, olhando para mim como se eu não fosse nada.

— Eu *estou* fazendo um favor. — Ele bufa, e isso machuca. — O que você está fazendo agora? Nada a ver com música.

— Ela gravou uma demo com Ivy Matthews — Jamie intervém com um tom cortante.

Suas palavras atingem o alvo, porque Zach parece chocado de novo. Ivy é seu ponto fraco — alguém que ele tentou conquistar e não conseguiu. E eu gravei com ela. Mesmo que minha demo com ela não dê em nada, fui eu quem ela escolheu, não ele.

Abro um sorriso triste para Zach. Não quero mais ficar brava com ele porque, embora essa raiva me energize, isso vai me deixar esgotada. Só quero ficar livre dele, seguir em frente para ter uma vida melhor.

— Adeus, Zach. — Ergo os olhos para Jamie e vejo o orgulho em seus olhos. — Vamos — digo para ele e Hazel, e Jamie coloca os braços ao redor dos meus ombros.

Não olho para trás enquanto saímos.

67

JAMIE

Estou fascinado por Pippa.

Você não quer o melhor para mim. Você quer o que é melhor para você.

Amo essa mulher, e preciso dizer isso para ela. Quando nos deitamos na cama ontem à noite, eu quase disse, mas me segurei. Agora, no elevador a caminho da nossa suíte, mal consigo me segurar para não falar de uma vez.

Adoro cuidar de Pippa, mas ela não precisa de mim. Ela sabe se virar, e a amo por isso. Em minha cabeça, vejo nosso futuro juntos, e quero isso mais do que tudo.

É com Pippa que quero ficar para sempre. Sei disso agora. Acho que sempre soube.

— Você é incrível — digo para ela, e um sorriso se ergue em seu rosto.

— Graças a você.

— Não — respondo. — Aquilo foi só você, passarinha. — Eu a empurro contra a parede e a encaro. Eletricidade queima ao nosso redor, e adoro a maneira como ela ergue os olhos para mim, com tanta confiança e doçura. — Já falei que você está linda para caralho? — murmuro, jogando seu cabelo para trás antes de beijar seu pescoço.

Ela ri baixo sob meu toque.

— Sim.

— Ótimo. — Mordisco seu ombro. Ela perde o fôlego, e amo esse som. Estou caidinho por essa garota. Amo cada som que ela faz.

As portas se abrem em nosso andar e pego sua mão, guiando-a para a suíte. Ao entrarmos, seu olhar percorre o espaço. A lareira está acesa, tem uma garrafa de champanhe esperando em um balde de gelo e, através das janelas, as luzes das montanhas de esqui brilham.

Ela aperta as mãos uma na outra na frente do peito com uma expressão sonhadora no rosto.

— Não quero sair nunca mais daqui.

Vou comprar uma casa em Whistler, decido, para passar os fins de semana. Um lugar exatamente assim — em um estilo aconchegante de chalé — onde eu, Pippa e Daisy possamos vir para relaxar. De que adianta ganhar milhões se eu não gastar com quem amo, fazendo o que importa?

Isso é o que importa.

No quarto, entrelaço os dedos nos dela, o coração batendo forte enquanto a beijo, mergulhando em sua boca quente e convidativa, adorando cada fôlego que ela perde, cada gemido baixo. Abro seu zíper, deixando o vestido cair a seus pés.

Pippa fica de lingerie, deliciosa para caralho. Cada célula em meu corpo canta por essa deusa. Passo a mão em meu cabelo enquanto desejo pulsa em meu sangue.

— Caralho — murmuro, memorizando como os peitos ondulam sobre a renda, como a calcinha envolve suas curvas, como seus mamilos rosas perfeitos são quase invisíveis. Traço o polegar sobre uma das pontas, e suas pálpebras se semicerram.

Há uma loja de lingerie perto do nosso apartamento — já passei por lá e pensei nisso umas cem vezes. Vou lá amanhã, decido, comprar metade da loja para Pippa. Meu maxilar fica tenso enquanto imagino Pippa usando a calcinha que eu comprar para ela. Seu gemido quando eu a tirar.

Socorro, que tesão.

Minha linda Pippa desata minha gravata-borboleta, e sinto uma pontada de afeto. Despir um ao outro parece familiar, e me lembro de quando o manobrista se referiu a ela como minha esposa.

Gostei disso. Minha boca se ergue enquanto ela abre os botões da minha camisa. Gostei muito. Imagino essa mulher com minha aliança no dedo, e algo possessivo me atinge.

Também gosto dessa imagem.

Ela tira meu paletó e minha camisa, que caem no chão antes de a mão dela deslizar sobre meu pau.

— Adoro como você fica duro — ela murmura, observando a mão

passar por cima da minha calça antes de erguer os olhos para mim com um sorriso contente.

Ah, sim. Ela vai ganhar uma aliança. Uma aliança grande. Grande e chamativa. Tão exagerada que chegue a ser de mau gosto. Ela vai odiar, tenho certeza, mas quero que as pessoas vejam a um quilômetro de distância. Do espaço. Quero avisar a todos que ela está comprometida.

— Está sorrindo por quê? — ela pergunta, sorrindo também.

Ela é tão linda. Não vou obrigá-la a usar uma aliança que não goste. Eu nunca faria isso. Ela pode usar o anel que quiser.

Apoio minha testa na sua enquanto ela me apalpa. Desejo tensiona meu corpo, e meu sangue pulsa por ela.

— Espera.

Sua mão para.

— O que foi?

Minhas narinas se alargam enquanto inspiro fundo. Meus sentimentos por Pippa vão crescendo e crescendo, quebrando-se como ondas em um oceano tempestuoso, desesperados para saírem. Sem dizer a verdade para ela sobre como me sinto — toda a verdade —, a intimidade entre nós parece incompleta. Recuo e olho em seus olhos.

— Eu te amo. — Minhas palavras são um murmúrio baixo enquanto observo a reação dela, e meu coração bate forte no peito. Nunca disse essas palavras para mulher nenhuma. Nunca senti isso, e é ao mesmo tempo emocionante e assustador. — Eu te amo para caralho, Pippa. Estou apaixonado por você. Quero tudo com você.

Seus lábios se entreabrem, e seu peito sobe e desce rapidamente enquanto ela absorve minhas palavras. *Por favor, sinta o mesmo*, rezo ao Universo.

— Você é tudo para mim. — Minha Pippa. Minha distração, a garota contra quem sempre fui tão indefeso. — Quero você na minha vida. Você me deixa feliz para caralho, passarinha, e torço para fazer você feliz também.

— Você faz — ela diz imediatamente, e suas mãos deslizam dentro do meu cabelo. — Você me faz feliz. Você também é tudo para mim. Eu também te amo — ela sussurra.

Meu peito explode, crescendo em meu peito.

— Estava torcendo para você dizer isso.

Levo a boca à dela, e o barulho baixo em sua garganta faz meu sangue cantar. Ela me ama, e não tenho mais que esconder isso. Ela me ama, e estamos fazendo isso.

Ela me ama, e isso é para sempre.

Minhas mãos descem para seu peito, e meus polegares traçam círculos em cada um dos seus mamilos por cima do tecido do sutiã. Ela se arqueia em minhas mãos, balançando na ponta dos pés. Um riso malicioso escapa de mim, e desço uma mão para dentro da sua calcinha.

Ela está molhada. Pippa geme, se encolhendo de prazer enquanto a masturbo, traçando uma fricção lenta e delicada sobre ela.

— Caralho — murmuro. — Você está tão molhadinha.

Ela faz que sim, erguendo os olhos como se eu fosse sua tábua de salvação. Ela se segura em mim para se estabilizar, e coloco um braço ao redor de seus ombros para mantê-la em pé enquanto a masturbo. Ela está tão delicada, tão molhada, tão quente, e não me canso dela.

— Você já gozou duas vezes hoje — digo a ela num tom baixo e provocante. — Olha só como evoluiu.

Ela concorda, molhando os lábios, e é esse vislumbre da língua dela que quase me faz gozar. Tiro a mão da calcinha dela e observo sua expressão ficar turva enquanto chupo a umidade dos dedos. Solto um gemido grosso com o sabor dela, abrindo um sorriso malicioso, deliciando-me com a incredulidade e o êxtase dela.

— Preciso de você pelada, passarinha — digo, abrindo seu sutiã e tirando sua calcinha. — Preciso de você nua para mim para eu poder fazer você gozar de novo. — Eu a guio para a cama perto da ponta, pairando sobre ela e levando os lábios a um de seus mamilos empertigados, massageando o outro com os dedos.

— Isso é sempre tão gostoso. — Suas palavras são um sussurro baixo e tenso, e minhas bolas ardem de desejo diante do tom desesperado e deliciado em sua voz.

Amo dar prazer a Pippa. Amo fazer com que ela se sinta bem e amo ser o único homem que já fez isso do jeito certo. Seu cabelo está estendido sobre o travesseiro, e é uma das coisas mais deslumbrantes que já vi na vida, Pippa embaixo de mim, erguendo os olhos para mim assim. Faz meu coração doer.

— Abre as pernas para mim, amor — sussurro em seu seio. — Abre as pernas para eu te dar prazer.

Ela obedece, e uma satisfação maliciosa me percorre quando ela segue minhas instruções de maneira tão disciplinada. Confiando tanto, como se soubesse que eu nunca faria mal a ela.

Seus músculos abdominais se contraem quando massageio seu clitóris.

— Jamie — ela geme, frustrada, e rio baixo antes de cair de boca nela.

Seu gosto atinge minha língua, e gemo grosso dentro dela, abrindo ainda mais suas coxas para ir mais fundo. Passo a língua para cima e para baixo de sua boceta, rodeando seu clitóris, enfiando em seu centro tenso, deslizando sobre cada terminação nervosa até suas mãos estarem em meu cabelo, puxando.

— Não me canso — ela geme.

— Ótimo. — Chupo seu clitóris, e suas costas se arqueiam para fora da cama. — Eu também não.

Enquanto traço a língua sobre ela, desafivelo o cinto e boto o pau para fora, batendo com força algumas vezes.

Jesus. Estou perto. Estou muito perto.

— Você está brincando comigo. — Sua voz é fina, ofegante, acusatória. — Está me provocando.

— Pode apostar. — Traço círculos lentos e leves em seu clitóris antes de chupar com vontade, e seu quadril se inclina, trazendo-a ainda mais para minha boca. — Você é minha para eu brincar. Não é verdade, passarinha?

Ela faz que sim, puxando meu cabelo, e a sensação desce por minha espinha. Chupo seu clitóris em um ritmo pulsante, e suas coxas tremem ao redor da minha cabeça. Ao redor dos meus dedos, seus músculos se flexionam.

— Usa as palavras, amor. Fala para eu poder escutar.

— Sim — ela geme enquanto massageio seu ponto G. — Sou sua pra brincar. Sou sua.

— Boa garota. É isso que gosto de ouvir. Quer gozar?

Suas mãos apertam meu cabelo.

— Sim.

— Pede com jeitinho.

— *Por favor* — ela implora. — Por favor me faz gozar. Por favor, amor.

Obedeço, chupando seu clitóris com força enquanto traço a língua ao redor dele, masturbando seu ponto G no ritmo constante e pulsante que a faz perder a cabeça.

Levo a mão livre atrás dela, entre suas nádegas, provocando, e sua cabeça se ergue para ela poder me ver.

— Ele já tocou você aqui, passarinha?

A ponta do meu dedo roça seu ânus, úmido por sua excitação, e ela solta um grunhido, respondendo que não.

— Quer que eu toque? — Rodeio o botão tenso, fazendo uma fricção gentil.

Seus olhos se fecham enquanto ela solta um gemido agudo e desesperado que nunca escutei antes.

— Sim, por favor.

Coloco o dedo dentro da bunda dela, muito devagar e cuidadoso, e, quando começo a meter, ela se tensiona ao redor de mim.

— Está gostoso? — pergunto, sorrindo.

Ela está fazendo que sim freneticamente, ofegante, dizendo coisas como *por favor* e *sim*. Passo a língua sobre seu clitóris de novo, chupando, e, segundos depois, ela se arqueia para fora da cama, soltando um gemido alto e desesperado e apertando meus dedos. Meu rosto está encharcado pelo gozo dela enquanto suas coxas tremem ao meu redor, e estou tão duro que chega a doer.

— Jamie. — Ela leva a mão a mim, o peito arfando enquanto ela recupera o fôlego. — Preciso de você aqui.

Eu me ajoelho em cima da cama, acomodando-me em cima dela, traçando uma série de beijos em seu pescoço e seu peito.

— Você gozou três vezes hoje — digo, sorrindo.

Seus olhos brilham e ela sorri para mim.

— Você me *fez* gozar três vezes hoje.

Orgulho pulsa em meu peito.

— Pode crer que sim — digo entre dentes, e baixo o quadril, deslizando o pau em seu centro molhado. Ela treme quando roço em seu clitóris, e suas pernas se abrem ainda mais.

Ela baixa as mãos para me inclinar para sua entrada, e já estou metendo nela sem pensar duas vezes, meu pau latejando de tão apertada, molhada e quente que ela é.

— Ai, meu Deus. — Suas mãos estão em meu cabelo e a expressão de prazer agoniado em seu rosto deixa minhas bolas mais tensas. — Ai, meu Deus — ela repete.

Um resquício de sanidade surge.

— Camisinha — digo num grunhido. Estou sem. Estou meio dentro dela e tremendo de desejo, mas nunca faria isso sem o consentimento dela.

— Estou tomando pílula — ela diz, mais séria, e sua língua traça os lábios. — Nunca fiz sem camisinha antes.

Meu cérebro balbucia, e todos os instintos primitivos ganham vida. Quero mais do que qualquer coisa gozar dentro dela. Quero torná-la minha, total e completamente.

— Também não — digo, engolindo em seco. Meu pau pulsa dentro dela, e ela prende o fôlego.

Ela acena, fazendo sinal para eu continuar, e seu quadril se empina, querendo mais. Enfio até o talo, e todos os pensamentos em minha cabeça desaparecem.

Comer Pippa sem camisinha é o plano mais elevado do paraíso. O barulho que escapa da minha garganta é sobrenatural. Quando tiro e volto a meter, ela solta um gemido baixo.

— A gente precisa daquele negócio? — pergunto entre dentes enquanto meto. Seu cheiro chega a meu nariz, e isso só me deixa ainda mais duro. Ela está tão molhada que consigo me escutar me movendo para dentro e fora dela, e as pontadas agudas de dor de suas unhas cravadas em minhas costas me deixam mais perto do orgasmo.

Não consigo segurar por mais tempo.

— Que negócio? — ela diz, ofegante.

— Aquilo de... — Busco as palavras, mas tudo em que consigo pensar é em como é gostoso para caralho estar dentro dela. Eu não achava que seria possível ter um prazer tão intenso. É mais forte do que a dor de qualquer lesão. Gozar dentro dela vai tirar o cérebro do meu crânio. — Quando você fica ansiosa — consigo dizer. — Aquele exercício de consciência que a gente faz.

Ela está fazendo que não, e o movimento é errático.

— Não preciso de ajuda. Estou quase, Jamie.

Graças a *Deus*, porque não aguento por muito mais tempo. O calor se revira dentro de mim, retorcendo-se e pulsando.

— Se masturba. Mostra o que você sabe fazer. Quero ver você gozar enquanto dá para mim.

Sua mão desce para onde nossos corpos se encontram, e perco o ar enquanto ela me aperta. Seus dedos massageiam seu clitóris em círculos delicados e rápidos, e sua expressão é gloriosa — arrepiada de prazer e desespero enquanto buscamos nossos orgasmos.

Seus lábios formam um *O* enquanto ela ergue os olhos fixos para mim como se não conseguisse acreditar. Perco o controle, e meto ainda mais fundo. O colar que comprei para ela balança com seus peitos enquanto a como, e o orgulho corre em meu sangue.

— Eu te amo tanto. — Minha voz é áspera. A pressão embaixo da minha coluna vai crescendo rapidamente. — Amo para caralho, Pippa.

Ela está acenando com a cabeça sem parar.

— Eu te amo. Ai, meu Deus. — Sua boca se abre. — Vou gozar.

Num gemido engasgado, ela aperta meu pau, e meu orgasmo vai chegando. Meu mundo se reduz a ela — seus seios fartos, seus lábios aveludados, seus lindos olhos cinza-azuis, turvados de tesão, encarando meu olhar. Meto nela, descontrolado e possessivo, enquanto meu orgasmo fica mais e mais próximo.

Eu me estilhaço num milhão de pedaços gozando dentro de Pippa. Levo minha testa à sua, e estou gemendo enquanto minha visão fica branca. O prazer mais intenso da minha vida atravessa cada célula do meu corpo enquanto a preencho, dizendo seu nome entre dentes.

Meu mundo volta ao foco, e tomo ar, encarando Pippa, incrédulo.

— Puta que pariu.

Uma risada escapa dela, então começo a rir, e estamos os dois gargalhando juntos. Essa foi a experiência física mais intensa da minha vida, e estamos rindo um com outro.

Amo essa mulher. Nunca me senti tão completo como com Pippa. Tudo que desejei em segredo, eu tenho.

Nunca vou deixar que ela vá embora.

68

PIPPA

Acordo na manhã seguinte em uma cama imensa e confortável, aconchegada no peito de Jamie. A luz do sol entra pelas janelas, e sinto meu corpo ao mesmo tempo relaxado e deliciosamente dolorido do que fizemos ontem à noite... e de novo no meio da noite.

— Bom dia — Jamie murmura em meu ouvido, e sorrio em sua pele, traçando os dedos pelo caminho dos pelos de seu peito que descem até sua boxer.

— Bom dia. — Minha voz é baixa e um pouco tímida depois de ontem à noite.

Ele disse que me amava.

Eu disse que também.

Ergo os olhos para ele. Ele está olhando para mim com um sorriso, e meu coração palpita. Espero que essa emoção nunca passe. Passo os dedos ao redor do hematoma em seu olho, estudando os tons de verde em seus olhos enquanto ele volta o olhar para mim.

— Como está se sentindo? — ele pergunta, e sua mão desliza sobre meu quadril.

Pela maneira como ele pergunta e por ser *Jamie*, que se revelou incansavelmente cuidadoso, sei que ele está perguntando sobre tudo: Zach, o sexo, os *eu te amo*.

— Um pouco dolorida — admito —, mas não me arrependo de nada.

— Ótimo. — Ele estuda meu rosto como ninguém mais, e percebo que faz isso desde o dia em que entrei em seu apartamento tantos meses atrás.

Meus dedos vagam para seu peito, e calafrios surgem em seus músculos.

— E você?

Seu pomo de adão sobe e desce, e há um traço de vulnerabilidade em seu rosto.

— Só um arrependimento.

Congelo.

— Queria ter chamado você para a *grad* — ele diz antes que eu consiga me permitir murchar. — No fim do ensino médio.

Minhas sobrancelhas se franzem e consigo sentir o choque em todo meu rosto.

— Não.

Grad é o grande jantar dançante para todos os formandos, a versão canadense do baile de formatura. Alunos do último ano podem levar acompanhantes.

— Sim — ele enfatiza, e a maneira como ele pisca e desvia os olhos me faz pensar que está um pouco nervoso. — Eu procurava por você nas festas, Pippa. Ia a todos os shows da banda só para ver você cantar e tocar. Perguntei para todo mundo se você e Zach estavam juntos, mas ninguém sabia. Pensei que tivesse uma chance de você estar solteira, e tentei criar coragem para te chamar para a *grad*, mas aí o vi pegando sua mão.

Em minha mente, estou de volta ao refeitório da escola quando Zach pegou minha mão do nada, e meu coração dispara.

Jamie solta um barulho frustrado, e sua sobrancelha se franze. Fofo. Fofo demais.

— Deixei para lá, mas pensei em você por anos depois disso. — Ele sorri. — Quando você apareceu como minha assistente, achei que estava alucinando.

Assimilo isso tudo, e uma risada surpresa escapa dos meus lábios.

— Você queria ter me chamado para a *grad*?

Um rubor se espalha em suas maçãs do rosto como se ele estivesse com vergonha, e eu o amo. Amo muito esse cara. Um sorriso largo se abre em minha boca, e meu peito está prestes a explodir de felicidade.

— Eu era super a fim de você no ensino médio — digo.

Ele franze a testa.

— Não.

— Sim. — Abano a cabeça para ele, sorrindo. — Jamie, você não faz ideia de como é bonito, faz?

Ele ri, uma risada abrupta, radiante e alegre de alívio e divertimento que vai direto para meu coração.

— Vem cá. — Ele me puxa para cima, e minhas pernas envolvem seu quadril, montando em cima dele.

Olhamos um para o outro por um momento, sua mão em meu cabelo e a minha no dele, tirando-o da sua testa.

— Lembra quando derrubei a raspadinha em mim mesma? — pergunto.

Ele ri baixo.

— Sim. Eu estava prestes a buscar guardanapos para tentar te ajudar, mas você saiu correndo.

Se eu tivesse ficado mais alguns segundos, talvez tudo tivesse sido diferente. Mas aí eu não teria aprendido algumas lições difíceis, mas importantes, com Zach.

Eu me abaixo para beijar Jamie, e sinto seu sorriso em meus lábios.

— Passarinha?

— Hmmm? — Meus lábios deslizam sobre sua barba, e a sensação me faz suspirar.

— Eu te amo tanto.

Quando abro os olhos, consigo ver a verdade em seu olhar. Meu coração se aperta pelo cara que pensei que eu nunca pegaria.

— Eu também te amo. — Dou um beijo em sua boca. — Bonitão — acrescento e, uma fração de segundo depois, ele me vira de costas na cama enquanto solto uma gargalhada.

69

JAMIE

Eu e Pippa estamos voltando para casa pelas curvas da Sea to Sky Highway, ouvindo música, conversando e admirando as montanhas arborizadas e os lagos azuis cristalinos.

Nunca fui tão feliz. Nunca me senti assim e, quando penso em como tentei resistir a ela, dou risada.

— Por que você está sorrindo? — Pippa pergunta no banco de passageiro.

Estou rindo do fato de que pensei que algum dia poderia me afastar dela. Estou rindo porque por algum motivo cheguei a pensar que sofrer por ela pelo resto da vida era uma opção melhor. Melhor do que estar juntos. Melhor do que declarar nossos sentimentos um pelo outro.

— Só feliz — digo, e ela sorri em resposta.

— Eu também.

— Que bom.

Meu celular toca pelo Bluetooth do carro. É o número da minha mãe.

— Alô — atendo. — Estamos voltando para casa. Devemos chegar em uma hora e meia.

— Estou falando com Jamie? — uma voz feminina pergunta, e eu e Pippa franzimos a testa um para o outro.

Um alarme vai crescendo dentro de mim, correndo em minhas veias.

— Pois não?

— Estou ligando do pronto-socorro no Lions Gate Hospital — ela continua.

O alarme dispara, e minha boca seca. É o hospital de North Vancouver. Estamos chegando perto de um mirante na rodovia, então estaciono.

— Sua mãe teve um ataque de pânico. Ela está bem, mas gostaríamos que alguém a buscasse.

Minha mente vai a mil enquanto aperto o volante até meus dedos ficarem brancos. Ela está melhor. Está fazendo terapia e estava atrás de medicação. Não sofria um ataque de pânico desde aquela noite em que eu e Pippa a acudimos.

Superamos isso.

Ela está melhor.

A mão de Pippa está em meu ombro, e seus olhos estão cheios de preocupação.

— Certo — digo, porque não sei o que mais fazer.

— O carro dela foi rebocado para uma oficina — a mulher continua, e algo em meu peito se aperta.

— Ela estava dirigindo? — Encaro Pippa em choque. Ela está mordendo o lábio inferior com preocupação.

— Parece que ela sofreu um ataque de pânico enquanto dirigia, e bateu em uma viatura da polícia.

Meu peito dói. Não acredito nisso. Não parece real.

— Porra — murmuro, passando a mão no cabelo. — E o remédio? Ela não tomou hoje?

Há uma longa pausa, e me sinto ainda mais ansioso.

— Não tenho conhecimento de nenhum remédio — a mulher diz. — Ela não listou nenhum no formulário de admissão.

Ela mentiu para mim. Todas as conversas arredias em que pensei que ela só precisava de espaço. Ela nunca chegou a tomar medicação. Uma dor de cabeça cresce atrás dos meus olhos. Isso é muito pior do que eu poderia ter imaginado. Ela estava dirigindo e bateu em um *carro da polícia*. Era para ela estar cuidando de Daisy...

Meu pulso explode.

— Tinha uma cachorra no carro?

Se acontecesse alguma coisa com Daisy, eu não conseguiria suportar. Eu nunca me perdoaria.

— Não — a mulher responde. — Ela comentou que a cachorra ficou em casa.

Eu e Pippa trocamos um olhar de alívio. Pelo menos isso.

— Chegaremos aí o mais rápido que conseguirmos — digo à mulher.

Desligamos, e olho para Pippa. Eu me sinto perdido e confuso e, de repente, tenho dez anos de novo, voltando da escola para encontrar minha mãe dormindo às três da tarde, as cortinas fechadas. Sinto um aperto de decepção e pavor no peito.

— Pensei que ela estivesse melhor — digo a Pippa. — Pensei que ela estava com isso sob controle.

— Eu sei — ela concorda, ainda com aquela expressão preocupada. — Também pensei. Mas o tratamento não vai ser um processo linear.

Fico em silêncio porque não quero apontar que ela talvez não tenha nem começado a se tratar.

Ao longo dos noventa minutos seguintes, viajamos em silêncio enquanto reviro tudo que pensei que fosse verdade.

Pensei que minha mãe estivesse melhor e que ela não precisasse de mim microgerenciando sua vida.

Pensei que eu poderia dar conta de tudo.

Por um momento, pensei que poderia ter algo meu.

— Vou mandar você para casa — digo a Pippa quando chegamos ao hospital. Estou vibrando de estresse, preocupação e frustração. — Preciso resolver isso sozinho. Vou pedir um Uber para você.

No banco de passageiro, ela me encara, incrédula.

— Não.

— Sim. — Tensão aperta minhas entranhas. Meus instintos de assumir o controle e resolver as coisas estão mais altos do que nunca. Mas até eu consigo ver que o que fiz até agora não está dando certo.

Estou perdido para caralho. Não sei o que fazer.

— Não vou voltar para casa — Pippa diz, cruzando os braços. Seu tom é teimoso, e solto uma longa expiração.

Se minha mãe não consegue melhorar, nem mesmo *tentar*, não vejo como eu e Pippa podemos dar certo, e isso está partindo meu coração. Pode não prejudicar nosso relacionamento agora, mas, mais cedo ou mais tarde, isso vai acontecer. Não posso fazer isso com Pippa. Não posso continuar a escolher minha mãe em vez dela. Não posso dedicar toda minha energia a me preocupar com minha mãe.

Meu peito se retorce de dor. Tudo que dissemos um para o outro foi em vão.

— Ótimo. — Estamos entrando no estacionamento do hospital. — Fica no carro, então.

Dor brilha em seus olhos.

— *Não*.

Não tenho energia para discutir com ela.

— Tá.

Dentro do PS, a enfermeira da recepção nos explica como chegar ao quarto da minha mãe, e seguimos às pressas pelo corredor.

Chegamos à porta, e Pippa toca meu braço.

— Vou esperar do lado de fora — ela diz. — Estou aqui se precisar de qualquer coisa.

Eu me preparo para qualquer que seja a merda que me espera dentro do quarto.

— Obrigado.

No quarto, minha mãe está conversando alegremente com as enfermeiras, rindo e sorrindo. Virou quase uma festa aqui. Ela me vê e suspira, revirando os olhos.

— Ai, meu Deus. — Ela olha para as enfermeiras. — Candace, falei para não ligar para ele! — Ela se crispa ao ver meu olho roxo. — Nossa, olha isso. Como foi a viagem?

Eu a encaro, incrédulo, e algo nervoso e frustrado escorre pelo meu sangue.

— Podemos ter um momento a sós? — pergunto para as enfermeiras, que vão saindo uma a uma.

Quando estamos só nós dois, minha mãe se inquieta sob meu olhar.

— Filho, estou bem...

— Você não está bem. — Sinto um enjoo. — Não diga que você está bem, que não foi nada, que não precisa de ajuda. Você bateu em um carro da polícia.

Um silêncio recai sobre nós por um momento, e ficamos apenas nos encarando. Há uma virada dentro de mim e, quando tento alcançar aquela paciência infinita, ela não está lá. Em vez disso, eu me sinto traído e frustrado.

Algo precisa mudar e, até agora, quem mudou fui eu. Com minha mãe, sempre fui eu quem cedi. Encorajei Pippa a se defender, a se priorizar, a fazer o que é melhor para a carreira e a vida dela, mas não sigo meu próprio conselho.

— Eu me mudei pra cá por você — digo a ela, mas estou dizendo isso a mim mesmo também.

Ela faz que não.

— Você se mudou pra cá porque estava com saudade de Vancouver.

— Não. — Cruzo os braços diante do peito. Dá para sentir como meu coração está batendo forte. — Eu me mudei pra cá porque você começou a ter ataques de pânico e claramente não estava conseguindo melhorar sozinha.

Ela pisca como se eu tivesse dado um tapa nela e, embora meu coração se aperte por vê-la sofrer assim, ela precisa ouvir a verdade. Ela está fugindo disso há muito tempo.

— Você teve um ataque de pânico e se envolveu em um acidente de carro, por isso mudei minha vida inteira de volta para essa cidade, para cuidar de você.

Seu maxilar fica tenso enquanto ela encara o chão, e é como olhar para um espelho. Um nó se desfaz em meu peito enquanto digo a verdade. Os dedos dela vão a seu bracelete, girando as contas. Ela se recua a me encarar.

— A enfermeira disse que você não estava tomando o remédio.

— Não preciso daquilo — minha mãe murmura. — Eu tentei. — Ela está se referindo a anos atrás, quando sua depressão estava no auge. — Me deixava toda zonza.

— Aquilo foi há quinze anos. — Minha voz é áspera. — Existem remédios novos e pesquisas novas agora. Médicos especializados em ansiedade. — Paro, prestes a fazer uma pergunta cuja resposta acho que sei. — Você achou um terapeuta novo como disse?

Ela encara as continhas enquanto as gira.

— Não deu certo.

— Então isso é um não. — Solto um suspiro.

Vejo com tanta clareza todo o caminho diante de mim. Ela só vai corroer minha vida até não restar nada porque não quero ferir os sentimentos dela. Nesse meio-tempo, vou dizer a mim mesmo que não posso ter a mulher que amo porque não tenho tempo para ela.

Minha cabeça dói. Amo Pippa e não quero desistir dela. Amo minha mãe e não quero que ela piore.

— Por que você estava dirigindo sozinha? — pergunto com a voz suave.

Um músculo se tensiona em seu maxilar, e seus olhos continuam no bracelete.

— Eu precisava de uma coisa do mercado. Era só uma viagem rápida.

Ela poderia ter se machucado gravemente, ou coisa pior. Se Daisy estivesse no carro...

Não posso nem pensar nisso. Amo demais aquela cachorra.

— Você sabe que tem ataques de pânico enquanto dirige e, mesmo assim, ficou atrás do volante. Isso lá é diferente do que o que papai fez?

Ela ergue a cabeça porque atingi um nervo. Ótimo.

— Jamie. — Seu tom é cortante.

Nunca falei com ela desse jeito. Nunca conversamos sobre isso.

Dou um passo à frente, cruzando os braços diante do peito.

— Você está ignorando um problema que só está piorando. Você mentiu pra mim sobre procurar um terapeuta.

Seus lábios se contraem.

— Eu pesquisei. — Sua voz é baixa. — Eu pesquisei e aí só... — Ela paralisa, abanando a cabeça. — Não consegui.

— Por quê?

Ela ergue as mãos, um desconforto emanando dela em ondas, mas não me importo.

— Não quero mais falar sobre isso.

Meu pulso acelera.

— Você nunca quer falar sobre isso.

— Não é problema seu. Deixa que eu cuido disso.

Minha cabeça está prestes a explodir.

— Não quero que carregue esse fardo sozinha porque te amo e devo tudo a você, mas você precisa me dar *alguma coisa*. — Passo a mão no rosto, e meu peito se aperta ainda mais em derrota. — Não sei mais o que fazer. Se você não consegue se cuidar, se eu estiver sempre me preocupando com você, não posso ter uma vida normal. Você sabe o que eu repeti a mim mesmo por anos, mãe? Que não podia conhecer ninguém nem me casar antes de me aposentar do hóquei porque preciso focar na minha carreira e em cuidar de você.

Vejo a dor surgir em seus olhos.

— Estou apaixonado pela Pippa. — Minha voz se suaviza quando penso na mulher fora do quarto. — Eu a amo e quero ficar com ela, mas tenho medo de que isso possa me impedir de cuidar de você. — Massageio a dor em meu peito. — Não sei o que fazer.

O rosto da minha mãe se fecha, e ela parece muito arrasada.

Engulo em seco com um nó na garganta e me sento ao lado dela na cama.

— Eu te amo muito. Me dói ver isso acontecer.

Ela passa os dedos ao longo das contas em seu punho e faz uma inspiração lenta e profunda.

— Eu sentia tanta culpa pelo que aconteceu com seu pai — ela sussurra, fechando os olhos de dor. — Se você estivesse no carro, eu nunca teria me perdoado.

— Eu sei. — Ela nunca disse isso em voz alta, mas, de algum modo, eu sabia.

— Nunca fui a mãe de que você precisava. — Uma lágrima escorre de seu olho, e ela seca rápido antes de abanar a cabeça. — Pensei que tinha deixado essas coisas para trás. — Seus olhos estão molhados quando ela me encara, e engulo em seco. Sei que ela se refere à depressão e à ansiedade. — Eu queria muito ter deixado isso para trás.

— Você sempre se sentiu culpada porque nunca fez meu pai buscar a ajuda de que ele precisava, certo? — pergunto.

Ela olha em meus olhos e faz que sim.

— E o que você está fazendo é diferente? — Minha voz é baixa porque essa vai ser a verdade mais difícil de engolir. — No fundo, você sabe que precisa de ajuda e está ignorando o problema.

Em seus olhos, vejo tudo: culpa, preocupação, remorso, autodepreciação e resignação.

— Sim — ela diz, murchando. — Você tem razão.

— Não quero ter razão.

Um sorriso triste perpassa seu rosto.

— É difícil admitir que existe um problema. — Ela se contém. — Que *eu* tenho um problema.

— Eu sei.

Seu olhar se volta ao meu.

— Quero que você tenha tudo.

— Quero que você arranje um terapeuta e encare isso como sei que é capaz. — Penso em Pippa e nas coisas que ela passou com o ex, que tentou dizimar sua confiança, mas ela saiu mais forte e brilhante. — Ter esses problemas não torna você fraca. Torna você mais forte, e sei que você consegue fazer isso.

Um momento se passa em que ficamos apenas olhando um para o outro. As coisas mudaram para melhor. Consigo sentir.

— Você ama Pippa? — ela pergunta com a voz suave, os olhos me percorrendo com uma admiração calorosa.

— É isso que você tirou de tudo que falei?

Ela ri um pouco e suspira.

— Vou arranjar um terapeuta, vou falar com ele sobre medicação e vou levar isso a sério. Porque não quero mais me afundar nisso e quero que você seja feliz. — Apesar da tristeza e da vergonha, seus olhos brilham com implicância. — Então, você ama a Pippa?

Sorrio e meu coração se expande, enchendo cada canto do quarto.

— Sim. Amo a Pippa.

— E ela te ama?

— Sim — Pippa grita do corredor.

Nós dois desatamos a rir.

Pippa coloca a cabeça dentro da porta com um sorriso envergonhado. Ela está corando.

— Desculpa.

Minha mãe faz sinal para ela entrar.

— Entra, entra.

Pippa entra no quarto e se recosta na mesa perto da porta.

— Vocês se divertiram na festa? — minha mãe pergunta.

Eu e Pippa nos entreolhamos, sorrindo.

— Sim. — Seu sorriso fica mais largo, e me pergunto de qual parte ela está relembrando. — Jamie estava muito elegante.

— E a Pippa estava muito linda. — Ergo as sobrancelhas para ela. — Como sempre.

— Quero ver fotos — minha mãe diz, alternando os olhos entre nós com um sorriso contente. — E vocês se amam?

Encaro o olhar de Pippa enquanto meu coração dá cambalhotas.

— Sim.

Minha mãe solta um *hm* contente.

— Estava torcendo para isso acontecer.

— Eu também — admito.

Meu olhar se volta para a mão esquerda de Pippa, e me pergunto se é cedo demais para pensar em comprar uma aliança para ela.

Provavelmente.

Mas talvez não.

Saímos do hospital e levamos minha mãe para casa e, quando Daisy nos vê, ela vem correndo e pula em meus braços, contorcendo-se que nem doida de entusiasmo enquanto Pippa e minha mãe dão risada.

Pippa se recusou a sair do meu lado hoje, mesmo quando teimei em mandá-la para casa em um rompante de pânico e vergonha. Ela está aqui para me apoiar desde o primeiro dia, mesmo antes de ficarmos juntos, e sei que, mesmo que a recuperação da minha mãe demore mais do que o esperado, não estou sozinho nisso.

Pippa não é só o amor da minha vida; ela é minha família.

70

PIPPA

Um mês depois, eu, meus pais, Hazel e Donna subimos para o camarote do estádio depois de um dos jogos de Jamie. Nós nos sentamos atrás do gol e, quando Jamie acenou para nós por trás do vidro, achei que meu pai começaria a chorar de emoção.

Jamie tinha sugerido que meus pais nos fizessem uma visita, insistindo em colocá-los em um hotel próximo. Ontem à noite, ele nos levou para jantar. É como se ele quisesse conhecê-los melhor.

Retirei minha candidatura à vaga de marketing, e Jamie conversou com o time para estender meu contrato até eu pensar em um plano em relação à música. Ainda não recebi resposta de Ivy Matthews e, embora esteja desapontada, isso não está me impedindo de compor mais.

Toquei em seis palcos abertos na cidade no último mês. Estou fazendo isso e vou dar tudo de mim, porque isso importa.

Um nervosismo vibra em meu estômago quando entramos no camarote. Estou enrolando para contar isso tudo para meus pais porque sei que eles não vão reagir bem.

No camarote, minha mãe conversa com Donna, Hazel e alguns outros. Os jogadores que visitaram Silver Falls no Ano-Novo cumprimentam meu pai como um velho amigo e o agradecem de novo pelo café da manhã que ele preparou para todos, e os jogadores que ele ainda não conheceu se apresentam imediatamente. Quando Jamie finalmente chega, ele não parece surpreso ao ver meu pai conversando com Ward sobre as jogadas defensivas de hoje.

— Oi, amor. — Jamie deixa um beijo em meus lábios, e sorrio.

— Oi. Você mandou todos virem dizer oi para o meu pai?

Os cantos dos lábios dele se erguem.

— Sim.

Esse homem. Sério. Ele é perfeito.

— Obrigada.

Seu olhar é caloroso e contente enquanto perpassa meu rosto, meu cabelo.

— Por você, passarinha? Qualquer coisa.

Coro de prazer. Estou tão feliz com esse cara.

Donna e minha mãe soltam uma gargalhada.

— Elas estão se dando bem demais — sussurro para Jamie, sorrindo, e os olhos dele se aquecem ao observar a mãe.

Depois do acidente de carro, Donna passou a levar a sério o tratamento de ansiedade e ataques de pânico. Duas vezes por semana, Jamie a leva para a terapia, esperando pacientemente no carro e, depois, eles vão almoçar. Se ele está fora da cidade, eu a levo. Ele até participou de algumas sessões a pedido da terapeuta de Donna e, embora elas tenham um longo caminho a percorrer, parece que estão avançando. Donna fala mais abertamente sobre seus problemas agora. Eu a ouvi comentar disso para minha mãe durante o jogo.

Sorrio para Jamie.

— Obrigada por colocar meus pais num hotel.

— O prazer é meu. — Seus lábios roçam em meu ouvido quando ele baixa a voz. — Não quero que você gema baixo hoje.

Um calafrio desce pela minha espinha enquanto contenho um sorriso atrevido. Minhas coxas se apertam, pensando na língua dele entre minhas pernas ontem à noite e, então, nele me jogando contra a parede depois, com minhas pernas ao redor da sua cintura. Dizer que o amava libertou algo em Jamie, e ele está mostrando seu amor de muitas, muitas formas.

Não que eu esteja reclamando.

— Vamos para o bar — Hayden intervém. Ele aponta para meus pais. — Ken? Maureen? Donna? Vocês vêm com a gente, certo?

Meu pai quase desmaia de felicidade.

O Flamingo Imundo está cheio de barulho, risos, conversas e música, pontuados pelo som de uma ou outra bebida sendo derrubada. O time está todo aqui, até Ward. Ele ainda está conversando com meu pai, mas seus olhos se voltam para Jordan atrás do balcão.

O peguete de Jordan está no palquinho, tocando violão e cantando, e escuto a música nova que ele está testando. É sobre querer mais de uma mulher que não está interessada nele, e seus olhos *também* ficam voltados para Jordan o tempo todo. Ele precisa muito afinar o violão.

— Pessoal, vou fazer uma pausa rápida — ele diz no microfone, e seus olhos encontram os meus. — Mas queria saber se nossa amiga Pippa pode tocar para vocês nesse intervalo.

Meus olhos se arregalam quando todos se voltam para mim. Hazel me dá um aceno encorajador.

— Vai, Pippa — um dos jogadores grita. Um outro, bêbado, uiva como um lobo.

Meus pais me encaram, confusos. Eles sabem que me apresentei no Ano-Novo — todos em Silver Falls sabem —, mas não sabem que é uma coisa regular.

Faz anos que eles não me veem tocar ao vivo. Meu pulso acelera enquanto o nervosismo me dá um friozinho na barriga. Eles chamam isso de hobby e ainda acham que vou seguir carreira em marketing.

Mas, se eu quiser entrar na indústria musical, preciso tocar na frente de pessoas, mesmo que tenha medo.

Eu me levanto, e as pessoas ao redor comemoram. Meus pais parecem pasmos pela minha reação. Meu coração acelera enquanto subo para o palco. Sei que música vou tocar porque está tudo muito claro agora. Quando compus música após música sobre Jamie, aquilo era eu dizendo a ele que o amava. Quando compus uma música sobre sofrer com as expectativas dos outros, aquilo era eu me debatendo contra a gaiola colocada ao meu redor.

— Oi — digo ao microfone, dedilhando o violão. — Sou Pippa Hartley.

Algumas pessoas riem baixo porque sou amiga de todos no salão.

Começo a música e, quando olho para meus pais, eles estão ouvindo com muita atenção. Minha mãe está com um sorriso doce e triste, e meu pai me olha como se eu fosse um jogador da NHL. Algo se aperta em meu peito. Minha mãe pega a mão do meu pai, que murmura algo no ouvido dela. Ela acena e sorri de novo.

Canto com o coração. Canto sobre querer mais, querer acreditar em mim mesma, querer me libertar e ser independente. Canto sobre correr atrás do que desejo porque não quero me arrepender de nenhum momento. Não quero desperdiçar nenhum segundo fazendo algo além de seguir minha paixão e meu propósito.

Estar aqui em cima é o meu lugar. Mesmo que não dê em nada. Mesmo se eu tocar em botecos pelo resto da vida.

Jamie me observa cantar com uma expressão orgulhosa, como se eu fosse tudo para ele.

Canto sobre o risco talvez valer a pena e, quando acabo, o bar explode em gritos e aplausos.

De volta à mesa, meus pais estão sem palavras. Eles não me veem tocar desde o ensino médio e, na época, eu só tocava covers, nunca algo que eu tivesse composto. Eu me sento, e Jamie alterna o olhar entre mim e meus pais, pronto para intervir se necessário, mas balanço a cabeça.

Jamie encarou a mãe, e posso encarar meus pais. Se quero uma carreira na indústria musical, vou ter que me acostumar a enfrentar as pessoas.

— Não vou aceitar a vaga de marketing — digo para os meus pais de um fôlego só.

A expressão de minha mãe é reservada.

— A oferta foi muito baixa?

— Você precisa negociar. — Meu pai se inclina para mim. — Eles esperam que você negocie o salário, Pippa.

— Não — respondo. — Por favor, me deixem terminar.

Vejo preocupação em seu rosto. Ao meu lado, Jamie espera, deixando que eu cuide disso.

— Eles não fizeram uma oferta porque retirei minha candidatura. — Respiro fundo, observando-os processar isso. Minha mãe está surtando, mas está escondendo. Consigo ver pelo seu olhar. — Não quero aquela vaga.

Meu pai encara.

— Você disse que queria.

— Acho que não queria. — Eu fico tensa. — Pensei que fosse a coisa certa a fazer. — Aponto para o palco por cima do ombro, e penso naquele exercício mental que Jamie me pediu para fazer na floresta e em todos os momentos incríveis que imaginei. — É isso que quero para a minha vida. Quero uma carreira na indústria musical. Quero compor minhas próprias músicas e sair em turnê pelo mundo tocando para as pessoas. Isso me faz feliz. — Encaro o olhar firme de Jamie. — E posso fazer isso. Sou talentosa e trabalho duro.

Meus pais ficam em silêncio enquanto assimilam isso.

— Sou muito grata por tudo que vocês fizeram por mim — continuo. — Vocês se esforçaram tanto para pagar pela minha faculdade, e vou pagar de volta. Cada centavo.

— Não — meu pai diz rápido, franzindo a testa. — Não queremos isso.

— Concordo — minha mãe acrescenta. — Aquele dinheiro era para te dar opções.

— Exatamente. Sempre quis que vocês tivessem opções. — Meu pai volta os olhos para Hazel a algumas mesas de nós. — Queríamos que vocês tivessem tudo porque não tivemos isso.

Minha mãe respira fundo, ajeitando-se em seu assento, parecendo sem graça. Sei que ela está pensando sobre não ter conseguido entrar na companhia de balé aos vinte e poucos. Ela passou três décadas dando aulas de dança e isso não era sua paixão.

— Sei o que você está pensando — digo para ela, e ela ergue uma sobrancelha. Meu pulso acelera porque odeio estar em conflito com eles assim. — Vou correr um grande risco, e não tem garantia de que dê resultado. As chances estão contra mim.

Há um segundo em que ela apenas me estuda, e nunca a vi tão séria.

— Vai ser difícil, Pippa.

— Eu sei.

— Vai ser a coisa mais difícil que você já fez na vida, e há uma chance *grande* de que você acabe virando professora de música para criancinhas de cinco anos. — Seu tom é prático, como se ela estivesse explicando uma receita para mim. Uma dor brilha em seus olhos cinza-azuis. — É difícil fracassar em algo que você ama. Dói demais.

Meu coração dispara ao vê-la assim, e minhas mãos se contorcem.

— Eu sei, mas preciso tentar mesmo assim, senão vou me arrepender para sempre.

Minha mãe pensa nisso por um longo momento, e fico com medo de ela não estar convencida, mas então ela olha para meu pai. Algo se passa entre seus olhares, uma comunicação silenciosa desenvolvida por décadas de casamento, e sua expressão se suaviza.

— Não queremos que você trabalhe em um emprego que odeia — minha mãe admite. — Queremos que você seja feliz. — Ela volta os olhos para o palco. — É muito difícil ficar sem dinheiro, amor.

— Ela nunca vai ficar sem dinheiro — Jamie intervém, e o olhar que ele me lança me diz que está falando sério.

Tento não rir de sua superproteção.

— Tudo bem se as coisas forem difíceis — digo. — Vai valer a pena.

Todos ficamos em silêncio em meio ao barulho do bar.

— Você é muito talentosa, querida — meu pai diz com um olhar pensativo. — Nunca vimos você assim. Quando você estava tocando, falei para sua mãe que parecia uma profissional lá no palco.

Minha mãe concorda e sorri para mim como se me visse sob uma nova luz.

— Parecia que seu lugar era ali.

Algo relaxa em meu peito, pouco a pouco, até eu me sentir leve.

— Meu lugar é ali.

A mão e Jamie cobre a minha em meu colo, e entrelaço os dedos nos dele. Ele me dá uma piscadinha rápida, e meu coração dá um salto.

— Ela gravou uma demo com uma produtora — ele conta.

— Gravou? — Meu pai alterna o olhar entre nós.

— Sim — respondo, sorrindo e apertando a mão de Jamie. — Gravei.

Meus pais trocam um olhar.

— Não dizemos isso o suficiente — meu pai diz, e sua voz está embargada. — Temos orgulho de você. Independentemente do que for.

— Temos mesmo — minha mãe concorda. — Te amamos muito.

Suas palavras são tudo que eu queria ouvir, e pisco para conter as lágrimas.

— Também amo vocês — sussurro, sorrindo.

Meu pai se levanta.

— Abraço em grupo. — Ele faz sinal para Hazel a algumas mesas de nós. — Hazel, filha, você também. Vem cá.

Rio, e meu pai puxa todos nós para um abraço caloroso.

— Ei, vocês dois. — Jordan está atrás de nós, fazendo sinal para mim e Jamie. Ela está segurando uma câmera Polaroid. — Vem cá. Quero tirar uma foto de vocês.

Jamie me puxa junto a si, e o flash ofuscante dispara bem quando ele dá um beijo em minha testa, me fazendo sorrir.

A câmera solta a foto e, um minuto depois, nossa imagem aparece.

A foto é arrancada de nossas mãos.

— Vou ficar com isso — Jordan diz antes de ir atrás do balcão e afixá-la na parede.

— A gente parece feliz — digo a Jamie, que sorri para mim.

— A gente está feliz, passarinha.

À noite, paro na frente da pia do banheiro, me preparando para dormir, quando meu celular apita com um e-mail. Leio, e meu coração sobe pela garganta.

— Pippa — Jamie chama do nosso quarto. — Você vem pra cama?

Leio o e-mail de novo, as mãos tremendo.

Isso está acontecendo. Está mesmo acontecendo.

Passos se aproximam e Jamie surge ao meu lado.

— Alguma coisa errada?

Sorrio para ele, aturdida e exultante.

— Não tem nada de errado. Está tudo incrível.

Uma risada escapa de mim porque Jamie é tão lindo e maravilhoso ali apenas de boxer preta justa, e Ivy Matthews me ofereceu um contrato de gravação com sua gravadora nova.

— Nem reconheço mais minha vida.

Quando mostro o celular para Jamie, um sorriso imenso se abre em seu rosto.

— Passarinha. — Ele diz isso do mesmo jeito como diz *eu te amo.*

Emoção enche meus olhos de lágrimas, e estou sorrindo tanto que chega a doer.

— Pois é.

— Você conseguiu.

— Consegui graças a você. — Uma lágrima escorre. — Porque você me mostrou que eu conseguia.

— Você sempre foi capaz. — Suas mãos estão em meu cabelo enquanto ele inclina meu rosto para ele. — Sempre.

Suspiro enquanto ele me beija, e meu coração está tão completo. Vou compor uma música sobre esse momento.

— Eu te amo — digo a ele pela décima vez hoje.

Ele recua para me encarar, e seu olhar é cheio de afeto.

— Pippa, eu te amo há muito mais tempo do que imaginava.

Em um único movimento, suas mãos estão em mim e vou parar em cima do seu ombro enquanto ele me leva para o quarto. Rio de ponta-cabeça e dou um tapa na bunda dele.

Ele me dá um aperto.

— Vamos compensar o tempo perdido.

Epílogo

PIPPA

SETE MESES DEPOIS

— Prontos para a apresentação de Pippa — o contrarregra diz em meu fone.

O estádio vibra de energia. Sob as luzes ofuscantes do palco, consigo ver o brilho de celulares na multidão. Meu sangue zumbe com um milhão de emoções ao mesmo tempo, e inspiro fundo para me estabilizar. Ao longo da turnê, fui criando um ritual para os momentos antes de o show começar.

Os últimos sete meses foram insanos.

Ivy Matthews abriu a própria gravadora, e gravamos um álbum juntas.

Meu violão dos sonhos está pendurado diante do meu corpo, meus dedos pousando nas cordas e no braço. Um zumbido baixo pulsa quando a plateia se silencia. Estão todos esperando, observando.

Lançamos o álbum, e tudo virou uma doideira. Duas das músicas subiram rapidamente para as paradas de sucesso, e Ivy mexeu os pauzinhos na indústria para conseguir que eu abrisse o show nessa turnê. Normalmente leva anos para algo assim acontecer, mas Ivy estava determinada.

Há dezenove mil e setecentos lugares neste estádio e, hoje, todos estão ocupados. Claro, eles estão aqui para ver o artista principal, mas estou no palco com um vestido azul lindo, tocando músicas que compus.

Um sorriso largo se abre em meu rosto, e meu coração se enche. Estou aqui, vivendo meu sonho, e estou muito grata.

— Boa noite, Vancouver — digo ao microfone, e a multidão aplaude. — É muito bom estar em casa. Sou Pippa Hartley.

A multidão aplaude de novo, e olho de canto de olho para os bastidores, onde Jamie assiste com um crachá VIP pendurado no pescoço. O afeto e o orgulho em seus olhos me fazem arder por dentro. Ele passou o verão todo me seguindo, mas o jogo de abertura da temporada é no final da semana neste mesmo estádio, então vamos namorar à distância até novembro, quando a turnê acabar.

Passo a ponta dos dedos em meu colar, aquele com a pedra cinza--azul. Quando estou no palco ou ele está no gelo, é assim que digo a ele que o amo. Eu me pego fazendo isso o tempo todo, mesmo quando ele não está por perto.

— E essa é uma música sobre se apaixonar.

A multidão grita, e sorrio para Jamie.

— *Pippa e a banda em cinco, quatro, três.*

Dois, um.

Eu e a banda começamos a tocar a música que compus sobre Jamie, e meu coração está completo.

Duas noites depois, estamos de volta ao mesmo palco, exceto que o chão agora está coberto de gelo em vez de um mar de fãs de música. Jamie e os outros jogadores terminam de se aquecer, e estou esperando perto da entrada para a pista, com o microfone na mão. Os torcedores de hóquei estão transbordando de entusiasmo depois da última temporada. Embora o Storm tenha sido eliminado na primeira rodada das eliminatórias, eles tiveram uma temporada melhor do que o costume, e o treinador Tate Ward conquistou os torcedores do Vancouver.

— Pronta? — a coordenadora de abertura pergunta, e respondo que sim com um aceno confiante. Sinto um friozinho com a adrenalina familiar que sempre me invade quando estou prestes a subir ao palco, mas isso me energiza.

Ela diz algo em seu fone, e as luzes no palco diminuem. A multidão aplaude enquanto os jogadores assumem suas posições.

— *Levantem-se para o hino de abertura* — o locutor diz.

A coordenadora faz sinal para mim.

— Sra. Hartley, essa é sua deixa.

Baixo os olhos para meu uniforme de Jamie, usando seu nome nas costas, e sorrio.

— *Nossa artista de hoje nasceu e cresceu na cidade* — o locutor continua. — *Deem as boas-vindas a Pippa Hartley!*

Entro no tapete vermelho, e a multidão aplaude. Enquanto me dirijo à minha marca, eu me avisto no telão, sorrindo de orelha a orelha.

Jamie está de patins perto da minha marca, agitando-se no gelo para se manter quente. Abro um sorriso largo e dou um aceno rápido para ele antes de minha mão subir automaticamente ao colar. Sob sua máscara de goleiro, seus olhos estão brilhantes. Ele está feliz por voltar ao gelo, consigo ver. Foi incrível tê-lo comigo na turnê o verão todo, mas este é o lugar dele.

Assumo minha posição e, depois que a operadora de câmera está pronta, aceno para a coordenadora. Um momento depois, a música começa.

Minha voz é forte e clara enquanto canto o hino nacional canadense. Meu coração bate mais forte do que nunca, e isso me dá uma sensação incrível. É um momento que nunca vou esquecer e, quando eu tiver cem anos, vou me lembrar de estar aqui no gelo, cantando com o coração diante do microfone enquanto Jamie assiste com orgulho.

Canto as últimas notas e, quando acabo, o estádio eclode. Os jogadores do Vancouver estão gritando e comemorando muito mais do que deveriam, e não consigo conter o riso.

Eu e Jamie nos entreolhamos, e estamos os dois com sorrisos de orelha a orelha. Ele faz com a boca alguma coisa para mim.

Passarinha.

— *Palmas para Pippa Hartley* — o locutor diz, e aceno para a multidão antes de me dirigir à entrada, saindo do gelo. — *Pippa, por favor, espera aí mais um momento.*

Minhas sobrancelhas se franzem de confusão, mas paro de andar. Na entrada, a coordenadora está sorrindo para mim, erguendo uma mão, fazendo com a boca *fica aí*.

O estádio vibra e olho ao redor, confusa.

— Pippa.

Jamie surge ao meu lado, sem usar mais o capacete nem as joelheiras de goleiro, e ergo os olhos para ele. De patins, ele é ainda mais alto que o normal.

— O que está acontecendo? — pergunto, o pulso hesitante. Todos no estádio observam, murmurando.

Seu pomo de adão sobe enquanto ele engole em seco, e seu maxilar se tensiona de novo. Ele passou o dia inteiro esquisito. Nervoso, meio assustadiço. Quase o matei de susto hoje quando entrei no quarto em silêncio.

Ele pega minhas mãos. As luzes do estádio o deixam ainda mais bonito, com seu maxilar tenso, os cílios grossos, e o nariz forte.

— Primeiro — ele diz, tão baixo que mal consigo escutar —, você era a garota por quem eu tinha um crush no ensino médio. A garota que não via como era bonita, talentosa, especial e interessante. — Ele engole em seco. O que é que está acontecendo agora? — Depois, você foi minha assistente, a mulher que ficava me distraindo e exigiu seu emprego de volta e me chamou de babaca.

Uma risada escapa de mim, e os olhos de Jamie dançam.

— Acho que não usei a palavra *babaca* — sussurro.

Sério, o que ele está fazendo? O estádio inteiro está assistindo.

— Usou, sim — ele diz. — Tenho certeza de que usou. E agora você é minha namorada. — Meus olhos estão fixos nos dele e não consigo desviar o olhar. — Mas quero que você seja minha esposa e quero ser seu marido. Quero que sejamos uma família e tenhamos uma vida longa e feliz juntos.

A compreensão me atravessa feito um trem de carga, e Jamie se ajoelha para amarrar o patim...

Ele não está amarrando o patim. Meu coração bate forte. Ele está olhando para mim, segurando uma caixinha preta de veludo. Cabe perfeitamente em sua palma grande, e há algo de muito cintilante dentro dela. Sua mão livre pega a minha, e ele me dá um aperto caloroso e reconfortante.

Já consigo ouvir a música que vou compor sobre esse momento.

Uma onda de barulho, gritos, comemorações e aplausos crescem ao nosso redor, e meu olhar se volta para o de Jamie. O silêncio cai enquanto o estádio espera.

Meu coração sobe pela garganta, e meus olhos estão se enchendo d'água.

— Também quero isso. Todas essas coisas.

— Sei que somos jovens. — Seus olhos vasculham os meus. — E que não faz nem um ano que estamos juntos. — O canto de sua boca se ergue. — Mas não estou nem aí. Eu te amo, passarinha. Não tenho a menor dúvida de que você é a pessoa certa para mim.

Não consigo nem falar. Estou apenas sorrindo para ele, piscando, enquanto meu pulso dispara. Não parece de verdade. Parece o melhor sonho que eu poderia imaginar. Fico muito grata que ele esteja sem microfone. Embora estejam todos assistindo, esse momento ainda parece ser só nosso.

— Acho que deveríamos tentar algo novo — ele diz, a boca se contraindo. Seus olhos são do verde mais vivo que já vi na vida. Sua expressão é tão suave, tão doce, tão amorosa. — Deveríamos tentar nos casar. — Sua expressão muda e ele bufa de divertimento. — Você deveria ver sua cara.

— Hm. — Estou rindo. — Estou ocupada olhando para outra coisa. — Não consigo respirar direito enquanto o encaro. Acho que estou chorando. Não sei ao certo. — Também te amo. — Isso sai voando da minha boca. Dizer que amo Jamie é como respirar, de tão natural e verdadeiro. Uma lágrima escorre, e sua mão se ergue para secá-la. — Quero me casar com você.

O peito de Jamie infla e sua expressão se dissolve em algo maravilhoso. Tão orgulhoso e feliz e à vontade.

— Estava torcendo para você dizer isso.

Ele se levanta, e sua boca encontra a minha na mesma hora. Nosso beijo é suave, íntimo e amoroso. Ao nosso redor, a multidão está gritando, comemorando, berrando, batendo os pés, sacudindo o vidro, assobiando.

Não estou nem aí que milhares de pessoas estão observando. Mais até, porque isso está sendo transmitido pela TV.

Tudo valeu a pena, toda a mágoa, toda a dor, todos os momentos assustadores. Todos valeram a pena por isto, e eu passaria por isso mil vezes para poder ficar com Jamie Streicher.

— Acho que você deveria olhar para a aliança — ele sussurra no canto da minha boca.

Baixo os olhos para a caixa que ele está segurando, e me derreto de novo.

— É como meu colar.

Uma pedra cinza-azul deslumbrante em um anel de ouro branco, com pequenos diamantes espalhados ao redor do perímetro da pedra grande no centro. É delicada, única e perfeita.

— Uhum. Eu queria que combinasse para que você pudesse usar todo dia também. — Ele empurra a caixa para mim com delicadeza. — Quer experimentar?

Não consigo tirar os olhos dessa aliança. Nunca vi nada assim.

— Sim, por favor.

A risada baixa e grave de Jamie me faz sorrir, e coro de prazer quando ele coloca a aliança em meu anelar esquerdo. O estádio explode de barulho, e juro que o gelo está tremendo sob meus pés pelo volume. Os jogadores estão batendo seus bastões no gelo, sorrindo e gritando por nós.

— Eu amei. — Mordo o lábio enquanto meu coração dispara com um milhão de emoções calorosas e flutuantes.

Jamie ergue minha mão e, quando olho em seus olhos, vejo tudo na frente de nós. Isso é apenas o começo, e mal posso esperar para ver aonde nossa vida incrível vai nos levar.

— Está pronto para ser meu? — pergunto.

— Passarinha. — Ele sorri com aquele sorriso deslumbrante que é reservado para mim. Ele sorri para mim como se eu fosse adorável e ele me amasse mais do que tudo. — Sempre fui.

Eu e Hazel estamos no camarote no andar de cima com Donna, esperando pelo começo do terceiro tempo. Donna não para de pegar minha mão e sorrir para a aliança antes de lacrimejar.

Ela está tão animada. É uma graça.

O celular de Hazel vibra, e ela o destrava. Ao nosso redor, outros funcionários estão tirando os celulares do bolso com o barulho de notificações. Os olhos de Hazel se movem pela tela do celular, e ela fica rígida.

— Ei. — Eu a cutuco.

Quando seus olhos encontram os meus, ela parece prestes a vomitar. Ou desmaiar. Não sei bem.

— Tem um recado novo — ela diz baixo. Os funcionários do time recebem um e-mail toda vez que um jogador novo é trocado para o time para que cada departamento possa se preparar.

O tom sem emoção de sua voz me faz hesitar.

— Quem é?

Seus movimentos ficam rápidos enquanto ela enfia o celular no bolso de trás.

— Rory Miller.

Ao lado do corpo, a ponta de seus dedos giram em círculos rápidos. Seu tique nervoso.

A temporada está prestes a ficar interessante.

Nota da autora

Muito obrigada por ler *Atrás da rede*! Se você gostou, eu adoraria se pudesse me escrever uma avaliação na Amazon ou compartilhar com seus amigos.

Alguém comentou comigo que escrevo muitas personagens femininas que estão se descobrindo ou desenvolvendo suas carreiras. O amor é importante, mas sentir-se valiosa e orgulhosa de si mesma por ter se dedicado a algo que ama? Também é importante. Ninguém pode tirar esse tipo de coisa de você. Espero que você saiba, leitora, que tem o direito de correr atrás do que ama. Seus sonhos são válidos. Ignore as pessoas que dizem o contrário e escute aquelas que acreditam em você.

E, agora, algumas palavras de gratidão! Este livro foi muitíssimo divertido de escrever. É apenas graças a Brittany Kelley e Grace Reilly que ele não se chama *De quatro na mureta* ou *Discada no crease*. Agradeço a vocês por me estimularem e escutarem pacientemente enquanto eu entrava em pânico pensando no enredo. Amo vocês.

Um milhão de obrigadas às minhas leitoras beta maravilhosas, perspicazes e divertidas: Jess, Esther, Marcie, Ycelsa, Brett, Sierra e Wren. Obrigada por tornarem este livro muito melhor e por me deixarem eliminar a irmã desastrosa (desculpa, Esther, sei que você gostava muito dela, então quem sabe a uso de novo um dia).

Agradeço a Chloe Friedlein por mais uma ilustração maravilhosa e a Echo Grayce pela tipografia perfeita [na versão original]. Vocês são infinitamente pacientes comigo e agradeço muito por isso.

À minha superassistente, Ally White, cujo cérebro organizado funciona em um nível completamente diferente e cujo entusiasmo por romances de hóquei me faz seguir em frente. Muito obrigada por tudo que você faz.

Às minhas almas gêmeas: Helen Camisa, Bryan Hansen, Alanna Goobie, Sarah Clarke, Anthea Song e Tim, que realmente acharam que o romance de hóquei consistia em uma mulher versus o time todo. Amo demais todos vocês e tenho muita sorte por conhecê-los.

E, por último, obrigada, leitores! Vocês são o motivo por que posso viver meu sonho de ser uma escritora de romances. Seu entusiasmo por meus personagens, minhas capas e meus livros futuros faz meu coração explodir em estrelas e arco-íris. Sou muito grata por todos vocês.

Até a próxima,
Stephanie